商务印书馆（成都）有限责任公司出品

西洋景
欧洲的9个文化表情

易丹 著

图书在版编目(CIP)数据

西洋景:欧洲的9个文化表情/易丹著.—北京:商务印书馆,2020
ISBN 978-7-100-18212-6

Ⅰ.①西… Ⅱ.①易… Ⅲ.①随笔—作品集—中国—当代 Ⅳ.①I267.1

中国版本图书馆CIP数据核字(2020)第041056号

权利保留,侵权必究。

西洋景:欧洲的9个文化表情
易 丹 著

商 务 印 书 馆 出 版
(北京王府井大街36号 邮政编码100710)
商 务 印 书 馆 发 行
山东临沂新华印刷物流
集 团 有 限 责 任 公 司 印 刷
ISBN 978-7-100-18212-6

2020年6月第1版　　　开本889×1194　1/16
2020年6月第1次印刷　　印张27½
定价:79.00元

目 录

写在前面 | 1

第一章 | 《美狄亚》 希腊的身份 | 15

 1 酒神剧场……17
 2 雅典观剧……21
 3 来自异邦的移民……27
 4 古希腊人的二元世界……32
 5 历史叙事的神话……36
 6 女人和男人……42
 7 情感英雄……47
 8 归化的女神……53

第二章 | 万神殿 天堂的模样 | 57

 1 走近万神殿，走进万神殿……59
 2 建筑首先是伦理居所……63
 3 一神和万神……66
 4 古罗马人的帝国叙事：山寨版希腊神话……72
 5 来自"东方"的异教……80
 6 基督教欧洲的诞生……85
 7 此地天堂……92

第三章 | 《马可·波罗游记》 外面的世界 | 99

1. 我们和他们：一种命名方式……101
2. 十字军向东，伊斯兰向西……108
3. 远方的召唤……114
4. 《世界奇迹之书》……118
5. 基督教的东方遐想……125
6. 地理大发现……133
7. 瓜分世界的合同……140

第四章 | 《春》 古代的再生 | 147

1. 佛罗伦萨的蛋彩画师傅……149
2. 异神降临……154
3. 珍贵的书……162
4. 东方资源，西方再生……168
5. 财富的能量……172
6. 谁的文艺？复兴了哪里？……176
7. 虚幻的风景……182

第五章 | 《廷臣之书》 上流社会的教养 | 191

1. 神秘的社会精英……193
2. 贵族并非从来优雅……197
3. 论一个贵族的修养……201
4. 绅士的崛起……208
5. 知识就是力量/权力……214
6. 淑女的世界……219
7. 文艺男性的天堂……228

第六章 | 无忧宫　哲学家与哲学王 | 237

  1 "文明"的演化……239

  2 英国对欧洲大陆的牛顿引力……246

  3 无忧宫……252

  4 明君/暴君……257

  5 人类前景……264

  6 百科全书派……271

  7 周游的知识……280

第七章 | 《弗兰肯斯坦》　人的极限边缘 | 285

  1 恐怖故事……287

  2 亲爱的弗兰肯斯坦……293

  3 柯勒律治和老水手之歌……301

  4 维克多……307

  5 《维克菲尔德牧师传》……312

  6 怪物……320

  7 湿漉漉的眼睛……325

第八章 | 《红》　技术叙事时代 | 333

  1 人的延伸……335

  2 "蓝白红"之《红》……343

  3 艺术与娱乐……349

  4 电影院的公共空间……356

  5 McMovie：好莱坞vs欧罗巴……364

  6 年轻的艺术……370

第九章 | 《1944》 乘着歌声的翅膀 | 375

    1 获奖的争议……377

    2 让电波团结欧洲……382

    3 文化表演，政治唱戏……387

    4 认同与一体……392

    5 欧盟的民族国家历史底色……400

    6 诗与歌都是文化的表情……410

    7 遥远的回响……416

主要参考书目 | 423

后记 | 428

写在前面

1

被耸人听闻的名头吸引,我有时会浏览一些网上流传的自媒体文字。这些文章或长或短,以一种不容置疑的口吻,向读者传播所谓欧洲文明和欧洲文化的"硬核"信息,气势逼人。与这些文字类似,更有诸多冠以"秒懂""五分钟读懂"篇名的帖子,贩卖有关欧洲社会、文化、历史和文明的知识,顺比特管道汹涌而来,在各种流量平台上翻飞。

近十多年,国人走出国门,旅行目的地除了东南亚诸国和地区,最显眼的,当属隔在十个小时飞行航程之外的欧洲。从曾经10天欧洲15国游,到15天欧洲5国深度游,再到眼下一国之内诸种路线自驾游,中国旅客的足迹,几乎覆盖了欧洲所有知名景点。从20年前去欧洲做研究开始,我自己就见证了欧洲各大航空港内中国面孔逐渐增加,中文标识出现,以及免税店接受支付宝和微信结账的整个过程。欧洲旅游的热潮,带动巨大信息需求。对于那些试图首次前往,或再去欧洲游历的人来说,除了上网寻找各种景点美食攻略外,恶补一二欧洲知识,"秒懂"当地历史和文化,当然是必需的功课。

中国出现了一波空前的欧洲话语热潮,应该不是夸张。

在那些煞有介事或轻佻放浪的话语里,我们能读到多少真实的欧洲?至少从我自己的经验来说,不多。各种说法,言之凿凿,都喜欢以一言以蔽之的概括，给欧洲范围内诸多国家和文化做出结论。这些结论，宏大而空洞，实际上几乎没有人文营养。

　　我也曾拜读过一位大红大紫的作者。他的书和言论，现在已经成为网红，以至于有人把他比做中国的文艺复兴式全才。拿到他一本涉及欧洲思想和艺术文化的著作，我刚读了第一章，就败了胃口。这位作者对古希腊的描述和判断，貌似高屋建瓴，却只是19世纪欧洲浪漫主义者希腊狂热的翻版。西方学者近些年已经解构的历史叙事神话，在他的文字里依然被奉为至宝。

　　当然不能责怪制造这些话语的人。他们并不是专职研究欧洲的学者，在他们和中国高校与机构的欧洲研究界之间，横亘着一堵学术之墙。那么，在学院高墙内，在学者们的讲课、著述和论文中，有关欧洲的讨论是否就抵达了真相，就避免了宏大而空洞的结论呢？

　　似乎也没有那么乐观。

　　曾经应邀去国内一所高校讲座，题目涉及欧洲文化。讲座开始后，我就针对欧洲文化研究领域的一些常见套路和误区进行了解构。我告诉自己的听众，要说世界上哪个国家出版的欧洲文学史最多，恐怕当属中国。我们的很多大学，都开设有外国文学或西方文学课程，负责这些课程的教研室，一般都会编写自己的教材。外国文学也好，西方文学也罢，这些文学史的主要内容还是欧洲文学。然而，在欧洲内部，却很难看到以笼而统之面目出现的欧洲文学史。原因很简单，一部囊括欧洲各国文学在内的文学史，应该以什么语言作为文本载体？英语？法语？德语？还是西班牙语或意大利语？这是个巨大而严肃的问题。

　　我继续介绍说，在欧洲学界内，有人怀疑是否有一个整体的、具备同一性的欧洲文化存在，因为欧洲各国有自己的语言、历史和文化，不同文艺作品复杂而多样。有些学者甚至质疑，地理上是否有一个叫欧罗巴的"洲"存在，因为，现在的欧盟并不能完全等同于欧洲，所谓欧罗巴"洲"，不过是挂在欧亚大陆边上，濒临大西洋那块不算太大的地方。

当然，如果俄罗斯算是欧洲国家的话，情况又会不一样：欧洲的东方边界线，就会刻在日俄之间有争议的南千岛群岛礁石上……

可以想见，学生们的反应有些惊愕。

讲座结束后，这个高校负责"欧洲文化"课程的老师开玩笑地对我说，你刚才的讲座吓了我一大跳，差点把我这学期的课都否定、把我的饭碗砸了。

事实上，讲座所提及的问题，只是众多例子之一二。在我读过的许多有关欧洲文化的论文和论著中，循传统而来的认知误区、由翻译不当导致的误读、基于意识形态框架而制造的误判，不在少数。这其中，也包括了我自己从事这项工作三十多年来曾经落入的陷阱。我意识到，与其去抱怨那些网络媒体关于欧洲文化的夸夸其谈，不如回过头来检讨学界都还没有厘清的认知混乱；与其去纠正学院外的业余爱好者对欧洲的误解，不如先把学院内一些根深蒂固的认知和阐释套路送去做核磁共振，看看它们是如何生成，又如何影响了我的视力和听力。

这是我写这本书的动因。

另一个附带动因，是想翻越学院派的高墙。

身为人文学科的教师和研究者，我知道自己的职责所在。不过，我又似乎无法把自己的视野完全限定在学术圈内。不论是提供知识，还是提供分析和批判知识的方法，我总以为，学术研究的最终目的，不应该只针对那些 CSSCI 期刊的编辑和少量读者，那些学术论著的少量读者，甚至不应该只针对大学教室里的本科生和研究生。

从 20 世纪初中国的第一次现代启蒙以来，尤其自 20 世纪 80 年代的第二次启蒙以来，中国学者、特别是西方学者在欧洲文化研究领域已经做了许多有价值的工作，改写了历史，改造了阐释，形成了许多新的认知。将这些新的材料和洞见，介绍给课堂里的学生，是一个高校教师理应完成的任务。与此同时，如果我能找到一条路径，跳出学院派的研究套路，避免学术操作的经典套话，将自己的工作成果传播给更多的人；

如果在这个欧洲话语热得发烫的时代,居然会有学界外的读者,愿意突破"秒懂"的喧哗与骚动,花一点精力来深入认知欧洲的一些文化特点,那么,让这两种努力在一个地方相遇,岂不是一件有意义的事情?

这是不是太过理想主义?这种努力是否能达到目标?

我不知道。

2

"西洋"在哪里?

看似最简单的问题,答案相当复杂。

当最早的"中国"概念出现在华夏之邦时,"西"意味着西部边疆之外的"戎",一片范围相当模糊的野蛮之地。按照中国学者张国刚的研究,历史推进到汉代和唐代,所谓"西域"概念,开始扩展到帕米尔高原东西两侧的中亚,此后,又逐渐包括了南亚次大陆,西亚的波斯,阿拉伯世界,以及地中海畔的东罗马帝国。在郑和航海时代,西的范围扩大到非洲东海岸。明清时期,欧洲传教士进入中国,西的概念又拓展为"泰西"和"远西",也就是今天西欧的所在。

"西洋"中的"洋",也经历了这样一个逐步演变的过程。最早出现的西边海洋概念,相当模糊不清,古代典籍中的"西海"也许是指称波斯湾,也许是说黑海或者地中海。到了元代,"西洋"的组合词出现,但它指的是印度次大陆东南海岸。明朝万历年间,西洋囊括了"交趾、占城、暹罗、加留吧、柬埔寨、旧港、马六甲、亚齐、柔佛、文郎马神、地闷"等国,统称"西洋列国"。这些国家属于今天的东南亚,那时的"西洋",是印度洋。

一直到晚明和盛清时代,西洋才成为欧洲那片地方的专属名字。

进入清朝晚期和20世纪，"西"逐渐演变成对欧美发达国家的统称，它不仅存在于中国的西边，也最终包括了南半球的澳大利亚和新西兰、太平洋对岸的美国，在世界经济和地缘政治语境中，甚至还混沌地指向了跟中国一衣带水的日本。"洋"则变成外来之人和物的代名词：洋人，洋枪，洋炮，洋火，洋碱，洋布，洋马儿……不知不觉中，"洋"的称谓与"先进"和"文明"的象征意义粘连在一起。经历了明治维新、在甲午之战打败清帝国的日本，升级为先进的"东洋"，从其他相对落后地区贩来的货品，却不一定会被习惯性地命名为洋货，虽然它们也会乘船漂过马六甲海峡。在这个基础上，洋气，洋盘，逐渐成为时尚和摩登的另一种表述；西体中用，洋为中用，成了中国现代化历史进程中一种至关重要的意识形态和话语框架。

正是在这样一个复杂奇妙的历史和文化背景之上，才会诞生一种叫"西洋镜"或"西洋景"的玩意儿名字。

顾名思义，西洋镜当然也是洋货，从西方传入中国。西洋镜是电影诞生之前的一种街头大众娱乐工具，相当于在暗箱内放映供人观看的PPT。在交钱之后，观者将自己的眼睛，无限凑近一个孔洞，去欣赏暗箱之内的图景。这个高科技装置引入中国后，立马获得了高大上的名称：西洋镜或西洋景。在中国城市的街头巷尾，付了钱的国人透过不大的孔洞，得以窥见他们从未目睹的新奇影像——大洋之外的欧美风物。

这就是我给这本书取名"西洋景"的用意所在。

西洋景这个器物的功能实现，包括了观者和暗箱操作者两个必要元素。就观者来说，他的观看和探究欲望，获取新奇认知的期待，是整个观看过程的起点。但是，排除花钱买票的经济因素，他的观看行为是受限的。这种限制，不仅体现在暗箱那个事先挖就的小孔上，也体现在西洋镜操作者事先安排的图片上。看的动作，只能透过小孔完成，别无他径；看的对象，或者是巴黎城市风光，或者是伦敦华服丽人，别无选择。当观者眼光穿过小孔，投射在图片上时，他以为自己看到了某个西洋风

1869年,北京街头的西洋景

物全貌;贩卖这风景和表情的操作者,却清楚知道,这只是图片库存的一部分。

这种特点,可以拿来隐喻中国人对欧洲文化的认知,无论是在今天的学术界和大众话语场域,还是在历史流变的过程之中。

我们经常会在一些文本中,看到诸如一叶知秋的说法。这类说法,实际上给了观者一种理想主义设定:通过他的知识库存,他的逻辑判断和他的形而上学演绎能力,只需要透过小孔看见一两张图片,观者就可以想见或者知晓全貌。这种设定,其实蕴藏巨大风险。在不能保证观者具备相应知识储备和判断演绎能力的前提下,他的想象和认知结果可能漫无边际。看见一片秋叶,他可能以为西洋树叶本来就呈红色黄色,透过小孔目睹豹纹,他也可能断定自己窥视了欧洲美人的体毛。

反过来看,那些操作西洋景的人们,虽然比观者知道更多,手里握有远超观者想象的更多图片,他们在选择和组织放映时,也面临各种风险。他们不知道自己库存中的哪些图片代表了真实的西洋景象,也不知道哪些图片可能对观者产生更大的误导。当然，从经营的角度上说，他们知道哪些图片观者最喜闻乐见，至于这些图片是否呈现了真实西洋，是否跟自己的道德良心冲突，那是另说。

不可否认，中国的欧洲文化研究和传播领域，的确存在这种悖论。如果把像我一样的教师和研究者看作西洋镜的操作者，观者或受众就是课堂里的学生、社会上的读者。我们选择播放的图片，究竟能在什么程度上逼近那个真实的欧洲？面对图片库里众多的风物，如何进行有效的评价和可靠的选择？在最大限度吸引观者的同时，是否应该守住一些不可逾越的价值红线？所有这些问题，操纵暗箱的人都无法回避。

此外，还有另一些问题。

中国人开始认知西洋，认知欧洲，是从社会的精英阶层开始。不论是明朝文人徐光启与欧洲传教士利玛窦的接触交流，还是清朝顺治和康熙宫廷任命汤若望与南怀仁做钦天监老大，中欧之间的知识文化交流管道，从来就掌握在少数人手里。历史上有关欧洲的认知，在宫廷内流转，在知识精英话语里荡漾，却很少侧漏到民间文人圈子，更不用说目不识丁的普罗大众世界。

举个例子。

1840年鸦片战争之后，魏源在屈辱情绪压迫下，在"师夷长技以制夷"的经世致用思想指导下，于1844年编撰了《海国图志》。可以说，这是近代中国知识界第一次试图以全球眼光来观望世界。对于这部文化地理著作在中国现代化历史进程中的价值和作用，怎么赞誉都不显得过分。但是，这种针对西洋和世界的宏观叙事，也只停留在那时的士大夫阶层。底层民众要么无法接触到这样的文本，要么根本不感兴趣。对他们而言，《镜花缘》提供的海外奇谈，可能更对胃口。

李汝珍的《镜花缘》是章回体话本小说，完成于1815年间。既然是话本，就说明它的主要流传场域，还是隐匿于大小城镇的勾栏瓦肆。书中倒是写了读书人海外游历和经商的故事，展现的却是诡谲奇妙的玄幻空间,是《山海经》和《西游记》式的怪异之乡。从人民牙齿全黑的黑齿国,到只有女性的女儿国,从吃下食物就即刻排泄出来的无肠国,到充满儒家乌托邦色彩的君子国,小说主人公唐敖跟他亲戚游历的国度,与实际的西洋或海外没有丝毫关联。

随着清帝国在外来强权的压力之下濒临崩溃,随着中国知识分子意识到"三千年之大变局"已经来临,启迪民智和救亡图存成为不二选择,认知欧洲、学习欧洲才开始变成士大夫精英圈子的普遍共识,才慢慢转化成国家治理和全民教育的政策选项。对欧洲和欧洲文化的认知,才最终成为一般知识阶层的自觉选择,并滴漏淋漓到普罗社会。

到那个时候,西洋镜才取代《镜花缘》,成了底层大众了解海外,了解欧洲和西方的视觉工具。

3

欧洲自身的复杂性,中国人欧洲认知行为的历史和现实复杂性,让我在构思这本书时伤透脑筋。

考虑到没有一个整体性的文化欧洲存在,我显然就不能把自己的叙述和讨论叫作欧洲文化研究。如果"欧洲文化"这张皮都不存,怎么可能将研究它的毛硬沾其上?虽然我在行文中不得不使用欧洲文化这一说法,但我必须处处小心,不能让这个组合词,成了欧洲各国斑斓文化特征的总体概括。

要避免总体概括,瞄准具体个案似乎是唯一选择。

我不敢说自己能够精准阐释这些个案,能够详尽提供围绕这些个案的文化语境,但这样做,起码能避免一些教科书和学术研究中常见的宏大叙事陷阱。依照这个原则,我选取了9个分布于不同历史时期的焦点,让它们构成一个在时间上相互关联、在空间上略有不同分布的阵列。这些个案由作品引出，但并不限于作品自身。我不追求文本细读，而打算把更多精力放在环绕于个案周遭的更丰富复杂的语境中，从一件作品导向更多作品，从更多作品导向文化现实。从某种意义上讲，我打算将每一个作品和个案，都凿成西洋镜暗箱上那些小孔。透过它们，读者可以窥见欧洲不同地方的文化风景，可以窥见不同时期的历史表情。

这些个案的选择，不是依照一般文学史或艺术史的经典框架。根据一种文化研究理论的说法，一件作品在其经典化过程中，受到各种权力话语制约，它在历史叙事和阐释中的彰显和遮蔽，自有其语境逻辑。我并不打算在这个层面陷入更多的探究和讨论，就像我不打算就这些作品的艺术价值做过多纠缠一样。我避开了一些早已经典化的作品，选择了一些至少在国内主流文本中尚未成为经典的作品。所以，读者既能在这本书里看到《美狄亚》这样的古希腊悲剧、万神殿这样的经典建筑，也能看到《廷臣之书》这样的贵族读物，还能看到《1944》这样的流行歌曲。

选择这些个案，没有多少理论或价值评判依据，更多是出于个人兴趣。

西方和中国前辈、同仁已经做出的学术成果，当然是这本书的丰厚基础。没有此前研究的文本积累，就不可能有我个人写作的出发平台。在这个基座之上，我希望读者能把我的文字看作一个文化观察者不成体系的旅行记录，一个以欧洲为对象的研究者在各类文本山峦和丛林之间探险的日志。前人和同辈的研究成果，涉及历史事实，构成这些山林不容置疑的实在，我只能按照这个实在来确认自己的行进路线。但如何攀登和探索、采取什么样的速度和步伐、在什么样的地方停歇、又在什么样的位置欣赏周遭风景，却可以自由随意。

尽管我可以声称，这本书的方法论中，可以看到符号学（semiotics）、文化研究的解构（deconstruction）和批判、文本间性（intertextuality）、话语分析（discourse analysis）、接受理论（reception theory）、视觉文化（visual culture）、媒介理论……的影子，但我并没有刻意遵从哪一种手段，而是在面对个案时，把它们熬成了一锅大杂烩。这在学理上也许有些说不通，不符合规矩。但既然我的目的，是在个案和自己之间达成某种谅解，在学院高墙外的读者和自己之间达成某种交流，学院派写作的规矩和套路，就显得不那么重要了。

既然是个人化写作，就干脆把文体做得更彻底，因此在行文中，我也加入了对自己在欧洲工作和生活游历的记述。这本书的构思，避开了欧洲文化的概括性课题，使用了"文化表情"这样的感性说法，我想，加入一些个体化的感性文字，更容易符合这样的设定。但愿这样的文体，能让读者在阅读过程中体会到一些代入效应，而不会觉得画蛇添足。

4

在今天的大众传媒中，我们经常可以看到各种各样的排行榜单。十大流行金曲、改革开放以来十大经典电影、史上最感人的十首咏月诗歌、某城最值得品尝的十种小吃，以及某地必须去到的十个打卡景点……喜欢用"十"作为计量尺度，可能跟我们文化习惯里的"十全十美"追求有关。十意味着全，十意味着美，全了就美，美必须十。

我在选择这本书的批评个案、构思它的副标题时，却故意决定用9：从9个不同的平台，去观看"欧洲的9个文化表情"。

这样做，当然不是因为我无法找到更多个案和视角。欧洲几千年的历史，几十个国家的文化，可以保证提供远超过十件乃至一百件作品，供我们慢慢细读和分析。哪怕就在一个国家，一片区域之内，要做到这一点也毫不费力。之所以只选择九个作品，构成九章，我是想明确表态：针对欧洲的一些文化特征，针对这些特征在作品中的呈现，这本书的叙述、归纳、研究和批判根本不可能做到十全十美。

我倒不是在这里故作谦逊之语，而是陈述一个基本事实。

欧洲的文化形态，建立在欧洲各个国家和民族使用的不同语言基础之上。若真要"十全十美"地讨论这些丰富复杂的文化现象，使用它们各自的语言，恐怕是必要条件。我使用中文来从事这项写作活动，就已经决定了最终结果将跟欧洲的文化现实有所隔离。

我能够使用英文来查找资料。从背诵"long live Chairman Mao"开始到今天，算起来我学习英文也花去了差不多半个世纪的时间。我还曾经花了一年多时间学习法文，因为不常使用，结果几乎将所学内容如数还给了课堂和老师。在这一点上，我有时真心羡慕那些号称精通多种语言的研究者。在我看来，精通一门语言几乎是一个不可抵达的高峰，不仅仅因为语言本身的复杂，也因为它的流变。我曾经就此问题请教过一些欧洲同行。作为大学教授，他们一般都会熟练操作几种欧洲语言，但他们也不愿意标榜自己能够毫无障碍地抵达意义彼岸。

语言是沟通桥梁，同时也是文化囚牢。被困在中文里，这本书要想十全十美地描述欧洲是不可能了。

20世纪60年代，一个在IBM工作的法国数学家在《科学》发表了一篇论文，题目叫"英国的海岸线有多长"。对分形（fractal）的门外汉而言，这个问题很简单，查一查地理书或者百科全书就可以搞定。但这位作者却声称，这个问题没有答案：英国海岸线的长度可以无穷大，取决于人们使用的测量尺度和工具。

按照一定的比例尺度，英国海岸线的长度当然可以测定。但是，如果要追求更精确的测量，将这个比例尺度缩小，比如从一公里变成一米，就意味着陆地与海水之间分割线，必须把海岸无数不规则边缘考虑进去。如此一来，测量出来的英国海岸线长度会暴涨。如果还要更精确，则可以把测量单位从一米变为一英寸，把石块上不规则的凹陷和凸出，也测量标识出来，英国的海岸线长度，将是一个让人惊恐的天文数字。如果采用更精确的测量分辨率，测出所有砂砾，甚至所有石头和沙砾分子、原子的边缘长度，那海岸线长度，想想都令人头晕。

这个命题，属于一门崭新的科学，混沌（chaos）或复杂（complexity）理论。从20世纪七十年代开始，这个理论专门探讨自然界和人类社会的非线性现象，比如长期天气预报为什么不精准，股市涨跌为什么无规律，比如地球上万物进化为什么会发生突变，特定社会制度为什么会突然崩塌……这个理论的最著名说法，是一只蝴蝶在美国的得克萨斯州扇动翅膀，一周后会影响海地的一场雷暴雨走向。最微小的不确定性，会发展到令整个系统的前景不可测量，变作混沌。

不探讨这门科学的内容，仅把它当作一个象征，我们也可以将其拿来说明，作为一个"测量"的对象，欧洲文化的表征，可能在不同尺度下，呈现出让人眼花缭乱的复杂景象；"欧洲文化"阐释的非线性动态系统里，一个最微小的不确定细节，也可能导致整体走向的混沌。

从整体上观察欧洲和它的文化形态，我们也许可以概括出一些规律和特征，把它们收纳到"欧洲文化"的伞盖之下。当我们把比例尺度调小，以求更精确地分析它时，就会发现，曾经的整体形态，会一下子分崩离析，欧洲版图上，几十个民族国家的文化杂色纷繁。

如果我们试图在一个国家境内，用更小的比例尺度来观看，又会发现一个国家或民族之内的文化，其实也相当复杂。在今天意大利的文化版图内，可以看到希腊和土耳其的影子，看到法国、西班牙和德国的色彩，看到非洲和亚洲的元素，当然还可以看到都灵与佛罗伦萨、罗马与那不勒斯、西西里与威尼斯的细微差别。

如果为了更精确，我们可以再缩小比例尺度，缩小到佛罗伦萨城中，缩小到美第奇小教堂的一个厅内。

在米开朗琪罗设计的美第奇家族墓室里，艺术家也制作了四件颇为有名的大理石雕像：日、夜、晨、昏，用以象征时间。在"日"和"夜"雕像的上方，是洛伦佐·美第奇坐像。这位美第奇的左臂下，枕着一只没有雕刻完成的大理石老鼠。许多欧洲艺术史研究者们，都注意到了这只老鼠。一些人经过考证，宣称这只雕了半个脑袋的老鼠，不仅跟古埃及信仰沾边，也跟意大利文艺复兴时代的东方想象有关，甚至与遥远印度的佛教图示传统连接。

老鼠动了动嘴边的大理石毛发，"欧洲文化"的整体概念就开始风雨飘摇……

第一章 《美狄亚》 希腊的身份

《美狄亚》：古希腊剧场里上演的疯狂神话，凸显理性与感情的碰撞，渲染他者之镜映照下的城邦国家认同。

1
酒神剧场

这一天，大约在公元前 431 年春。

普罗达底斯告别妻子女儿，从家里出来，走到刺眼阳光中。雅典布满尘土的街道上，行人往来纷纷。有很多男人都跟普罗达底斯一样，衣饰楚楚，朝着卫城（Acropolis）方向走去。越过高低错落的房顶，可以远远看见卫城之山耸立。蓝天白云下，刚刚完工不久的帕特农（Parthenon）神庙，多立克式屋顶和爱奥尼克式廊柱清晰可见，在阳光里色彩斑斓。普罗达底斯是去卫城山脚下的剧场，看酒神节的戏剧大赛的。听说，今年获准参赛的戏中，有一部悲剧叫《美狄亚》（Medea），是欧里庇得斯（Euripides）的作品。

欧里庇得斯是一个颇具吸引力的悲剧诗人。

在今天，他留下来的剧本有 18 部，比他的前辈埃斯库罗斯（Aeschylus）和索福克勒斯（Sophocles）都多。但是，在他据说长达 50 年的参赛生涯里，欧里庇得斯却运气欠佳，只得过四次一等奖。第五次，还要等到他去世之后才得到。尽管如此，这个出生于萨拉米斯（Salamis）的诗人在他的时代却非常有名，因为他是个争议人物。有传言称，欧里庇得斯跟父母移居雅典后，经常躲在一个面朝大海的石洞里写作，神神秘秘，一般不在公众场合抛头露面。他的后辈，以喜剧出名的诗人阿里斯多芬（Aristophanes）曾经在一篇文章里说，欧里庇得斯这个人，既沉溺于幻想，又正视现实；既荒诞，又平凡；既有孩子气的天真，又过于通晓哲理。总之，这个人是个十足的矛盾体。

欧里庇得斯同时代的雅典人，在谈及诗人时，却没有阿里斯多芬这样客气。

根据英国学者默雷（Gilbert Murray）在《古希腊文学史》中描述，当时的人们对欧里庇得斯有诸多负面评价：

> 有人说他"虽然道貌岸然，却是个阴沉的愤世嫉俗者，暗地里心术不正。""他并不从事剧作，他的剧本都是他的奴隶和他偶然相识的人写的。""他的父亲是个狡猾奸诈的破落户；母亲是个贩卖蔬菜的小商人，而且她出售的菜，质量很差。他的妻子名叫科里勒（意指'母猪'），是个名副其实的母猪，他跟她离婚后，第二个妻子也不见得好多少。"

因为不喜欢欧里庇得斯，这些人甚至连他的亲人都一起骂了。

普罗达底斯在雅典生活了这么久，当然知道这些传言，尽管他不太相信欧里庇得斯的亲妈是一个没有家族背景的菜贩子。传言越多，普罗达底斯的好奇心就越强：他今天就想到演出现场看看，这个欧里庇得斯创作的悲剧，到底是什么水平，配不配得上他的名气。

悲剧主人公美狄亚，是传说中会魔法的女人。

科尔喀斯公主美狄亚爱上前来偷盗金羊毛的阿尔戈英雄伊阿宋，帮恋人夺取了自家地盘上的神奇宝物，跟他一起来到希腊，生下两个儿子。不幸的是，在科林斯（Corinth）侨居时，伊阿宋喜新厌旧，决定跟国王克瑞翁的女儿结婚，抛弃美狄亚，并和国王商议把她和两个儿子驱逐出境。美狄亚得知消息，怒不可遏。当初，她爱上伊阿宋，不惜背叛父亲，把前来追赶的亲哥哥砍成碎片，帮助伊阿宋逃跑。没想到现在伊阿宋又背叛自己，让她成为无家可归的弃妇。

雅典卫城的狄奥尼索斯剧场，作者摄

狂怒之中，美狄亚开始了她的复仇计划。

她把施了魔法的衣袍和金冠送给柯林斯公主，说是给她的新婚贺礼。衣冠上身，公主立刻中毒，金冠冒出火焰，瞬间吞没全身。国王匆忙赶来，抱住女儿身体试图救她，却被魔袍如藤蔓般缠住，身上肌肉被一块块撕下。国王父女死后，美狄亚又杀掉了两个亲生儿子，把伊阿宋留下，孤独一人吞咽失去恋人和后嗣的苦果。

作为有教养的雅典上层公民，普罗达底斯对这个暗黑故事并不陌生。从孩童时期开始，他就已经多次听说过美狄亚的故事，不管这些叙述来自长辈亲戚，还是来自初级学校里的教育。对他来说，美狄亚这个名字已经烂熟于心，相当于野蛮女人和可怕魔法的代名词。不过，现在知道这些古代神话的人，数量在逐年减少。更遗憾的是，雅典城邦通过了一道法律，很多下层阶级的文盲男人，按规定也可以来看戏。甚至他们没有钱买票也不要紧，因为政府可以给他们发放看戏津贴。这些人坐在剧场里，看着剧中人物跳舞唱歌和对话，却不一定知道故事的原委和背景，实在可惜。

这就像对牛弹琴，总会让人觉得滑稽。

途中，普罗达底斯撞见几个熟人。大家一起热情攀谈，交换着有关诗人的种种八卦，预测着欧里庇得斯的新戏可能得到几等奖。说话间，他们汇入熙攘接踵的观众人流，涌向那个位于卫城南面山坡下的巨大圆形露天剧场，即"酒神剧场"或者狄奥尼索斯剧场（Theatre of Dionysus）。

2
雅典观剧

这个叫普罗达底斯的雅典市民，是个虚构人物；他去卫城看戏的经历，也是一个虚构的行为。

之所以把他放到这里，无非是想提供一个代入缝隙，让我能在想象里，跟随这个普通雅典观众的脚步，跟随他的眼睛和耳朵，亲历一场酒神节的戏剧盛典。入得剧场，我和普罗达底斯一起坐下，跟四周认识的朋友打招呼，也许还会品尝几口他们带来的葡萄酒。屁股底下，能感觉到大理石坐凳表面的一丝幽凉。随着给酒神狄奥尼索斯献祭的开场仪式进行，偌大剧场里的喧闹声逐渐平息下来。

普罗达底斯停止了跟朋友们的交谈，等待《美狄亚》开演。

在公元前5世纪，一出希腊悲剧如何上演？今天的人们只能略知一二。我们能读到的古希腊三大悲剧诗人（埃斯库罗斯，索福克勒斯和欧里庇得斯）写就的剧本，是传说的三百多部文稿中残存下来的三十多部。这些或残或全的剧本，并不像后来的话剧剧本那样，给一出戏的上演提供详细的舞台提示。角色如何上场下场、演员表演走位如何安排、舞台布景和道具如何设置，都是由后来的整理者翻译者猜测补上的。透过历史记述、文学研究，抑或考古发现，我们可以粗略想象当年半圆形舞台上，可能发生的场景。

古希腊悲剧，在大多数读者心目中是一个崇高的存在。《被缚的普罗米修斯》《俄狄浦斯》《美狄亚》等等，被认为是西方戏剧艺术最早祖先，悲美崇高，且有心灵净化作用。进入现代之后，各种演绎版本的出现，更是让这些远古文本焕发出鲜亮幻境，而让我们忘记了，在两千多年前的希腊，悲剧和喜剧的演出过程也许相当粗陋；让我们忘记了，从原始部落祭祀仪式发展而来的舞台表演，无论如何，都不可能跟我们在当下剧场里看到的话剧相同。

说到底，这种戏剧表演，本来就是原始巫术过程的进化。按照英国学者弗雷泽（James Frazer）在《金枝》中的考证和研究，巫师，或者巫术表演者，在原始部落中是可以通灵或通天的人，他们用各种原始手段制造幻象，搭建起部落成员与神灵沟通的超现实桥梁，提供他们急需的心理疏导和精神解惑。或者说，他们诱导部落群众跟自己一起，进入一段充满错愕惊惧的体验之旅，最后让部落首领和成员的情绪得以宣泄，心灵得以净化。

在西方关于文学和艺术的讨论、关于悲剧的阐释中，我们常见的"卡塔西斯"或"净化"（Catharsis）这个词，其实可以直接翻译成"宣泄"。这种情绪释放方式，来源就是巫术表演。按照一些学者的研究，最早的悲剧演出，是宰杀牲口献祭的仪式。当着部落成员的面，巫师将山羊杀死，有的还把剥下的羊皮，鲜血淋漓地披在身上，口中不断说着咒语，应和歌者的演唱。山羊的肉体被肢解，或者埋进土里，或者众人分而食之。死亡过程在观众面前上演，残暴惊恐之余，他们的情绪也就得到了纾解。这种仪式进一步演化，牲口和山羊的死亡被神话人物的死亡或放逐取代，场面不再血腥，效果却大致相同。

两千多年后，通过血腥、破坏和观者惊惧，以达到情绪宣泄效果的巫术过程依然可以在戏剧表演、电影和游戏中看到。拥有造梦和奇观效应的好莱坞特效大片、假可乱真的电脑CG动画、打怪游戏，就是明确证据。不过，在公元前5世纪的雅典，巫术实践，或者悲剧上演的效果，却一定不能跟今天的戏剧表演艺术和舞台效果相提并论。

可以坐数千到一万多观众的露天剧场，通常建在山坡一侧，这样就可以利用地势，构建出前低后高的观众席位，让坐在后面的观众不必伸长脖子，也能看见舞台上发生的事情。卫城山脚下的酒神剧场，就属于这样的典型案例。关于这种剧场的音响效果，曾经有一个流传甚广的说法：古希腊剧场通过特殊设计，拥有良好的声音传递功能，让哪怕坐在最后几排的观众，也能听清舞台上的演员低声念台词。这个描述，成了许多希腊古迹旅游手册的标准介绍。

根据这种说法，还衍生出更夸张的关于露天剧场的音效神话，说是如果舞台上的人划火柴点烟，或者扔下一枚硬币，坐在剧场最后一排的观众，也能毫不费力清晰听到。后来，荷兰一家理工大学的科学家通过实验，证实了这些说法没有事实依据。他使用一些特殊声学仪器，对三座最著名的古希腊剧场进行实地调研，最后发现，当演员在舞台上表演时，必须竭尽全力嘶喊，才能让坐在观众席后排的人听明白台词内容。

根据考古资料和文献研究，古希腊剧场的舞台背后，会有木头和织物搭就的装置，甚至可能有人工绘制的象征性布景，却不可能借助火光、幕布等等手段来制造时空效果。在大白天里，明亮的地中海阳光下，故事的发生和结束，都在一个地方，时间和空间无法通过其他手段形成转换，只能靠角色台词和歌队唱词帮忙。演员们穿着厚底靴，戴着表明角色特性的面具，再加上颜色鲜艳的固定服装和头饰，让坐在后面很远位子上的普罗达底斯一看就知道这是一出什么戏、都有什么人物。这，已经跟我们习惯了的当代戏剧舞台表演有很大不同，跟古希腊悲剧的当代舞台演绎有天渊之别。

我曾经和朋友去到另一位古希腊悲剧诗人埃斯库罗斯的家乡，离雅典18公里的艾留西斯，在那儿看过一场《被缚的普罗米修斯》。这个地方今天的名字叫艾尼西纳（Elefsina），悲剧演出也是典型的当代演绎。

一千多观众坐在木制阶梯座席上，围成一个前低后高的半圆。所谓舞台，就是被观众俯瞰的镇中心广场。无论从观众座席，还是从观众视角来说，相信与古代情形差不了多少。但是剧本上演的效果，却根本不可能与古希腊相似。

来自希腊、德国和土耳其三国的男女演员，身穿当代西式服装，在尘土弥漫的硬地上，用三种语言演绎两千多年前的剧本。普罗米修斯和歌队的台词，我无法听懂。周遭的希腊观众，当然也不可能人人都理解德语和土耳其语，但这似乎并不妨碍我们一起追随剧情的展开。毕竟，他们，还有我，早已熟知这悲剧的简单情节，也大致记得台词的内容。由于演出在晚上进行，剧场配置了人为控制的灯光。挂在广场四周的扩音器，配合剧情播放出一些背景音效，机枪扫射，炸弹爆炸，人声呐喊。歌队在灰尘里扭曲翻滚，追光灯影中，悲剧主人公普罗米修斯在脸上和赤裸的胸前不断涂抹黑色油彩，姿态夸张，挣扎着吐出一连串疯狂喊叫。

有那么一瞬，我被穿越感笼罩：两千年前的普罗米修斯，大概也是这样，在卫城山脚下，在狄奥尼索斯剧场的舞台中间，面对雅典观众呼喊他的痛苦与不屈？当然，古代希腊的演出不会有灯光，更不会有电声效果。眼前的戏剧场面，是一次当代导演和演员的合作演绎。尽管如此，演出过程依然带有一层浓厚的巫术色彩。可以想象，如果这些演员们都穿上当年的厚底靴和服饰，戴上面具，在光影和扬尘中竭尽全力念出埃斯库罗斯写下的台词，那会是一种什么样的超现实原始状态。

导演和制作班底将古代的演出形式彻底放弃，让演员们穿上当代服饰，并配以当代声效，可拉近当代观众和古代剧情之间的感觉距离。让坐在舞台一侧的我们觉得，普罗米修斯也好，歌队也好，发生在他们身上的情节也罢，都与我们的日常相关。即使如此，我依然能清晰感受到，原始的巫术场景所造成的超现实体验，与我所拥有的现实经验之间，与坐在四周希腊观众的现实经验之间，还是存在着巨大鸿沟。要全身心地投入剧情，起码在我而言有些困难。

对于公元前5世纪的雅典人来说，对于普罗达底斯这样的观众来说，看一场《美狄亚》的演出，观剧心理也许会比我单纯许多。

古希腊人不会像我一样，质疑巫术的魔力，也不会质疑神话人物的现实/超现实二重性。美狄亚、伊阿宋、克瑞翁，这些半神半人的角色，在普罗达底斯自己的生活场景里，大多可以找到相似的影子。大大小小各种神庙，林林总总的祭祀活动，邻里中提供通灵服务的巫师，所有这一切，都时时提醒他，所谓希腊人的日常，往往跟更宏大的神秘世界相关联。巫术也好，从巫术进化而来的悲剧也好，甚至帕特农神庙里色彩艳丽的大理石雕刻也好，筑就一座座想象之桥，把雅典公民的日常生活平滑引领至神的领地，把他们的身份，与神灵无间交织在一起。

一万人坐在一起看戏，就像是一场集体通灵活动，把普罗达底斯这样的个体，和雅典公民这样的群体在经验上连接起来，形成潜移默化的感情和精神认同。这其实也是雅典的统治者投入巨大财力来举办戏剧大赛，向狄奥尼索斯致敬的政治动机。一年一度，神灵们的悲喜剧按时上演，相同的程序和仪典隆重地提醒观众，无论是上流人士，还是拿了津贴占了便宜来看戏的社会底层，都属于雅典人，属于与神灵相通或者受到神灵眷顾的人群，属于"我们"。

差不多也是这个时代，中国的王朝统治者出于政治考量，把"礼乐"作为国家认同建设的必要手段，赋予其极为重要的地位和价值，相信也是出于相似的逻辑。

在远古时代，祭天祭神祭祖先，带有巫术色彩的仪式化表演，是最有效的教化宣传工具，是军事、政治和经济手段之外，国家建构"软实力"的操作手段。仪式化的演出，能够通过礼乐的感官刺激和浸润，有效地将贵族和平民捏合在一个想象共同体之中，在情感和精神层面塑造出彼此认同的"我们"来。这个不分彼此的我们，往往就是国家认同的根基，是所谓"国家"在精神和情感领域的清晰疆界。

这种塑造国家认同的手段，在今天的人们看来也许显得古旧幼稚，甚至不可思议。中国周王朝的人们唱唱歌，跳跳舞，听听音乐；希腊雅典的人们看看戏剧演出，参加奥林匹克运动大会，就可以灌输"我们"

属于一个国家一个民族的认同感？

根据一些学者的研究，这种集体活动，在当时的确可以发挥这样的作用。而且直到今天，这种举措的效果都还相当不错。比如一场国际足球比赛。比赛开始前，代表特定国家的队员们，面对冉冉升起的国旗，跟几万观众一起高唱属于自己的国歌，一切按既定的仪式（礼乐）规则办。在几分钟的时间内，唱歌的球员和观众们似乎通灵一般，感受到一种台上台下共同的激动，有人甚至会忍不住流下眼泪。在球场外，也许这些人根本不认识彼此，甚至可能是生意上的竞争对手、办公室和三角恋里的死敌，但当他们唱同一首歌时，却变成了"同仇敌忾"的同胞，感觉到了血浓于水的某种情感关联。

这种体验，其实跟普罗达底斯在剧场里和几千"同胞"一起献祭于狄奥尼索斯，一起看戏，没有本质上的差别。

3
来自异邦的移民

随着美狄亚家里的保姆和歌队上场,悲剧开始上演。

通过保姆和歌队之口,欧里庇得斯先铺垫了美狄亚的身世故事。前面说过,对大多数坐在狄奥尼索斯剧场的观众来说,作为一个会魔法的美女,美狄亚那些事迹并不新鲜。比如把自己亲兄弟大卸八块抛入海中,让父亲忙于收尸,放弃追赶偷窃了金羊毛的伊阿宋;比如来到希腊后,诱惑伊俄尔科斯国王帕里阿斯的女儿们"杀害她们的父亲而出外逃亡"。根据神话,美狄亚先把一头老公羊杀掉砍碎,放进锅里烹煮,然后施魔法把他变成了一只羊羔。她诱骗帕里阿斯的女儿们杀死父亲,也把尸体砍成碎块,放进锅里煮,说这样就可以让父亲返老还童。女儿们上当,按照美狄亚的魔法去做,结果生生弄死了父亲。不过,那些拿了政府津贴来看戏的下等人,却不一定知道美狄亚的这段黑历史,所以欧里庇得斯一定得花点笔墨,来对他们进行通识教育,为美狄亚的戏剧动作做一些背景铺垫。

女主人公还未登场,观众们就被剧作家灌输了一通,从而知道了美狄亚是何等狠角色,有着何等超凡而残酷的魔力。自然而然,当观众知道美狄亚即将被伊阿宋抛弃,被柯林斯国王驱逐,他们就有了一种大致相似的期待:这个女巫的报复行动,绝不会轻描淡写,伊阿宋接下来的日子必将十分难过了。

在美狄亚正式实施魔法之前，剧作家还对她的身份作了一番澄清。让雅典观众们稍感心安的是，这个美丽又残酷的悲剧女主角，既不是雅典人，也不是希腊人。她登场后和歌队之间的对白，明确提示了这一点：

　　……让我亲眼看见他，看见他的新娘和他的家一同毁灭吧，他们竟敢先害了我！啊，我的父亲、我的祖国呀，我现在惭愧我杀害了我的兄弟，离开了你们。

剧情展开后，在美狄亚和剧中其他人物的交流台词中，观众们又多次被提醒，一定要注意女主人公的国籍问题。虽说，像普罗达底斯这样有教养的雅典市民，一直就知道美狄亚是个会魔法的外国女人，但欧里庇得斯的剧本在推动情节发展的过程中，还是不遗余力地强化这个离开了自己祖国的女人的外来身份，强化她拥有"飘过那内海，飘过那海上的长峡来到这对岸的希腊"的个人履历。

在一个场景里，面对围坐在山坡上的雅典市民，美狄亚甚至还直截了当地喊话：

　　这是你们的城邦，你们的家乡，你们有丰富的生活，有朋友来往，我却孤孤单单在此流落，那家伙把我从外地抢来，就这样将我虐待，我没有母亲，兄弟，亲戚，不能逃出这灾难，到别处去停泊。

无可否认，从戏剧动作出发，欧里庇得斯这样设定，是为了强化美狄亚走投无路孤立无援的困境，为她此后采取的报复行动进行铺垫。处境越惨，她的报复越凶狠，戏剧冲突也就越激烈。但对于雅典观众而言，美狄亚的这番宣示，还有另一层重要隐义：她和我们不一样，她不是希腊人，她谋划和实施的那些恶毒阴谋，只有未开化的野蛮人才做得出来。

等美狄亚最终执行了计划，害死公主和国王，杀死亲生儿子后，欧里庇得斯为伊阿宋和美狄亚设计了一场对骂。在骂战中，伊阿宋有这样一段怒吼台词：

  可恶的东西，你真是众神、全人类和我所最仇恨不过的女人，你敢于拿剑杀了你所生的孩子，这样害了我，使我变成了一个无子的人！你作了这件事情，作了这件最凶恶的事情，还好意思和太阳、大地相见？你真该死！当我从你家里，从那野蛮地方，把你带到希腊来居住的时候，我真是糊涂；到如今，我才明白了，你原是你父亲的莫大的祸根，原是那生养你的祖国的叛徒，原是上天降下来折磨我的！……从没有一个希腊女人敢于这样做，我还认为我不娶希腊女儿，娶了你，是一件很美的事情呢！哪知这是一个仇恨的结合，对于我真是一个祸害，我所娶的不是一个女人，乃是一只牝狮，天性比堤尔塞尼亚的斯库拉更残忍！可是这许多辱骂并不能伤害你，因为你生来就是这样无耻！啊，你这作恶的，杀害亲子的人，去你的吧！

狂怒的受害者话语里，挑明了两层意思。第一，美狄亚的恶行十足可憎，因为天底下没有哪个母亲会如此残忍地杀害亲生儿子；第二，这种行为只可能出现在野蛮人身上，因为"从没有一个希腊女人敢于这样做"，而来自"野蛮地方"的美狄亚却具有如此天性，她"生来就是这样无耻"。

  在地球一村、文化多元的今天，划分所谓文明人与野蛮人的标准已经无法跨越政治正确的红线。文化不分高下，每一个文化群落，每一种文化行为和文化表达，似乎都自有其合理存在的理由。在身份政治博弈的宏观语境中，哪怕是一丁点儿行为和语言上的出格，比如在欧洲的某个国家禁止穆斯林女子戴头巾上学、在美国的某个公开场合出现某首字母为 N 的词，都可能招致文化偏见的斥责，甚至种族歧视的控告。

公元前 5 世纪的希腊人，却没有如此这般的文化禁忌。我们和他们，文明人和野蛮人，界限十分清楚。不仅如此。正如伊阿宋在台词中所表露的那样，在那时，在雅典，美狄亚的狠毒可以明确地跟她的异邦人身份挂钩。对希腊人来说，她的祖国，那个远在东方的野蛮地带，就是她的野蛮标签，是她邪恶天性的出生证明。

古希腊人有这样的偏执看法，并不奇怪。今天的我们，肯定不能用今天的价值体系来对此进行观察和评判。比如，这样的文明与野蛮标签使用方法，在古代中国也从来不稀缺。就在欧里庇得斯写作《美狄亚》的前后，我们的先祖们也是通过华夏与蛮夷的区分，来划定文化层面我们与他们之间的疆界。

所谓"中国"，在那个时代并无具体位置，是指一块被东夷、西戎、北狄、南蛮环围的地方。我们与他们的界限，不仅体现在语言和礼乐上，而且也体现在食物、衣饰甚至头发打理方法上。作为一种国家叙事，《礼记·王道》中就曾经这样描述："东方曰夷，被发文身，有不火食者矣。南方曰蛮，雕题交趾，有不火食者矣。西方曰戎，被发衣皮，有不粒食者矣。北方曰狄，衣羽毛穴居，有不粒食者矣。中国，夷、蛮、戎、狄皆有安居、和味、宜服、利用、备器。"

按这样的叙事逻辑编织发挥，"中国"的文化身份开始逐渐凸显。华夏之民被野蛮之人合围在中间，经过历年相互征战和贸易，再加上君王动用各种手段来制造认同，最终形成了情感和理念上的民族地理概念。这个文化上的实体，在《尚书·舜典》里有最原始的说法，被后来的学者解释为"中国有文章光华礼仪之大"。换句话说，居住在"中国"的人们，比那些吃生食、穿毛皮、住洞穴的野蛮人在文化上优越许多。

透过今天政治正确的眼镜，来观察古人的文明与野蛮之辩，是一个极需要小心的举动。稍有不慎，就会落入片面偏狭的陷阱。毕竟，古人与我们，有着差异巨大的世界观，也有与我们很不相同的文化认知和评判方式。

正因为如此，可以想象，跟我一起看戏的普罗达底斯，肯定不会在自己座位上对舞台上的这番台词发泄不满。他周围的雅典男人们，也肯定不会发出抗议的嘘声。哪怕在这许多观众里，有一些是来自野蛮地方、最终归化了希腊的异邦移民，他们也不会因为伊阿宋侵略性的话语，站起身来表达愤怒，尽管内心深处，也许有一点点不敢苟同的嘀咕。

4
古希腊人的二元世界

根据古希腊神话传说，美狄亚的祖国远在东方，在黑海东岸，它的希腊名字是科尔喀斯（Colchis）。所以，女主角才会在台词中，描述自己"飘过那内海"（黑海），"飘过那海上的长峡"（博斯普鲁斯海峡），来到爱琴海对岸的希腊。在今天，科尔喀斯地方属于一个独立的主权实体，即东欧剧变后、从苏联分离出来的格鲁吉亚（Georgia）。中国的读者，也许不一定清楚格鲁吉亚和俄罗斯、苏联在历史上的从属和纠葛关系，但可能很多人都知道，苏联曾经的领导人斯大林，也来自这个国家。

在那时的雅典公民眼里，科尔喀斯是个遥远地界，既不属于希腊，也不属于欧洲。事实上，公元前5世纪希腊人的地理概念中，根本就没有一个欧洲（或者欧罗巴）存在。换句话说，我们今天所说的欧洲，在那时并没有出现在雅典人的世界认知框架之中，哪怕今天的人们往往将古希腊看作欧洲文明甚至西方文明的源头。

按照荷马史诗《伊利亚特》中的讲述，Europe 或欧罗巴，诞生于小亚细亚，也就是今天的黎巴嫩巴勒斯坦一带，是腓尼基（Phoenicia）的一位美女。众神之神宙斯看上她的美貌，变成一头牛诱惑了她，把她从小亚细亚带到克里特岛，于是她成了这个希腊岛屿上的女王。欧罗巴，是一个来自东方的女神。

与欧罗巴命运相似，科尔喀斯的公主美狄亚，爱上了乘坐阿尔戈海船（Argo）前来偷金羊毛的希腊英雄。在背叛父亲，杀死兄弟，帮助伊阿宋逃跑之后，这个女人和希腊英雄一起西行，跟随她的男人来到西方世界。她的移民经历，虽然多了一些残酷事件，却与欧罗巴的背井离乡几乎一样。

在这里，我们需要弄清一个基本的文化地理框架。在古希腊人的世界版图认知中，最清晰也最重要的是西方和东方的二元格局。在这个二元格局里，西方往往就是希腊，是我们；东方则相反，往往是外邦，是他们。对那时的希腊人来说，放眼西望，亚得里亚海另一头的亚平宁半岛上，"永恒之城罗马"还没有出现。再往西，或者再往北的起伏大地，甚至海那边的英伦诸岛，没有城市和文化的光亮，闻所未闻。

而在太阳升起的东方，有地中海东岸和黑海沿岸的诸多繁荣城市，供希腊人的通商海船停靠，让他们留下生活与迁徙足迹。在埃斯库罗斯创作的《酒神》中，剧中人狄奥尼索斯曾经这样宣称："我从神奇富饶的东方来到希腊"，自己故乡"有着沐浴在阳光下的波斯海岸，有着由城墙保护的巴克特里亚城镇，有着设计精美、可以俯瞰海岸的塔楼"。位于地中海东边的腓尼基人不光给希腊人送来了美女欧罗巴，根据古希腊历史学家希罗多德（Herodotus）的说法，还给他们送来了古希腊文的字母。

往东更远处，是人类历史上第一个大帝国波斯。在两河流域，在巴比伦，在苏萨和波斯波利斯这样的恢宏城市，从伊朗南部发家的波斯人建设出了灿烂的文明，无疑是那时的世界中心。按照一些历史学者的说法，波斯帝国的经济和社会发展及其所达到的文明程度，它西边的所有国家都无法企及。一句话，那时的希腊，更多是沾了东方的光。它是一个挂在文明中心边缘上，由海岛和山地构成的边缘国家。

在古希腊神话传说，以及后来出现的悲剧和历史书写中，常常显示出古希腊人对东方世界抱有一种强烈执念。这种执念，或者表现在与繁荣东方的历史与文化连接，或者表现于跟敌对东方的势不两立。在公元前6世纪波斯帝国崛起，向西扩张占领埃及和地中海东岸，并与希腊城邦正面交战之后，冲突与对立之念更是异常突出。

在普罗达底斯和朋友们一起观看《美狄亚》上演的半个多世纪前，公元前490—公元前480年，希腊本土遭遇了波斯帝国直接入侵。战火延烧到欧里庇得斯家乡萨拉米斯，直至雅典陷落，卫城化为瓦砾。这一系列战争，是强大帝国军队欺负边缘弱小国家的典型案例。在战争进程中，希腊人依靠自己的城邦联合与拼死抵抗，激战波斯军队，虽以失败告终，却也在全境内树立起一种骄傲的民族认同。

比如，从词源学看，英语中的"野蛮人"（Barbarian）一词，是来自古希腊语词根（βαρβαρoς）。而这个古代词汇，大概就是在希腊与波斯交战时开始被希腊人频繁使用。"Barbarian"一词的发音，来源于古希腊人轻蔑模仿那些"说不清楚话"的外来侵略者，他们只会发出BarBarBar的声音。在人类历史上，战争往往是族群身份和国家认同的催化剂。希腊人和波斯人的身份差异，被刀剑与鲜血，刻画和洗礼成了西方人和东方人、文明人和野蛮人之间的明确界限。

这种文明和野蛮的分野，从波斯帝国的角度看，其实也大致相似。

对那时的波斯人来说，面对希腊人，他们也会划出文明和野蛮的身份界限。甚至，他们还会有更强烈的优越感。今天的我们，不管是谈论马拉松战役里长途奔跑的信使，还是描述温泉关战役里以少胜多的300官兵，似乎都是遵循着希腊人的视角。如果我们转而站在波斯人立场来看这两场战斗，眼前的历史图景必然也会跟着变换。这些希腊人所谓的伟大胜利，在文明的波斯人看来微不足道，只是他们征服世界过程中，在野蛮人那儿碰到的小小挫折。

按照英国学者弗兰科潘（Peter Frankopan）在《丝绸之路：一部全新的世界史》中的研究，所谓希腊军民英勇抗击百万波斯大军，历史学家经过多次计算，认为那是个极度夸大的神话数字。那时的波斯侵略军统帅麾下，最多也就二十多万兵员。希腊人所谓对文明和自由的成功捍卫，在波斯帝王和他的最高指挥官眼里，只是野蛮边缘对文明中心的拒斥。最终，波斯人策马雅典，掠走了卫城中的珍宝，将城市毁为废墟。

到《美狄亚》上演的这一天，雅典已经在废墟上重建，卫城和山脚下的狄奥尼索斯剧场也焕然一新。

战争硝烟散尽，但文明西方和野蛮东方的二元对立，却已经深刻浸染在欧里庇得斯的剧本书写里，蔓延在普罗达底斯的期待视界中。从东方移民到西方的野蛮女人美狄亚，连同她的狠毒魔法，正好与这种期待契合，让这个雅典观众对伊阿宋吼出的愤怒台词产生情感共鸣。

从某种意义上讲，恰好是希腊人与波斯人的战争，恰好是西方对东方的恐惧与蔑视，是所谓文明与野蛮的对峙，给普罗达底斯和他的雅典朋友们编织了一张文化语境之网，让他们毫不犹豫地接受了伊阿宋对野蛮东方人的种族裁决。

5
历史叙事的神话

多年以来，无论中国的知识精英，还是普通读者，在翻译、介绍和解读古希腊悲剧时，几乎照搬西方的主流话语系统。这个话语系统中的西方和东方，民主与独裁，自由与暴政，文明与野蛮，往往被演绎成希腊与波斯的对决。传统西方历史叙事中，把两者之间的战争看作希腊城邦勇敢捍卫欧洲文明源头的说法，在中国被全盘接受。

在这样一种叙事框架里，真正的世界文明中心被描述和渲染成了边缘，东方被塑造成了落后和野蛮的黑暗心脏；与之相对，并不存在的所谓欧洲文明，被抬举至中心位置，古希腊诸城邦作为它的当然代表，成了文明抗击野蛮的自由堡垒。

这种一边倒的话语逻辑，近年来开始遭到质疑和挑战。有趣的是，这质疑与挑战也是从西方开始。

历史和文化学者们在审视传统叙事框架之后，对欧洲中心主义或西方中心主义的历史书写进行了梳理和解构，在一个新的世界史格局中，重新发现了东方，调整了自己的说法。从更宏观的世界文化地理角度，从一个更全面的历史主义层面考察，人们发现，若摆脱欧洲中心主义有色眼镜的隔膜，来观看那时的世界格局，古代希腊虽然成就卓著，却也不至于成为黑暗世界中的一盏文明孤灯。通过仔细辨析，人们还发现，即便强行将古希腊划入欧洲文明的起始泉眼，却又无法决然分辨出，从泉眼里流出的水，哪些来自西方，哪些属于东方。

无论从神话故事的角度，还是从历史的角度，位于西方的古希腊，和地中海以东以南的文化关系都是如此紧密地纠缠在一起。如果没有古希腊人在地中海沿岸甚至更远东方的商贸、旅行和殖民活动，就不会有古希腊神话中如此众多的东方元素，当然也就不会出现有关东方的各种历史书写。

换句话说，如果没有古希腊人与地中海东岸腓尼基人的贸易交往，没有希腊人在那里的定居和移民，大概就不会有宙斯把美女欧罗巴诱骗到克里特岛当女王的故事；如果没有古希腊商船通过博斯普鲁斯海峡进入黑海，航行至格鲁吉亚做生意，大概也不会有科尔喀斯金羊毛的传说，没有国王女儿美狄亚爱上英雄伊阿宋的情节。神话故事也好，历史书写也好，或者在雅典观众面前上演的戏剧也罢，都包含了相当丰富的东方元素。只是，在曾经一边倒的历史和文化叙事里，西方文明的光亮淹没了这些东方元素，或者，它们被有意无意地屏蔽掉了。

正如前面所说，若以社会经济、军事力量和人文发展作为衡量尺度，古希腊人面对的东方世界，并不逊色于他们自己的城邦。世界上第一个伟大帝国波斯，其文明成就若非远超希腊，起码也门当户对。然而，在后来的希腊优越论者眼中，有一个核心指标凸显，成为文明与野蛮对峙的当然标准：波斯再伟大，也不过是一个在暴君统治之下的野蛮帝国；而雅典，则有着地球上独一无二的民主制度。

自文艺复兴以降，西欧各地关于古希腊社会制度的议论和想象越来越多，越来越热烈，逐渐将希腊的城邦民主，塑造成了乌托邦式的理想国之源。其主要原因，是当时的知识精英试图给大大小小的国家统治者寻找政治制度和治理理念的历史源头与合法性。到现代民主加速推进的 19 世纪，关于古希腊城邦民主制度的讨论似乎终于达成某种共识：它是古希腊文明优越于其他文明和文化的根本原因，是欧洲现代先进文明的历史基石。

这个共识催生的历史叙事，给古希腊城邦社会蒙上一层炫目光晕。它强化了古希腊城邦民主制度的优越性，将其推到至高无上地位。作为希腊强大对立面的波斯帝国，被稀释入阴影之中，成了暴君独裁的野蛮力量化身、民主制度的天然敌人。文明与野蛮、西方与东方的二元划分不仅局限于希腊城邦国家和波斯帝国的社会治理模式，而且也外溢到文化，外溢到文学、艺术、建筑，外溢到戏剧表演……总之，在这样的视野中，作为欧洲文明的先驱，古希腊文明在两千多年前就已然是世界文明的巅峰。

希腊众神站在奥林匹斯山顶，骄傲俯瞰晦暗大地。

一些学者认为，这种历史叙事背后所包含的意识形态框架，很值得重新审视和仔细分析。关于古希腊的民主制度，荷兰学者李伯庚（Peter J.A.N. Rietbergen）在《欧洲文化史》中提醒道："切不要以为这种做法就是现在的代议制民主，而把它想象得如何美妙……"根据一些研究者的计算，当时的雅典城邦，总人口大概35万，其中能参与民主治理城邦事务、有权投票的雅典男性公民，大约只有2万，其他人全都是奴隶。也就是说，所谓雅典公民，或希腊自由公民，其实就是城里的上层人口，是贵族和精英。民主，对他们来说是有效的，对那33万奴隶来说，则毫无关系。

李伯庚指出，古希腊的两个学者柏拉图和亚里士多德都认为，民主制不是治理城邦的最好方式；其他同时代的哲人们，对此也多有争论。"因此，尽管希腊思想家们提出了关于政治组织的各种理论，我们却不能就此误以为他们就是西方代议制民主的先驱。无论以理论或实践来说，他们的思想和后来欧洲的民主理论与实践，都相去甚远。"

在关于古希腊社会制度的研究中，很多学者已经证实，后来的欧洲与其说是承接了古希腊的民主传统，不如说是在启蒙主义对其想象的基础之上，通过浪漫主义的激情推动，才找到了政治制度和社会治理的发展方向。欧洲各地社会的自身演化，不同国家在不同历史时期对治理方式的选择,才最终引发了欧洲现代民主制度的诞生。

美国学者贝纳尔(Martin Bernal)在《黑色雅典娜:古代文明的非洲和亚洲根源》等一系列著作中,采取了更为激进的方式,来解构欧洲的古希腊叙事。他认为,所谓欧洲文明传统起源于古希腊,是具有欧洲中心主义特色的文化逻辑,是19世纪欧洲殖民主义意识形态推动发明的一个历史神话。在他看来,当时的欧洲知识界之所以热情渲染这个神话,其目的,就是要给欧洲文明染上一层其他文明不可比拟的领先色彩。

通过这个神话,现代欧洲得以自我认定,现代欧洲文明寻获了自身先进性的历史渊源。19世纪是欧洲统治世界的时代,以英国和法国为代表,欧洲的现代资本主义发动机推动经济发展和殖民扩张,在那个世纪的下半叶成就了不可挑战的全球霸主地位。正所谓"欧洲城市的街灯,照亮了地球上几乎每个角落"。而这样的伟大成就,有其文明的古老基因。也就是说,东方或者其他地区在文明进程中的落后,是因为没有优秀制度传统做基础,从一开始就输在起跑线上;欧洲的先进,是因为它继承了古希腊优秀的文化血缘,在两千多年前就已经遥遥领先。

根据贝纳尔的说法,对古希腊传统的重新叙述,或者说重构,是19世纪欧洲知识与文化领域的一桩大事。比如,到了1820年以后,也就是到了欧洲许多现代人文学科奠基的时代,对古希腊的重构,催生了一种新的人种学或人类学范式。这种范式首先从人种上,将古希腊人定性为"雅利安人"(Aryan),然后从语言上,将他们与"印欧语系"相关联。这样一来,就从根本上将古希腊文化,同非洲和近东的文化根源切割分离。

换句话说,这种范式从根本上否定了古希腊人与东方的关联,让他们成了纯种"白人"。

贝纳尔认定,19世纪出现这样的古希腊叙事,来源于几种动力:启蒙主义思潮对文明"阶梯"进步框架的确立,和与之相伴的价值判断;

浪漫主义者对古希腊传统的迷恋，以及对独特文化身份的追求；新教信仰对罗马教廷的反抗，需要从古希腊典籍中汲取本真的基督教文本；最终，是对人种更优越的"白人"的欧洲身份，及其历史传统的合法性确认。承认古希腊文明与东方，与亚洲和非洲的渊源，等于承认欧洲文明的摇篮曾经接受非洲乳汁和亚洲洗礼，这与种族更"优越"的欧洲白人身份显然不符。所以，在19世纪，欧洲需要重新整理思路，将东方排斥在西方（希腊和欧洲）的文明基因之外。

贝纳尔的观点和论证，在学界引起巨大波澜，反驳和还击不绝于耳。

这场持久讨论，不仅涉及文明划分、文化优劣、身份政治等等话题，甚至连苏格拉底是否有非洲血统都被卷入，成为议论焦点。贝纳尔在一篇文章中表示，古希腊著名哲学家苏格拉底的学生柏拉图和色诺芬（Xenophon）都曾经描述说，他们的老师长得像一个Silenus，也就是传说中酒神狄奥尼索斯的追随者。之后，古希腊雕刻家们在给苏格拉底塑像时，就依照这种描述把他造型成了体胖，鼻短，厚唇，鼻孔朝上，眼睛略鼓的男人：一个带有明显非洲相貌、而和欧洲"白人"无关的形象。

这种说法，当然遭到众多反驳，认为贝纳尔无中生有，丧失了学术底线。但在贝纳尔看来，苏格拉底居然可能不是欧洲人，这一点，恰好是戴着欧洲中心主义有色眼镜的历史和文化学者们最不愿意承认的事实。

类似的反思和讨论文字还可以引用很多。

归纳起来，这些学术努力"是要用一种更充分的人类中心的全球范式来对抗公认的欧洲中心范式"，用一种更有机、更全景化的世界历史格局书写，来替换一度占据主导地位的欧洲或西方的历史价值评判。就如加拿大学者弗兰克（Gunder Frank）在《白银资本：重视经济全球化的东方》中所说的那样，文艺复兴以来建立的欧洲历史叙事，经过19世纪殖民主义的推广，已经成了事实上的世界话语霸主，现在是将这场虚妄盛宴的桌子掀翻的时候了。值得一提的是，弗兰克在这本书中所提出的历史观,以及依据这种历史观描述出来的历史事实与图景,也同样在学界引起剧烈争论,影响深远。

在这样一种全球范式观照下,世界文明格局显现出一种全新的面貌,无论在经济层面,还是政治和社会层面,或者在文学艺术等其他层面都是如此。

1900 年前后,面临"数千年之大变局"的中国知识精英阶层,眼见清帝国在欧美列强的压力之下崩溃在即,为了救亡图存,开始以先进欧洲为榜样,推行"洋为中用"的知识建构。急迫之中,他们全盘接受上面所说的欧洲共识,以及由此共识派生出来的欧洲中心主义历史和文化叙事。这种不假思索的接纳,自然波及对古希腊文明,以及古希腊文学戏剧的认知。

无论在意识形态上偏左还是偏右,一说起古希腊,就理所应当地将其神化,置于那个时代的文明巅峰,而遗忘和遮蔽了以波斯为代表的更加发达和恢宏的东方文明,是这种知识建构的一大特色。"言必称希腊",成了一代乃至几代知识份子挥之不去的话语场景。比如,一直到 20 世纪 80 年代,中国文化精英都还在努力检讨,为什么古希腊能出现《伊利亚特》和《奥德修纪》这样的恢宏巨制,而历史悠久的中国,有丰厚文化土壤,为什么生长不出类似的伟大史诗?

在这样一种语境里,古希腊悲剧也就合乎逻辑地被想象成崇高的艺术制作,成了不可超越的世界经典。

6
女人和男人

话说回来，《美狄亚》之所以能成为古希腊悲剧的经典作品，在后来的演绎和接受历史中脱颖而出，除了因为留传下来相对完整的剧本，也因为欧里庇得斯确有一些才华过人之处。

美狄亚是现存古希腊悲剧中极为少见的女主人公，一个悲剧英雄。按照亚里士多德在《诗学》中的提示，悲剧主人公首先应该具有道德上的正确性，某种命运的"不幸"或性格缺陷，最终导致他的损坏毁灭，由此，他的失败也才能引起观众的"怜悯"。也就是说，按照亚里士多德的裁定，悲剧英雄应该是正面人物，而悲剧效果是把正面的东西摧毁给观众看，让他们在震惊和哀叹之中得到"净化"。所谓悲惨的不一定是悲剧，说的就是这个道理。一个反面人物的失败，也许空前悲惨，却不能成为悲剧。

那么，坐在观众席中的普罗达底斯，看着美狄亚一步一步走向家毁人亡深渊，他该做何感想呢？

前面说过，欧里庇得斯在剧中不断向自己的观众宣示，美狄亚是个自带魔法的外国女人，"生来就是这样无耻"。随着剧情展开，观众们也逐渐看到，这个女人确实心狠手毒，说到做到，哪怕最终要杀害的，是自己两个亲生儿子。对在场看戏的雅典男人们而言，这简直就是蓝天白云阳光下，明亮晃眼的罪恶。按说，看到这里，普罗达底斯应该出离愤怒了,哪还谈得上对女主人公的同情与怜悯?

然而世事并非如此简单。欧里庇得斯创造的世事的模仿或镜像,当然也就不应该如此天真,黑白分明。按照阿里斯多芬的评价,诗人欧里庇得斯是一个矛盾体,荒诞感和现实感在他身上并置,因此,当我们面对他写出的悲剧人物时,显然也不应该走单纯路线,只从一维去观看。

不错,美狄亚身份的第一层,是会魔法的外国人,来自东方的野蛮之地。但她还有另一个身份。她是一个女人,妻子,两个男孩的母亲。而且,她还是一个为爱可以做出任何极端事情的情感狂热分子。

先说女人。

雅典的城邦治理实行民主制,也有相应的法律体系。但是,这一切都跟女人无关。

研究古希腊社会的学者们无法想象农村的状况,所以只能凭借手中相对稀少的材料,来还原雅典妇女的生活。在这个当时希腊境内最发达和文明的城邦里,依照法律,任何事情妇女都不得擅自做主,她们必须要有监护人。做女儿时,监护人是父亲和兄弟;结婚后是丈夫;丈夫不在或者死了,监护人就换成儿子。绝大多数女性从做女儿开始,就不能出门,也不能跟家中的儿子一样接受教育。等到结婚成为妻子,她们的首要任务是为丈夫生儿育女,其次是操持家务,抚养子女。准备好了饭菜,自己还不能跟丈夫和男人一起进餐。

在荷马史诗《奥德修纪》中,漂泊20年之久的希腊英雄奥德修斯,终于回到了自己妻子珀涅罗珀身边。但在正式相见前,他并不急于露面打招呼,而是乔装打扮成一个陌生人,去侦查自己老婆是不是已经和其他男人搭上关系。珀涅罗珀的家里,除了几个奴隶,还有作为监护人的儿子特勒马科斯。珀涅罗珀以为自己丈夫已经死了,但依然坚定守节,不接受一堆追求者的求婚。这一点,奥德修斯从儿子口中得到证实。珀涅罗珀历经20年对丈夫的坚强等候,在史诗里得到明确赞扬。

在雅典,男人和女人结婚,不是出于爱情,而是为了履行传宗接代的家族义务，因为他们的婚姻通常是家族安排的结果。结婚后，男人如果要找点浪漫感情，其他自由人家的女人是无法接触到的，因为在所有社交场合，无论在剧场看戏，还是在朋友家宴饮，都很难见到她们。所以，他们只有在女性奴隶和外国妓女那儿转悠，或者在比自己年轻、社会地位稍微低下一些的男人中间寻觅。谈情说爱，发生性关系，异性还是同性并不重要，主动或被动才是关键。主动的一方往往是阶层地位更高的一方，这就够了。如果男人要求离婚，只需在证人面前宣布，就可立即生效。女人则麻烦得多，除了需要重大理由，还得经过繁复程序。

在这样一种社会制度和行为规范框架中，美狄亚的遭遇就很悲惨，原因只有一个：她是伊阿宋的老婆。当老公决定抛弃自己，迎娶国王克瑞翁的女儿时，她知道，看戏的雅典观众也知道，这件事对伊阿宋而言易如反掌。

作为戏剧冲突的一部分，伊阿宋在跟美狄亚对话时，当然要解释自己废妻新娶的动机。完全突破当代观众的伦理底线，伊阿宋是这样明确告诉老婆的："我可以明证我这事情做得聪明，也不是为了爱情……这并不是因为我厌弃了你……你现在很可以相信，我并不是为了爱情才娶了这公主，占了她的床榻；乃是想——正像我刚才所说的，——救救你，再生出一些和你这两个儿子做兄弟的，高贵的孩子，来保障我们的家庭。"

伊阿宋抛弃美狄亚，迎娶克瑞翁的女儿，是为了生下更多高贵的儿子，为了家庭，是为了"救救"妻子？我们不禁要问，这算哪门子道理？！

且听伊阿宋是如何梳理这个逻辑的：

> 自从我从伊俄尔科斯带着这许多无法应付的灾难来到这里，除了娶国王的女儿外，我，一个流亡的人，还能够发现什么比这个更为有益的办法呢？……最要紧的是我们得生活得像

个样子，不至于太穷困，——我知道谁都躲避穷人，不喜欢和他们接近。我还想把我的儿子教养出来，不愧他们生长在我这门第；再把你生的这两个儿子同他们未来的弟弟们合在一块儿，这样连起来，我们就有福气了。你也是为孩子着想的，我正好利用那些未来的儿子，来帮助我们这两个已经养活了的孩儿。难道我打算错了吗？若不是你叫嫉妒刺伤了，你决不会责备我的。……愿人类有旁的方法生育，那么，女人就可以不存在，我们男人也就不至于受到痛苦。

今天的观众和读者，大可以将伊阿宋这番表白，翻译成无情无义男人的巧舌狡辩。但对于普罗达底斯和他的朋友们来说，这些台词所表达的意思，却又十分吻合雅典的现实生活逻辑。他们都知道，伊阿宋带着家庭逃亡来柯林斯，是因为美狄亚在伊俄尔科斯实施了另一套魔法，诱惑国王帕里阿斯的女儿们，把父亲放进锅里煮了。现在，这个逃亡家庭显然遇到了经济困难，儿子们前途堪忧。作为家庭的守护者、老婆的监护人，为了使家庭"不至于太穷困"，伊阿宋必须做出理智的抉择。

再说，美狄亚能得到现在的身份和地位，已经超过了她本来应该得到的。"你所得到的利益反比你赐给我的恩惠大得多"，伊阿宋这样告诉妻子，"你从那野蛮地方来到希腊居住，知道怎样在公道与律条之下生活，不再讲求暴力；而全希腊的人都听说你很聪明，你才有了名声！如果你依然住在大地的遥远的边界上，决不会有人赞赏你。"

老公的逻辑很清楚：我把你从第三世界一个偏远的不发达国家，"从大地的遥远的边界上"，带到了第一世界，让你这个野蛮人得以在民主与法制的社会中生活并且出名，已经付出太多。现在面临困境，必须要跟国王联姻，生出更多的儿子。"如果人类有旁的方法生育，那么，女人就可以不存在"。

为了家庭的存在和前途，女人的主要功能就是生孩子。依照这个逻辑，伊阿宋的潜台词就显得很无奈：如果男人能生育，那就不是问题，就不需要美狄亚，也不需要柯林斯的公主，自己生就解决了。可是神已经决定了，男人就是不能生孩子。

做个顾家的希腊男人太不容易了，而女人却只知道"嫉妒"，胡搅蛮缠。

7
情感英雄

再说悲剧。

美狄亚的性别身份,决定了她在剧中不可逃避的处境。

作为妻子,她附属于伊阿宋,或去或留只能听命于丈夫;作为母亲,她并不拥有两个儿子,只是丈夫私有财产的生育者、抚养者和代管人。总之,作为女人,她别无选择地被自家男人抛入困境,无路可走。

当然,对她来说,还有一种可能,那就是鱼死网破。

在得知伊阿宋决定和柯林斯公主结婚的消息后,无助的美狄亚跟保姆之间有一段台词交流,屡屡被后来的研究者和批评家拿出来说事。美狄亚向保姆这样抱怨说:

> 在一切有理智、有灵性的生物当中,我们女人算是最不幸的。首先,我们得用重金争购一个丈夫,他反会变成我们的主人;……而最重要的后果还要看我们得到的是一个好丈夫,还是一个坏家伙。因为离婚对于我们女人是不名誉的事,我们又不能把我们的丈夫轰出去。……一个男人同家里的人住得烦恼了,可以到外面去散散他心里的积郁(不是找朋友,就是找玩耍的人;)可是我们女人就只能靠着一个人。

美狄亚说"用重金争购一个丈夫",是指在欧里庇得斯的时代,女子到了年龄还没出嫁是一件不可接受之事。所以,自己家里必须准备一笔丰厚嫁妆,去"争购"一个丈夫。抢购来的老公到底是好人还是坏蛋,则全靠碰运气。而且,如果自己运气不好,婚后发现老公是个坏蛋,还只能跟他过一辈子,除非是他先决定抛弃自己。

正是这段台词,成了许多当代诠释者最看重的戏码。经过了妇女解放的社会变革,或者接受了女性主义的观念洗礼,这些诠释者们正好用男女平等这把刻度明确的标尺,去测量美狄亚这个剧中主角的悲剧性。在他们看来,悲剧诗人是借了剧中主人公的口,来控诉古希腊城邦中妇女的不幸,因此,她最终的报复行动,就得到了正当性裁决。既然那时希腊妇女的命运如此悲惨,且又无路可逃,那么暴力反抗就是唯一选择。

换句话说,美狄亚之所以能成为悲剧英雄,就因为有男人对女人的压迫在先,而女人可能的反抗方式几乎为零。这当然也吻合了亚里士多德所谓悲剧主人公遭遇"不幸"命运、最终走向毁灭的定义。对于当代的女性主义读者和观众来说,欧里庇得斯之伟大,就在于他塑造了美狄亚这个女性形象,她是一个两千多年前的女性主义先行者,一个表面"女巫"、内在"天使"的矛盾体,一个以最残暴最极端方式反抗男权社会、反抗命运的英雄。

如果改换角度,我们却会发现,这种阐释只对当代观众有效。对公元前431年坐在卫城山坡上看戏的雅典男性公民来说,可能就有些勉强。

首先,美狄亚的这种抱怨和抨击,在整个戏剧动作展开的过程中,只是极少部分。大多数时候,她的愤怒还是指向其他地方。她的悲苦,主要来自丈夫的抛弃,来自她作为异乡人的孤独与无助。上面所引那段著名台词中,美狄亚确实抱怨了女性遭受的不公正待遇,但紧跟着,她又做了另一层倾诉:

这是你们的城邦,你们的家乡,你们有丰富的生活,有朋友来往；我却孤孤单单在此流落，那家伙把我从外地抢来，又这样将我虐待，我没有母亲、兄弟、亲戚，不能逃出这灾难，到别处去停泊。

这就意味着，美狄亚的反抗，在很大程度上并不是针对希腊城邦中男尊女卑的社会现实。对她而言，这个现实可能早已被接受，被内化，是无可辩驳的社会行为准则。这种女性的抱怨，与贯穿全剧的异乡人孤独和愤怒相比，只是轻描淡写的一笔。

其次，对普罗达底斯和跟他一起看戏的雅典男性观众来说，美狄亚对男性的抱怨也不会给她涂上多么耀眼的英雄亮色。

毕竟，在大家都接受的制度律法和社会规范中，在神话传说的话语框架里，阿尔戈英雄伊阿宋，从来就不是一个坏蛋。更进一步讲，为了维系家庭，坐在圆形剧场里看戏的每一个雅典男人，都可能将伊阿宋"合乎逻辑"的举动，在自己生活中付诸实践。在他们各自悲喜交加的家庭生活中，伊阿宋式的困境不是没有出现过。也许在他们看来，作为男人，作为儿子的父亲，作为丈夫，作为老婆的监护人，伊阿宋在困境和苦恼中做出这样的选择，恰好表明了一家之主所承担的沉重责任。

在出门来看戏之前，普罗达底斯自己的老婆可能都还有过类似抱怨。但，女人嘛，她们天性如此。何况，眼前这个来自异邦的女人不是一般女人，是会邪恶魔法的东方野蛮人。从落后的第三世界来到第一世界生活，无法适应文明社会的婚姻制度，对各种现象多有抱怨，也属正常。

我们可以想象，作为雅典公民，普罗达底斯的婚姻也是父亲一手包办。他的妻子虽然不是异邦野蛮人，是土生土长的雅典女性，但他娶了她，跟台上的伊阿宋所宣称的那样，从根本上讲，也不是为了爱情。家庭生活重复无趣，普罗达底斯也开始在外面和女性男性私通，或者跟自家女奴发泄一把。老婆当然晓得他的这些动作，但并没有激烈反应，除了偶尔抱怨几句。毕竟，结了婚的雅典男人们都会这样。抱怨归抱怨，日子还得过。

只是,这样持续过下去,普罗达底斯又总觉得生活缺了些什么。

缺什么?缺感情。

在这位雅典公民自己的家中,缺了惊天动地的爱,缺了人神共愕的跌宕,缺了让人心醉智迷的感情。而眼前,在舞台上戴着面具、身着艳丽服饰的美狄亚,连同她的命运,却是一个反差极强的鲜活例子。

这是一个何等异样的异邦女子!为了爱,她不惜抛弃自己的祖国,帮助一个来自希腊、偷窃自家宝物的水手;为了爱,她背叛亲生父亲,将自己亲兄弟碎尸抛入大海;为了爱,她跟随伊阿宋漂过那长长的海峡移民希腊,置身于一个与自己格格不入的城邦,让自己陷入孤独和思乡的泥潭;还是为了爱,她不惜采取恶毒手段惩罚丈夫,甚至亲手杀死自己的两个儿子。

敢爱敢恨,这个女子简直就是困守家中、循规蹈矩的寻常雅典女人的反面。在普罗达底斯的朋友圈中,根本找不出一个像美狄亚这样疯狂奇异的女子来。

在《美狄亚》的高潮部分,也就是悲剧的第五场,有一段女主人公独白,为我们猜想普罗达底斯的观感提供了重要线索。在这里,美狄亚已经知道,自己施了魔法的金冠和长袍被送入公主宫中,新娘高兴地接受了这份礼物。接下来她所要做的,就是杀死自己两个儿子,来完成复仇计划。但是,要亲自处死自己的孩子,对一个母亲而言并不那么容易:"这样高贵的形体、高贵的容颜!……我的孩儿的这样甜蜜的吻、这样细嫩的脸、这样芳香的呼吸!分别了,分别了!我不忍再看你们一眼!"

接下来,美狄亚告诉观众:

> 我现在才觉得我要做的是一件多么可怕的罪行,我的愤怒已经战胜了我的理智。愤怒是人类一切最大祸害的起因。

"我的愤怒已经战胜了我的理智",这句台词极为关键,几乎就是悲剧高潮的所谓"真相大白"(anagnorisisre 或 cognition-scene)场景。美狄亚的生涯故事,从她爱上伊阿宋、背叛父亲和祖国开始,就一直蒙着一层非理智色彩,再加上她来自异邦的野蛮人身份,在普罗达底斯和朋友们眼里,几乎就是人类非理智状态的超级符号。她的所有行为,都与理智不可控制的情绪相关联。从逻辑上说,"我的愤怒已经战胜了我的理智"这句话中的"愤怒",可以替换成表现情绪和感情的好几个词:"我的爱情已经战胜了我的理智""我的嫉妒已经战胜了我的理智""我的痛苦已经战胜了我的理智""我的疯狂已经战胜了我的理智"……一句话,悲剧女神被各种极端情绪和情感焚烧,在失去理智的状态中,最终把自己毁掉了。

19世纪的德国哲学家尼采(Friedrich Nietzsche)在追溯悲剧的起源时,曾经写过一段形象而夸张的文字。依据他自己的考证和分析,狄奥尼索斯庆典或戏剧演出,来自古代的酒神节日:"几乎在所有的地方,这些节日的核心都是一种癫狂的性放纵,它的浪潮冲决每个家庭及其庄严规矩;天性中最凶猛的野兽径直脱开缰绳,乃至肉欲与暴行令人憎恶地相结合,我始终视之为真正的'妖女的淫药'。"

不把尼采的这段话当作社会学或者文化人类学描述,而当作美学玄思和形而上猜想,似乎可以为我们解释,美狄亚何以能够在雅典男性观众眼中成为悲剧英雄的原因:尼采所谓的酒神精神,他所谓的"醉"的审美状态,恰好就需要由美狄亚这样的戏剧人物来呈现。美狄亚的戏剧行动,突破了常规的"理智"(阿波罗式的精神),让"天性中最凶猛的野兽径直脱开缰绳","冲决每个家庭及其庄严规矩",是一种"癫狂"(狄奥尼索斯式的精神)。

坐在剧场中,光天化日之下,普罗达底斯从美狄亚身上品味到了货真价实的"妖女的淫药",体会到了超乎现实的震惊和恐惧,同时也感受到了他在日常状态里不可能感受到的酣畅情感和情绪解脱,一句话,他"醉"了。

　　悲剧终于诞生。

8
归化的女神

当美狄亚带着两个儿子的尸体,坐在蛇船里从舞台后方的空中出现,这出戏也就进入了尾声。

到这个时候,我们也许可以找到美狄亚引发雅典男观众们"怜悯"的根源,也就顺便回答她为什么可以成为悲剧英雄的问题了。在普罗达底斯和雅典观众们眼中,美狄亚是一个为了欲念和感性,为了爱和恨可以不顾一切的女人。理性的矮子,感性的巨人——一个情感英雄。她的一切行动,都是受感情驱使;她猛烈地反抗"理智",哪怕最终结局导致情敌的死亡、亲生儿子的死亡,导致自己的再次流放。

普罗达底斯跟其他观众一起喝彩,感到彻底的放松。美狄亚最终英雄式的退场,给他带来一种平安感:女主角既没有被戏剧动作彻底毁掉,也没有被自己和朋友在感情上欣然接受。正如《美狄亚》里的歌队在剧终时所唱:"宙斯坐在俄林波斯分配一切的命运……凡是我们所期望的往往不能实现,而我们所期望不到的,神明却有办法。"敢爱敢恨的美狄亚,以自己的方式化解了戏剧矛盾,虽然残暴,虽然违反她试图保全家庭的意愿,却维护了自己的尊严。与此同时,这个悲剧英雄捍卫了情感在她生命和生活中的地位,却因为丧失理智,受到了应有的惩戒:她的疯狂行为,突破了理性所设立的规范,神明自有办法,来对她实施制裁。

更进一步看,美狄亚的一切行为,虽然触目惊心,却因为她是一个来自野蛮地域的异邦人，让普罗达底斯和他的朋友们感到释然。

对雅典人来说，对知道怎样在公道与律条之下生活、不再讲求暴力解决方案的希腊公民来说，所谓野蛮，不正是因为野蛮人缺乏理性，缺乏"庄严规矩"，缺乏文明准则吗？的确，美狄亚的遭遇不乏让人同情之处，她的抗争和报复也显示出一种让人钦佩的勇气。但，既然宙斯已经在奥林匹斯山上，按理性规则安排了她的人生格局，试图通过释放出天性中最凶猛的野兽来突破这个格局，放弃理智，只遵从情感的引导，恰好证明了野蛮人，也就是他们，和我们在本性上有多么不同。

为了爱拼得鱼死网破，为了爱，杀兄弟杀儿子，显然只有美狄亚这样的异邦女人才做得出来。

在卫城脚下的狄奥尼索斯剧场，《美狄亚》结束了。这部公元前431年上演过的悲剧，在此后的两千多年里，却又从未落幕。美狄亚这个复杂多面的悲剧角色，在此后的改写和演出历史中，被赋予各种特质，被演绎成各种类型的形象，直到今天。

多少年过去，古希腊神话里，从东方的小亚细亚移民希腊的欧罗巴，现在变成了欧洲这块地域的正式官方名字。处于黑海东面，对欧里庇得斯来说曾经是大地遥远边界的科尔喀斯，现在也成了欧罗巴的一部分。或者至少说，在苏联和华沙条约阵营崩塌之后，格鲁吉亚这个曾经属于东方阵营的国家，在大欧洲和欧盟的文化地理框架中，已经正式变成了一个西方国家，一个欧洲国家。

备受争议的神话人物美狄亚，也顺理成章地不再属于"他们"，而成了"我们"的一分子。

从19世纪开始，格鲁吉亚被当时的欧洲豪强俄罗斯吞并，成为那个沙皇帝国的一部分。1917年，俄罗斯爆发苏维埃革命，推翻了沙皇统治，格鲁吉亚人趁机行动，试图建立一个独立的主权国家。但在1921年，苏联红军的入侵彻底毁掉了这个建国之梦。有意思的是，出生于格鲁吉亚的革命者斯大林，在1924年列宁逝世之后，成了苏联的最高领导人。

第二次世界大战后，格鲁吉亚是苏联的一个加盟共和国，跟许多东欧国家一样，属于华沙条约组织。这也就意味着，格鲁吉亚站在了冷战铁幕的另一边，不再属于欧洲，而是欧洲的对手和敌人。

20世纪90年代东欧剧变，格鲁吉亚顺势建立了独立的共和国。不过，它与俄罗斯的政治龃龉和领土争端持续不断。格鲁吉亚独立建国的战略之一，就是寻求被欧洲接纳，成为北约成员，成为向东扩展的欧盟（European Union）一部分。进入21世纪，这个西向欧洲的国家政策，与俄罗斯的国际战略形成冲突，最终导致2008年一场战争的爆发。短暂的"格鲁吉亚-俄罗斯战争"没能最终解决格鲁吉亚与俄罗斯的领土争端，比如南奥塞梯的归属问题，却引发了欧洲和欧盟对这个国家的普遍同情与支持。

从那一刻起，格鲁吉亚的文化归属问题似乎得到了确认，它一直以来试图融入欧洲的努力得到了回报。

我曾经在一次欧洲举办的学术会议上，碰见一位来自格鲁吉亚的学者。他在大会上的发言，涉及格鲁吉亚与欧洲的文化认同与加入欧盟的前景。会后午餐，我们两人坐在一起聊天，谈及他的研究。这位学者热情地跟我解释，在古希腊时期，格鲁吉亚就已经跟欧洲有了亲密接触，甚至就是欧洲的一部分，例证当然就是金羊毛和美狄亚。就着不怎么可口的食物，他还解释说，葡萄酒是格鲁吉亚人最早发明，然后才向西传播，给古希腊人带去了祭祀巫术仪式上的狂欢饮料。尼采所说的古希腊悲剧之"醉"，都跟这个发明有关。现在，格鲁吉亚的葡萄酒，应该是世界上最好的葡萄酒，比法国和意大利的都醇厚丰美。

对此，我完全没有发言权。不过我能从这位学者的话语里，体会到一种强烈的欧洲情结，一种急迫的认同欲望。

2007年，也就是格鲁吉亚和俄罗斯之间的战争爆发前一年，格鲁吉亚靠近黑海的城市巴都米（Batumi），在城中为美狄亚建造了一座高达6米的雕像。通体蓝色的女神，形象庄严，右手高举伊阿宋曾经从科尔喀斯夺走的金羊毛,站在"欧洲广场"中间。当时的格鲁吉亚总统萨卡什维利,亲自出席了雕像揭幕仪式。其后,这地方就成了当地的热门旅游景点。

在巴都米市的官网上,市长先生对设立雕像的初衷有如下解释:

> 美狄亚是一个把格鲁吉亚和欧洲连接在一起的人,她因为自己的医药能力以及各种各样的神话而全球闻名。所以美狄亚是格鲁吉亚文化和欧洲文化融合的象征。

两千多年前希腊传说中的神秘魔法,现在变成了格鲁吉亚获得国际名声的"医药能力";在雅典剧场里上演疯狂行动的野蛮女人,现在成了格鲁吉亚人民引以为傲的女神。超现实的神话人物,成了现实世界中格鲁吉亚文化摆脱俄罗斯影响、转而与欧洲文化接近融合的象征。

公元前5世纪,曾经为希腊人民提供国家认同、将我们和他们区隔开来的带有巫术色彩的戏剧表演,在21世纪仍然通过一座女神雕像发挥着同样的效能。只不过,对那时的雅典观众来说,美狄亚的传说和悲剧,并不意味着她能"把格鲁吉亚和欧洲连接在一起"。通过神话建构起来的希腊人的想象共同体中,并没有格鲁吉亚的位置。只是到了今天,这个处于"大地的遥远的边界上"的地方,才开始了成为"我们"的认同旅程。

如果普罗达底斯,这个虚构的古代雅典公民,在冥冥中上网查询,看到巴都米市官方这一段对美狄亚身份的解释,该做何感想?

第二章 万神殿 天堂的模样

万神殿：一座经历了信仰变迁的建筑，以独特的构成空间，见证基督教从异邦邪教转换为欧洲正统的罗马历史进程。

1
走近万神殿，走进万神殿

游玩罗马，罗通达广场中心的万神殿（Pantheon），可谓各国观光客必到之地。

古今交错，游人堆叠的罗马市区内，这栋门面斑驳的建筑物，是古罗马时代留存下来最完整的建筑之一。更神奇的是，从公元 2 世纪以来，虽然经历多次损毁和重建，这座庙宇就一直在使用。不像罗马城中的一些其他古迹，如元老院、斗兽场、浴场等等，早已失去原有功能，成了

万神殿外观，罗马罗通达广场，作者摄

供人参观拍照的遗址。万神殿跟它们不同,是一个活文物,在供人参观游览同时,还是当地居民日常生活一部分。

从结构和风格上看,万神殿柱廊与圆形拱顶结合的样式,直到今天还被世界各地的作品模仿。从佛罗伦萨市中心布鲁内斯基在文艺复兴时期设计的圣玛利亚大教堂,到启蒙时代法国国王路易十五下令在巴黎修建的先贤祠,与普鲁士国王腓特烈主持设计的柏林天主教堂;从美国独立后在华盛顿建造的国会大厦,再到中国南京东南大学新近落成的大礼堂;人们总可以看到类似模样的建筑物,或现身于市区,或伫立于校园。来自四面八方的建筑爱好者或游客,到万神殿参观,也可以算是一次寻根之旅。

挤过摩肩接踵的人流,从巨大石柱挺立的柱廊跨进神殿正厅,游客们掏出相机手机,疯狂拍照。确实,这个由古罗马混凝土和各种石材筑建而成的结构蔚为壮观:圆形大厅直径 43.3 米,半球形拱顶向上延伸,从地面到达圆形天眼(Oculus)的垂直高度也是 43.3 米。光线可以从直径 9.1 米的天眼洒落进来,随时间流逝在大厅内变幻。据说天气良好时,阳光穿透天眼,直接投射,可以给大厅制造出奇妙的光影效果。不过,我去的时候,正值下雨。雨点从天眼飘进,落在被光线照亮的地板上,顺着刻意修建的暗渠流出殿外。

四周蜂拥的游人们低声说话,模糊话音伴随相机快门的声音,在恢宏空间里回旋,神秘地烘托出一种遥远空旷的气氛。

不像欧洲各地后来建造的绝大多数基督教堂,万神殿没有窗户,自然也就缺少了斑斓耀眼的彩绘玻璃。除了穹顶的天眼和供人进出的大门,整个空间完全与外隔绝。弧形拱壁上,正方形的凹陷衬砌和半圆形结构呼应,突出了拱壁的厚度,让人在感受表面纹理的同时,也意识到拱壁的结实。这一技巧的使用,让进入大厅的人有一种非常明晰的隔离感:坚实厚重的弧形构造,把观者笼罩在封闭空间之中。进入神殿,就是进入一个唯一的世界,属于神的世界。这种感受,与从外部看这栋建筑的感受完全不同。

即使在今天，万神殿也算是一座体量较大的构成。建筑体站立在地面，厚重扎实，和四周的虚空形成对立。想象古罗马时代，神殿四周不是眼前楼宇簇拥的罗通达广场，而是更加空旷的空地或花园，这种坚实体积与空间的对立感恐怕更为强烈。经过两千年的城市发展和建设，万神殿周边出现的房屋，把原来的虚空挤压变小，才让神殿的相对体量显得有些缩水。

当人走进大殿之后，实在和虚空的对立依然在继续，但也悄然发生了转换。实在的建筑结构锁定了一个固定尺寸的空间，原来的虚无仿佛变得可感可触，有了确定的形状。人声嘈杂，在波动空气里盘旋之后，又被厚实的拱壁反弹，形成笼罩性共鸣——空虚就这样被赋予了形式上的价值。从这个层面上看，虚空不再只是实体的陪衬，而是实体的一部分，甚至在感觉上比实在更动人，或者起码同等重要。

无论从建筑力学还是工程技术来看，这座神殿都显示出将近两千年前古罗马人的惊人才能。难怪，英国诗人雪莱游玩万神殿后，曾在1820年留下这样的诗句："这，就正如宇宙自身的可见模样。"

雪莱的赞美，显然有诗性的想象与夸张。"宇宙自身的可见模样"，更多是描述万神殿圆形大厅内部空间带给他的审美感受，与中文里常用的"苍穹"一词所描绘的意象非常接近。"宇宙"也好，"苍穹"也罢，都源于人们对大地和天际关系的一种"天圆地方"想象。在这一想象中，人类居住的大地是平的，半圆则是天际的样貌。半圆宇宙将平坦地表笼罩，往往是这种形式特征的最直接描述。

从整体结构看，万神殿是一个在形制上相当奇怪的组合体。

把雅典卫城山上的神庙帕特农同罗马的这座万神殿作对比，最愚钝的观者也可以看出两者的某种相似来。万神殿的正面和柱廊，与帕特农的正面和柱廊几乎一致。万神殿的柯林斯式粗壮柱子上方，是曾经存在着浮雕的三角楣饰，也与卫城上的帕特农一致。从造型上看，万神殿的正面，几乎就是一座山寨版的帕特农正面。

紧接在柱廊后面的圆形大殿，显示出了万神殿与那座古希腊著名建筑的重大区别。正是这个圆形大殿，赋予它门前那个罗通达广场今天的名字。按照一些学者的说法，古罗马人模仿建造的希腊式神殿，本身应该是另外的样子，比如现存于法国尼姆的伽里神庙（Maison Carrée）。始建于公元1世纪古罗马征服高卢之后，法国境内的这座建筑几乎就是希腊神庙的完整翻版，正面和柱廊与神殿连接在一起，形成一个规整的长方形构成体，如雅典卫城的帕特农。而罗马城里的这座万神殿，却只使用了希腊式的正面与柱廊，在它们身后，是一个罗马式圆形大殿，明显有嫁接之嫌，说严重些则有点不伦不类。如果单纯从美学上讲，这种看起来像是庞大乌龟的造型，也许并不能给观者一种和谐的形式感受。

不过，这不是我想在这里讨论的话题。

2
建筑首先是伦理居所

观看建筑作品，一般人都会预设潜在的美学框架。在一座庙宇、一栋高楼外，或者在一个机场候机大厅内，观看者眼光扫描立面造型和空间结构，欣赏各种装饰效果，然后由衷赞叹，真是太漂亮了！更有教养的观赏者，也许还会在心中默诵欧洲哲人曾经说过的著名金句，并把它和自己拍摄的照片一起，放到微博或微信朋友圈里：要么，配以"诗意的栖居"；要么，赞叹"建筑是凝固的音乐"，如此等等。

美感，似乎是观者在面对建筑作品时最关心的话题。

然而建筑在那里，显然不仅仅是为了给观者提供美感。换句话说，建筑是艺术，但它首先是建筑，是房屋，有具体而实际的功能。盖房子，则主要是为了兑现具体价值。一间茅棚可以遮风避雨，一栋商场可以提供购物空间，一座教堂当然也能让信众能在里面听神父传道，并进行各种宗教祭拜活动，还可以举办结婚仪式。因此，建筑首先是伦理居所。

按照美国学者哈里斯（Karsten Harries）在《建筑的伦理功能》一书中的说法，西方的建筑历史，总是围绕两个极点来转动的。这两个极点，分别是住宅和神殿或教堂："一个以住宅为标志，另一个则是神殿或教堂；一个比较私密，另一个比较公共；一个比较世俗，另一个比较神圣。"住宅更多地关注人们的肉体需要，而神殿或教堂更多着手于人们的精神需要。从这一点看，不仅是西方，人类建筑的演化过程也莫不如此。建筑史不是一个正圆,只有一个中心点,而是一个包含了两个中心点的椭圆。

更进一步看,建筑的两个极点,首先都是功能性考量。要么,是相对私密化的住宅,解决温饱中的温;要么是相对公共化的场所,提供温饱之后的社会功能或精神食粮。哪怕最原始的人类社会,其实际使用的聚居场所,比如已经发现的远古人类聚集地遗址,不论在欧洲、亚洲,还是美洲非洲,也会在一定程度上把这两个空间、两种功能加以区分。发展到后来,人类建造的房屋就逐渐演化成两大类,私人居家的房屋,与社会活动聚集的公共建筑。可见,这是人类建筑发展中必然的两个支柱。

既然说到了满足人们的物质和精神需求,建筑的历史就显然不仅仅是一部艺术史或美学史,同时也是一部伦理学史。

对人为空间的设计和建造,无论住宅和神殿,都无法逃脱它最原始的功能诉求,都必须最大限度地满足人们实际使用它们时的功利需要,这是建筑最基本的伦理底线。所以,当中国的中世纪诗人杜甫,在成都草堂写下《茅屋为秋风所破歌》,发出"安得广厦千万间"的喟叹时,他显然不是出于审美需求对住宅建筑进行思考。同样,当19世纪的法国作家雨果写作《巴黎圣母院》时,花费大量笔墨描写那座位于塞纳河畔的教堂,也不是把它作为凝固的音乐来欣赏,而是把这栋哥特式建筑当作伦理象征,与教堂前洋溢世俗烟火的格莱芙广场形成对位。至于到了20世纪,当德国学者海德格尔创造出那句被中国房地产广告滥用的金句时,他所说的"诗意的栖居",则根本不是指向建筑的艺术效果。

作为观者,我们在走近或者走进一座建筑时,可能往往会忽略了它的原初功能,而只专注于艺术或审美的趣味,这是建筑作品解读中,经常出现的潜意识偏差。这种偏差,在观看历史遗留建筑时,就显得更加突出。许多穿越时间幸存下来的建筑作品,因为社会的发展而丧失了原有功能,成了不折不扣的不可移动地面文物。在这样的场景里,不是每一个观者都具有历史学和人类学知识背景，也不是每一个人都知道这些建筑曾经的社会功能定位，于是在他们眼中，那些富家大院也好，庙宇城堡也罢，都变成了纯粹的艺术作品，成了审美对象。

如果把罗马城中的这座万神殿当作一个伦理坐标，看成是古罗马人为满足其社会功能和精神需求而营造的实用空间，我们能看到的，显然就不仅仅止于游客相机取景框中的表面景象，不仅仅止于它的美学描述和欣赏。

它一定还包含了更多的精神内容，笼罩着复杂而丰富的信仰价值。

作为一个曾经称霸地中海沿岸和欧洲大陆的帝国，古罗马的物质疆域早已崩坏，变成厚厚历史书籍中的记载文字，变成散布于各地的水渠、要塞、浴场、斗兽场和神殿遗迹。从旅游的角度看，各种遗存的历史碎片供人游玩欣赏，以艺术或美学面目供人拍照留念，确实给当地带来不菲的现金收入。但是，这个消失了的帝国曾经的精神疆域，它的信仰图景，到底如何呈现于这些遗迹之中？在万神殿如宇宙模样的空间内，到底有什么样的宗教内容和形式？恐怕也是我们在观看它们时，需要弄清的问题。

毕竟，古罗马帝国留给欧洲和世界的，不仅是丧失了原有功能的建筑遗址。一方面，它的政治体制和文化建构，在帝国衰落之后依然对后世发挥影响；另一方面，它缔造的信仰帝国，以梵蒂冈为核心，到今天还在对世界各地的天主教徒发出颇具权威的种种训令。

在这个背景之上，考察一下万神殿的前世今生，理解它所凝聚的超越物理现实的精神遗产，显然是值得仔细一做的作业。古罗马人为什么要把自己的神庙设计成如此模样？在这座神庙修建之初，到底供奉着什么样的神灵？神庙损毁和重建过程中发生的信仰转换，到底能让我们窥见什么样的文化和历史场景？这些疑问，虽不涉及"凝固的音乐"，不涉及取景框之内的诗意栖居，却是颇有价值的思考方向。

3

一神和万神

公元 609 年 5 月 13 日，罗马城中的万神殿，被梵蒂冈最高领导人正式钦定为"圣玛利亚与殉道者教堂"。

从那之后，它就一直是基督教的崇拜场所。直到今天，仍然每周都有礼拜活动，也有市民的婚礼等仪式在里面举行。在进入大殿参观时，我曾经注意到一块公示牌，上面写着接下来一段时间内的礼拜活动安排，证明万神殿依然被当地教会组织使用，继续发挥圣玛利亚与殉道者教堂的仪式场所功能。然而，在公元 7 世纪万神殿成为基督教堂之前，这个在今天看来都相当恢宏的空间内，又供奉着什么样的神祇呢？

公元前 2 世纪，罗马共和国内出现了所谓罗马神的崇拜仪式。这种崇拜基于民众对帝国的自豪和拥戴，同时也因为能增强帝国所征服地域的向心力，由中央政府在各个行省提倡。在罗马疆域内修建的大小神庙中，罗马神和共和国最高领袖，也就是罗马皇帝，一起接受民众的祭拜。

这个罗马神崇拜的仪轨，是从著名的罗马执政者屋大维（Octavianus）开始的。

屋大维是恺撒的远亲、养子和钦定继承人。他从战乱中崛起，最后以强悍的军事实力和熟练的政治手腕，把自己从议员的位置，推上了罗马最高统治者的宝座。为了持续掌握帝国政治和军事大权，屋大维和自己的亲戚阿格里帕（Agrippa）轮流坐庄，交替担任执政官。从表面上看，这合乎罗马共和国的传统与法律，一个执政官只能掌权两年；实际上，他们却利用轮流在位的优势，把元老院以及其他机构里的反对者逐步清洗出门，让屋大维获得了独裁的权力，将帝国的军事、政治和经济资源独揽至麾下。

到这一步，尽管罗马在名义上还是共和国，屋大维在名义上还是执政官，或者共和国"第一公民"，但实际上，他已经成了这个松散帝国说一不二的皇帝。

有意思的是，这一套政治操作，在21世纪的俄罗斯居然得以完整重现。俄罗斯总统普京的第一次上位，是卸任总统叶利钦直接内定的结果，相当于恺撒当年把自己的政治遗产，悉数交到屋大维手里。普京的执政，按照宪法规定只能有两个任期。于是，他跟俄罗斯总理梅德韦杰夫上演了一场旋转门政治游戏：普京下台，让梅德韦杰夫上台做总统，他做总理。修改宪法之后，他又再次上台做总统，让梅德韦杰夫做总理。总统职位在两人手里换来换去，结果还是普京一直大权在握，在这个过程中还稳步清洗了各个山头的反对派。名义上，普京的下台上位，都在宪法框架之内，得到国家杜马（元老院）的背书，甚至也是公民直接投票选举的结果；实际上，在漫长的任期内，他却始终是那个掌控俄罗斯最高权力的"普京大帝"。

按理说，今天的俄罗斯已经与古罗马有天渊之别，不仅政治体制、经济水平差异巨大，民众教育水平和参与政治的热情与力量也不可同日而语。再加上无处不在的媒体，以及几乎覆盖全民全疆域的社交网络，似乎让这种政治操作变得没有成功可能。然而事实却让我们这些外在看客的眼镜悉数跌落：民主的政体，良好素质的公民，相对独立的传媒，都没有挡住普京连续执政的脚步，反而为他的政治演出提供了相应的舞台。

普京在位期间，还利用大众传媒，不管是受其控制的官方机构，还是更有民间色彩的社交媒体，将自己塑造成一个深受民众爱戴、十项全能的领袖人物，或者在官方场合从容应对西方政客和媒体挑战，或者在闲暇时分打冰球、驾飞机、骑马狩猎，强势与柔情并置，硬汉与智者同体。以至于俄罗斯的流行女歌手，都唱出了"嫁人就要嫁普京"这样的崇拜词句。

普京实施的这种民意操弄与整合，是否偷师古罗马共和国的"第一公民"？我不敢妄言。但它达到的实际效果，却与两千年前那个罗马皇帝所拥有的权力、所享受的民意拥戴相差无几。

屋大维不仅与阿格里帕玩弄了一场政治"二人转"，还利用权力操作和交易，让元老院专门为他设立了一个虚职，使他在卸任执政官后，依然拥有相当于执政官的权力。这个虚职的名称就是奥古斯都（Augustus），"增加者""至高无上者"或"被崇拜者"。与这个称号相配合，元老院还举行隆重仪式，以共和国名义"赠予"他一面铸造精美的黄金盾牌。这是屋大维进行自我神化的第一步。

古罗马时代，没有廉价纸张，更没有大众传媒。识字率极低的共和国公民，要知道政府有什么政策举措，全靠在广场上听人宣读文告，或者从朋友邻居那儿得到有关信息。此外，公众聚会的场所、运动会和斗兽场的看台、神殿里的祭拜仪式、街角空地的戏剧表演，凡是人群扎堆的地方，往往也会成为信息传播的场域。屋大维不可能像普京那样，利用各种渠道和手段来"炒作"自己的神话，他必须找到一种在那个时代最有效的方式。

作为国家认同的促进手段，罗马帝国本来就建立有祭司制度，每个行省都有下属机构，负责举行崇拜仪式以及一年一度的大型运动会，跟古希腊一年一度的戏剧大赛和奥林匹克运动会一样。这种祭拜庆典，可以看作罗马帝国最早的国家宗教组织形式。屋大维如果要实施自我神化，把自己放到被崇拜的神龛里，就必须利用这套体系。终于，他"依照法律"等到了总祭司的去世，自己成了总祭司。

从此之后，奥古斯都又摇身变成帝国的精神领袖，带领罗马和各个行省的军人与平民，一起崇拜和效忠自己。皇帝不再只是世俗权力的巅峰，还被看作帝国的肉身形式，从第一公民变成了罗马共和国的守护神。借此，屋大维超越了他之前的任何一任执政官，超越了恺撒，成了人神合一的最高统治者。

万神殿始建于公元前29—公元前19年，出资人恰好就是那个皇帝的著名亲戚、合作者和执政官阿格里帕。神殿的修建初衷，是为了纪念发生于公元前31年的一场军事胜利。在那场著名战役中，屋大维与阿格里帕率领的帝国军队，对罗马将领安东尼和"埃及艳后"克里奥帕特拉的军队发动两面夹击，将其彻底击溃。据记载，阿格里帕在自己家地产上规划建造了包括浴场和其他设施在内的系列建筑，好让家族里的人在此供奉神灵，以示感激之情。如果阿格里帕家族信奉战神或胜利之神，那么万神殿中肯定会给这些神灵留有位子。

罗马第一公民屋大维，在公元前27年被元老院认定为"奥古斯都"，差不多在万神殿开始修建之后。人们有理由猜测，万神殿建成之初，也承担了祭拜皇帝（罗马之神）的任务。

今天我们所见的万神殿，是阿格里帕当年修建的建筑群中唯一留存下来的地面遗构，而且还经历了多次损毁和改造。神殿曾经毁于公元80年和110年，在公元126年由罗马皇帝哈德良重建。哈德良主持的重建，到底在多大程度上改变了原有神殿的格局，直到今天人们都无法得出结论。只有三角楣饰下方的"M AGRIPPA"（马库斯·阿格里帕）等字母，据说肯定是阿格里帕神殿遗留下来的原本模样。在这之后，神庙又几经损毁和重修。因此，直到公元7世纪成为基督教堂之前，神殿里到底供奉着来自何方、什么性质和模样的神灵，已经无从可考，后人很难达成一致意见。

有人认为，除了皇帝，神庙里供奉过各种神灵，或者十几个，或者几个。有人描述，哈德良重建万神殿后，也在这儿举行盛大的宫廷活动，包括对自己的崇拜仪式。还有史料记载，万神殿改为基督教堂后，当地人花了好几天时间，来清理从建筑内拆除的"异教垃圾"，这些垃圾装了几大车被运走。

之所以会出现这样的谜团与疑惑，还因为在古罗马帝国，神灵繁多，供奉帝国之神和皇帝大人，只是其崇拜风景中一个片段。罗马人的迷信也好，崇拜也好，绝不止这一两种。一位公元 2 世纪的罗马作家菲利克斯，在万神殿重建期间就曾经不无抱怨地记述说：

> 罗马人拜自己的神之外，还拜所有的神……刚征服一个城堡，就对俘虏的神灵叩拜起来，无论什么神都拜，甚至树立神龛祭拜不知道名字的神，包括亡灵。只要是罗马人统治的地区，什么样的神都拜。

帝国的统治者，在这个问题上似乎也相对放松。除了罗马神，其他宗教和神灵崇拜只要不妨碍其统治，都可以在帝国的疆域内存在。根据历史学家的研究，古罗马帝国的征战，除了在军事上讨伐和征服境外王国部落外，也在政治上奉行一套因地制宜的治理策略。帝国军队获得军事胜利之后，会让被征服的各地行省保留一定的自治权，只要它们能按时交纳税金，提供士兵和奴隶劳动力，或者履行被要求的各种义务。与此相呼应，各行省的文化机制，包括神灵崇拜仪式，也顺其自然地保留下来。

与此同时，古罗马人在拜神这一点上，的确也十分散漫随意。

除了自己本来就供奉的神灵，他们也愿意随时随地接纳各路神仙。一个将军率领军团进攻某地，刀光剑影之后，无论打了胜仗败仗，如果发现当地人崇拜的神灵很有吸引力，就会跟着当地传统开始供奉他们。如果军队调动回国，他们就会将这些神灵与崇拜仪式带回家乡，让他们成为自己生活日常里一大堆崇拜对象中的成员。

比如从公元 1 世纪开始流行于罗马的米思拉（Mithra）教，就是这样一种情况。

源于东方波斯的米斯拉教相信，米斯拉神诞生于洞穴，临死时会举行最后的晚餐，然后升天。在与波斯的交战接触过程中，许多罗马士兵开始学习敌人，祭拜米思拉神，最后流行到连皇帝为了安抚士兵，也不得不跟着一起崇拜。结果是，帝国境内许多地方，包括首都罗马，都修建了大量的地下洞穴来举办这样的神秘仪式。这种崇拜仪式里的地下洞穴和最后晚餐，很容易让人联想起另一种宗教仪轨。在那个信仰和仪轨中，也把神在离世前的最后一顿晚饭，看作具有特别象征意义的标志性事件，看作世俗人生获得拯救的决定性时刻。那个宗教也不属于罗马本土信仰，而是来自东方。在此，我们先按下不表。

由于帝国疆域不断扩大，臣服的地方和民族越来越多，罗马人祭祀的神灵也就更加五花八门，让人眼花缭乱。除了常见的希腊神灵，西瑞斯，摩尼，阿提斯，巴力，阿斯塔，伊西斯，戴安娜，墨丘利，耶和华，萨拉皮斯，阿提斯，大母，米思拉……这些神林林总总，有的来自波斯、叙利亚、巴勒斯坦，有的来自埃及，也有的来自帝国西边的高卢。总之，条条大路通罗马，帝国军队的铁骑突进到哪儿，哪儿的神就有可能最终钻进罗马信徒的神庙神龛，成为他们的崇拜偶像。

万神殿建了又毁，毁了又建，见证了罗马帝国崛起和衰落的历史。从公元 2 世纪到 7 世纪，这座建筑也见证了罗马人信仰的转换。虽然在今天的观者眼中，它是一座基督教堂，但它曾经供奉过的神灵，已经无法再从它的物理存在上找到印迹。在正式改宗之前，它的名字倒是十分准确地对应了它从古希腊人那里模仿来的说法：拉丁语的"万神殿"是 Pantheon，从古希腊语借用而来；在古希腊语中，万神殿（Parthenon）的意思就是"众神的庙宇"。

4
古罗马人的帝国叙事：山寨版希腊神话

万神殿正面和廊柱采用希腊神庙风格，是不争的事实。实际上，罗马帝国境内众多建筑物，都具有这样的特征。更进一步看，古希腊建筑风格被古罗马人接受模仿，其实只是罗马帝国文化建设的一个侧影。

罗马人常年征战，军队所向披靡，最终将地中海沿岸国家和地区悉数纳入版图，这既包括了迦太基，也包括了埃及和希腊等等。在此之前，古希腊著名统帅、马其顿的亚历山大大帝通过自己的率军远征，就已经将希腊文化播撒到这些地方。亚历山大曾经在亚里士多德那里接受了规范的希腊式教育，统一希腊后，他的征战足迹不仅遍布地中海沿岸，远到波斯帝国的大部，甚至触及今天的阿富汗和巴基斯坦一带。随着他的军事扩张，这一巨大版图也经历了深浅不一的所谓"希腊化"（Hellenization）文化建构过程。

等到罗马崛起，军队所到之地，已经处处可见希腊化的景象。再加上意大利南部自古就有希腊移民定居，罗马人对希腊文化的借鉴似乎顺理成章。

英国学者罗素（Bertrand Russell）在《西方哲学史》中曾经用这样一段文字，对古罗马的文化建设做了裁决：

……年青的罗马人对希腊人怀着一种赞慕的心情。他们学习希腊语，他们模仿希腊的建筑，他们雇用希腊的雕刻家。……终于，罗马在文化上就成了希腊的寄生虫。罗马人没有创造过任何的艺术形式，没有形成过任何有创见的哲学体系，也没有做出过任何科学的发明。他们修筑过很好的道路，有过有系统的法典以及有效率的军队。但此外的一切，他们都唯希腊马首是瞻。

如果要寻找"言必称希腊"的老祖宗，古罗马人名副其实。不过，罗马人效仿希腊人，还不能简单地被我们看作出于对希腊艺术风格的欣赏。如果把希腊人曾经一度将西方的罗马人看成"野蛮人"，由此获得自己的文化认同、获得自己的优越身份考虑进去，我们就更不能只从一个维度来理解罗马人的这种效仿行为。

的确，无论是最先建造万神殿的阿格里帕，还是后来继续完善它的哈德良皇帝，据说都是建筑规划行家，钟爱希腊风格。但如果就此认为，他们的努力，只是要将希腊建筑的艺术形态移植到罗马风景里，那就只考虑了建筑艺术的一种功能。他们在罗马土地上仿造希腊公共建筑，其实还有更深刻的伦理和文化企图。

这种企图，可以从建筑之外的领域找到证据。

在阿格里帕雇佣的工程师和奴隶开始为万神殿辛勤劳作的同时，公元前29—公元前19年，古罗马拉丁语诗人维吉尔（Virgil）写出了一部多达10000行的宏伟史诗，《埃涅亚德》（Aeneid），或者也翻译成《埃涅阿斯纪》。

这部史诗描写的是罗马人的祖先，一个叫埃涅阿斯的远古英雄的事迹。在属于今天土耳其的一个地方，埃涅阿斯参加了一场规模巨大的战役，这场战役的名字叫"特洛伊之战"，也就是古希腊神话中那个因为一个美人而起的著名战争。希腊军队在特洛伊城外久攻，历时十年而不下。英雄奥德修斯终于想出一个绝招：他们用木头制作了一匹巨大的空心马，让突击队员躲在其中，然后佯装撤退。特洛伊人不明就里，以为自己缴获了一个战利品。他们把木马拖入城中，里面的突击队员在夜里出击，很快就跟外面的军队里应外合，攻陷了这座坚固城池。

根据《埃涅阿斯纪》的说法，特洛伊王族成员埃涅阿斯在城市陷落之时，离开那里，历经万千磨难，最终到达西方，在亚平宁半岛上找到安居之地。

维吉尔史诗的前半部，读起来有点像荷马史诗《奥德修纪》。荷马的那部史诗，描写了神话英雄奥德修斯参加特洛伊之战后，历经千辛万苦回到希腊的故事。而它的后半部，则像荷马史诗《伊利亚特》，也就是古希腊神话中的英雄们如何在众神的庇护下建立希腊城邦。维吉尔史诗中涉及的各种各样的神祇，乍一看都有些面熟。不过，他们的名字从希腊文换成了拉丁文。比如希腊神话中的众神之神宙斯，现在叫朱庇特，他那嫉妒心强、性情乖张的老婆赫拉，现在变成朱诺。至于爱神阿芙洛狄忒，在维吉尔的史诗里，则转换成了今天人们更熟悉的女神维纳斯。

尽管后人多有争辩，说维吉尔的史诗与荷马史诗有所不同，文人史诗区别于天然史诗，修辞手段各有千秋，但就诸神谱系和故事框架来看，维吉尔对古希腊史诗的仿作却铁板钉钉，就像罗马万神殿的正面，对雅典帕特农正面的模仿一样。希腊诸神改头换面频繁出现，希腊传说中的英雄事迹乃至荷马式比喻等等，也都随处可寻。若要用诗学或美学手段剖析这部作品，或者用一般的文学文本细读方法来欣赏它，都不足以解释，为什么一个当时最伟大的罗马诗人，会如此毫无忌惮地"山寨"希腊史诗，如此处心积虑地将罗马人的故事，和希腊人的故事穿插在一起。

答案一定在别处。

《埃涅阿斯纪》的第八卷，叙述了埃涅阿斯去到阿尔卡迪亚（Arcadia）的遭遇。书中描写的阿尔卡迪亚，是一个第伯河畔的美丽村落。国王厄凡德尔就是在这里，为埃涅阿斯展现了罗马的过去和未来。值得一提的是，阿尔卡迪亚，既是古希腊神话中的乐园，相当于丰美宜人的天堂，也是希腊的一个真实地名。

按照维吉尔的叙述，在这里，女神维纳斯为了帮助自己的亲儿子埃涅阿斯，让丈夫伏尔坎给他建造了一副强大的甲胄，和一面精美盾牌，以保证他此后的征战顺利。在黄金盾牌上，镌刻着各种罗马历史片断，各种辉煌战绩与征服，直至屋大维和阿格里帕与安东尼和"埃及艳后"的那场著名决战。接下来，史诗描写了奥古斯都和阿格里帕大获全胜之后，"至高无上者"（奥古斯都）在罗马城里接受万邦来朝的宏大场景：

> 接着是奥古士都（原翻译文如此——引者注）在三日庆祝节乘车向罗马城驶去，向意大利诸神做庄严不朽的誓言，要在全城建造三百座大庙。罗马的大街小巷响彻了游乐欢笑和掌声；在每座庙宇里母亲们在舞蹈，每座庙宇里伏尔坎都雕出它的祭坛，在祭坛前屠宰了的牛散布在地上。奥古士都本人坐在辉煌的阿婆罗（原翻译文如此——引者注）庙的雪白大门前，检阅着万方人民献来的礼品，并把它们挂到豪华的殿柱上；被征服的各族人列着长队从他面前走过，他们说的是不同的语言，正如他们穿的是不同的衣服，佩戴的是不同的武器。伏尔坎雕刻出来的有非洲的诺玛德族人、穿宽大长袍的阿非利加洲人、小亚细亚的勒勒格人和卡列人、斯库提亚的善射的勒隆尼人；幼发拉底河的河神也走过了，现在比以前驯服多了……埃涅阿斯看着伏尔坎造的、他母亲送来的这块盾牌上刻的这些情景，不禁看呆了，他虽然还不知道这些将来要发生的事，但这些图像使他高兴，于是他把这反映了他子孙后代的光荣和命运的盾牌，背在肩上。

这段文字里面，有两点细节值得玩味。

首先，奥古斯都欢庆胜利的仪式，是一场色彩斑斓的大游行。母亲们在神殿里舞蹈，各种民族的人穿着盛装在广场庙宇前列队走过，这些人来自罗马帝国遥远的行省，属于被征服者，以及被征服地方的神灵，比如来自今天伊拉克和叙利亚一带的幼发拉底河的河神（"现在比以前驯服多了"）。他们对一个共同的主人敬献礼物，向一个共同的统治者致敬。

诗人在这里描述的，虽然是盾牌上的精美雕刻，我们却可以把这个场景，看作史诗对鼎盛时期的奥古斯都所享受荣耀的真实呈现。奥古斯都承诺要在罗马城内建"三百座大庙"，也许是一种诗意夸张；但皇帝坐在阿波罗神庙的"雪白大门"前接受朝拜，却又可能是维吉尔对真实场景的模仿和再现。毕竟，在诗人生活的时代，罗马人的神庙里一般都会有阿波罗的位子。

其次，对史诗主人公埃涅阿斯来说，盾牌上镌刻的罗马城庆典，发生在一个预言性的未来时空。也就是说，奥古斯都的辉煌胜利，被描述成女神维纳斯赠予埃涅阿斯的神圣启示。埃涅阿斯在盾牌上看到"他子孙后代的光荣和命运"，意味着奥古斯都的胜利和统治，早在久远的过去就都已经被决断，是上天预定的结果，有着不可改变的必然性。

我们可以想象，在维吉尔的时代，那些笃信神灵的史诗读者和听众，当然会毫不疑惑地接受这个宏大叙事。既然神灵们早就做出了如此这般的周密安排，那么今天罗马的至高无上者，也就命中注定要成为各个地方和人民的唯一领袖。屋大维佩戴着元老院赠予的黄金盾牌，在帝国首都接受各方人民的崇拜，只是在现世中兑现神灵预言的一个核心场景罢了。

任何人都看得出来，这是诗人对罗马皇帝最直接、最露骨的吹捧。

据史料记载，维吉尔当时确实是接受了屋大维的直接委托，来创作这部作品的。"被崇拜者"让诗人写诗，诗人顺理成章地歌颂最高领袖，这在任何一种文化和文学历史里都不鲜见。中国两千多年文学史里，这样的传统赫然醒目。不过，我们还不能简单地就此认为，屋大维手捧维吉尔写就的羊皮诗卷，看到诗人对自己的大胆神化，就会心满意足，付给他合同中允诺的金币。

这只会低估了这部史诗的价值。

根据学者们的研究，对于欧洲古代族群而言，史诗除了是追求娱乐效果的文学和演唱作品外，还是族群身份和历史合法性的诗化表达。这也意味着，史诗和建筑一样，承载了极为重要的伦理功能。如此看来，史诗倒像是建筑发展史中的公共建筑，通过传唱、讲述和阅读，成为部落和国家对大众进行精神洗礼的话语建构。据此，我们当然可以说，维吉尔的史诗，是用拉丁词语和六步诗行（hexameter）修建的一座文学万神殿。与阿格里帕修建的那座庞大庙宇一样，《埃涅阿斯纪》也是罗马帝国文化认同工程的一部分。屋大维委托维吉尔创作这部作品，当然包含了对自己丰功伟绩进行歌颂，将自己神化的企图。但同时，他也想让诗人用诗的方式，对罗马进行正名，用神话体系为自己领导的帝国寻找身份的证明。

前面说过，通过多年的征战和统治，罗马帝国在那时已经成为一个民族身份庞杂、文化多元的国家。正如《埃涅阿斯纪》中所描述的那样，前来向皇帝敬献歌舞游行的，有"非洲的诺玛德族人、穿宽大长袍的阿非利加洲人、小亚细亚的勒勒格人和卡列人、斯库提亚的善射的勒隆尼人"等等。如何为一个版图巨大而复杂的帝国建立有如神助的国家叙事，是一个迫在眉睫的问题，恐怕也是皇帝让诗人创作这部史诗的最根本动机。既然皇帝是帝国的肉身形式，把皇帝打扮成神灵，也就顺理成章地给帝国的存在找到了神圣的根源；反过来也是如此：既然罗马的辉煌是因为神灵的庇佑，那么最高当权者的神性也就毋庸置疑了。

维吉尔在完成这个任务时，采取了一条最方便最有效的路线。

诗人把荷马史诗中的诸神借来，供奉在自己用拉丁文修筑的神殿里，把希腊的神话传说，移植到罗马文化的花园中。曾经被"希腊化"的地中海周遭，以及亚洲的广大疆域，现在是罗马的行省。已经存在于那些

《维吉尔向奥古斯都和屋大维朗诵〈埃涅阿斯纪〉》，藏于伦敦国家美术馆

地方的希腊传统，只需要稍稍微调，就变成了罗马的文化界碑和历史见证。通过这样一番移花接木，罗马人的身份得以转换：他们不再是被希腊人瞧不起的野蛮人，而是拥有特洛伊高贵血统、与希腊人同根同源的文明人了。罗马对这些地方的统治，甚至也不再是继承希腊的遗产，因为罗马和希腊，在文化血缘上本来就是一家人。

通过这样一种叙事，诗人巧妙地将罗马帝国历史的时间之轴，转化成空间之轴。原本有先后之分的从希腊到罗马的时间顺序，现在被置换成共时，罗马的历史变成与希腊的历史同步。换句话说，叫作我们的历史与他们的历史一样古老，我们的伟大不是无源之水，偶然出现，而是跟他们的伟大同时显现。历史同步之际，埃涅阿斯再被塑造成罗马人的半神半人祖先，这样，原本相互隔离的空间，西方的罗马城与东方的特洛伊，现在也连为一体。

在空间层面上，帝国版图囊括了雅典和希腊，包容了东方的特洛伊，构成不可分离的肌体。在时间链条上，帝国的历史和希腊的历史一样久远，连接着宇宙中的神祇血脉。所以，无论从空间还是时间来说，帝国的征服和统治，不是西方铁骑和战车对东方等疆域的碾压与控制，而是罗马勇士终于回归了自己祖先的家乡。

罗马公民的身份认同，罗马帝国的国家认同与合法性，在维吉尔史诗的想象叙事中，得以实在化。

我们应该明白，维吉尔在《埃涅阿斯纪》中呈现的这个叙事逻辑，也不完全是他独创。在经历了希腊化的漫长岁月之后，古希腊的神话传说，以及关于罗马人与希腊人的神话血缘，已经在他的时代形成了似是而非的大众语境。遍布罗马帝国广袤大地的神庙中，早就有希腊诸神的身影。维吉尔无非是奉皇帝之命，将这些流传甚广的故事，用词汇和语句固定下来而已。

在这个背景之上，也许就不用怀疑，罗通达广场那个万神殿的神龛里，除了奥古斯都，也供奉过希腊神，或者罗马化了的希腊神，比如阿波罗、马尔斯或维纳斯。作为罗马人的公共建筑，这个如宇宙自身模样的构成空间，变成了罗马帝国空间的隐喻性呈现。

可以想象，如果自己不是一个端着相机、背着双肩包的中国游客，不是一个无法相信任何神仙的无神论者，在两千年前，和一大帮罗马同胞摩肩接踵，进入神殿参观和祭祀，会感受到一种什么样的灵魂升华气氛；如果我不是一个随时可以用互联网查询罗马历史的地球村村民，一个能通过阅读而知晓奥古斯都如何委托维吉尔制造罗马神话的研究者，而是一个深受维吉尔史诗故事影响、衷心拥戴屋大维的罗马群众一员，一个笃信神灵与自己日常生活息息相关的人，会在这个神殿里感受到什么样的激动。

在这个让所有祭拜者都震惊不已的大厅里，跟随祭司的喃喃说教和吟唱，目不识丁的罗马人，环顾耸立在神龛里威武端正的神灵，体会到某种潜移默化的空间认同：诸神与皇帝同在，诸神与罗马同在，皇帝与罗马同在，我们与诸神同在。

宇宙与罗马，在人群发出的嗡嗡回响中混为一体。

5
来自"东方"的异教

万神殿在公元7世纪成为基督教堂,供奉基督和圣母玛利亚。在梵蒂冈赐给它的官方名称中,还有一个说法叫"殉道者"(Martyrs)。这个词,也可以翻译成"烈士",顾名思义,是指为基督教殉道的那些人。

万神殿正式改宗的几百年前,罗马帝国在皇帝君士坦丁(Constantine)推动下,在公元4世纪通过尼西亚大会确定了《尼西亚圣经》,将基督教认定为合法宗教。在此之前,这个信仰仪式只是众多外来神灵崇拜中的一个,诞生于罗马帝国的东方行省。而且,正是因为这个亚洲行省的最高统治者,罗马总督彼拉多,下令把一个叛逆的犹太人、一个宣称神迹的殉道者钉上了十字架,才奇迹般推动了新宗教的壮大。今天的读者,不管是不是基督教徒,都知道这个叛逆犹太人的牺牲,以及他牺牲之前,吃过的最后一顿悲壮晚餐。

耶稣遇难之后,他的门徒肩负使命奔走各地,在罗马帝国的东方传播基督教义。耶稣的种种事迹,连同他的遇难与复活,很快就在亚洲大地上引起共鸣和回响。按照弗兰科潘在《丝绸之路》中的说法,

> ……在早期,基督教的方方面面都是亚洲属性的:首先是它的地理位置,其中心是耶路撒冷,与耶稣出生、生活和受难相关的其他地点也都在亚洲;它使用的语言是阿拉美语

（Aramaic）——近东闪米特语族的一种亚洲语言；它的神学和精神背景源于被埃及和巴比伦统治时期诞生在以色列的犹太教；它的故事则发生于欧洲人不熟悉的沙漠、洪水、干旱和饥荒。

这个单一神宗教在东方迅速传播，势不可挡。根据史料，世界上第一个将基督教奉为国教的王国，是地处东方、位于黑海和里海之间的亚美尼亚（Armenia）。公元301年，亚美尼亚的国王梯里达迪三世，接受了使徒教会创造者圣格列高利的施洗，成为基督教所认证的尘世统治第一人。所以从一开始，基督教的重镇并不在罗马，而在以色列，在叙利亚，在埃及的亚历山大里亚等地。后来，随着征战和贸易，基督教开始伴随兵士、商人、奴隶进入亚平宁半岛，在帝国腹地流传开来。耶稣的两位使徒，保罗和彼得，据说都曾经在罗马城中居住，撰写文字并传教。现在梵蒂冈的圣彼得大教堂里，都还隆重供奉着彼得的遗骸。

虽然不能与它在东方的盛行相比，基督教的教义和崇拜仪式在帝国的传播，最终还是引起了罗马政府的担心。

从公元1世纪开始，这个来自东方的邪教在罗马疆域内越来越火，信众越来越多，逐渐被统治者认为是一种政治威胁，基督教信徒开始被指控为无神论者和无政府主义者。因为他们不信罗马神祇，也不祭拜神庙里的其他诸神，只相信耶稣一神，所以他们被叫作无神论者。因为他们只相信基督，拒绝参加皇帝的崇拜仪式，所以是大逆不道的无政府主义分子。此外，他们还有其他非常吓人的罪名。要么是纵火（崇拜仪式中经常使用火烛），要么是吃人肉（圣餐仪式中有吃圣体和饮圣血的举动），还有就是放荡纵欲（常常在深夜举行男女混杂的秘密仪式）。公元2世纪之后，罗马经常会采取残酷行动，迫害和杀戮基督徒，并把此种活动作为公众娱乐，向所有想看稀奇的罗马公民开放。

有宗教迫害存在，就有护教士的出现。护教士作为基督徒，自然也就被列为非法，受到严酷惩处，于是他们就成了基督教的殉道者。殉道者人数,在不同的典籍里有不同统计,但几乎都达到数千之多。万神殿的官方正式命名中,包含了"殉道者",正是要纪念这样一群人。

基督教被看作异教和邪教,一直延续到君士坦丁统治时期。

根据传说,罗马皇帝君士坦丁决定皈依基督教,是因为一场发生于公元312年的战役。君士坦丁与敌方将军率军队在罗马城北边的第伯河对峙,中间隔了一座米尔维厄斯桥。开战之前的一晚,君士坦丁在梦中见到基督姓名第一个字母的缩写,并有"以此符号制胜"的字样。另有一故事说,君士坦丁在开战前仰望天空,看见一道十字形的光芒出现在太阳之上,而且有"尊此像,汝必胜"的希腊文字。君士坦丁认为这是一个预兆,急忙命令他的将士在头盔和盾牌上画出P记号。由于这一举措,君士坦丁此役大获全胜,整个罗马帝国西部归他所有。

因为有这一胜利,君士坦丁决心改弦更张。到公元323年,君士坦丁成为罗马帝国的至高无上者,开始推行基督教,将这个曾经的邪教,放到了至高无上的位置。

历史学家们指出,君士坦丁的上述皈依故事,是基督教的神话虚构,皇帝主动让基督教成为罗马国教,其实有着极为重要的其他考量。这当中,就包括了政治操作的目的。在君士坦丁时代,基督教在帝国的传播如此之广,相信其教义、参与其仪式的人如此之众,已经达到皇帝无法忽视的程度。尤其是皇帝手下的军队,罗马帝国赖以存在的国家暴力机器,已经被基督教渗透。如果皇帝与军人中的基督信徒对着干,就势必失去他们的支持。所以,君士坦丁做了非常明智的政治抉择:与其和基督徒对立,不如跟他们成为一群。

至于为什么基督教能够在罗马军民中间大行其道,罗素在《西方哲学史》中的一段话作了明确的解释:来自东方的信仰之所以能够流行,是"由于罗马世界的灾难与疲惫。希腊与罗马的传统宗教只适合于那些对现世感兴趣并且对地上的幸福怀抱着希望的人们。亚洲则有着更悠久的苦痛失望的经验,于是就炮制出来了更为成功的、采取寄希望于来世依动机和时间,仍然是学者们争论的话题。有史料声称,皇帝是在他临终前,才接受了正式的基督教洗礼。但另一些人却指出,早在君士坦丁的幼年时代,他就已经是秘密的基督崇拜者。所以,他不单纯是为了政治和军事利益,才来促进这个教派的合法化的。

不管怎样,得益于君士坦丁的大力推动,基督教最终登堂入室,站上了罗马信仰的巅峰。

原来处于非法地位的基督教会,终于和罗马政权合体,成为帝国最高统治权力的一部分,而原来的诸多罗马信仰,却由神圣转为邪异,逐渐变成非法。几百年后,万神殿终于在公元7世纪,改头换面成了举行基督教仪式的圣殿。建筑形制还是原样,大殿空间依旧如此。只是,从天眼里投射进来的阳光,已经不再是希腊和罗马的万神之光;这个被穹顶合围的宇宙,已经变成上帝之城,变成基督教的天堂模样。

由万神殿转换为一神殿,从供奉诸神变成祭祀一神,罗马的这栋古老建筑就这样见证了基督教从异教转为正教的奇妙历史,也见证了东方信仰成为西方信仰、最终定义所谓西方精神世界的奇妙历史。从建筑功能上讲,万神殿依然是祭祀之地,然而万神殿大厅中祭祀内容的改变,却是一个极为重要的历史转折。基督教在万神殿内由邪转正的经历,给这座形制和身份都极为特殊的建筑,增添了耐人寻味的象征意义。

的形式的各种解救剂；其中以基督教给人的慰藉最为有效"。

罗素的这种说法，精炼概括了基督教在罗马烽火燎原的时事背景。诞生于亚洲沙漠的宗教摒弃现世追求来生的信仰，正好契合了亲身经历帝国衰颓的罗马人的心态。现世紊乱，生无可恋，耶稣所宣扬的来世天国，可以成为最终的解脱。

这种判断，从某种程度上，呼应了另一位英国学者吉本（Edward Gibbon）在18世纪对罗马帝国衰亡缘由的描述。在《罗马帝国衰亡史》中，吉本提供了帝国走下坡路的几个原因，其中，就有一项与基督教信仰相关。吉本认为：

> 宗教的终极目标是追求来生的幸福，但要是听到有人提到基督教的引入和泛滥，对罗马帝国的衰亡产生若干影响，也不必表示惊讶和气愤。教士不断宣讲忍耐和退让的教义，奋发图强的社会美德就会受到阻挠，连最后一点尚武精神也被埋葬在修道院。公家和私人财富的很大一部分，被奉献给慈善事业和宗教活动，而且这种需索永无止境。士兵的薪饷浪费在成群无用的男女身上，他们把斋戒和禁欲看成唯一可供赞扬的长处。

吉本的这种解释，当然会引来基督信仰者和后世学人的各种争议。考虑到吉本所处的时代，正好是启蒙运动参与者大肆抨击宗教毒性，推动文化和社会世俗化进程的时代，他做出这样论断，就一点也不让人惊讶。只是，这个论断无法解释，皇帝君士坦丁为什么要主动投身基督教，从而让这个宗教的泛滥，最终侵蚀了自己帝国的根基。

当然，我们还可以揣度，君士坦丁皈依基督，除了要取得战争的胜利，获得军队和民众的支持外，也许还有更个人的原因。无论是埋藏于内心深处的罪恶感，还是潜意识里寻求解脱与拯救的隐秘欲望，都可能导致他在基督教义里发现某种"慰藉"。直到最近，有关君士坦丁的皈

6
基督教欧洲的诞生

无论是古希腊城邦兴旺的年月,还是罗马帝国纵横天下的时代,地理概念和文化概念上的欧洲都很模糊。哪怕是到了君士坦丁统治时期,他的视野中,依然没有一个被称作欧洲的地域。在帝国的疆域中,罗马以西的大地自有其军事和经济价值,但东方或者所谓小亚细亚更显得举足轻重。说君士坦丁皈依基督教是一种政治考量,也有一部分原因是源自这个背景。

前面说过,当罗马城里的万神殿里还在供奉各路神灵的时候,基督教在罗马控制的小亚细亚和周边地区的广泛渗透已经让统治者无法忽视。更重要的是,罗马自身在战乱和灾祸中显现出种种崩毁迹象,也让君士坦丁不得不做出重东轻西的选择。在精神信仰上,他决定拥抱来自东方的宗教,并开始在耶路撒冷大兴土木,修建各种大型建筑。而在政治和经济版图上,他也决定倚重东方,将罗马帝国的首都迁往拜占庭,也就是位于今天土耳其的伊斯坦布尔。

根据中国学者陈志强的研究,一直到公元13世纪,中世纪西欧最大城市的鼎盛时期,米兰和威尼斯的人口分别是20万左右,巴黎是10万。而在君士坦丁决定迁都的公元4世纪,拜占庭的人口就已经达到50万至100万,远超地处西欧的罗马和其他城市。君士坦丁一声令下,这个被指称为罗马帝国首都的城市,开始有了多个名称,东罗马,新罗马,第二罗马。最著名的，当然是顺着皇帝名字来意指"君士坦丁之城"的君士坦丁堡（Constantinople）。

不管是新罗马，还是东罗马，抑或君士坦丁堡，都与位于亚平宁半岛的那个罗马，相隔十万八千里。

近二十年，欧洲最热门政治话题之一，就是土耳其到底能不能加入欧盟。从欧盟诞生到长大的半个多世纪里，作为北约成员国的土耳其，是否能成为欧洲大家庭一员，一直困扰欧洲人，也困扰土耳其人。第二次世界大战之后，土耳其成为北约成员国，在安全和防务层面上已经融入欧洲，是法律意义上的欧洲一员。根据北约的合同，法国或丹麦跟人开战，它有义务帮忙；如果它受到军事威胁，德国或意大利也有责任助战。但是，这个穆斯林人口占多数的国家，又因为始终没有达到欧盟的一些硬性指标，被排斥在经济和政治一体化的俱乐部门外。

对我们这些欧洲之外的人来说，土耳其地处欧洲和亚洲之间，博斯普鲁斯海峡那边是欧罗巴，这边是亚细亚，它到底是欧洲国家还是亚洲国家确实有点模糊。对于土耳其民众或欧洲民众而言，一个事关身份认同的重大问题更是如鲠在喉，始终无解。在欧洲文化认同和身份认同的框架内，土耳其人到底属于哪儿？或者可以更直截了当地提问：这个国家的民众，到底是我们的一部分，还是属于他们？

而在中世纪，在以基督教为核心的欧洲认同发展历程中，土耳其的身份却相对明确，它就是欧洲的一部分。在皇帝决定迁都之后，这座远在东方的城市，曾经是罗马帝国的政治中心，文化中心，更是信仰中心。

有学者研究过，存放于君士坦丁堡帝国图书馆内的古代典籍和文本，有许多来自位于埃及的亚历山大里亚图书馆。亚历山大里亚城市被毁，图书馆遭焚，这些古籍中的一部分，被抢救出来运到了东罗马。在君士坦丁堡于15世纪陷落前后，古籍中又有一部分被有心文人和教士转移出来，向西迁移进入希腊，然后再进入意大利，最终成为富商和知识界孜孜以求的古代知识和智慧的宝库。而欧洲的文艺复兴，正是承接了这

罗马广场与游客，最右侧即为福卡斯柱，作者摄

些古籍所带来的古代思想精华。所谓文艺复兴，字面上讲的就是"再生"，是从这些古籍中的文化再生。

从基督教信仰的角度看，在整个中世纪里，君士坦丁堡和罗马各占一方，君士坦丁堡至少也是绝对的中心之一。甚至在很长一段时间内，在梵蒂冈主持宗教事务的最高精神领袖，只是听命于君士坦丁堡教皇的罗马大主教。无论基督教的教义论辩、经文修订、圣像之争，还是各种圣物收藏，都以君士坦丁堡为轴点。据说，当时的君士坦丁堡城内，既有钉过耶稣的真十字架和铁钉，也有他受难时穿过的圣袍、戴过的棘冠；既有圣母玛利亚的头发，也有施洗者约翰的头骨。所谓欧洲的基督之国（Christendom），精神首都却在东方的亚洲。如果在那时，跟生活在意大利的民众和生活在拜占庭的民众一起讨论文化身份认同，绝不会像今天这样让人困惑。

举个例子。

万神殿最终改制为基督教堂，与君士坦丁堡东罗马皇帝的一纸命令直接相关。当时，东罗马皇帝是来自巴尔干地区的靠谋杀造反上位的福卡斯（Phocas）。现存于罗马广场（Forum）中，罗马人建造的最后一个纪念碑，就叫福卡斯柱（Column of Phocas）。这是福卡斯在位时，统领意大利区域的总督为了讨好他而下令所建，其目的显然是彰显这个君士坦丁堡主人对罗马的至高无上统治。自己短暂在位期间，福卡斯与西罗马宗教圣地梵蒂冈的领导人关系不错，也支持这位西罗马精神领袖的各种活动。公元609年，他接受了梵蒂冈教皇波尼法爵四世的游说，下令将原来罗马城中的万神庙交付教廷，改造成基督教堂。

正是有了皇帝的背书，先前存在于万神殿中的那些异教"垃圾"，诸神雕像，才得以被全部清理出去，基督和圣母，以及基督教殉道者得以成为崇拜对象。这个事例表明，直到万神殿改变供奉对象，西罗马与东方的首都之间，都还是一种臣服关系，那时的君士坦丁堡依然对西罗马拥有强大权力。

自从公元410年哥特人攻陷罗马城后，罗马的所谓西部帝国（Imperium Occidentalis）就变成了各路来自北方的"野蛮人"争权夺利的战场。如此看来，君士坦丁在公元330年就决定将帝国首都迁往东方，实在是一个有预判的无奈之举。君士坦丁之后，东罗马的皇帝们一直拥有对西部帝国名义上的统治权，但站在君士坦丁堡皇宫高台上，看着外来民族对西罗马的持续攻击和征服，看着帝国的西方分崩离析，这些名义上的罗马最高统治者们，也多少有些力不从心之感。

不过，西罗马的衰颓崩塌，也有奇妙的另外一面。

数百年中，外来民族在不断攻陷罗马城池的同时，也被罗马的文化和信仰同化。而且，梵蒂冈通过自己建立的组织，也在不间断地向周边地区传教，以拉丁文为运输媒介，给那些地方的人们送去精神食粮。终于，在万神殿改宗一百年多年后，罗马的征服者换成了原先罗马高卢疆域上的法兰克人。一个叫查理（Charles the Great）的国王征服了西欧和南欧大片土地，成了这片区域的新主人。查理于公元800年圣诞节时去到罗马，让当时梵蒂冈的教皇列奥三世为自己加冕。这两个人的合谋，正式将拜占庭帝国的欧洲部分，从君士坦丁堡分离出来，成了神圣罗马帝国。

而查理，则成了所谓的罗马人的皇帝（Imperator Romanorum），一位新的奥古斯都。

之所以把查理在梵蒂冈圣彼得大教堂的加冕称作合谋，是因为查理不仅重新统一了这片地方，坐上了世俗权力的巅峰，还在基督教皇冠的加持下，为这种强权统一找到了意识形态依据。与此同时，梵蒂冈的教皇，自身合法性备受争议的列奥三世，也通过这一方法让世俗权力为自己背书，把梵蒂冈与君士坦丁堡切割，成了西欧地区的精神君王。从此，西方的世俗霸权与信仰霸权形成了一种共构关系。现世生活中的皇帝在取得统治地位的同时，凭借梵蒂冈的精神加冕，为自己的权力之杖赢得合法性。而教皇作为精神信仰的最高领袖，又通过给世俗权力加持，来换取皇帝的现世支持。这个神圣罗马皇帝开创的传统，得到后来的欧洲霸主们继承，一直延续到近代。哪怕在经历了大革命之后的法兰西，当革命军队领袖拿破仑决定做法国皇帝和意大利国王的时候，也要请来教皇，为赋予自己头上的皇冠合法性，而举行象征性的加冕仪式。

从基督之国建立、基督教精神和文化疆域构建的层面上看，查理的这个行为更为重要，影响深远，因为他所统治的疆域，恰好处于罗马帝国西部，也恰好处于今天所谓西欧地区。

查理将自己的统治疆域与梵蒂冈直接挂钩，将这个范围称为神圣罗马帝国，就意味着，这个地方既是皇帝领土，也是基督教天下。如果说那时还没有一个轮廓分明的地理欧洲的话，神圣罗马帝国却已经勾勒出一个基督教欧洲的模糊疆界。虽然这个边界线不甚清楚，而且经常变动，但皇帝治下的民众，却被教养出了一种海内皆兄弟的认同：既然都信奉基督，既然都服从皇帝的权威，既然梵蒂冈的教皇是大家共同的精神领袖，那么至少在宗教情感上，我们是同一类人。

从实际的层面上看，查理通过与梵蒂冈合作，对自己政权合法性的加持还获得了另一种效果。曾经的罗马帝国，在西欧有了正式的接班人，那个遥远东方的君士坦丁堡，现在则成了非正统的"陪都"。从这以后，法兰克的国王们，借助罗马教廷的加持，可以公开与君士坦丁堡的东罗马皇帝叫板，宣称自己才是罗马帝国的正统传人。比如查理的儿子，神圣罗马帝国皇帝路易二世，在给东罗马皇帝巴西利奥的信函中，就直截了当地宣布：

> 靠我们所信的基督，我们已经是亚拉伯罕的后裔，而犹太人因为背弃基督，已经不是亚拉伯罕的后裔。我们则因正统的信仰、正统的思想，接过了罗马帝国的政权。希腊人由于错谬的思想，已经不再是罗马的皇帝——不仅因为他们放弃了帝国的首都罗马——他们也放弃了罗马国籍和拉丁语言。他们已经迁移到另一个城市（例如：拜占庭），取了另一个国籍和语言。

这个宣言，从文化上给君士坦丁堡和罗马划了分界线，东罗马的"希腊人"因为拥有错误的思想，使用希腊语言，实际上就等于自动放弃了罗马国籍，他们不再是罗马人。路易二世甚至不愿将帝国东部的首都叫君士坦丁堡，而把它称为"拜占庭"。对他而言，东边的拜占庭从现在开始，已经不属于西边的神圣罗马帝国，不属于"我们"。

历史就是如此吊诡。

古罗马人开始修建万神殿时，通过与希腊神话和希腊神祇的关联，通过"山寨"希腊文化，给自己的身份浇筑和镌刻出合法性。维吉尔接受屋大维委托，在史诗里把罗马人祖先描述成具有东方血脉的尊贵人士，转借希腊诸神，将罗马的历史与希腊文明放在同一时空之中，让罗马帝国成了希腊文明的合法继承者。而神圣罗马帝国的统治者，又通过与梵蒂冈的共谋，把西方法兰克人的历史与罗马帝国历史缝合，并剪断罗马与君士坦丁堡的精神和文化脐带，让自己名正言顺成了罗马帝国传统的合法继承人。这一剪刀下去,西方和东方,起码在当时皇宫和教堂的话语里,被割裂成了文化对立的阵营。

东方和西方,东罗马和西罗马之间宗教与文化分界线的一次最猛烈地震,来自几百年后君士坦丁堡的陷落。

公元 1453 年,奥斯曼军队攻陷了这座夹在欧罗巴和亚细亚之间的城池。在穆斯林发动他们的决定性战役之前,西欧各国的君主们拒绝了君士坦丁堡皇帝的求救,虽然他们曾经多次派出远征军,去到东方的土地"捍卫"基督教,争夺基督教最伟大的圣城耶路撒冷。终于,在土耳其人的炮火和围攻下,东罗马,拜占庭帝国,基督教的东方重镇让位于伊斯兰的新兴强国。据说在当时的梵蒂冈,闻讯的教皇只能沮丧地为那个失落的基督教首都祈祷,而罗马城内不明真相的民众,则如丧考妣,号啕大哭。

7 年之后,希腊也成了奥斯曼帝国的领土。基督教欧洲,与伊斯兰东方彻底分离。

7
此地天堂

美国学者沃尔克（Williston Walker）在其撰写的《基督教会史》中，有这样一段文字描述：

> ……教皇大格列高利着手进行英国和教廷宗教史上一项最具有意义的工作。长期以来，他一直感受到一种传教的激情……试图使盎格鲁-撒克逊人皈依基督教。这支远征军于596年离开罗马，但勇气不足，格列高利苦口婆心劝说，他们才继续前进。以后又增加了几位法兰克人做助手，直到597年才到达坎特伯雷。

这位大格列高利，又称格列高利一世（Pope Gregory I），是梵蒂冈历史上举足轻重的人物，被称为"中世纪教皇之父"。在他之前，罗马的精神领袖受制于东罗马皇帝，服从于君士坦丁堡教皇。格列高利利用西罗马崩塌的局面，极大地增强了罗马教区和罗马大主教的地位。他还通过强力传教，将罗马教会的管辖权推广到西欧各地，并将这种权力扩展进入民事领域。这使得他统领下的梵蒂冈，有了与君士坦丁堡分庭抗礼的资本。正因为此，才有学者认为，梵蒂冈的教皇制度始于格列高利一世，他才被叫作教皇之父。我们可以假设，如果没有格列高利的这般势力铺垫,东罗马皇帝福卡斯也许还不一定会听从梵蒂冈的游说,下令把万神殿改做基督教堂。

把格列高利一世的后继者波尼法爵四世于公元609年将万神殿定为圣玛利亚和殉道者教堂的举动和不列颠皈依基督教并列起来看,我们大致可以说,这两件事情是同步进行的。

格列高利是一位神学理论大师,也是一个拥有传教激情的最高精神领袖。他最伟大的功绩之一,是让异教的盎格鲁-撒克逊人皈依至基督门下。虽然在教皇的使团到达英格兰之前,不列颠岛屿上已经有基督教活动,爱尔兰的神父们已经在欧洲陆地上建立了声誉,但在那个时候,英格兰的盎格鲁-撒克逊人基本上都还是异教徒。在这次教皇下令的远征过去差不多大半个世纪之后,基督教和梵蒂冈才在这个被称为古不列颠的地盘上站稳脚跟。

盎格鲁-撒克逊人皈依基督教后,按照《基督教会史》的说法,显现出一些与老基督教徒如法兰克人不同的特质。比如,他们不仅信仰基督,而且更热切地忠于梵蒂冈。从这里诞生的一些充满激情的传教士后来登陆欧洲,在那里,他们一边传播福音,一边鼓吹和推动对罗马教廷的绝对顺服。不过,身处与欧洲大陆隔海相望的地域,英国君王们在那时还无法参与到大陆的军事与政治争霸的权力游戏之中,更无法参与法兰克人的国王对梵蒂冈教皇的把持和操弄,无法在神圣罗马帝国的宗教盛宴里分上一杯羹。

公元11世纪,来自欧洲北部的诺曼人对不列颠和威尔士的入侵与殖民,再次增强了那片地方与大陆基督教传统的关联。1017年,存在了数百年的肯特郡坎特伯雷大教堂,以罗马式风格进行重建。几年之后,教堂被大火毁掉。等到再次重建,它的风格又变成了哥特式,并延续至今。从此,以坎特伯雷为核心,英格兰也成了西欧基督教的重镇之一。

大约公元1300年,英格兰一个叫霍丁汉的理查(Richard of Haldingham)的人,在一张牛皮上制作了一幅世界地图,放在英格兰和威尔士边境上的赫里福德教堂，为教区内的信众们提供基督教知识框架下的地理知识。

在那个时候，欧洲各地都出现了各式各样的世界地图，但赫里福德的这张地图以其尺寸巨大而引人注目。地图高接近 1.6 米，宽差不多 1.5 米，被绘制在一张几乎是矩形的整牛皮上。这幅地图另一个吸引人们的目光之处，是它对世界格局的理解。地图绘制者完全依照基督教教义的训诫，活灵活现地展示了一个被信仰浸染的世界，展示了基督之国的人们，如何按照基督教伦理价值体系，来想象地球上的风景。

这幅怪异的地图，将圆形世界置于环形水域当中。跟我们今天使用的地图坐标相悖，它把东方放在了地图顶端，把世界划分为亚细亚、欧罗巴和阿非利加三个部分。其中，属于东方的亚细亚占了圆形世界约三分之二的面积，欧罗巴属于西方，占了左下角，阿非利加占了右下角，属于南方。在这个圆形世界之外，也就是地图最上方的三角区域，绘有基督复活图，以及引领人们上天堂或下地狱的天使。

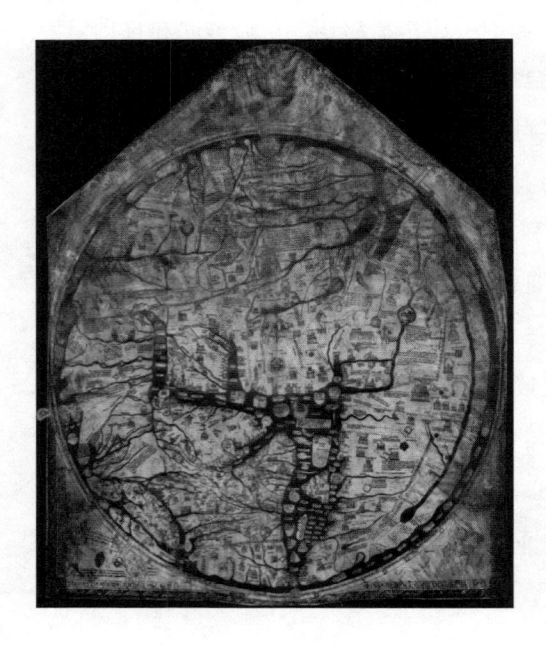

赫里福德世界地图，约公元 1300 年，藏于赫里福德教堂

正是因为超越俗世空间的基督形象的坐镇,这幅地图的伦理格局暴露无遗:从根本上讲,这不是一幅关于真实世界的图景,而是一个基督教世界观的图示化呈现。

既然是基督教价值体系的图示,圣城耶路撒冷就必然出现在属于亚细亚的世界正中心,印证了历史学家们关于基督教属于亚洲这一论断。在耶路撒冷正上方,靠近世界边缘,是伊甸园。在耶路撒冷左侧不远,则是同样属于亚细亚的君士坦丁堡。而在耶路撒冷正下方,属于欧罗巴的地界,是亚德里亚海,和被冠之以"统领世界之首脑"图例的罗马。赫里福德所在的不列颠诸岛,被描绘在了欧罗巴左下侧,靠近世界边缘。不同地区和城市,以及在它们当中居住的人群和兽类,都以耶路撒冷为中心,呈放射状分布。越靠近中心,在价值链中地位就越高;越远离中心,理所当然就越低端。

举例来说,离开耶路撒冷,往地图的左上方移动视线,我们可以看到亚美尼亚,那是世界上第一个基督教王国,也是基督教传说中挪亚方舟的所在。再往前,是怪物横行的印度。深入亚细亚腹地,则出现了人吃人的野蛮部落地盘。在靠近世界左上方边缘地带,是里海,以及基督教传说中歌格和玛各的聚居之地。关于这个地方,地图绘制者做了一段图例解释:

> 这里有非常野蛮的民族,他们吃人肉,喝人血,是被诅咒的该隐的子孙。上帝用亚历山大大帝将他们关起来,因为在国王眼前发生了一场地震,高山在他们周围倒下,垒在周遭的山岳上。在高山消失了的地方,亚历山大用坚不可摧的高墙将他们封在里面。

根据《启示录》的说法,这些野蛮的部族是挪亚之子雅弗的后代,当世界末日来临,撒旦将召集他们,从四面八方围攻耶路撒冷。传说亚历山大大帝进军到高加索山脉后，铸造了铜铁之门，将他们永远关闭在那里。这也意味着，如果一个观者看到那里，基本上就看到了基督教世界的边缘。跨过那扇大门，越过那条边界，就进入了与基督之国相对立的蛮荒。

沿耶路撒冷往地图右下方行进，逻辑也是一模一样：越远离耶路撒冷，越深入南方的阿非利加（非洲）地带，野兽和野人就越是怪异。从嘴巴和眼睛长在肩膀上的部族，到同时长有男女生殖器的"违反自然"的人种；从只能爬行无法走路的"跷腿人"，到"两只脚掌相反"、没有耳朵的"无耳人"，不一而足。

今天的人们看到这幅地图，大可以对其中的描绘和叙述一哂了之。但对于14世纪早期在赫里福德教堂做礼拜的信众来说，地图却有可能与他们的世界观完美契合，让他们信服。

在那时的基督教神学和地理学范畴内，将基督之国与野蛮之国进行明确划分，将信奉基督的我们和崇拜异教的他们进行区别，是一件再正常不过的精神作业。这些信众，不论他们是在不列颠，还是在罗马，抑或是在君士坦丁堡，在年复一年的宗教知识灌输和教化过程中，都学会了用《圣经》和古代传说为依据，建立起以耶路撒冷为中心的世界精神地图，并据此进行内在情感认同的站队。对他们来讲，世界是黑白分明的，什么样的人在什么地方、这些地方的精确位置、这些人的真实状态并不重要，重要的是他们是服顺于基督还是不服顺于基督。他们也许从来就认定，对于这些在基督教光芒无法照亮的黑暗地界的野蛮人而言，奇形怪状就是必然。

跟这种空间想象相配合的，是赫里福德地图所展现的时间顺序。

因为太阳从东方升起，对基督教而言，时间就是从东方开始。于是，在地图上，伊甸园被放到了正上方。因为上帝创造了人类始祖亚当和夏娃，所以那是人类时间的开端。接下来，是亚当夏娃偷食禁果被逐出乐园进入现世，人类经历大洪水和挪亚方舟的拯救，时间自上而下开始流……,是亚洲大帝国崛起,希腊的兴盛,基督诞生,罗马……然后渐为"首脑"。这也意味着,在基督教观照下的时间进程,……成为初始,然后,历史的重心逐渐转移到西方。按照这个逻辑,在……下角也就是西方的极点,在英格兰和威尔士之间的赫里福德,……将见证时间的终点:最后的审判和最终的救赎。

无论从空间维度还是时间维度,这幅世界地图都没有反映真实的世界。

但这不要紧,对那时的赫里福德教区居民来说,知道世界是以基督之国和异教之地来划分,基督教徒属于开化,异教徒属于野蛮,知道赫里福德就是历史的终结,可以见证最后审判与救赎,这就够了。那时的赫里福德居民不知道地球是圆的,绝大多数人都不识字,也没有几本书籍,更没有电视和互联网。教堂里的牧师跟他们说,我们这里就是最后审判将要发生的地方,历史将在这里结束,天国就在前方不远,他们只有频频点头称是的份儿,绝不会怀疑。

如果我们将目光从这幅地图移开,从赫里福德教堂投向远在罗马城中的万神殿,如果我们将这种想象的空间和时间框架,投放到整个大陆,放大到属于基督教的西欧和中欧,甚至扩展到远在亚细亚的君士坦丁堡,情况肯定会有所不同。那些地方的人们,也许不可能知道世界上还有一个叫赫里福德的地方,更可能不知道世界历史会在那儿终结。在他们看来,自己脚下的这片土地,连同土地上巍峨耸立的教堂,就是天堂大门敞开的精确位置。

如果我们把自己想象成公元1300年的罗马市民,走进那座曾经的万神殿,现在的圣母玛利亚和殉道者教堂,如果我们想象自己在巨大穹顶下聆听基督教神父的布道,看天眼里投射进来的耀眼光线,映照在大理石圣母玛利亚和基督以及各位圣徒的雕像上,我们也许会依稀感觉到,基督所宣扬的天堂,也是眼前这般模样。我们也许听说过,在这个基督教宇宙之外,还会有另外的地方存在,有另外的人存在。但不管这些地域在哪一个方向，这些人属于什么族类，它们都与自己不同，那些人，也都与自己不同。

如果我们听说过，以前的希腊人和罗马人，在划分我们与他们界限时，标准多少有些模糊，那么现在，我们对此已经不再混沌。对于我们这些在万神殿／圣玛利亚教堂里低声祈祷的罗马信众来说，我们和他们之间的界限已经再明白不过了：最后的拯救属于基督之国，无救的野蛮是此地之外的一切。

这个世界上唯一将获得最终救赎的基督之国，还有一个称谓，叫欧罗巴。

动。然后渐次往下,是亚洲大帝国崛起,希腊的兴盛,基督诞生,罗马成为统领世界的"首脑"。这也意味着,在基督教观照下的时间进程,是从东方开始,然后,历史的重心逐渐转移到西方。按照这个逻辑,在地图的左下角也就是西方的极点,在英格兰和威尔士之间的赫里福德,世界将见证时间的终点:最后的审判和最终的救赎。

无论从空间维度还是时间维度,这幅世界地图都没有反映真实的世界。

但这不要紧,对那时的赫里福德教区居民来说,知道世界是以基督之国和异教之地来划分,基督教徒属于开化,异教徒属于野蛮,知道赫里福德就是历史的终结,可以见证最后审判与救赎,这就够了。那时的赫里福德居民不知道地球是圆的,绝大多数人都不识字,也没有几本书籍,更没有电视和互联网。教堂里的牧师跟他们说,我们这里就是最后审判将要发生的地方,历史将在这里结束,天国就在前方不远,他们只有频频点头称是的份儿,绝不会怀疑。

如果我们将目光从这幅地图移开,从赫里福德教堂投向远在罗马城中的万神殿,如果我们将这种想象的空间和时间框架,投放到整个大陆,放大到属于基督教的西欧和中欧,甚至扩展到远在亚细亚的君士坦丁堡,情况肯定会有所不同。那些地方的人们,也许不可能知道世界上还有一个叫赫里福德的地方,更可能不知道世界历史会在那儿终结。在他们看来,自己脚下的这片土地,连同土地上巍峨耸立的教堂,就是天堂大门敞开的精确位置。

如果我们把自己想象成公元1300年的罗马市民,走进那座曾经的万神殿,现在的圣母玛利亚和殉道者教堂,如果我们想象自己在巨大穹顶下聆听基督教神父的布道,看天眼里投射进来的耀眼光线,映照在大理石圣母玛利亚和基督以及各位圣徒的雕像上,我们也许会依稀感觉到,基督所宣扬的天堂,也是眼前这般模样。我们也许听说过,在这个基督教宇宙之外,还会有另外的地方存在,有另外的人存在。但不管这些地域在哪一个方向，这些人属于什么族类，它们都与自己的世界不同，那些人，也都与自己不同。

　　如果我们听说过，以前的希腊人和罗马人，在划分我们与他们的界限时，标准多少有些模糊，那么现在，我们对此已经不再混沌。对于我们这些在万神殿/圣玛利亚教堂里低声祈祷的罗马信众来说，我们和他们之间的界限已经再明白不过了：最后的拯救属于基督之国，无救的野蛮是此地之外的一切。

　　这个世界上唯一将获得最终救赎的基督之国，还有一个称谓，叫欧罗巴。

第二章 《马可·波罗游记》 外面的世界

《马可·波罗游记》：中古世纪关于富饶东方的传奇叙事，对"地理大发现"的想象和期待，引导欧洲殖民船舰驶向地球每个角落。

1
我们和他们：一种命名方式

公元 1300 年，对英格兰和威尔士接壤处赫里福德的居民来说，世界中心在耶路撒冷。

这些人一生的最伟大理想，是去遥远的耶路撒冷朝圣一趟。如果无法实现，就退而求其次，去意大利的罗马，或者法国的阿维尼翁，那儿是教皇生活和布道的地方。再不济，至少也得去一趟英格兰本土的坎特伯雷，那里有被教皇加持的大主教和主座教堂。英国作家乔叟（Geoffrey Chaucer）在他写作于 14 世纪末期的《坎特伯雷故事集》里，生动地为我们描述了这些朝圣香客的状况。各色人等，在朝圣路途结伴而行。他们的队伍要经过无数地方，这让香客们有机会在四月的春风里欣赏沿途风景。当然，漫长的行程也是对他们的一场考验，难怪他们要通过分享故事和荤段子来消磨时间，驱散旅途的枯燥。

至于那些一辈子都无法去坎特伯雷朝圣的人们，那些枯坐家中老实巴交的农民和赫里福德镇上"见多识广"的手工业者，就不可能知道远离教区的遥远地方是什么模样；他们更不可能知道，乔叟所描述的"快乐老英格兰"到底有什么样的风景。他们对周遭世界的认知，只能从教堂里那幅地图上获取。

在那幅地图中，有个靠近地中海西边的地方，被标注为赫拉克里斯（Hercules）之柱。赫拉克里斯是古希腊神话中的大力神，宙斯的私生子，曾经从高加索山上解救了被缚的普罗米修斯。从这两个按照古希腊传说命名的柱头向左，是伊比利亚半岛上的科尔多瓦和巴伦西亚。关于这两个地方，有一行拉丁文图例，叫 Terminus Europe，翻译成中文，就是"欧罗巴的终点"。

为什么被称为"欧罗巴的终点"？

我们当然无法知道那个时代的赫里福德信众们，能不能从他们的主教那里得到有关直布罗陀和赫拉克里斯之柱的解释，或者从朋友那里，听说"欧罗巴终点"为什么存在的原因。反过来说，我们也无法猜想，如果主教在布道时给他们灌输了有关欧罗巴终点的宗教地理知识，这些听众们是否能依靠地图，想象出赫拉克里斯之柱的具体位置。但是可以相信，他们一定会按照基督教关于世界的解释框架，把那个被称作欧罗巴终点的地方，看作基督之国最后的边疆。跨过那明确的界线，就进入了上帝之光无法照亮的暗黑领域。

因为，从公元 8 世纪开始，那里就已经不是基督的领土。

公元 711 年，来自西北非的柏柏尔人（Berbers）和阿拉伯人渡过直布罗陀海峡，对伊比利亚半岛发动进攻。为什么会爆发这场战争，历史记载有许多种说法。然而不管怎样，7 年后，他们就征服了整个半岛，包括今天的葡萄牙和西班牙。这些占领者的统治势力，一直扩展到今天法国境内与西班牙接壤的普罗旺斯，也就是中国小资群众心目中的向日葵和薰衣草圣地。从此往后，一直到 15 世纪，这个地区都被这些外邦异族统治。

其实，在中世纪欧洲其他地方，王国与王国之间，城邦与城邦之间爆发战争是常态。打来杀去，骑士们获得荣耀和土地，国王贵族们获得经济和政治统治权，也没见谁去把某个地方命名为欧罗巴的终点。但伊比利亚半岛的情况不同。因为，占据这个地方的北非人和阿拉伯人，是一群异教徒。他们信奉的经典，不是在希伯来语里叫作"书"的《圣经》，而是在阿拉伯语里叫作"阅读"的《古兰经》。一句话，他们是穆斯林，有自己的真主。

当他们成为这片土地的主人后,这里当然就成了欧罗巴的终点,基督之国的前哨。

从公元6世纪开始,阿拉伯半岛上的一位先知穆罕默德创立了一个新宗教。632年,先知去世后,他的话语被集成于《古兰经》,在整个地区广为传播,最终崛起为一个足以跟犹太教和基督教抗衡的信仰势力。这个被叫作伊斯兰(Islam 原本的意思是"奉真主之意")的新宗教,不仅规定了信仰的价值伦理体系,规定了一整套政治和社会生活准则,也催生了一支强大的军事力量。向东,伊斯兰军队征服了波斯,向西,则逐渐统治了北非。伴随阿巴斯王朝的军事征服和贸易扩张,这些地方随之成为包含了各种民族的穆斯林地区。如果单从地域面积看,在那个时代,穆斯林生活的地方远远大于信奉基督教的欧罗巴,从地中海南岸一直延伸至今天所说的整个中东,直到所谓的东方地界。

根据美国学者刘易斯(Bernard Lewis)的研究,欧洲人在世界格局的认知上,从希腊人和罗马人那儿承接了一套命名系统,再在中世纪将其宗教化。比如,就像赫里福德地图所展示的那样,欧洲人把东方命名为亚洲(Asia),把地中海以南命名为非洲(Africa),而亚洲和非洲的人们,其实并不这样称呼自己。直到欧洲称霸世界的19世纪之前,这些地区的大多数人,都不知道这些命名存在,更不知道欧洲人如此命名自己家乡到底意味着什么,不知道在欧洲的中世纪语境里这些命名所包含的宗教价值评判。

刘易斯指出,在欧洲内部,"作为文化和政治实体的欧洲都是一个相对近代的概念,是中世纪之后,对在此之前所谓基督之国概念的一种世俗化再命名"。依照这个逻辑,近代以来常见的欧洲与伊斯兰世界的二元对立,其实并不对称。因为欧罗巴是一个地理名字,而伊斯兰是一个宗教称谓。然而,如果把时间之轮推回到中世纪,如果将那时的基督之国(Christendom)和伊斯兰(Islam)做一个二元对立,则显得非常合适。基督之国疆域的画线，正好借助了伊斯兰这把他者之尺；欧洲的自我认知和认同，也正好借助了这面他者之镜。

这种我们与他们的对峙，在彼此的命名方式上表现得非常有意思。刘易斯在他的《伊斯兰与西方》一书中写道：

> 不同地区的欧洲人在称呼穆斯林民族的时候，都显示出一种奇妙的迟疑，不愿将他们的称谓与宗教意味联系起来……其目的无非是降低他们的地位和重要性，将其缩减至地方化甚至部落化状态。因此，在不同地方和不同时间，欧洲人把自己所遇到的穆斯林称作撒拉逊人，摩尔人，土耳其人和鞑靼人。"土耳其人"作为其中最有力也最重要的一个关于伊斯兰国家的称谓，甚至一度成为穆斯林的同义词——皈依伊斯兰教，不管发生在什么地方，都被叫作"变成土耳其人"。中世纪的穆斯林作家们也显示出相似乃至相同的倾向，依照相遇的时间和地点，将他们的基督教对手和敌人命名为罗马人，斯拉夫人和法兰克人。一旦使用宗教的指称，要么全然负面……要么就是不准确或者贬低。基督教和穆斯林之间的互相指称有很多对等例证，比如基督徒把所有穆斯林都叫穆罕默德人（Mohammedans），而穆斯林则把基督徒都称作拿撒勒人（Nazarenes）……然而他们相互之间最常见的宗教称谓是"异教徒"（infidel）。正是通过这个侮辱性的称谓交换，双方获得了最完整而且完美的对等理解。

占领和统治伊比利亚半岛数百年的穆斯林，在欧洲通常也被称为"摩尔人"（Moors），显然就是出自这样一种命名和认知系统。

英国剧作家莎士比亚（William Shakespeare）的四大悲剧中，有一出戏叫《奥赛罗》，写的是威尼斯共和国一位将军杀死妻子而最终自刎的故事。悲剧的男主人公奥赛罗，皮肤黝黑，多疑而冲动，莎士比亚给他的身份，是一个来自非洲的"摩尔人"。这个摩尔人虽然归顺了威尼斯人，也大胆地冲破社会禁忌，和一个威尼斯女子成婚，但因为他天性中无法改变的缺陷，最终亲手毁掉了妻子和自己。这种无法改变的缺陷，就是摩尔人对理性的天然免疫。奥赛罗依照自己的感性采取行动，在谣言和逸言推波助澜下，终究无法相信一个威尼斯女子会真心爱上自己。换句话说，野蛮人进入文明社会，虽然娶了文明人为妻，却最终无法融入文明。这个逻辑，与欧里庇得斯所写的《美狄亚》有几分相似：无论在公元前的希腊，还是在文艺复兴时期的英国，异邦人的悲剧似乎早已注定。

占领伊比利亚半岛的北非人，也就是摩尔人，他们的另一个称谓是柏柏尔人。直到今天还在使用的"柏柏尔人"这个命名，从词源学上看，也跟文明与野蛮的分辨相关。柏柏尔人（Berbers）这个发音和拼写，老祖宗依然是希腊语里的 βαρβαρος，即古希腊人所指称的不讲希腊话的外邦人和野蛮人。根据研究，这个词恰好是公元 8 世纪伊比利亚半岛被北非穆斯林占领之后开始在欧洲流行的，与后来出现的"摩尔人"一样，最终成了这群异族的统称。

在今天来看，不管是柏柏尔人还是摩尔人，似乎都只是一种族群的叫法。其中，摩尔人的说法到了 20 世纪早期，就因为无法指代一个具体民族而被放弃。但对于中世纪的欧洲耳朵和眼睛来说，这两种称谓的使用却还有更深层的宗教含义。基督之国的人们，在教堂布道、平日言谈里听到这种称呼，在手抄文献里看到这两个名字，可以毫不费力地把它们跟另外一个名字联系起来，那就是"异教徒"。这些异教徒来自野蛮之地，更因为他们不信奉基督，是化外之人，与基督世界格格不入。所以，在赫里福德地图上，在基督之国的疆域概念里，柏柏尔人或者摩尔人统治的地方，被标注成欧洲的终点，一点儿也不奇怪。

基督徒视穆斯林为野蛮人，穆斯林又如何看待基督徒呢？

11世纪的阿拉伯旅行家和作家马苏第（Al-Masudi）足迹远及亚洲、非洲和地中海，他在著作中对自己所经之地做了许多记载，成就远超当时的欧洲旅行文学。这位作家曾经用这样的文字来向自己同胞描述欧洲人："他们缺少温暖的体液，身材高大、性情粗野、举止粗鲁、理解迟钝、笨嘴拙舌……越往北去越愚蠢、恶心和粗野。"

在西班牙被征服、成为欧罗巴终点后，一位居住于欧洲终点的穆斯林学者，托雷多（Toledo）的法官赛义德（Said al-Andalusi）在他写于11世纪的文字中宣称，伊利比亚半岛以北的那些野蛮人，"未能发展出科学，更像野兽，而不像人类……他们缺乏理解上的敏锐和智力上的清醒"。在他看来，从欧罗巴野蛮人那儿，发达的阿拉伯世界看不到任何可以学习和惧怕的东西。

不要以为这些穆斯林作家的说法是傲慢的天方夜谭，或是无知者无畏。

西方史学界和文化学界在经过多年研究反思之后，开始以全球化眼光回望历史，从非西方语言和文化资源中，重建了中世纪伊斯兰世界与欧洲基督之国的对比图景。以先期的大马士革，后期的巴格达为例，这些研究者指出，在中世纪，伊斯兰文明的确达到了一种相当繁荣和辉煌的程度，不亚于甚至超过当时的欧洲文明。哪怕就是在欧洲的终点，在被"野蛮的"柏柏尔人或摩尔人占领的伊比利亚半岛，其文化繁荣的景象也超过了基督之国的大多数地方。

有一种夸张的说法是，当早期的伊斯兰国王们在研究希腊和波斯哲学时，他们的同时代人，西方的查理曼大帝和他的贵族同胞们，还在学习如何拼写自己的名字。尽管夸张，这种说法却象征性地道出了基督之国与伊斯兰的文明落差。

换一种更负责任的、学术性的历史描述，比如李伯庚在《欧洲文化史》中做出的判断，其实也差不多："……从八九世纪起的几百年间，阿拉伯世界的文化成就的确远超过了西方基督教国家。曾经在一千年之久的长时期里,世界经济文化首都不是伦敦、巴黎,甚至不是罗马,而是巴格达、哥多华、大马士革,也许还应该加上君士坦丁堡……"

这段话中所说的"哥多华"(Cordoba),就是上面提到的科尔多瓦,今天西班牙境内安达卢西亚的一座城市。跟那时的托雷多一样,它也是穆斯林统治时期伊比利亚半岛的文化中心。只不过,在赫里福德的基督徒眼中,它属于欧洲的终点。

2
十字军向东，伊斯兰向西

基督之国与伊斯兰教的对称性命名和对立性认知，在十字军东征的时候达到顶峰。

很多历史学家把十字军东征看作欧洲针对伊斯兰教崛起的经济和政治反应，把从穆斯林手中夺回耶路撒冷，看作欧洲各国为了实现对地中海东岸的控制而采取的共同地缘战略，宗教斗争只是其中的一种宣传手段。然而，我们还是不得不承认，宗教情感和文化认同，在这个横跨两个世纪的历史事件中，扮演了重要角色。

或者反过来说，从1095年起的两个世纪里，正是十字军东征，即基督教军队与伊斯兰教军队的对抗，强化了欧洲自我认证的身份感，把信仰基督教的欧洲人和信仰伊斯兰教的东方人，放到了你死我活的二元对立框架中。1095年，教皇乌尔班二世在法国的克莱蒙正式发布十字军诏令。这个文件据说有多个版本，按照其中一个版本的说法，这就是一场典型的野蛮和文明之间的冲突：

> ……完全背离神、可诅咒的民族……已经侵入基督徒的土地，用刀、火和掳掠，蹂躏那里的百姓……他们玷污又破坏圣台。他们强迫基督徒受他们的割礼，还把割礼的血泼到圣台上或倒入施洗的圣水瓶。当他们想折磨人时，就扒开肚脐，把人

的肚肠拉出来，还把肠子挂在柱上……救主基督的圣墓现在还被那些不洁净的国家占据着，我们岂能坐视不理……

教皇的听众们对这番言辞的反应可想而知。面对异教徒的野蛮行径，基督之国只能发动远征，夺回圣城。群情激奋中，虔诚的基督徒们高喊，这是"神的旨意"。

那么，"奉真主之意"对抗十字军的穆斯林，在1099年耶路撒冷被欧洲部队攻陷时，又如何看待来自基督之国的军人呢？

恰如刘易斯在自己书中所说的那样，一位伊斯兰学者在描述这场浩劫时，把这些入侵圣城的西方野蛮人叫作"法兰克人"：

> 在圣殿山的大清真寺，法兰克军杀了七万多人，包括伊玛目、穆斯林学者和离家到圣地禁欲苦修的虔诚修士。法兰克人从天房掳掠了四十多个大银烛台，每个烛台重三千六百德拉姆，还有一个大银灯，重四十四叙利亚磅。此外，还有一百五十个小的银烛台和二十多个金烛台；此外被掳掠的东西不计其数。叙利亚难民在斋月逃往巴格达……他们向圣嗣的大臣们诉说的事情，令人心如刀绞，泪如雨下。

持续两个世纪的十字军之战，无论是欧洲的王室、骑士和一般百姓，还是伊斯兰世界的大臣、军人和难民，都被卷入其中。由此，本来已经形成的相互对立认知，以及各自的文化认同，得到极大增强。对双方来说，这是一场依照宗教信仰而画线的文明与野蛮的对决，不管谁是自我认定的文明一方，这场对决都极大地影响了他们对世界格局和世界秩序的判定。

一千多年之后，当今天的欧洲各国面临恐怖袭击、难民涌入等诸多难题时，在右翼或极右翼的话语中，将伊斯兰世界笼而统之地与"敌对势力"挂钩,把穆林斯视为威胁的论调并不少见。尽管从20世纪下半叶开始的文化多元主义思想和政策,试图将欧洲改造成开放包容的多元社会,但政治正确的主流社会价值观和媒体话语,并不一定能呈现出文化身份清晰划界的暗沟。我们和他们,对于那些在电视和网络上围观恐怖袭击事件,面对来自北非和叙利亚等地难民的欧洲居民来说,依然是个巨大而沉重的问题。而这,也许不会反映在大众传媒中,不会流传在公共空间里,甚至也不会全然呈现在社会学调查和统计学数字里。

反过来也一样。

极端分子在给自杀式袭击者进行洗脑和煽动时,除了启用殖民反殖民、有压迫就有反抗这类思想资源,更会将他们正在进行的活动,描述为一场"圣战":这是所谓伊斯兰针对"异教徒"的终极之战。不择手段地将异教徒送入地狱,正是"奉真主之意"。ISIS在伊拉克、叙利亚等地的"建国"行动,以及他们为此而推出的"建国叙事",就是歪曲转借一千多年前伊斯兰崛起时所采用的宗教话语,宣称要在与异教徒的最后决战中,建立一个囊括中东、远东乃至北非地区的"伊拉克和黎凡特伊斯兰国"。这个地区界限,大致相当于中世纪伊斯兰文明鼎盛时期的势力范围。当然,他们现在面对的头号敌人,就是西方,是欧洲,以及欧洲后裔美国所代表的基督教世界。

对中世纪欧洲而言,基督之国与伊斯兰世界的二元对立,有一个重要的时间节点,即公元15世纪。两个分别发生于东方和西方的事件,最终把我们今天所看到的欧洲框架确定下来。

第一个大事件,在前面已经说过,是1453年东罗马帝国首都君士坦丁堡的陷落。土耳其人的军队通过激战,拿下了那座曾经是基督教中心的城市,将其变成了伊斯兰教的堡垒。城内标志性的罗马式建筑,索菲亚大教堂,在同一年立即被改造。索菲亚教堂的主体结构没有改变,但内部却被装修成了清真寺。因为伊斯兰教反对偶像崇拜,原来教堂中的基督教圣像被扫地出门,与圣徒和《圣经》主题相关的壁画要么被刮掉,要么被涂料遮蔽。站在地中海岸边从东向西张望,土耳其征服者清楚地知道,从此往后,这片土地再也不属于基督之国。

第二个大事件,发生在欧罗巴的终点。

1492 年,伊比利亚半岛上的阿拉贡国王费尔南多和卡斯蒂利亚女王伊莎贝拉,拿下了西班牙领土上最后一个穆斯林据点,靠近科尔多瓦的格拉纳达(Grenada)。当时的格拉纳达酋长穆哈迈德十二世,在经历围城之后,最终选择投降,向基督的军队交出了城门钥匙。几乎跟在君士坦丁堡发生的事情一样,基督教征服者进驻的同一年,格拉纳达城中最大的清真寺,也被改造成了基督教堂。从直布罗陀开始,海岸线以北的所有地方,又重新回到基督之国的怀抱。喜讯传到罗马和西欧各地,人们欢呼雀跃。

600 多年后,当我去到格拉纳达,走进城边山坡上那座著名城堡时,感受到一种梦游般的恍然,仿佛自己已经离开欧洲,进入了一个文化景观完全不同的阿拉伯世界。这座叫作阿尔罕布拉的宫殿,是 1492 年投降的穆斯林统治者留下的遗迹。阿尔罕布拉(Alhambra)是阿拉伯语的音译,意为"红色城堡",完成于公元 14 世纪,也就是基督之国夺回格林纳达的 100 年前。

这座宏伟宫殿,以君临天下的仪态俯瞰格拉纳达城。无论是规划格局,还是建筑样式,直至装饰风格,与我见过的欧洲中古宫殿截然不同。其中许多庭院楼阁,布满雕饰繁复的阿拉伯纹样。宫殿和礼拜堂穹顶按照伊斯兰教义,塑造出想象中的天堂景象。将罗马的万神殿穹顶,与红宫内的伊斯兰圣殿穹顶做一个对照,就能看出两者之间的巨大差异,尽管两者都可以被称作"天堂的模样"。站在没有基督、没有圣母玛利亚雕像的礼拜堂内,我竭力揣摩当年的格拉纳达臣民进入这里的心情。当那些怀揣基督教文化记忆的当地人,在 14 世纪的某一天走进这里,抬头仰望那些重重叠叠的精致构造时,他们会感受到怎样的强烈视觉空间冲击,一种怎样的对异教的惊愕与恐慌?

后来，我又去了塞维利亚（Seville）。这座城市也属于今天西班牙的安达卢西亚，与格拉纳达、科尔多瓦成三足鼎立之势。在当地一份旅游推广文件里，塞维利亚被称为是最具有原生态西班牙风情的地方，而不像马德里或者巴塞罗那，因为后者已经成了相当"国际化"的大都市。

在塞维利亚市中心，塞维利亚大教堂属于游客必去景点。这座教堂常被人们拿来跟伊斯坦布尔（君士坦丁堡）的索菲亚大教堂做对比。首先，在公元16世纪彻底完工后，塞维利亚大教堂与曾经的索菲亚大教堂并列，是这个星球上最大的两座基督教堂。现在，它依然被称为世界上最大的哥特式基督教堂。其次，塞维利亚大教堂的前世今生，也与索菲亚大教堂颇为相似。

塞维利亚大教堂的前身，也是一座穆斯林统治者下令建造的清真寺，于12世纪完成。公元1248年，卡斯蒂利亚国王费迪南三世进攻塞维利亚，一举从北非穆斯林手中夺取了这个安达卢西亚最重要的城市，完成了伊比利亚半岛上基督教对伊斯兰教的"光复"或"逆袭"（reconquesta）。剩下唯一的穆斯林据点，格拉纳达，要等到1492年，才被他的后继者彻底收入基督之国。

光复成功后，这座原本叫阿莫哈德清真寺的建筑，被信奉基督教的新统治者改名为圣玛利亚教堂。与伊斯坦布尔的索菲亚大教堂命运相似，阿莫哈德清真寺的基本结构也没有改变，但空间布局进行了重新划分。最有意思的是，带有阿拉伯风格的清真寺宣礼塔得以保留，跟新增的哥特式屋顶混合成一体。原来塔楼里传出的伊斯兰教祷词，最终被基督教钟声取代。

这简直就是索菲亚大教堂后来命运的一次预演。在这里，欧洲的西端，基督之国通过战争在十三世纪完成了塞维利亚大教堂的身份逆转。而在欧洲的东端，两百年后，以索菲亚大教堂为坐标，伊斯兰世界也通过战争，明确划定了自己与基督之国的边界。

塞维利亚大教堂，是基督教与伊斯兰教之间相互拉锯征战差不多一千年的见证和象征，也是东方和西方在中世纪欧洲留下的奇妙界碑。不过对我来说，这座建筑还有另一个颇具讨论价值的地方，要等到下面的行文才能揭晓。

西班牙塞维利亚大教堂钟楼（宣礼塔），作者摄

3
远方的召唤

当我们打量中世纪欧洲与伊斯兰世界的相互冲突时，另一股对铸造欧洲认同发挥重要作用的力量不可忽视。或者说，当我们考察那时西方与东方的二元对立时，东方不仅仅指向来自地中海东岸和南岸的伊斯兰世界，也指向来自更遥远地方的蒙古帝国。

这一点，有时会被忽略。因为对许多西欧人来说，蒙古人当年在东欧的进攻和统治，并没有触及西欧核心区域。再加上，所谓基督之国，更多是指以西方教皇为核心的天主教领域，而以希腊传统和希腊语为基础的东正教，在漫长的历史中，已经以君士坦丁堡的东方教皇为核心，逐渐演变成为一个相对独立的信仰分支。东正教的主要传播范围，恰好就在被称为东欧的地带。

在西欧各国参与十字军东征，与伊斯兰世界交火之后，从13世纪30年代开始，来自东亚草原的蒙古大军凭借装备精良的骑兵，沿途裹挟中亚草原部落人马，横扫亚欧大地。从花剌子模到巴格达，一座座城池被占领，大片地盘成为蒙古可汗的疆土。战火一直烧到今天乌克兰的基辅、波兰的克拉科夫。蒙古和中亚军队在匈牙利平原纵横驰骋，迫使匈牙利国王举家出逃。以至于当时的教皇恐慌之余，只好呼吁欧洲的君主们想办法解救那个王国，并做出保证，那些能够把匈牙利从蒙古铁蹄下解放出来的人，都可以获得跟十字军一样的待遇。

蒙古人却并没有把欧洲放在眼里，他们更想夺取的，是拥有肥沃土地的尼罗河流域。正如历史学家的研究证明的那样，虽然从西欧的视角看，中世纪最显眼的大事件之一是十字军东征，是在罗马教皇的鼓动下，欧洲国王和骑士的军队与穆斯林军队的对峙与搏杀。但这些战役，与蒙古军队所发动的征服世界的战争相比，简直就是"串场表演"。从一个更全面的视点观察，蒙古军队在东方和西方经历的大小战役，才是震动地球、重塑世界格局的重大历史行为。在占领东欧的同时，蒙古大军还攻入叙利亚，把安条克收入囊中。要不是埃及的马穆鲁克苏丹站出来和蒙古人对抗，蒙古帝国的版图恐怕就已经延伸进了北非，蒙古人也许就成了柏柏尔人或摩尔人的主人。

蒙古军队不仅攻击了欧洲，还在当地建立了统治政权，比如治理疆域包含东欧诸地的"金帐汗国"。

从13世纪到15世纪，蒙古人建立的政权一直是这个地区的统治者，而那个时候，地球上都还没有一个叫俄罗斯的国家。金帐汗国在后来有关俄罗斯和东欧的一些历史书写中，被称为"鞑靼之轭"（Tartar's Yoke），显示出对这个时期蒙古人统治的负面评判。金帐汗国的后继政权一直存在于东欧境内，直到公元1783年，也就是法国大革命爆发的几年前，位于黑海北岸的最后一个汗国才告落幕。那一年，崛起的俄罗斯在叶卡捷琳娜女皇主导下，吞并了已经归顺于奥斯曼帝国的克里米亚（Crimea）。

前些年，乌克兰发生政权更替，俄罗斯趁机再次吞并了克里米亚。按俄罗斯的官方说法，这是顺应当地占绝对多数的俄罗斯族的意愿，是大众意志和民主程序的结果。而西方政治家和媒体则批驳，这个所谓的民主意愿，其实是牺牲了克里米亚少数族裔的利益的。这个少数族裔，恰好就是生活在克里米亚的少数民族，曾经统治这片土地的鞑靼人。这一转折，我还将在后面叙述。

从历史看，"鞑靼人"这个称谓，无论在克里米亚，还是在东欧和俄罗斯,都并非完全中性的族群描述,就像中世纪西欧所使用的"摩尔人""柏柏尔人"一样。作为一种命名,它往往与东欧面临的东方威胁和奴役粘连在一起,与"鞑靼之轭"的价值评判相重叠。根据一些学者的考察,所谓鞑靼(Tartar)一词,其实还跟古希腊神话中的险恶地狱有关,是有意为之的误译:"Tartar"是 Tartarus 的直系后代。顾名思义,鞑靼人,是来自阴间的人。只不过,在今天的语境里,这个命名褪去了原有的价值判断色彩。

蒙古人率领中亚部落在东欧的进击和统治,构建了基督教欧洲的另一个终点。更有意思的是,这条边界以东的占领者,最后还跟伊斯兰合二为一。金帐汗国的国王、成吉思汗孙子别儿哥皈依了伊斯兰教,从而得以与埃及后来的马穆鲁克苏丹讲和联手。不管他的皈依是否出于政治和军事的需要,鞑靼之轭变成伊斯兰领地,对于欧洲的基督之国来说,显然是个重大变化。因为信仰相同,金帐汗国的一些后继者如克里米亚最终依附于土耳其奥斯曼帝国,成了伊斯坦布尔的马前卒,欧洲的对手。

西方和东方,在欧亚大陆的另一端,也确定了基督之国的终点。

然而,这个以蒙古人为权力核心的东方,跟那个曾经以阿巴斯王朝为主体的东方又有所不同。从欧洲视点看过去,这个征服了巴格达的东方帝国不仅比占领了耶路撒冷的穆斯林王国更加遥远,而且更加陌生神秘。在被恐惧缠绕的欧洲人眼里,鞑靼人的世界,是想象中深浅未知的暗黑远方。

不过,在腥风血雨和传言尘暴的另一头,又有黄金的光芒在隐约闪耀。

从成吉思汗开始,到忽必烈汗在中国建立元朝,蒙古人在横跨欧亚的大地上征战的同时,也建立了一个规模巨大的通商和贸易平台。欧洲南部的一些商人们,并没有因为对蒙古人的恐惧而放弃赚钱的机会。比如来自威尼斯和热那亚的贸易商,就因为通过阿拉伯商人与蒙古人统治的东方从事各种交易,赚得了大笔钱财。与此同时,关于东方财富的各种神秘传闻，也开始在西欧流传。空前的残暴和空前的财富，搅动着欧洲人的想象，唤起不可抑制的好奇。

尽管欧洲和君士坦丁堡的几任教皇和东方的几位蒙古大汗之间曾有信使传书，但真正了解这个来自东方草原帝国的人，在西欧寥寥无几。欧洲商人信使们从东方带回的只言片语，加上古罗马时代流传下来的对神秘东方、丝绸和香料产地的种种描述，都不足以提供详细丰富的证据。

于是，一部威尼斯人在热那亚监狱中口授的书，成了满足这好奇胃口的最佳食材。

4
《世界奇迹之书》

大约在 1298 年，热那亚的监狱牢房里臭热难当。

不规整石块垒成的墙壁角落，因为潮湿，已经长出青苔。有些石块表面，被不知道哪儿的犯人刻下一些图画和字符。阴暗墙角的木桶，装着犯人拉出的大小便。臭味儿从那里蒸发而出，与两个犯人的汗臭和体臭混在一起，弥漫在狭隘空间里。

房间里的犯人，一个是来自威尼斯共和国的马可·波罗（Marco Polo），一个是来自比萨共和国的鲁斯迪切洛（Rustichello da Pisa）。波罗因为参加了威尼斯和热那亚之间的战争，成为热那亚人的俘虏。鲁斯迪切洛也因为卷入一场比萨共和国与热那亚的战争，成了波罗的囚友。此君宣称自己是一个作家，写过一本有关亚瑟王的传奇。一开始，波罗对此还将信将疑。

长日难熬，鲁斯迪切洛和波罗只有靠聊天来打发时间。波罗在听了鲁斯迪切洛讲述他写的传奇故事后，告诉狱友，这些事迹与自己曾经游历的时间和地方相比，简直不算什么。然后，他开始滔滔不绝地讲述他的旅行回忆。鲁斯迪切洛听着听着，彻底被震撼了。他觉得，波罗的故事，比他写过的那本传奇（roman），还要传奇得多。于是，他向波罗提议，朋友，我们为什么不能把你的旅行经历写成一本书呢？

波罗感叹，是啊，为什么不把这些事情写成一本书呢？我们俩在这儿无事可干，而且不知道什么时候才可能出狱。如果我死在这该死的牢房里，我那些非凡的经历，就将永远不为人所知，实在太遗憾了。

两人商议，由波罗口述，鲁斯迪切洛记录，把这个威尼斯人的东方旅行，详尽叙述出来。鲁斯迪切洛认为，他最在行的语言，是法兰克人使用的语言。波罗表示无所谓，只要他的经历能够为世人所知，他就心满意足。

他们终于找到了一个填充闷热无聊时间的事情，并立即着手。他们决定，这本书的名字，应该让读到它的人，一眼就看出奇妙之处，让听说它名字的人，马上就会被勾起巨大好奇。在热那亚、比萨、威尼斯、罗马，或者托雷多和巴塞罗那，还有广大的法兰克地域，人们将迫不及待地想知道这本书的内容，将不断传颂它的名字。

这本书，应该叫《世界奇迹之书》（*Livres des Merveilles du Monde*）。

关于《马可·波罗游记》作为"游记"的真实性，各种不同版本的可靠性，至今仍然争论不休。然而，不管波罗是不是真的游历过近东和中国，也不管《游记》的哪一个版本更接近这个威尼斯囚徒的本意，有一点确定无疑：《游记》从13世纪末以抄本形式出现后，轰动一时，并对欧洲人的东方想象造成了剧烈冲击。它对东方，尤其是蒙古人统治的元代中国的描述，为此后几个世纪欧洲对东方他者的认知，建立了无可比拟的话语基础。

不过，当我说波罗的书激发欧洲人的东方想象时，所谓欧洲人，不可能包括14世纪初英格兰的赫尔福德居民。如果那里的神学人士有机会接触到《世界奇迹之书》，或者至少听说过这本书的内容的话，那么绘制地图的理查就不应该在东方顶端，也就是亚细亚的边缘，留下乐园（Paradise）的标注。《马可·波罗游记》花费了许多笔墨描写亚洲各地，也详细讲述了作者的中国见闻，书中呈现的亚细亚景象，哪怕赫里福德的地图绘制者只是道听途说而知道了，至少也可能受启发，而重新考虑自己的命名系统。

根据基督教《圣经》，乐园是上帝为人类始祖亚当和夏娃建造的完美生活园区，又称为伊甸（Eden）。赫里福德地图把亚洲最东边的地点说成是伊甸，完全跟《马可·波罗游记》中的说法相悖。有趣的是，到了 20 世纪中叶，野心勃勃的日本教科书还直接引用了这幅地图，并将这个地球上的乐园，说成是日本所在。

之所以强调这一点，是想说明，所谓欧洲对东方他者的想象，在那时其实并不意味着整个欧洲，而是指一些集中于地中海北岸、与东方进行接触和贸易的城邦国家。相对于南欧这些贸易发达的城市，广大的日耳曼、法兰克地区，以及北欧和英兰格诸岛，还处于更加落后和闭塞的状态。用一种也许不太准确的说法，在那时，波罗和鲁斯迪切洛的同胞们，算是欧洲最"国际化"的人群，他们的国际视野，是赫里福德等地的"土包子"们无法拥有的。

让我们来看《马可·波罗游记》的叙述。

在波罗的游历故事中，忽必烈在北京（汗八里）修建的壮丽宫殿，举行的恢宏仪典，颇为吸引眼球。这其中的规模和奢华，虽然有渲染之嫌，却也展现了蒙古皇帝通过多年征战和统治，从各地聚集的壮观财富：

> 在这四英里（原译文如此——引者注）的广场内，建有大汗的宫殿。其宏大的程度，前所未闻。这座皇宫从北城一直延伸到南城，中间只留下一个空前院，是贵族们和禁卫军的通道。房屋只有一层，但屋顶甚高，房基约高出地面十指距，周围有一圈大理石的平台，约二步宽。所有从平台上经过的人外面都可看见。平台的外侧装着美丽的柱墩和栏杆，允许人们在此行走。大殿和房间都装饰雕刻和镀金的龙，还有各种鸟兽以及战士的图形和战争的图画。屋顶也布置得金碧辉煌，琳琅满目。
>
> 宫殿的四边各有一大段大理石铺成的石阶，由此可从平地登上围绕宫殿的大理石平台，凡要走近皇宫的人都必须通过这

道平台。大殿非常宽敞，能容纳一大群人在这里举行宴会。皇宫中还有许多独立的房屋，其构造极为精美，布局也十分合理。它们的整个规划令今人难以想象。屋顶的外部十分坚固，足以经受岁月的考验，并且还装饰着各种颜色，如红、绿、蓝等等。窗户上安装的玻璃也极精致，犹如水晶一样透明。皇宫大殿的后面还有一些宏大的建筑物，里面收藏的是皇帝的私产和他的金银珠宝。这里同样也是他的正宫皇后和妃子的宫室。大汗住在这个清静的地方，不受外界的任何打扰，所以能十分安心地处理事务。

对14世纪初的欧洲读者和听众来说，忽必烈的宫殿之大，北京城的规模之大，让人愕然。按照波罗的说法，在北京的新城和老城中，仅从事皮肉生意的妓女就达二万五千人，这是一个足以惊掉威尼斯或热那亚居民下巴的数字。皇帝的宫廷壮丽和服饰奢华，更是让人浮想联翩：在上述文字描写的宫殿里，根据波罗的描述，一旦举行皇帝的万寿大典，光是参加庆祝活动的鞑靼贵族，就有两千人之多。每个贵族都穿着"金黄色的丝织品"，佩戴皇帝赐予的"金银线绣成的精巧皮带和一双靴子"，有些衣服饰以华贵的宝石和珍珠，价值一万金币。

在展现忽必烈豪华帝都的同时，《马可·波罗游记》也不失细节地叙述了元朝统治下中国各地的风貌人情。其中，有一段关于杭州（京师）的说法，也值得在这里引用：

……第三日晚上便到达了端然壮美的京师，这个名字就是"天城"的意思。这座城的庄严和秀丽，的确世所罕见，而且城内处处春色，让人疑为人间天堂。

……按照一般的估计，这座城方圆约有一百英里（原译文如此），它的街道和运河都十分宽阔，还有很多广场或集市，因为赶集的人数众多，所以占据了很大的一些面积。……这十个方形市场都被高楼大厦包围着。高楼的底层是商店，经营种种商品，出售各种货物，香料、药材、小装饰品到珍珠应有尽有。……每到集市之日，市场中商人满目皆是，他们用车和船装载各种货物，摆在地面上摊开，而所有商品都能够找到买主。只要拿胡椒为例，就可以计算出京师居民所需的酒、肉、杂货和这一类食品的需求量了。马可·波罗从大汗海关的一个官吏处得悉，每日上市的胡椒有四十三担，而每担重二百二十三磅（原译文如此）。

作为一个来自威尼斯的商人和旅行家，一个自称在忽必烈宫中呆了17年的讲述者，波罗似乎用这段文字，印证了自己旅行故事的真实性。比如，他注意到了杭州城内的诸多运河："各种水上交通，可以到达城市各处"；也注意到了城中"一万二千座"大小桥梁，并特别描写了有些桥梁的拱洞非常高，以致船只不需要降下桅杆也能通过。

我们都知道，今天的欧洲旅游热点威尼斯，是一个建筑在海滩和潟湖之上的城市，基本保留了马可·波罗时代遗留下来的市井格局。大大小小的运河与桥梁，是威尼斯人最常见的交通要道。以一个威尼斯人的眼光看杭州，波罗自然对运河与桥梁十分敏感。

与此同时，《游记》的讲述者也十分关注城内各种集市与广场、商铺里和地摊上销售的货品，尤其是"香料"和"胡椒"。如前所述，在马可·波罗的时代，威尼斯依靠同拜占庭的海运关联，和中东的阿拉伯商人做生意，将东方的货品进口再转卖其他地区，积累了巨大财富。所以，威尼斯人对海外的货品如胡椒和丝绸等等，自然十分敏感。在稍后的描述中，波罗还提到了杭州城中居住的男人与妇女。因为本地出产丝绸，再加上商人们从外省贩卖过来的衣料，这些光鲜而"容貌清秀"的人们，"平日里基本都穿着绸缎衣服"，有钱人家的妇女身着绸缎，佩戴的"珠宝饰品都贵得超乎人们的想象"。

这段文本中的关键词是"胡椒"和"丝绸"。

两种来自东方的货品，从古罗马时代就开始成为欧洲人东方想象的超级主题。香料与日常生活所需相关，帮助人们给各种肉类保存提供必要的佐料，并给每天都要摆上餐桌的食物增加味道。大多数香料在欧洲没有出产，全靠进口。因为货源遥远，所以价值不菲。

华丽轻薄的丝绸，更代表了不可言喻的优雅与奢华。在古罗马，从遥远东方神秘国家贩卖来的丝绸衣料的流行，曾经引起众多有识之士的恐慌与愤怒。这不仅因为薄如蝉翼的丝绸衣服，让罗马上流社会妇女的身体曲线直接暴露在男人好色目光里，更因为大量进口这种豪华货品危害了国家经济。据说，公元1世纪的罗马作家老普林尼就曾经抱怨，为了让罗马的贵族男人和女人穿上丝绸，罗马帝国每年要消耗1亿赛斯特斯（sesterce）的钱财。我们今天当然对这个货币数值没有概念，但，如果知道这相当于帝国每年造币总量的差不多一半，占到帝国年度预算的10%还多，就能理解老普林尼为什么如此愤怒了。

现在，这个来自威尼斯的人，宣称自己深入丝绸之国腹地，在杭州城里不仅看到大量交易的胡椒，还目睹奢华丝绸成为一般百姓的日常穿着。这一景象，竟然出现在黑暗东方尽头，鞑靼人统治的地域，对中世纪的欧洲人来说，波罗的这些描述太容易被视为神话或谎言了。毕竟，这与他们日常听闻的鞑靼事迹反差太大。在他们听说的传言里，来自东方的鞑靼人属于暴力血腥的世界，是野蛮人的一种，烧杀抢掠诸恶俱全。而《游记》中所呈现的上都、汗八里、扬州、杭州，或者中国其他地方，却是经济和社会高度发达，充斥昂贵丝绸与香料的人间天堂。

一个完全媲美乐园的地方。

难怪，波罗死后，他的一些老乡们曾经把这本著名《游记》，戏称为"百万谎言"之书，把他叫作"百万马可"或"百万波罗"。甚至，威尼斯人还在一年一度的狂欢节化装游行中，将他演绎成满嘴谎言的可笑丑角："百万先生"行状夸张地走在化妆人群里，不停张嘴瞎说。

今天去到威尼斯的游客，如果有足够的时间和耐心，还能穿过迷宫一般的街巷，在城中找到一个略显破旧、相对僻静的院落。这里，曾是波罗家族的祖屋所在。尽管波罗的后人早就不在这里居住，但院子周围的酒店、餐厅，都还以"百万"命名。当然，也有学者指出，所谓"百万"的称呼，属于一种误读。但对于一般人而言，这已经无足轻重。

5
基督教的东方遐想

《马可·波罗游记》为威尼斯,意大利乃至整个南欧提供了一扇洞开的窗口,让基督之国的一部分人们,在朦胧中窥探揣度奇幻的东方人文风景。那个神秘的国度,远在基督的疆域之外,地域广大,财富丰厚,成了一面魔镜,映照出欧洲的自身影像。

说远方神州映照出欧洲自身影像,是因为《马可·波罗游记》的叙事,有非常明确的讲述角度。马可·波罗在《游记》中呈现这个神秘帝国的丰盛与繁华时,并没有忘记自己的基督教立场,没有忘记基督之国的价值评判体系。

波罗在《游记》里,记载和描述了基督教在中国传播和生存的状况。他在一些城市如扬州、泉州(刺桐)所看到的基督教徒和基督教堂,已经被今天的考古发现和研究证实。反过来说,即便波罗本人没有去过这些地方,但听说过有关当地基督教的传闻,那么我们也可以肯定,他在文字里的描述是有事实依据的。

不过,当他的叙述笔墨触及元朝皇帝忽必烈对基督教的态度时,尽管细节满满,留下的话语却需要读者仔细过滤:

……三月是我们的复活节,大汗知道这是我们很重要的祭祀之一,于是下令所有的基督徒全部来到他的面前,并捧出这些人的四大福音的《圣经》。

他十分正式地下令将《圣经》用香薰几次,接着很虔诚地对它行一个吻礼,并命令在场的所有贵族行同样的礼。每当基督教主要节日到来,他总是这样做。……某些人问大汗他这样做的动机是什么,他回答道:"大家各阶层敬仰并崇拜四大先知。基督徒将耶稣看作他们的神,萨拉森人视穆罕默德是他们的神,犹太人认为摩西是他们的神,偶像崇拜者视释迦牟尼是他们的神。我对于四者,全部表示敬仰,恳求他们中间真正的,所有神灵给予我帮助。"但从大汗陛下对他们的做法来看,他显然视基督徒的信仰是最真实和最好的。因为他看出他们的信仰者所担负的任务,是非常道德与圣洁的。

波罗还在他的讲述中表示,忽必烈汗不仅对基督教情有独钟,而且期盼皈依。中国皇帝明确地要马可·波罗的父亲和叔叔给远在欧洲的教皇带话,如果教皇能派出 100 个有更高法术的人来到自己宫廷,击败那些"偶像崇拜者"的法术,他就可以禁止其他宗教活动,"接受洗礼"。这样一来,"所有贵族都将按我的做法接受洗礼,一般人民也会这样做。如果这样,这里的基督徒的数量一定会超过你们自己国家中的数量"。

就是说,如果教皇能够选派"适当的人到这传播福音的话,大汗一定会改奉基督教"。

元朝皇帝对各种宗教采取宽容态度,这是真的。从公元 7 世纪就传入中国,来自叙利亚的基督教内斯托利教派(Nestorianism)——或称景教——在元朝拥有相当数量的教堂、修道院和信众,也是文物和史料都可以确认的事实。

1275 年,北京房山十字寺的景教修士巴梭马,与他的学生马居斯一起踏上向西的旅途,打算去遥远的耶路撒冷朝圣。马居斯最远行至巴格达,在那里阴差阳错地成为东正教首牧。而巴梭马最终也没能到达耶路

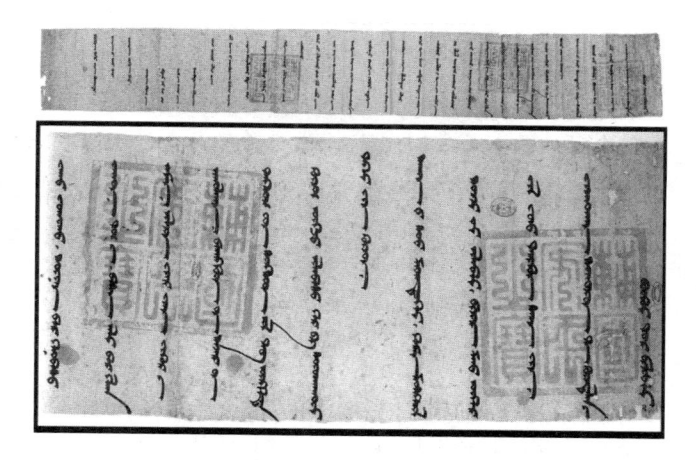

阿尔贡汗给法国国王菲利普四世的信函，提到巴梭马的名字，御印为"辅国安民之宝"，藏于法国国家档案馆

撒冷，他乘坐的船于1287年停靠在亚平宁半岛的那不勒斯。据说，这位东方使者游历了罗马、热那亚、巴黎和波尔多，见到了正好在南法地区的英格兰国王爱德华一世。当他再次回到罗马，新任教皇尼古拉四世接见了他，并跟他一起度过复活节。巴梭马还带去统治波斯和巴格达的伊尔汗国大汗阿鲁浑的口信，表示愿意加入西方君王的十字军行动，将埃及马穆鲁克的穆斯林赶出耶路撒冷。巴梭马结束欧洲之行回到巴格达，在那儿留下他对欧洲诸国的游历记录后，于1294年离世，再也没有回到中国。他写作的游记，在1928年被翻译成英文，叫《中国皇帝忽必烈汗的修士》。

巴梭马从北京出发，对欧洲的探险和发现与波罗同一时代，也同样属于非凡壮举。在欧洲，他的到来当然不可能引发马可·波罗式反响，因为人们并不关心一个外来者对自己的描述和评价。在中国，永远没有回到故乡的巴梭马，也几乎不为人所知。

信仰佛教的阿鲁浑是否真的委托巴梭马去跟欧洲诸王和梵蒂冈教皇谈判，以期共同夺回耶路撒冷？忽必烈汗是否真的让巴梭马带去了给欧洲教皇的信函？那需要另一番考证才能得到答案。我们至少可以由此证实，基督教在元朝中国，的确是一个不可忽略的存在。

不过，波罗在自己书中，把基督教说成忽必烈最宠幸的宗教，甚至皇帝本人也有即刻皈依的可能，则多少有些一厢情愿的想象和虚构。

我们知道，佛教是忽必烈心仪的宗教。他的上师，藏传佛教领袖八思巴早在中统元年，也就是1260年，就被即位的皇帝奉为国师，赐玉印。对中国的历史学家来说，这是一个极为重大的事件，因为这涉及一桩价值无比的地缘政治交易。远在忽必烈称帝之前，蒙古大军攻入西藏，曾遭遇吐蕃各部的强悍反抗。萨迦班智达代表各部落，去凉州与蒙古可汗阔端谈判，最终导致西藏各部名义上归顺蒙古。幼年的八思巴跟随自己的叔父一起来到凉州，在萨迦班智达圆寂之后，留在了那里，成为藏传佛教萨迦派的教主。

1253年，八思巴与忽必烈第一次见面，从此开启忽必烈对藏传佛教的探询和皈依之旅，八思巴成了忽必烈的师傅。等到7年之后忽必烈登基，将自己上师奉为国师也就顺理成章。那还是在巴梭马从北京启程西行的15年前。当然，我们也可以说忽必烈对八思巴的尊崇，像古罗马皇帝君士坦丁一样，带有强烈的政治意图，他希望以宗教认同的方式，达到整合西藏的地缘战略目标。不管他的最终目的是什么，皇帝对八思巴的尊崇显然是不可替代的。1280年八思巴圆寂后，皇帝赐予这位开创了蒙古新文字的上师一个很长的谥号："皇天之下一人之上开教宣文辅治大圣至德普觉真智佑国如意大宝法王西天佛子大元帝师"。八思巴的地位显赫无比，是大元帝师，属"皇天之下一人之上"。

按照波罗自己的说法，他的父亲和叔叔在1269年回到威尼斯，宣称在中国见到了忽必烈汗，并带回鞑靼皇帝给教皇的信函。他自己从1271年开始，跟父亲和叔父踏上旅途去东方，然后在忽必烈宫中待了多年，颇受重用，并于1295年回到威尼斯。如果所说属实，那么游走于忽必烈宫廷的波罗，不可能不知道皇帝对八思巴和佛教的遵从，也不可能不知道那些被他称为"偶像崇拜者"的人士，在元朝宫廷宗教里的地位，不可能不知道，1280年皇帝对八思巴的钦定谥号。

如果要指责"百万先生"在书里撒谎，或者判断《马可·波罗游记》作为旅行记录的真实性，这无疑是一个关键证据，就像他在自己的讲述中，从来没有提及著名的万里长城一样。

但这并不是让我真正感兴趣的地方。

忽必烈一心想皈依基督教，如果是波罗创造的情节，弄懂他这样想象的动机，才是解读的关键。我们知道，叙事的隐秘机关，往往藏在讲述角度的取舍之内。讲述者的视角选取，从本质上讲，是他与读者和听众之间的一种语境约定。作为一个讲述者，马可·波罗，以及执笔的鲁斯迪切洛，当然知道自己的读者和听众生活在一个什么样的语境里，也知道自己的故事如何才能在讲述者和接受者之间，建立起合乎情景逻辑和时代感觉的上下文关系。他在故事中渲染忽必烈对基督教的热爱，正是想借此迎合基督教欧洲的读者和听众的期待视界，在他的话语和读者的情感之间，构建起一种默认的关联。

在鲁斯迪切洛撰写的《马可·波罗游记》序言里，有这样一段话：

> 众所周知，自从上帝创造亚当以来，直到现在，无论是异教徒、萨拉森人、基督教徒，无论属于什么种族，什么时代，从没有人看见过或观察过马可·波罗在本书中所描述的如此多、如此伟大的事情。

这一句"众所周知"，就已经把讲述者和读者拉进了同一个话语框架。接下来的"自从上帝创造亚当以来，无论是异教徒、萨拉森人、基督教徒……"更是明确界定了这个话语框架的范围，让读者和听众相信，马可·波罗接下来要描述的事情，是按照基督教既定的世界观来构建的。

更进一步说，在这种讲述者的迎合姿态背后，既隐含着波罗与基督之国读者共享的精神和情感认同，更藏匿着基于这种认同的对外探索和沟通的欲望。这欲望穿透欧亚大陆上种种关于鞑靼人的恐怖传说，直达遥远东方，直达有可能皈依基督的豪华皇宫。这个用黄金和大理石构筑的帝国，充斥着香料和丝绸的地方，居然有着一个对基督教抱有天然好感、并且随时准备带领他的臣民皈依的统治者，难道不是基督教欧洲的最大福音？在交易香料和丝绸的同时，又能进行宗教输出，将这个广袤的富庶地域转化成基督之国，教养成和罗马、君士坦丁堡、威尼斯、热那亚一样的上帝之城，岂不是一石二鸟的巨大机会？

难怪《马可·波罗游记》会在欧洲接受者心中引发如此巨大的阅读和讲述效应，引发雄心勃勃的探险家和贸易商难以遏制的好奇，引发君主们对东方世界的探索热情。

让我们回到西班牙的塞维利亚，再去看看那座从柏柏尔人清真寺改造而来的著名大教堂。

在教堂里，有一个特殊的豪华空间。我进去参观时，人流如织，几乎到了摩肩接踵的地步。这个不大的房间，其实是一个纪念性坟墓，石棺内保存着一个热那亚人、马可·波罗的意大利同胞的遗骸。这个在西班牙被隆重纪念的意大利人，跟两百年前的波罗一样，也是一位走出欧洲的冒险者和旅行家，他的名字叫哥伦布（Christopher Columbus）。

令人惊讶的是，抬棺人的雕像，属于西班牙的四个国王。

四位西班牙国王，为一个热那亚冒险家抬棺，如此高的礼遇规格，世所罕见。它只能说明，哥伦布的航行给西班牙的国王们带来了多么巨大的好处。事实上也是如此。西方和东方的无数历史书籍和文献，都无一例外认定，以哥伦布发现美洲为标志性事件，基督教欧洲迎来了一个叫作"地理大发现"的全新时代。

有一种流行的说法，认为哥伦布发现美洲，是受到了《马可·波罗游记》的启发。在他震惊欧洲的首次航行中，随身行李就包含了一本《游记》抄本。不管这个说法是否可靠，作为波罗的后继者，具有探险精神的热那亚人哥伦布，知道这本红极一时的书，却是事实。

现存于塞维利亚市立图书馆的哥伦布遗物里，有一本印刷的拉丁文版《马可·波罗游记》。根据美国学者史景迁（Jonathan D. Spence）在《大汗之国》里的考证，哥伦布1496年从美洲返航回来，订购了这本书。在书页上，哥伦布做了大量批注。哥伦布的注脚，针对的是预期中的生意机会，以及随之而来的挑战和危险：

> 只要波罗提到黄金、白银、纯丝买卖，香料、瓷器、红蓝黄宝石、琉璃、醇酒、采珠人等事，哥伦布就会做记号。同样深受哥伦布注目的内容，包括季风期来临时船队航行的方向及时间、海盗或食人部落猖獗的情形以及类似食物及其他物资可能的位置。哥伦布特别对几个看来颇有潜力的中国城市做了记号，其中包括扬州和杭州，并对它们的通商机会做了些评论，不过他只对一个城市写下"商机无限"这几个字，这个城市正是"汗八里"（Cambaluc），也就是忽必烈汗在中国的新都，波罗对北京的称呼。

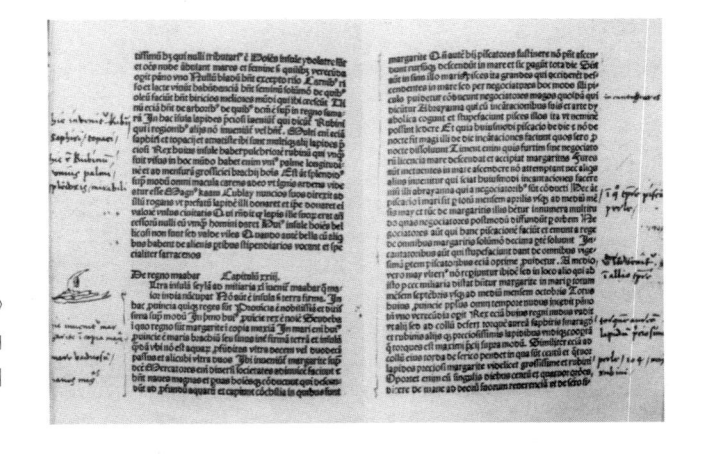

《马可波罗游记》印刷版，哥伦布的批注，藏于塞维利亚市立图书馆

不管哥伦布是在航行之前，还是之后读到《马可·波罗游记》，公元 1492 年，都是一个历史性的时间节点。这一年，卡斯蒂利亚女王伊莎贝拉和阿拉贡国王费尔南多从穆斯林手中重新夺回了格拉纳达；也在这一年 8 月，由两个国王提供赞助的远航船队，终于在哥伦布指挥下从西班牙起航。带着君主们给印度和中国最高统治者的信函，带着《马可·波罗游记》，或者《游记》所激发的东方想象，哥伦布向西航行，试图发现一条与东方、与鞑靼治下的中国进行货品贸易的海上丝绸与香料之路。

　　两个多月后，误打误撞的哥伦布没有能到达印度、日本或中国，却踏上了大西洋岸边的美洲陆地，并把他遇到的当地人，命名为"印度人"，也就是所谓的"印第安人"。

6
地理大发现

"印第安人"这一称谓，即便在今天看来，都还有相当的荒诞色彩。

哥伦布船队停靠的，不是印度次大陆海岸，他们上岸后遇见的自然也不是印度人，而是加勒比海岛上的原住民。只因为哥伦布的想象性命名，他们被叫作Indians。据说，一直到死前，哥伦布都坚信自己发现的大陆属于印度和亚洲，遇见的人是印度人。此后的欧洲和世界以讹传讹，始终把这里的原住民称作印第安人，直到20世纪，才有人提出，这个称谓应该用"原住民"来替代。

和"印第安人"相似，"地理大发现"其实也是一种十分可疑的说法。

所谓地理大发现，是指找到、寻获从未被人知晓的新地方。相对于哥伦布和他的船队，相对于探险船队的赞助者和他们的子民，相对于欧洲的贸易商和军人来说，美洲的确是被发现的对象。因为，在此之前，他们并不知道这样一个大陆的存在。哥伦布想要寻找的，是传说中的印度和中国，是马可·波罗描述的，由鞑靼人统治的黄金、丝绸和香料之地。

但对于美洲大陆上的人而言呢？当飘扬着西班牙旗帜的船队进入他们的视线，衣衫肮脏、浑身恶臭的白人水手踏上他们的土地时，他们是不是也发现了对方，就像对方宣称发现了他们一样？对方把他们生活于斯的地方叫作"新大陆"，后来又以一个意大利探险者亚美利哥·韦斯普奇（Amerigo Vespucci）的名字，误会地命名为"美洲"（America），这一定让他们感到非常茫然：我们祖祖辈辈都在这儿生养繁衍，"新"从何说起，"亚美利加"指的是哪儿？

在这里，有必要用一些篇幅，认真分析一下地理大发现的文化意义。因为从此之后，欧洲探险家深入非洲和美洲的遥远地域，欧洲贸易商寻找进入亚洲和东方的海上之路，最终导致了欧洲地理版图的急剧延伸，同时也给欧洲的文化版图，带来了极大改观。

从某种意义上讲，地理大发现之后，我们所说的欧洲就开始疯狂膨胀。在几百年的时间内，它的势力范围逐渐扩张，不再局限于地中海沿岸和西欧那片地域。随着探险船队的不断出发和归来，随着贸易和殖民活动的不断增加和扩展，地球上的许多地方，在战火与硝烟中逐渐变成欧罗巴的一部分。比如，今天的美国和加拿大，曾经就是英国和法国等欧洲国家在北美的殖民地，是欧洲政治经济拼图中不可分离的组成图块。直到18世纪末，美国独立战争之后，它们才成为外在于欧洲的主权国家。

墨西哥和中南美洲的情况也莫不如是。这些地方的国家在独立建国之前，都应该被看作西班牙和葡萄牙的君主权力和管辖机构在那儿的延伸。在19世纪中叶美墨战争之前，我们今天耳熟能详的美国城市如旧金山（San Francisco）、洛杉矶（Los Angeles）、圣地亚哥（San Diego），达拉斯（Dallas）等等，都曾经属于一个叫"新西班牙"的地方，所以，它们的命名都来自西班牙文。西班牙国王任命派遣的新西班牙总督，从墨西哥城发号施令，管理着这片包括了菲律宾等地的庞大区域，直到1820年的墨西哥独立革命。

更有许多欧洲在非洲和亚洲的殖民地，一直要等到进入20世纪中叶之后，才脱离欧洲统治，获得独立的国家地位，比如位于南亚次大陆的印度，和非洲的众多国家。而英国王室派驻中国香港进行统治的总督，正式告别位于港岛上亚厘毕道的政府办公室，是在20世纪快结束的1997年。从15世纪的地理大发现开始，欧洲在美洲、非洲和亚洲建立的统治政权，发展的殖民地经济和社会体系，事实上把这些地方都变成了欧洲的组成部分。从文化上讲，所谓欧洲中心主义（Eurocentrism）的建立，恰好是被这个历史进程所推动的。

事实上，当哥伦布宣称自己"发现"所谓"新大陆"时，那片广袤土地对当地居民来说其实一点儿也不新。

根据研究，在哥伦布到达美洲之前，那里的文明已经延续生存了几千年，且有自成体系的社会机制和文化传统。美国学者曼恩（Charles C. Mann）在他所著的《1491：前哥伦布时代美洲启示录》中，就引用近年考古发掘、人类学、基因和历史研究的成果，展现了哥伦布到达美洲之前，那里已经有的文明形态。

在哥伦布上岸前，美洲人口很可能超过一亿，比欧洲总人口加起来还多。1492年前，众多美洲国家和部落中，秘鲁的印加王国曾经是一个高度发达的大帝国，规模超过中国明朝，版图超过体量巨大的奥斯曼帝国。"印加人的管辖区跨越了惊人的32个纬度，这就像从圣彼得堡到开罗都在同一个势力统治范围一样。"西班牙在中北美洲开辟的殖民地，也就是"新西班牙"，在欧洲人到来之前，也存在一个极为成熟的三国联盟。按照曼恩的说法，除了政府和军队，那儿的文学艺术、宗教和哲学思想，也并不比15世纪90年代的欧洲逊色：

> ……美洲大陆最初记录的零，可见于公元357年的一座玛雅雕塑上，这可能比它在梵文中出现得还要早。在基督诞生前，就已经有了这么一群雕塑，它们本身没有零，然而上面刻着的日期，都使用了某种以零的存在为基础的历法。
>
> 这是不是说明当时的玛雅人比他们同时代的文明，譬如说欧洲文明，要更先进呢？社会科学家们在这个问题面前退缩了。这也是合乎情理的。奥尔梅克人、玛雅人和中美洲的其他文明，在数学和天文学上都是全球的先锋。可他们并没有用上轮子。

令人惊异的是，他们发明了轮子，却只是拿它来做儿童玩具，此外别无他用。那些寻求文化优越感的故事的人，可以在零这里找；那些寻找失败故事的人，可以从轮子上找。但这两种论点都是无用的。最重要的是，到公元1000年的时候，印第安人已经扩散了其新石器革命的成就，并在整个半球上创立出了一整套多样化的文明。

500年后，当哥伦布驶入加勒比海的时候，世界上几次新石器革命的后裔们相遇了，而其后果对所有人而言都是难以承受的。

什么样的后果"难以承受"？

根据考古学家和历史学家，以及人口学家的研究，在哥伦布"发现"美洲之后的130年中，这个大陆上95%的人口都死掉了。他们死于征服和相互争斗的战火，更死于他们天生无法免疫的疾病，比如说天花。美洲没有原生性天花病毒，这种传染病在那儿闻所未闻，因此，美洲原住民对这种病毒没有免疫能力。相反，天花曾经在欧洲肆虐多年，"由于多数欧洲人都在孩童时期感染过天花，包括西班牙征服者在内的大多数欧洲成年人对它是免疫的"。当天花病毒被带入美洲，其破坏力惊人。有学者指出，天花最早出现的地点，就是在哥伦布首次登陆美洲的加勒比海地区，然后闪电般扩散，整个美洲的每一个角落都未能幸免。

关于天花等传染病在美洲造成的破坏，美国学者葛林布莱（Stephen Greenblatt）在他的《大转向》一书中有更尖锐而精到的总结："在美洲，真正决定命运的行动不是西班牙旗帜在美洲土地上飘扬，而是染病的西班牙水手在好奇的原住民面前首次打了喷嚏和咳嗽。"

美洲文明在哥伦布踏足之后，迅速消失在废墟之中，其破坏程度和速度令人震惊。然而，这一切并没有在西方历史叙事里被如实展现出来。从15世纪末期开始，一直到20世纪中期，历史书写的权力握在欧洲人手里，在哥伦布，和许许多多哥伦布的后继者手里。延续了500多年的欧洲主流叙事，自然会站在欧洲视点和立场上来看待这场影响深远的航海探险活动。美洲的印第安文明，成了被发现、被命名和被描述的对象。在被发现被命名之后，这些文明顺理成章地成为欧洲中心主义话语网络中的他者，被遮蔽甚至被遗忘，似乎成了必然的命运。

20世纪80年代初期，我曾经在美国留学读研。暑假里，我和一帮朋友自驾旅游，去到波士顿附近的普利茅斯。此普利茅斯与英国港口城市普利茅斯名字一模一样，是英国殖民者在北美最早的定居点之一。作为了解美国早期历史的一种尝试，我们依据当地的一张旅游传单，买票参观了一处依照历史复原的早期殖民村落。村子里有当地人扮演的英国清教徒村民，在农田里耕作，木屋前纺织。

为了证实传单里宣称的"真实还原"，我故意跟一个男性扮演者谈论，我们是如何驾车从中西部沿州际高速来到这里。

这位移民扮演者果然十分专业，用困惑眼光看我，再用明确的英国口音说，先生我不懂你讲的是什么，什么叫汽车和州际高速？还有，你所说的中西部是指什么地方？

我告诉他，我说的中西部是指密歇根和伊利诺伊一带，我就读的大学在密歇根州首府。

他依然表演到位，说他并不知道一个叫密歇根的地方，更不清楚什么大学。密歇根那儿有很多印第安人吗？

我问他，普利茅斯附近是否还有印第安人？

他说已经不多了，但他们时常也会来到营地附近，来交易，或者骚扰。

我和朋友离开那个旅游景点，记得曾一路赞叹美国人的文化复原和展示做得非常到位，既获得了旅游收入，又保留和呈现了历史的模样。

几十年后，回想这段经历，却发现当时我们看到的所谓历史原貌，实际上只是一段被阉割的片面叙事。那个完整复刻的殖民村落，包括那些用奇怪英国口音讲话的当地演员们，实际上只演出了真实历史的一部分。真实历史的另外一部分，即在几百年欧洲殖民历史之前，属于北美原住民的千年历史，被这出实景戏剧巧妙遮蔽掉了。那座位于海岸线和群山之间的孤独殖民村落，似乎在向所有到访游客暗示，那些从"五月花"号多桅帆船登岸的欧洲白人，面对的是一片渺无人烟的荒野。他们在这里驻扎下来，拓荒，开垦，创造了美利坚最早的历史。

现在我们知道，这并不是历史的全部真相。

前面曾经引述，根据曼恩的研究，在哥伦布到达美洲之前，那里已经有了一个多样化的、高度发达的文明，有超过欧洲的人口总和。相对于这些概括性描述，我们还可以看一些更有意思的细节。

比如，美国的马萨诸塞州，属于所谓"新英格兰"地区。只不过，这是来自英格兰的殖民者给它做的英文命名，就像西班牙殖民者将墨西哥等地叫作新西班牙一样。在当地原住民的语言里，这一带叫"黎明之地"，因为这片大西洋边的陆地，是最早被太阳照亮的地方。我曾经参观过的普利茅斯，包括那个复原的早期移民村落，就在"黎明之地"区域内。

当欧洲探险者乘船进入这片地域时，他们看到了什么呢？

1523年，当时的法国国王雇用了一个名叫韦拉扎诺的意大利海员去黎明之地考察，看看航船是否能从北美航行到中国。这位探险者后来报告说，他在搭乘"卡罗莱纳"号海船北上时，"各地的海岸线都'人口密集'，被印第安人的篝火烧得烟雾弥漫；他有时从几百千米之外都能闻到烧火的味道"。

跟随探险者脚步，乘坐"五月花"号到达美国的英国与荷兰殖民者，在新英格兰看到的当然也不仅仅是山峰与河流，松林与海岸。进入这片地区后，他们对当地人花哨的服饰，健硕的身体表示惊讶，更对当地人居住的"wetu"（家）感到既惊艳又熟悉：

……火在正中央不断烧着,烟通过屋顶中心的洞排出。英国访客们并不以此为奇,英国才刚刚用上烟囱,那里的大多数家庭,包括大富之家,也是在屋顶中央洞下生火取暖。英国人也不认为黎明之地的"wetu"是原始的;这种帐篷的多层垫子利用了空气的隔热层,殖民者威廉·伍德(William Wood)叹道:"比我们英国的房子还要暖和。"和英国典型的篱笆墙的房子相比,"wetu"还更不易漏水。伍德没有掩饰自己对印第安垫子的喜爱,因为它"无论再凶再久的雨,每一滴都挡得住"。

新世界的发现者们,自然会站在自己的立场,对所见所闻进行充满好奇的描述。这些描述在个体而言,也许并不包涵太多的价值评判和强词夺理。但是,当发现者的叙事上升到集体层面,当探险和发现行为变成一种国家行为,就需要形成一套整体的、具有结构意义的说法。往往,整体说法的诞生和演化,最终会变成一个国家甚至一个文明的主流叙事。从有意识地遮蔽被发现者,到发现者对这些说法无意识接受,数百年耳濡目染之后,普利茅斯那出每天上演的殖民村落实景剧,就成了理所当然的真实历史场景。

7
瓜分世界的合同

在哥伦布到达美洲的两年之后，1494年，西班牙卡斯蒂利亚国王的代表，和葡萄牙国王的代表在西班牙境内一个叫托尔德西利亚斯（Tordesillas）的小镇坐下来谈判。这场外交谈判的主要议题，是解决两个王国之间的海外争端。

1488年底，葡萄牙探险家迪亚士（Bartolomeu Diaz）在葡萄牙国王若望二世的资助下，首次绕过了好望角，远航非洲获得成功。他的原初使命，也是向东航行，即国王所说的"探索蛮族湾"，深入印度洋，以求到达远方的香料之地。迪亚士的成功，让葡萄牙王室看到了绕开阿拉伯世界、打通海上贸易线路的曙光。不过，西班牙人却领先一步，以哥伦布对美洲的发现为理由，上书当时的教皇亚历山大六世，请求他支持西班牙人对新发现土地的统治权。这位教皇本来就是西班牙的瓦伦西亚人，老乡照顾老乡，于1493年颁布一系列诏令，同意了自己家乡国王的请求。这显然让葡萄牙国王十分不满，于是就有了这场讨价还价的外交谈判。

这场谈判的结果，是两个王室达成谅解，在妥协的基础上签署了一份著名文件，叫《托尔德西利亚斯条约》(Treaty of Tordesillas)。

由地理大发现引发的《托尔德西里亚斯条约》，是这个世界上出现的第一份由两个王国瓜分地球全部表面积的官方合同。条约规定："在……

海洋中从北到南、从极点到极点、从北极到南极拟定画出一条边界或直线。这条边界或直线应该画得笔直，位于佛得角群岛以西三百七十里格。"也就是说，在佛得角群岛以西的这条笔直的分界线，把整个地球切成两半。分割线的西边，包括哥伦布刚刚发现的美洲，都属于西班牙；分割线东边，包括非洲海岸线和印度洋，或者整个东方，都属于葡萄牙。

两个曾经属于欧罗巴终点的王国，现在要瓜分地球？这听起来有点天方夜谭。但对于当时已经发展成欧洲两大航海强国的西班牙和葡萄牙来说，似乎又是顺理成章的事情。不过，那些被他们瓜分的地方，无论非洲、亚洲，抑或美洲，本来就有人居住，甚至创造了灿烂文化与文明，有着令人艳羡的丝绸和香料，令人垂涎的黄金白银，该拿他们怎么办？发现这些地方之后，又把它们纳入自己的势力范围之内，道德上依据在哪儿？如何让欧洲的同胞们相信，这种发现和瓜分，遵循了基督之国的伦理价值体系？

为了解决这个问题，与地理大发现相匹配的国际法，或者说欧洲人制定的国际准则，粉墨登场。

跟随地理大发现，首先是从西班牙，然后到欧洲其他国家，在一两百年的时间里创制了一套说法。这中间有两个关键词，非常值得考究。美国学者刘禾在她主编的《世界秩序与文明等级》一书中，就做过这样的分析：

> ……欧洲人对美洲、澳洲和地球上诸多地方的实际占领，更通常是凭借"发现权"（right of discovery）和"无主荒地"（terra nullius）这一类概念来合法化的。所谓"发现权"始终都针对"无主荒地"而言，后者的字面意思是，"不属于任何人的土地"，由此引申出来的逻辑就是，谁"优先占领"哪块土地（first occupation），谁就有权去占领它。……那么"无主荒地"究竟意味着什么？在地理大发现之后，它有一个确切的所

指，针对的是美洲、澳洲等原住民的土地。前来发现无主荒地的欧洲探险家，每到一处，必须首先作出判断，当地的原住民对于他们生活在其中的土地是不是具有合法的拥有资格？如果当地的原住民被归为野蛮人（savages），那么答案就是否定的，因为野蛮人的土地是无主荒地。

在这套法律或者话语中，"野蛮人"（savages）无疑是最醒目的词汇。只要在那片土地上生活的人被确定为野蛮人，那么他们生活的土地，就可以被欧洲的发现者"合法地"归类为"无主荒地"。野蛮人和无主荒地，彼此紧密关联的两个概念，最终合而为一演化成一张明确无误的标签，让欧洲的开拓者粘贴在他们发现的陆地和海洋上，以便于将其"合法"地据为己有。

这样一来，不管是哪一个欧洲国家的探险者发现一片大陆，或哪一国的海军舰船征服一片海洋和岛屿，似乎都有了规矩可循。

根据英国学者布洛顿（Jerry Brotton）在《十二幅地图中的世界史》记载，1498 年，在哥伦布发现美洲的六年后，葡萄牙探险家达·伽马最终登上了印度卡利卡特的海岸，到达哥伦布想去却没有去成的地方。达·伽马与当地人做成了一笔涉及桂皮、丁香、生姜、豆蔻和胡椒，以及"各种珍贵的石头"的交易。这是有史以来第一次，欧洲人成功越过了赚差价的阿拉伯中间商，与亚洲进行的直接贸易。达·伽马满载而归后，当时的新任葡萄牙国王曼努埃尔一世给自己的亲戚，西班牙卡斯蒂利亚王室写了一封充满乐观情绪的信，宣布：

> 大量的贸易现在让那里的摩尔人富了起来，……只要我们进行规划，就可以让货物坐上我们的船只，来到我们的国土。……从此，欧洲所有的基督教王国都可以极大地满足自己对香料和宝石的需求。

这段话中,"摩尔人"也是相当微妙的关键词。按照刘禾揭示的逻辑,葡萄牙国王对印度次大陆上那块地方的野心,也被这个关键词合法化了。曼努埃尔一世将"那里的"人笼而统之称为"摩尔人",并没有在当地原住民和久居于此的穆斯林商人之间进行区分,含混而模糊。实质上,却给卡利卡特的居民们定了性。就像前面所说,依据中世纪欧洲的命名体系,摩尔人和撒拉逊人、柏柏尔人、鞑靼人一样,与野蛮人同属一个等级,肯定不属于"基督教王国"的人。将他们命名为摩尔人,就是在他们和我们之间划清界限,在文明人和野蛮人之间划清界限。既然卡利卡特的居民等同于摩尔人,那地方也就差不多等同于"无主荒地"。

在这个语境之中,葡萄牙国王如果把卡利卡特划归自己所有,就像西班牙国王把加勒比群岛划归己有一样,从伦理上稳稳站住了脚跟。对于那些被发现被瓜分世界的人来说,这个规矩甚至与他们毫无关系,他们并不知道,在欧洲发现者眼中,自己属于野蛮人,自己生活的土地属于无主之地。

可以看出,在发现和描述这些异质文明时,我们和他们的认同方式和基本框架,依然在发挥强大作用。曾经出现在古希腊城邦的文明与野蛮的二元对立,经过了一千多年的发展与演化,依然在明里暗里主导叙事的视角和方法。只不过,到地理大发现时代,这组二元对立有了更明确的价值体系作为判断标准,有了更明确的意识形态作为指南。为这个意识形态提供价值支撑的,就是基督教。基督之国在伊斯兰教和自己之间划出边界,在"期待皈依"的鞑靼帝国和自己之间划出边界,自然也会在一切非我族类、非基督文明和自己之间划清界限。

一方面,作为一种政教合一的权力结构,基督教通过一千年的运营,在欧洲建立了牢固的地盘。所谓"欧洲堡垒"(Fortress Europe),经过一千年的征战和对抗,已经在政治上和精神上,成为欧洲人自我认同的领地。另一方面,把信奉基督与否,放到大航海时代的版图当中,放到发现地球表面每一寸可占领可交易的陆地和海洋的现实当中,将其作为划分文明与野蛮的标尺，又合乎逻辑地给欧洲人提供了一套与异己文明打交道的价值评判体系。被基督拯救之光照亮，就站在了文明的一边，反之，则归属于野蛮。进入文明世界的朋友圈，就是从落后愚昧中，被基督教引领，沿着文明路线图前行。

按照刘禾等学者的分析，这中间，有一个微妙的时空转换。

本来，基督之国和外面的世界，是一个空间概念。凡是在欧洲终点之外的其他人，其他城市和乡村，其他文明，都是欧洲空间之外的空间，化外之地。现在，用基督教尺度衡量后，文明与野蛮的差别凸显：信奉基督的欧洲王国因为有教化，率先登顶文明之巅；而非基督教的地方，因为缺乏教化，变成了文明金字塔下面相对落后的黑暗基座。空间上的对峙，变成了时间上的先后。在欧洲对世界的认知里，基督的世界成了先进代表，非基督的区域则是落后的化身。

这样一种文明秩序的建立，从一个侧面看，是为欧洲的地理大发现，为它在基督之国的边界外进行贸易和殖民扩张提供话语支持。从另一个侧面看，则也为欧洲的居民们，制造了一个文化身份认同的叙事逻辑。地理大发现时代，欧洲人在更大范围内和更大规模上与外部世界发生接触和碰撞，无论是早期信使和探险者描述的伊斯兰世界，还是马可·波罗渲染的神秘东方，抑或后来的发现者指称的美洲景象，在所谓先进与落后的标尺衡量下，都无一例外地标出了基督教欧洲的同一性，标出了亚欧大陆这一角领先于所有地方的例外性。

有了这把标尺，在世界各地，来自欧洲的发现者、交易者，征服者和殖民者，顿时成了自带光芒的先进文化代表。

我可以想象，如果自己是一个来自里斯本街头的香料商人，去到东方追求更大利润，会是一种什么情形；当我兜里揣着翻得破旧的《圣经》，行走于卡利卡特的市场，看着无数黝黑"摩尔人"在炽烈阳光下讨价还价，我会感觉到一种什么样的身份优越。或者，如果我是一个赫里福德的无业游民，因为生计所迫只能离开那个偏僻的小镇，前往曼彻斯特或伦敦寻找未来，最终冒险登上了驶往新英格兰的海船。在黎明之地，我面对完全不知道基督殉难故事的原住民，用刚刚学会的当地语言，跟他们解释世界末日，解释自己的最终拯救，又会感觉到一种怎样的居高临下。我在遥远家乡干过的那些偷鸡摸狗事情，早已成为过去，这些野人无从知晓，当然更不能理解，我这个白人为什么会比他们更先到达上帝管理的天堂。

以这样一种眼光，回过头来看诞生于 1298 年前后的《马可·波罗游记》，我们就更能体会，为什么那位威尼斯讲述者，要处心积虑地将遥远东方的蒙古皇帝，跟基督教信仰作想象性的连接。

面对忽必烈金光闪耀的巍峨宫殿，面对扬州或杭州的繁荣市景，这位来自欧洲的探险者无法无视这传奇一般的财富和文明，就像他的读者和听众，无法相信这恍若天堂的情景一样。能让他获得心理平衡的办法，就是求助于基督教这把价值标尺，让它将失衡的天平重新调整一遍。元朝皇帝的宫殿再辉煌，忽必烈也期盼得到基督教的辅佐，来对抗"偶像崇拜者"；鞑靼帝国再广袤再强悍，也需要从基督之国、从欧洲教皇那里寻找最后的救赎之道。

实际上，这也是从《马可·波罗游记》和地理大发现开始，一直延续到 19 世纪的欧洲价值传统。无论是对美洲的开发和移民，还是对非洲和亚洲的殖民与统治，哪怕是进行奴隶贸易或鸦片输出，都有一个基督教伦理的终极背书：这些半开化甚至野蛮的地方，需要更先进的基督教义的教化与普及，这是它们能够脱离苦海的唯一路径。

从地理大发现开始，欧洲的终点从伊比利亚半岛无限扩张，最终覆盖了整个地球。

第四章 《春》 古代的再生

《春》：古希腊罗马文化在蛋彩画中再生，不仅展示了美第奇家族的财富和趣味，也描绘了意大利文艺复兴的大致轮廓。

1
佛罗伦萨的蛋彩画师傅

一提起欧洲文艺复兴，米开朗琪罗（Michelangelo Buonarroti）和达·芬奇（Leonardo da Vinci），拉斐尔与提香，意大利境内诸多艺术家的作品便会从基座上脱离，从画框里跳出，在各种书籍各种言说中闪烁。梵蒂冈西斯廷教堂天穹上的壁画《创世纪》，所有进入巴黎罗浮宫的游人都必定挤破头去拍照的《蒙娜丽莎》，已经成了关于这个特殊时代的超级符号。至于那个由大理石雕刻而成的站立裸男，则几乎成了佛罗伦萨的旅游标签，大街小巷，各种纪念品商店里出售的物件上，都能见到他的身躯，甚至他的生殖器。

佛罗伦萨乌菲兹（Uffizi）美术馆，人群如潮，在装满艺术品的大厅内涌动。一拨又一拨人从面前走过，我却停留在波提切利（Sandro Botticelli）的《春》前，舍不得离去。这件尺幅巨大（宽3米多，高2米多）的作品，大致创作于15世纪70年代末或15世纪80年代初。因为年代久远，虽然经过一定修复，《春》的画面仍然显得有些偏暗。原本应该是绿色的橘子树和花园草地，已经变成酱油一般深褐色。人物的肤色和衣着情况要好一些，也肯定不是画作完成时原有的色彩。

《春》是一件蛋彩画（tempera）作品。

参照那个时代的一般蛋彩作画流程，波提切利创作这件作品时，大致也应该使用同样的技巧。在木板上先做成平滑的石膏底，再用炭条在石膏底上画出构图和轮廓草稿。然后，用去掉薄膜的蛋黄加水、白醋、少许酒精，做成调和剂，将手磨的颜料粉末，按自己配色需要进行稀释调和。接下来的程序，就是根据草稿，由浅到深，由明及暗，由薄至厚，一层层将颜料铺设在石膏底表面。因为蛋黄干得很快，所以作画时，画家还得随时给已经完成的部分加一些水，以防止这些地方跟新画上去的颜料、笔触无法相容一致。一幅巨画的完成需要很多天，色彩铺陈的技巧就显得极为重要。日复一日，在原有的颜料层上继续作画，将多层颜料天衣无缝地涂抹均匀，形成整体有机的色块，是今天大多数使用油画或者丙烯颜料的艺术家们视为畏途的过程。

虽说蛋彩画有保存时间长的美誉，但500多年后，《春》里那些包含了鸡蛋黄和白醋的颜料，还是不可避免地因为氧化，而褪去了原有的某些色泽。

要真正欣赏这件画作，恐怕只能发挥一下逆时间而动的想象力，将观看的情景还原到波提切利作画的年代。但可惜的是，这一点我们也无

《春》，（意）波提切利，藏于佛罗伦萨乌菲兹美术馆

法做到了。剩下的唯一途径，是寻找离那时最近的描述文字。这就是为什么我会想象自己是一个16世纪初的观者，和瓦萨里（Giorgio Vasari）一起欣赏和讨论这幅作品的原因。

在16世纪中期出版的《意大利艺苑名人传》中，佛罗伦萨人瓦萨里曾经有这样一段关于波提切利和《春》的描述：

> ……他还为城内许多家族创作过圆形画，绘制了大量的女性裸体像，其中有两幅如今藏于柯西莫公爵的别墅——卡斯特罗城。其中一幅是《维纳斯的诞生》，南风与西风将爱神与天使们轻轻吹至岸边；另一幅描绘的也是维纳斯，美慧三女神正用鲜花为她装扮，作为春天的象征；这些画都绘制得精美绝伦。

作为艺术家和艺术批评家，瓦萨里从年幼时期便成为佛罗伦萨显赫的美第奇（Medici）家族豢养的"门人"（protege）。他在米开朗琪罗的工作室里当过学徒，称后者为师傅。出师之后，又成为美第奇家族的御用建筑师和"艺术顾问"。这段文字中提及的柯西莫公爵，美第奇家族在16世纪中叶的当家人，小柯西莫·德·美第奇，是瓦萨里成书年代的托斯卡纳公爵，佛罗伦萨的实际统治者。瓦萨里的主要艺术成就之一，就是为他设计建造了行政官署，即今天的乌菲兹美术馆。"乌菲兹"（uffizi）在原文里，是"办公室"或"写字楼"的意思。

瓦萨里宣称，自己在柯西莫的别墅里看见过波提切利的《春》，自然是可信的。

柯西莫的别墅在佛罗伦萨市郊，偏西北一处山坡上。Vila Castelo其实不应该翻译成"卡斯特罗城"，而应该叫作"庄园"。柯西莫从家族里继承下来的这栋别墅，没有宏伟城堡，更没有巍峨宫殿，倒是其巨大而规整繁复的花园，使它成了文艺复兴时期花园设计与建造的典范，被后来的欧洲各地王公贵族效仿。《春》和另一幅波提切利的著名画作《维

第四章 《春》 古代的再生 | 151

纳斯的诞生》为什么会放置在这栋别墅里？当瓦萨里看见它们时，是别墅内的哪个房间？这一切，瓦萨里的文字里没有交代。

按照英国学者玛利（Julia Mary）在《波提切利画传》里的说法，《春》的委托人，极有可能是美第奇家族旁系的一个成员，并把它作为礼物送给了自己堂兄，另一位著名美第奇家族正系成员，"豪华者"洛伦佐·美第奇（Lorenzo the Magnificent）。

也许，瓦萨里在卡斯特罗庄园看到《春》时，正跟他"最尊贵的主人"柯西莫在一起？明亮的托斯卡纳阳光，透过窗户投射进来，洒在地板上。漫射的光线，给巨幅画面笼罩上一层奇妙光芒，让画中的橘园、花草，以及女性身体都显得有些迷幻。对于自己的赞助者和主人，瓦萨里必定竭尽全力，向托斯卡纳公爵详细讲解波提切利的作画方式和风格。

少女衣物上那些精美装饰品，是幼年艺术家在佛罗伦萨一个叫波提切利的金匠铺子当学徒时，得到的实物素材和装点技巧；美惠三女神的身体姿态，加上轻盈透明的白纱裙，是他的绘画师傅利比（Fra Filippo Lippi）最喜欢的天使造型；春之神克罗依脸上那种神秘的笑意，则与达·芬奇的作品有些相似，毕竟，他们曾经在一起学习过绘画，也同时接受过"豪华者"洛伦佐委托，给他家绘制作品；至于画中人物那些流畅而圆满的轮廓线条，与铺润丰满、过渡平滑的蛋彩有机结合，则是波提切利自己独创的特有风格……

作为这件作品的实际拥有者，小柯西莫大概也会心满意足地端详画面上那些美丽的轮廓、色彩和肌理，跟瓦萨里一起赞叹，"豪华者"洛伦佐当年确实有品位，有眼光，不仅资助了米开朗琪罗，也看中和赞助了波提切利。他也许还会和瓦萨里一起讨论，画面中的那些神话人物，是否有他家老一辈亲戚的影子。比如，维纳斯的真人模特是谁？谁又通过波提切利的画笔，成了画面左侧那个商业和信使之神麦丘利？是洛伦佐本人，还是"豪华者"的哪位堂兄？

按照那个时代的通行规则，佛罗伦萨有钱人如果要委托艺术家进行创作，除了支付双方都能接受的赞助费外，一般也会对创作母题做出规定，这中间大多是《圣经》故事。在画面里，艺术家往往会把家族成员描绘成圣母、圣子或者其他圣徒。这是一种奇妙的艺术策略：一方面，艺术家可以直接采用赞助人的真实形象，把他们放进作品以讨好金主；另一方面，赞助人通过命题和推荐，可以把自己或者家人融入神话题材之中，让艺术家把自己变成神一样的存在。

比如，在乌菲兹美术馆里与《春》同一展室，有一件波提切利的圆形画作品《圣母》，就把美第奇家族的成员都放进了《圣经》神话。左手抱着圣婴，右手拈笔准备书写《路加福音》的圣母，据说以洛伦佐的母亲为模特；而拥在她身旁，以手托书的两个天使，则是年轻时的"豪华者"洛伦佐和他的兄弟。《春》既然是家族里的人委托波提切利制作，大概也一定会把自己或者亲戚放到画面之中。

2
异神降临

在《春》诞生的年代,"豪华者"洛伦佐掌管着美第奇家族的生意和金融帝国,也主宰着佛罗伦萨的政治生活。这是一个继承和发扬了美第奇家族生意和文化传统的统治者,在扩展家族金钱和政治权力的同时,也造就了后人所称的佛罗伦萨"黄金时代",意大利文艺复兴的鼎盛景象。

洛伦佐赞助了众多艺术家。达·芬奇、波提切利等人自不待言,米开朗琪罗甚至在他家直接住了五年,并享受和他一起用餐的豪华待遇。在这个"豪华者"的朋友圈里,除了艺术家,还包括诸多哲学家,诗人。他们或者受到洛伦佐的直接豢养,或者接受他的金币赞助。在15世纪中后期,佛罗伦萨的文化精英经常在洛伦佐的宫廷和别墅聚会,在美食美酒伴随下,一起讨论古代哲学,朗诵诗歌,欣赏艺术。用今天的话来说,日子过得十分文艺。

置身这群文艺精英中央,洛伦佐本人也不是白丁,不是只管抛金撒银、召集晚宴的有权有钱的"土豪"。他从小受到良好教育,既能阅读古希腊文本,也能用托斯卡纳方言写诗。他和佛罗伦萨文人费奇诺(Marsilio Ficino),波利齐亚诺(Angelo Ambrogini)等人时常讨论的话题之一,就是如何将古希腊哲学家柏拉图的理念,与基督教思想结合起来,形成一种认知世界的新框架。洛伦佐死于1492年,也就是格拉纳达重回基督欧洲怀抱、哥伦布踏上发现美洲之旅的那一年，只活了43岁。在一首据说由他创作的诗中，他曾写下这样的句子："多么美好的青春啊，／然而它却转瞬即逝！／尽情享受今天的快乐吧，／因为明天完全未知。"

这群人中可能直接对《春》母题施加了影响的，除了洛伦佐本人，就是那个小名叫"波利齐亚诺"，大名为安布罗基尼的文人。作为洛伦佐的座上宾，波利齐亚诺不仅是"豪华者"谈天论地的伙伴，也是他家孩子的私教。他是一位精通希腊文、拉丁文和异教古代神话的人文主义者（Humanist）。比如，他的文学成就之一，是把荷马史诗《伊利亚特》中的几个章节，从希腊文翻译成拉丁文。

根据《波提切利画传》的记载，波利齐亚诺成为洛伦佐孩子的家庭教师之后，写了一首诗献给他的主人。这首名叫《缪斯女神》叙事诗，歌颂文艺女神统领的完美世界，并且明确无误地把美第奇家人嵌入其中。在诗里，波利齐亚诺还"用华丽的辞藻描绘了美神维纳斯春光明媚的花园以及美丽的少女"春"（Spring）即将到来之时祥和欢快的景象"。在画家波提切利接受委托开始工作时，波利齐亚诺受主人指派，直接向画家布置了母题：

> 因为洛伦佐·美第奇非常喜欢神话题材的壁画，所以，波利齐亚诺建议波提切利以古希腊罗马神话为题材进行艺术创作。波利齐亚诺把自己所写的长诗《缪斯女神》中的每一个故事情节耐心地讲解给这位画家。在波利齐亚诺的笔下，美神维纳斯所统治的天国如世外桃源一般令人心驰神往。这段诗文所表现出来的优美意境激发了波提切利的创作灵感。波提切利很快就创作完成了他的绝世佳作《春》。

这一段艺术八卦是否可靠，在此不必深究。可以想象，洛伦佐和波利齐亚诺等人一起借着酒兴聊天，话题必然会涉及他们都感兴趣的古代神话，涉及那些古希腊和古罗马流传下来的故事。毕竟，他们这个高雅俱乐部的名字，就叫"柏拉图学院"。所以无论是洛伦佐本人，还是波利齐亚诺向艺术家授意，要他把古代异教神话作为绘画母题，都不会让人感到意外。真正值得深究一下的，是波利齐亚诺和他的主人为什么会对这些神话感兴趣。

我们知道，在差不多一千年的时间里，由于基督教文化的强势，这些异教的神话在知识圈子里逐渐褪色隐去，被遗忘淹没于历史尘埃之中。虽然在查理曼大帝统治的神圣罗马帝国时代，也有过一段文化"复古"的历史，但那也已经是几百年前的事了。现在，几乎不约而同地，佛罗伦萨和意大利境内其他城邦的人们突然被唤醒，古希腊、古罗马的文献，思想和艺术，突然成了一种上流社会趋之若鹜的时尚话题。

这又是为什么？

关于这种对古代的兴趣勃发，研究欧洲文艺复兴的学者已经有各种各样的解释。比如，瑞士学者布克哈特（Jacob Burckhardt）在《意大利文艺复兴时期的文化》一书中，就进行过专门的探讨。这部成书于19世纪60年代、影响巨大的著作曾经这样来阐释这种"对于古典文化的巨大而普遍的热情"：

> 这需要一种市民生活的发展，而这种发展只是在当时的意大利才开始出现，前此是没有的。这就需要贵族和市民必须首先学会在平等的条件下相处，而且必须产生这样一个感到需要有文化并有时间和力量来取得文化的社交世界。但是，文化一旦摆脱中世纪空想的桎梏，也不能立刻在没有帮助的情况下找到理解这个物质的和精神的世界的途径。它需要一个向导，并在古代文明的身上找到了这个向导，因为古代文明在每一种使人感到兴趣的精神事业上具有丰富的真理和知识。

把这段翻译得有些费解的话，转换成明白易懂的说法，其大意就是：在文艺复兴的黄金时代，意大利人需要在中世纪思想（基督教）之外寻找现世生活的指引，却发现自己身边的古典文化遗迹和抄本，其实就是最好的教科书。

在今天看来，布克哈特的说法有明显的夸张成分。比如，在那个时代，佛罗伦萨的"贵族和市民"显然不可能"在平等的条件下相处"。美第奇家族，或者其他大家族的"社交世界"，绝不可能与普通市民的圈子接连。那些属于市民阶层的艺术家和文人，必然要经过自己的努力，通过自己在艺术或者文学上的成就，才可能得到贵族们认可，登堂入室成为他们朋友圈的成员。

然而，这段文字中所说的"古代文明"作为理解物质和精神世界的向导，却可能触及了意大利"复古"风潮的一个根本内因。要摆脱基督教文化一统天下的桎梏，文艺复兴时期的人们就需要寻找取而代之的精神资源。就像洛伦佐的诗句所说的那样，"明天完全未知"，但过去则历历可见：古希腊古罗马文学艺术中的历史，正好提供了一个外在于基督教传统的丰厚资源，哪怕它所推崇的诸多神祇，在基督教的疆域内早已被判定为异端。

其实，在基督教内部，也有一种把自身价值与古希腊罗马传统进行连接的努力。只不过，在过去有关欧洲文艺复兴的阐释中，尤其是在中国学界关于文艺复兴的论述中，被有意无意地忽略了。

1453年，君士坦丁堡被奥斯曼帝国攻陷，东罗马消亡。这个历史大事件在西欧引发的恐慌，前面已经提及。对于基督之国来说，东罗马的沦陷，随后希腊的被占领，意味着欧洲东部基督教势力的崩塌。梵蒂冈焦虑于东欧地区的伊斯兰化，在君士坦丁堡陷入危机时，甚至提出了再次进行十字军东征的倡议。当时的教皇庇护二世曾经说过一句著名的话，把欧洲比喻成"我们的家园"。根据一些历史学者的研究，这是西欧第一次从官方角度，用"欧洲"或欧罗巴（Europe）自我命名，并把这个命名与古希腊罗马文化传统相结合。教皇在一篇昭文里宣布:"希腊现在已经破碎并且被蹂躏。——大家都知道,这是我们文化上的浩劫。整个拉丁世界的文明都是从希腊发源的。"

外来的压力,与基督教成对立之势的伊斯兰教的强悍攻势,促使罗马教廷的最高权力者去寻求一种将欧洲团结起来的意识形态。而这位教皇给出的药方,是摒弃教廷曾经把梵蒂冈和拜占庭割裂的做法,将古希腊与拉丁文明重新筑造为一体,把古希腊罗马文化熔炼为基督教的合法祖先。

这种基督教对古希腊罗马传统的官方承接,最明确无误地表现在艺术家拉斐尔(Raphael)奉教皇之命创作的壁画《雅典学院》中。

在这幅完成于16世纪初期的大型壁画里,拉斐尔把古希腊时代的重要思想家一网打尽。罗马式的建筑穹顶下,从柏拉图到亚里士多德,从苏格拉底到毕达哥拉斯(Pythagoras),从色诺芬到伊壁鸠鲁(Epicurus),洋洋大观。哲人身影里,甚至包括了来自东方的"异教"先知琐罗亚斯

《雅典学院》,(意)拉斐尔,藏于梵蒂冈博物馆

德（Zoroaster），他的另一个欧洲译名叫查拉图斯特拉，后来因为尼采的一部书而更加闻名。

众多人物，以各种姿态形成一个均衡和谐的整体构图。

后世的诸多评论者猜测，拉斐尔在画中采用了许多他同时代的人物作为模特，比如柏拉图的模特是达·芬奇，赫拉克利特（Heraclitus）的模特是米开朗琪罗，不一而足。拉斐尔把自己心仪的人物放进构图，甚至把年轻的自己也塞进画面角落，符合当时的流行规矩。但是，作为教皇尤里乌斯二世委托制作的作品，他绝不可能擅自决定作品的母题。也就是说，最终完成的《雅典学院》，实际上承载的是梵蒂冈所确立的一种意识形态叙事。

如果把这幅壁画，与在同一房间（"签字厅"）内与之相对、拉斐尔创作的另一幅壁画相比较，这个叙事的逻辑就更加显著。

《圣礼之争》是一幅与《雅典学院》构图相呼应的作品，天穹正中央，绘制的是基督，圣母，施洗者约翰等形象。圣徒们坐在云端，围在三位一体两侧。再往下，按照瓦萨里在他那本书里的说法，拉斐尔把"多米尼克、法兰西斯、托马斯·阿奎那、波纳文图拉、司各特、莱拉的尼古拉、但丁"等基督教神学家都画了进去，他们正在就祭坛上的圣饼展开有关弥撒形式的讨论。古希腊的哲学，和基督教的神学，两幅彼此相呼应的壁画在签字厅内构成对等的互文关系，利用空间的同构，在时间上暗示了它们之间的连续性。

从庇护二世的那段著名讲话开始，到尤里乌斯二世的命题之作，梵蒂冈的教皇们显然保持了这种意识形态叙事的一致性。

尤里乌斯二世死于1513年，接替他的新教皇列奥十世决定延聘拉斐尔，让他依照前任的思想路线，继续完成在梵蒂冈的艺术工作。此君作为枢机，已经出现在拉斐尔笔下的另一幅壁画中，辅佐尤里乌斯二世。这个对艺术和古代知识推崇备至的教皇，只可能对梵蒂冈和罗马城的"复古"浪潮，起到锦上添花的作用。作为欧洲意识形态的首席代言人，教皇对基督教神学和意识形态的改造，一方面与意大利各地知识界、艺术界的复古兴趣相呼应，另一方面，也必然会引发更大范围的对古典世界的认同。我们在理解文艺复兴时代人们对古典文化的推崇时，不应该忽略和遮蔽基督教内部发生的这一重大转折。

还有一种"复古"欲望，可能来自意大利人的民族主义情绪和文化自觉，来源于他们在经济繁荣之时试图获得一种与之相称的文化上的身份感。这种身份需求或许源于某些个体，却在一段时间内，逐渐演化成集体无意识。

从 13 世纪到 15 世纪，意大利通过地中海贸易，通过充分发达的手工制造业，逐步达到了欧洲经济巅峰。从佛罗伦萨到威尼斯，从锡耶纳到乌尔比诺，从热那亚到罗马，繁荣的城邦比比皆是。佛罗伦萨的货币弗洛林（florin），就曾一度成为畅行西欧的硬通货。经济上的强势在带来城邦居民集体自豪同时，自然会外溢到对自我价值的肯定。

公元 4 世纪古罗马衰毁和最终迁都后，来自北方"野蛮人"持续不断的入侵和统治，让意大利境内的居民们经历了长久的黑暗年代，甚至到了 1494 年，这些"野蛮人"（法兰克人）的骚扰，都还给这片地方造成极大混乱。现在，亚平宁半岛上的各个城邦国家经济崛起，生活富足，人们迫切需要一种自我身份的重新认定。虽然那时，并没有一个统一的意大利存在，但这些城邦都位于曾经的罗马帝国核心疆域内，于是，将眼下的强势经济地位与古代的辉煌联系起来，就成了一种顺理成章的身份叙事，成了将自己置于所谓"大传统"之中的必然逻辑。古罗马人也曾经将自己的神话和历史，跟古希腊文明进行对接，在文化血缘上将自己与希腊捆绑在一起，以宣示自己和"野蛮人"的区别。现在，这种努力经过了漫长的沉寂之后，又一次浮现。意大利城邦的居民们，在基督之国的臣民身份之外，又找到了另一种代言自我的符号。

最后一种复古动机，则需要一些文学性的想象。

对于那些享受着繁华与奢侈生活的少数佛罗伦萨人来说，回顾曾经的历史，多少会带来一种对于时间的感伤。曾经的永恒之城罗马，经历一千年时光的风蚀，现在只是身边和脚下的废墟；曾经横跨欧亚的庞大帝国，已经幻化成古代典籍里的文字叙述；所有的辉煌过去，现在只能通过诗人和艺术家的努力，才能让人瞥见些许吉光片羽。佛罗伦萨这一小群人享受的富足和豪华、精致与风雅，是否能在将来得以延续？如果能够，又可以延续多久？谁也不知道。正如"豪华者"洛伦佐在自己诗句里描述的那样，"尽情享受今天的快乐吧，/因为明天完全未知"。

如此看来，把自己跟古代神话和古典传统连接在一起，比预测未来的结局显得更为可靠。与其满怀疑虑地窥探不可知的明天，不如沉醉于被收藏的可感可知的昨天。通过把自己与比基督教历史更古老的历史进行粘连，自己也就获得了某种永恒；把自己变成古希腊罗马神话中的人物，变成基督神话中的人物，自己就成了历史的一部分，永远不会消失。

这个目的是否已经达到，或者只是一种挣扎的奢望？今天的我们似乎不太容易去论证。但起码有一点是可以肯定的：出钱委托波提切利创作的美第奇家族成员，的确在某种程度上实现了永恒——直至今天，世界各地的好奇者都还在争论《春》里那些美丽异教神话人物到底是美第奇家的哪一位成员，就是最好证明。

3
珍贵的书

1417年冬天,一个叫波吉欧(Poggio Bracciolini)的人,从罗马出发,骑马长途跋涉,来到地处南日耳曼的富尔达修道院。

在修道院图书馆阴暗的拱形房间内,波吉欧从目录上看见了一个让他心跳加速的书名。在馆长监督下,波吉欧从尘封书架上小心翼翼取出这本手抄本。"这部长篇手稿写于西元前50年左右,作者是一名诗人与哲学家,名叫卢克莱修。……波吉欧一看到卢克莱修就想起,他曾在奥维德、西塞罗与其他(他与一些人文主义朋友曾努力查找的)古代资料中看过这个名字,但大家都只看过片段的文字,每个人都认为这本书已经亡佚。"

这本珍贵手抄本的名字叫《物性论》(*De Rerum Natura*),作者是古罗马时代的卢克莱修(Titus Lucretius Carus)。

根据葛林布莱在《大转向:物性论与一段扭转文明的历史》中描述,波吉欧即刻下令修道院的抄书员给这本书制作副本,将《物性论》抄写下来,尽管他并不知道,由他从这里带回意大利的书,"将会对整个世界产生翻天覆地的影响"。

《物性论》是用拉丁文写作的抑扬格六音拍长诗。在六卷文字里,卢克莱修以自己的方式,阐释了发源于古希腊哲学家伊壁鸠鲁的一种世界观。伊壁鸠鲁的思想,在今天几乎被人们简化成心灵鸡汤式的"享乐主义哲学"：宇宙中的一切都是由原子构成，没有什么能够永恒，因此，最大的善，就是追求身心的愉悦。卢克莱修在《物性论》中发扬了这种论调，认为宇宙的构成物质，就是在空间里迅速移动的、数量无穷的原子。这些原子，既是太阳月亮的基础成分，也是人和动植物的基础成分。没有神来设计和建造这一切，当然也没有任何事物可以永存，除了原子自身。所以，不要相信人能通过信仰来收买和安抚神灵，也不要相信通过苦修、权力、征服等等就能赋予自己永生。面对这种现实，人能做到的，就是享受当下世界的美丽和愉悦。

或者用古罗马诗人贺拉斯的著名金句来说，叫 Carpe Diem，"抓住当下"。

毫无疑问，卢克莱修的这套理论与后来兴起的基督教认识论和伦理学格格不入。对基督教而言，这种宇宙观，世界观，还有生活价值观，正可谓"三观不正"。崇尚苦修和彼岸世界的基督之国对此无法容忍。教会更不能接受没有上帝创造世界这样一种渎神的说法。因此，《物性论》最终失传，只剩下一个抄本隐匿在偏远山区修道院的阴暗角落，倒也顺理成章。

回到罗马的波吉欧在最终得到《物性论》抄本后，把它从梵蒂冈寄到了佛罗伦萨，交给了当地的一个富商，著名的书籍和古物收集狂人尼可里（Niccolò de' Niccoli）。尼可里嫌修道院抄写员字迹难看，抄本粗制滥造，就开始自己动手抄写副本。据说，经尼可里之手制作的《物性论》副本有数十部之多，现存于佛罗伦萨洛伦佐图书馆的一个《物性论》抄本，就是他的作品。图书馆由洛伦佐委托米开朗琪罗设计，"豪华者"将自己从家族继承下来和重金收买的珍贵书籍存放其中，供人阅读。所以现存的这个版本也就叫"洛伦佐版"。

《物性论》书稿的发现和传抄，是不是"对整个世界"产生了翻天覆地的影响，恐怕不好定论。但这本书，却极有可能对《春》的诞生，起到了直接的催化作用。按照葛林布莱的研究，《物性论》第 5 卷中的一段诗作,可以被看作《春》的母题最直接来源:"春天到来,长着翅膀的小信差引领着维纳斯,母亲芙洛拉紧跟着西风之神泽菲罗斯。只见泽菲罗斯在前方开路,每到一处,便遍撒丰富的色彩与香气。"他甚至提出,洛伦佐的座上宾和门人波利齐亚诺,可能就是卢克莱修和波提切利之间的精神桥梁。

那么,洛伦佐和波利齐亚诺,甚至波提切利,在研讨和创作《春》的母题构成时,是否读过这个所谓"洛伦佐版"的《物性论》呢?

今天的我们已经很难想象,一本重新发现的珍贵典籍的手抄本,会在那时的佛罗伦萨文人和艺术家圈子里引发多大的轰动。今天,我们在实体书店或者网络电商那里,不仅可以随时随地购买印刷精美的纸质书籍,更能借助网络和电子媒介,比如随身携带的电子设备,翻阅各种图书,无论是远古时代的《论语》,还是刚刚发行的《人类简史》。而在那时,虽然德国人古登堡(Johannes Gutenberg)已经发明了用活字印刷制作《圣经》的技术,但印刷的书籍依然很贵。比如,1455年的印刷版《圣经》,即所谓"古登堡《圣经》",采用了每页42行的"对开"(folio)格式印刷装订成册。这一版,一共制作了180册,每本要价30个弗洛林,差不多相当于一个普通文员三年的薪水。根据另一项统计,在1450年间,整个欧洲大概一亿人口。这一亿人一共拥有多少本书呢?把那些教堂和修道院图书馆,以及国王和贵族家里收藏的图书加起来,才几万册左右。

印刷的书都如此昂贵,基督教文献之外的遗散珍本,或者手工抄写的"异教"书籍,就更是不折不扣的奢侈品了。在文艺复兴时代的意大利,搜寻和抄写古代典籍,是一项极为艰难的事业。正因为此,只有具备了充足知识和动手能力的人,比如波吉欧和尼可里这样的书籍猎人和"写本人员",才可以胜任。

进行搜书和抄书,还有一个更重要的条件:要有足够的金钱。

《意大利文艺复兴时期的文化》指出,尼可里由于收藏古物和图书,耗尽了自己的钱财。幸运的是,他也属于美第奇家族的朋友圈,是"豪华者"洛伦佐的爷爷、老柯西莫·美第奇的熟人。老柯西莫爱书，因此尼可里也曾帮他搜集古书。当尼可里一文不名之后，老柯西莫承诺赞助，答应将提供给他任何款项，让他继续自己的搜书和抄书事业。尼可里穷其一生，最终收藏了800册图书。与之相对应，当时的佛罗伦萨首富老柯西莫在自己30岁时，也才一共收藏了70册书。尼可里死后，老柯西莫付清他的所有欠债，从而让这些藏书的主人变成了自己。他以大家都可以阅读作为条件，将图书赠给了城里的圣马可修道院图书馆，这批书，也成了洛伦佐图书馆的藏品。

由此推理，不论是洛伦佐，还是波利齐亚诺，极有可能在美第奇家自己的图书馆里读到过《物性论》。至于在创作《春》的过程中，波利齐亚诺是否跟波提切利一起欣赏过卢克莱修的那些诗句，就像他们是否一起讨论波利齐亚诺的诗作《缪斯女神》一样，都显得不那么重要了。《春》里那些神话人物，以及整个画面所传递出来的欢悦情绪，跟那本珍贵的《物性论》中的诗句，构成了气息呼应的互文。由此，我们当然有理由肯定，卢克莱修这本重要著作的发现和传抄，为波提切利的《春》提供了文化氛围和精神语境。

关于收藏书籍的困难，还有一个例子可以作证。

还是根据《意大利文艺复兴时代的文化》记载，老柯西莫为了给他的"杰出文人朋友们提供一个可以生活和研读书籍的地方"，决定在佛罗伦萨市郊的菲耶索莱山上，修建一个图书馆。这个叫巴迪亚修道院建筑群开工后，老柯西莫请来了当时一个著名的书籍猎人和商人维斯帕西雅诺。但是，

> 维斯帕西雅诺劝他放弃一切买书的想法，因为那些有价值的书是不容易买到的，所以不如利用抄书手。于是柯西莫和他商定一天付给他若干钱，由维斯帕西雅诺雇佣四十五名抄书手，在二十二个月内交付了二百册图书。

在差不多两年的时间里,四十几个抄书手辛勤劳作,才完成两百册书,可见那时要建立一个有藏书的图书馆,是一件多么艰辛的事。如果把尼可里终其一生收藏的800本书拿来作比较,把印刷版古登堡《圣经》的价格一起拿来作比较,更不用提及雇佣一大堆抄书手的薪金和日常费用,我们就可以想象,老柯西莫的这一动作,在当时要花掉多少金钱。如此举措,显然只有得到佛罗伦萨超级富豪的钱袋子加持,才可能办到。

我曾在欧洲大学研究院(EUI)做访问学者,这所学校坐落于菲耶索莱山上,利用的就是当年巴迪亚修道院旧址。午餐时,从学校食堂一侧的露台,可以一边吃比萨,一边远眺佛罗伦萨。市中心布鲁内雷斯基主持修建的那个著名大教堂的圆顶,远远看去,宏伟得似乎与其他建筑物不成比例。说美第奇家族造就了佛罗伦萨的天际线,一点儿也不夸张。

EUI的主图书馆是不是在老柯西莫当年建立的图书馆原处,我不知道。坐在这个已经彻底现代化,有各种传统和电子查目手段,堆满各种文字和图画书籍的地方,想象当年那些抄书手们,如何埋头于自己案前的古籍,如何用鹅管笔在粗糙的纸张或羊皮上,一行一行书写出优美的

欧洲大学研究院(EUI),作者摄

拉丁文，甚至附上精妙的花边和插图，倒是有一种时空错落的快感。

这种时空穿越的感觉，不止于此。

从研究院下班，我有时会沿一条叫"薄伽丘小道"的山路，走回自己租住的地方。那地方不远处，还有一家小小的薄伽丘博物馆。作为意大利文艺复兴早期的著名文学家，薄伽丘（Giovanni Boccaccio）完成于1353年的《十日谈》已经为世人所知。这本故事集以佛罗伦萨的黑死病为引子，写了十个年轻男女，为躲避瘟疫，逃到城边菲耶索莱山上的一处废弃别墅，以讲故事度日。我一直猜测，那座别墅，也许就在紧挨巴迪亚修道院的山坡某处，不过从来没有去考证这一点。薄伽丘的这部以托斯卡纳方言写出的作品，后来影响巨大。比如，一些学者就曾经推测，被誉为现代英语之父的英国作家乔叟，曾经出使意大利各地，甚至很可能跟薄伽丘见过面。他创作的《坎特伯雷故事集》，受到了《十日谈》的启发。

在五百多年前，书籍对于时代风潮的巨大影响，对一个地区一个国家的文化风景的冲击和塑型，对今天的我们来说几乎是神话。毕竟，当代的信息和知识传播媒介实在太过繁多。对于今天的人们而言，一本书足以浇灌一个时代的艺术生态，催生出超越时空的佳作，在《物性论》和《春》之间，从《十日谈》到《坎特伯雷故事集》，居然可以找到一条思想的跨文本流动路线，简直是天方夜谭。

4
东方资源,西方再生

　　说到古书对意大利文艺复兴的推动,就不可避免地触碰到另一个相关话题。

　　当佛罗伦萨、梵蒂冈,或者威尼斯的书籍猎人和"写本人员",接受富豪或教皇委托,开始在欧洲各地寻找珍贵古籍时,当意大利的人文主义者热切地翻阅和讨论那些曾经失传的古希腊罗马抄本、兴奋地探索那些异教思想时,还有一个书籍来源,也发挥着重要作用。这些作用,曾经被传统欧洲和中国的研究者忽略甚至遮蔽,直到20世纪末,才在全球化视野和文化多元主义的推动下,获得重新审视。

　　这个来源是东方,是伊斯兰世界,是基督之国想象和现实的对手,走的是东西两条路径。

　　1453年,奥斯曼帝国攻破君士坦丁堡,那些向西流亡的东正教僧侣们,竭尽可能地将许多希腊文典籍带回了希腊。这些典籍几经周折,又从东边路径流传到了亚平宁半岛。如果我们还记得,君士坦丁堡成为第二罗马之后,聚集了罗马帝国领土上最丰富的典籍收藏,包括从埃及的亚历山大里亚图书馆流散出来的珍贵古本,我们就能明白,这些书籍从东向西的漂泊,给正好兴起"复古"之风的意大利,带来了什么样的资源。佛罗伦萨的美第奇家族,或者其他城邦的王公贵族们,决定资助某个"写本人员"抄写古书时,懂希腊文的抄手费用最昂贵,也从侧面反映了这一现象。

这还只是伊斯兰文明促进欧洲文艺复兴的一个例证。

其实,古希腊的典籍在意大利重新开始受到重视,并不是从君士坦丁堡陷落开始。比如,差不多一百年前,当薄伽丘参与到佛罗伦萨精英的文艺生活中时,他就已经极大地推进了古希腊文学在那个圈子里的知名度。

人们都知道《十日谈》,却不一定知道,薄伽丘不仅以异教神话为题材创作了许多其他作品,还在晚年用拉丁文写了一部影响巨大的书:《诸神谱系》。在这部著作里,薄伽丘为古代典籍中出现的古希腊和古罗马神话中的各路神仙,确定了关系框架和格局,这为其后数百年的古希腊文化在欧洲的传播和研究奠定了基础。据说他的一些材料来自一个拜占庭希腊人比拉图斯。是薄伽丘把比拉图斯带到佛罗伦萨,引进了那儿的文化圈。后来,由于洛伦佐与费奇诺等人的"柏拉图学院"的推崇,以及另一位从君士坦丁堡来佛罗伦萨出差的希腊神父的讲学,古希腊文化的吸引力,在这个城市的人文主义者圈子里得到了进一步增强。

此外,古代典籍流入亚平宁半岛,还有一条西边的路径。

就像我在前面曾经提到的那样,从公元 8 世纪开始,来自北非的柏柏尔人占领了西班牙和葡萄牙。以伊比利亚半岛为中心,穆斯林统治者在科尔多瓦、托雷多和塞维利亚等地建立的学院和图书馆,与欧洲腹地的那些机构相比,占尽学术优势。矗立于它们身后的伊斯兰文明的强盛和辉煌,更是让处于黑暗时代的欧洲相形见绌。在基督教欧洲把穆斯林跟野蛮人画等号时,一些接触到欧洲文化的穆斯林却也同样瞧不起欧洲人。就像前章所说,一个 11 世纪生活在托雷多的穆斯林学者,就因为欧洲的基督徒不学习物理学和其他实践科学,直接嘲笑他们"愚笨"。

随着西班牙的基督势力"光复",这些穆斯林城市一一被重新征服,回到欧洲怀抱。按照李伯庚在《欧洲文化史》中的说法:

在这个过程中，欧洲不仅通过阿拉伯人重新吸取希腊古典文化，而且还吸收了伊斯兰文化。……从12世纪到15世纪的300年间，随着西班牙基督教国家的统治地区逐步向南推进，西欧的学者蜂拥到托莱多，哥多华，最后又到格拉纳达，寻找阿拉伯人翻译的希腊法律、哲学和科学文献。这些文献在欧洲已经佚失，或因为与教会主张冲突而被教会故意"忘记"放到哪里去了。与此同时，西欧学者也自然读到伊斯兰学者在希腊学术基础上的进一步探讨和阐发。

可以猜想，这些被带回欧洲腹地的文献，有的可能去了法兰西和日耳曼，甚至去了更遥远的英格兰和佛兰德斯；更多的，则可能去了佛罗伦萨和乌尔比诺。那些阿拉伯的医学书籍，在威尼斯可能得到了某个富商的青睐；另一些阿拉伯文的古希腊和伊斯兰典籍，则可能成为梵蒂冈图书馆的珍贵藏品。毕竟，这里离伊比利亚半岛更近，意大利各城邦的人对这些手稿购买欲望更强烈。而且，他们的钱袋也更饱满。

1514年，教皇列奥十世，也就是"豪华者"洛伦佐的二儿子乔万尼·美第奇宣布，教廷掌管的一个从事阿拉伯文印刷的机构，是一项"圣职事业"。这个印刷所，由他的前任尤里乌斯二世建立，旨在顺应当时潮流，扩展教廷对古典文献的收藏和研究。列奥十世跟他的美第奇家族先辈一样，热衷于文艺，痴迷古代事物，"切盼和有成就的诗人们往来，由他们引导着他遍游古城遗迹，切盼在那里能为自己的文学上精心之作向学识渊博的人们征询意见，并切盼能读到梵蒂冈图书馆的珍贵藏书。"这些珍贵藏书中，也许就有从西班牙陆续流出的阿拉伯文典籍，这样，教廷的印刷所才会有母本可用。

我们有理由推断，教皇重视把阿拉伯文的古代文献翻译成拉丁文的事业，在那时肯定不是出于一种官方的多元文化政治姿态，而是出于一种对古代和外来知识的真实需求。而这，也正是意大利文艺复兴的真实需求。

列奥十世把梵蒂冈变成了洋溢着古代气息、"飘扬着歌声和乐声"的快乐之都。然而这个教廷最高统治者的文艺生活,却给他带来了奢靡腐败和治理能力低下的坏名声。这个美第奇教皇对财务的管理,让梵蒂冈的经济状况不断恶化,以至于有些神学家在撰写教廷与文艺复兴之间关系的历史时,直接把他忽略掉。然而不管怎样,列奥十世对文艺的态度,还是极大地影响了罗马的文化风貌,影响了意大利的"复古"风潮。

永远不要低估最高权力者对文艺的影响力。教皇喜好古籍,必然引发教廷势力范围内的尚古潮流;教皇认为印刷阿拉伯文献是神圣事业,也就必然导致更多的人许以重金,搜寻和购买这些珍贵的文稿。虽然这些行为受到基督教信条指引,合乎相应的神学规矩,事实上却导致了来自东方的异教元素被包纳进西方的文艺复兴"大传统"之中。拉斐尔为梵蒂冈画的《雅典学院》,把古波斯人琐罗亚斯德安排站在古罗马人波勒密(Ptolemy)对面,与其他欧洲伟大人物共处一室,就表明了这一点。

文艺复兴是一场发生在亚平宁半岛上的文化革命,然而其中在几百年间缓慢爆破的能量,却并不仅仅来自于西欧自身的文化传统。从一个更加多元和全球化的视角来看,无论是人文主义的兴起,还是世俗审美的流行;从对各种古代知识和异教神话的青睐,到对来自欧洲之外的思想资源的借鉴,意大利的文艺复兴运动,显然不限于让尘封的古希腊罗马传统再生,还如海绵一般,最大限度地汲取了非欧洲文明的养料。

5
财富的能量

从梵蒂冈挥霍无度的文艺教皇，到佛罗伦萨慷慨解囊的书痴首富，到不辞辛劳的书籍猎人和抄写大师，再到卡斯特罗别墅里豪华热闹的文人聚会，到波提切利《春》的诞生，我们已经可以看到一条清晰的脉络。

这条脉络基本上就是美第奇家族的血缘关系。

然而，如果只看见这个家族饱满的文学细胞，和赞助艺术的家风传统，显然会失去应有的焦点。正如许多历史学家已经指出的那样，美第奇家族对于意大利文艺复兴的非凡贡献，只可能建立在一个明确无误的基础之上：他们家实在太有钱了。

作为佛罗伦萨的"霸道总裁"，这个家庭不仅聚集了巨额财富，也控制了用以保护这笔财富的共和国政治。这个家庭甚至借助金钱和政治操作的力量，把自己家庭成员推上了梵蒂冈的教皇宝座。赞助诗人，委托艺术家画画、设计教堂，收藏和抄写古代典籍，只是这笔巨额财富的冰山一角。据说，"豪华者"洛伦佐曾在1471年算了一笔账，宣称他家从1434年开始，为佛罗伦萨的艺术和文化事业，包括慈善等等，一共花销了六十六万三千个弗洛林，差不多相当于今天的三十多亿人民币，而且他"毫不后悔"。

用挥金如土来形容他家的这类花销，显然不过分。

美第奇家的财富，不是无源之水，而是建立在佛罗伦萨和意大利，乃至整个西欧的经济复苏和繁荣大背景之上。14世纪在欧洲爆发的瘟疫，也就是迫使薄伽丘的小说主人公逃离佛罗伦萨躲进山里的那场黑死病，让欧洲损失了三分之一的人口。据一些学者考证，小型村落和偏远郊区的人口死亡率还远高于城镇，只不过那时的人口登记无法触及这些地方。然而，瘟疫的毁灭性打击，却也给社会变革和经济复苏带来了契机。

经济学家指出，人口减少了，劳动力就变得抢手，工资陡增，农民、手工业者甚至妇女的收入得以提高。这些挣了钱的新一代欧洲人，清楚记得死神的面孔，所以特别愿意消费。他们对奢侈品的旺盛需求，反过来又刺激了手工制造业的繁荣，也带来了进口货品买卖的兴旺。因为介入手工制造业、介入本地商品和进口货物的周转，银行得以用低税率放贷，获取巨额回报。

从中世纪晚期开始，借助蒙古人建立的横跨欧亚大陆的贸易网，意大利进口商人的生意更是做得风生水起。比如，到15世纪中叶，威尼斯共和国作为当时的东西方贸易重镇，几乎主宰了整个地中海地区的香料贸易。15世纪末，每年有差不多500万磅的胡椒、生姜、豆蔻和丁香，被海船从拜占庭运进威尼斯的港口，然后再由那里的商人加价，分销到其他地方。这些香料既用于制作食物，也用于制造药品和化妆品，满足了西欧各地富裕起来的人们的日常生活需求。

按照弗兰科潘《丝绸之路》的说法，除了经营香料，威尼斯商人也经营颜料，它们被统称为"海外来的威尼斯产品"：

包括铜绿（verdigris，直译就是"希腊绿"），朱红、胡芦巴、铅锡黄、骨黑，还有黄金的替代品，比如紫金（purpureus）或彩金（mosaic gold）。不过，最著名、最独特的颜色是从中亚开采的青金石中提取的纯蓝。于是欧洲艺术的黄金时期——也就是15世纪法拉·安吉里柯（Fra Angelico）和皮耶罗·戴拉·弗朗西丝卡（Piero della Francesca)，以及后来的米开朗琪罗、利奥纳多·达·芬奇、拉斐尔和提香等艺术家生活的时代——孕育而出：一方面，与亚洲贸易的扩大使得他们能够接触到这么多样的颜料；另一方面，富裕程度的增加使他们有钱购买这些颜料。

这段话里提到的"纯蓝"，特别值得强调。

早在13世纪末，马可·波罗在他的《游记》里，就已经描述到阿富汗（巴达克尚）的青金石矿："这里有一座高山，从中开采出了最好和最细的蓝色。在石头地面上有矿脉，蓝色就从其中制得。"

根据另一些学者的研究，到了文艺复兴时期，意大利的艺术家们由于得到富商的赞助，已经能够以昂贵的价格，从商人手里买到由阿富汗青金石研磨出来的蓝色颜料：群青。群青在当时的拉丁文名字是ultramarinus，按字面翻译过来，是"大海之外"的意思。上面引文里所说的"纯蓝"，就是这种从"海外"贩来的矿物蓝。据说，艺术家在与自己的雇主讨论作品价格时，往往会以用了多少群青作为讨价还价的依据。反过来，委托艺术家绘制作品的有钱人，也会以群青在画面上所占面积，比如圣母的袍子是否全部晕涂成蓝色，来确定自己愿意支付多少个金币。

一幅画中蓝色的使用量，成了画的最终拥有者是否真正有钱的证据。在这份能够使用"海外来的威尼斯产品"的艺术家名单中，显然也可以加上波提切利的名字。当他在调色板上用鸡蛋黄调制研磨好的矿物颜料时，那些矿物颜料中，也许就有威尼斯进口的阿富汗群青和不知道哪个遥远地方产出的铅锡黄。两种颜料经过画家的调和，再加上"希腊绿"，给巨幅的《春》晕染出生机勃勃的乐园景象。

威尼斯的繁盛，加上另一个意大利港口城市热那亚的兴旺，让欧洲其他地方的人们十分眼馋。依照弗兰克在《白银资本》里的说法，威尼斯对东方通商线路的垄断，以及热那亚在伊比利亚半岛的贸易优势，迫使西班牙和葡萄牙国王使出更加决绝的手段，以争取在这场贸易竞争中不落下风，眼睁睁看着意大利人把外贸的钱赚走。于是，才有了1492年哥伦布前往美洲的远航，以及达·伽马1498年对亚洲的冒险。

那些国王们决定资助探险船队，其根本动力跟好奇心、跟发现世界地理没有丝毫关系，而是要寻找绕过威尼斯和热那亚的另一条贸易通道，绕过中间商，直接从亚洲进口利润丰厚的货物。当时的一位葡萄牙人就宣布："谁成为马六甲的主人，谁就扼住了威尼斯的咽喉。"

随着越来越多的船队加入"地理大发现"，更多的财富开始越过大西洋和印度洋表面，源源不断地涌入塞维利亚和里斯本。西班牙人在美洲的开拓，因为发现了大量的白银和黄金矿床而获得丰厚回报。这些贵重金属被开掘，被提炼，最终运回了伊比利亚半岛，让贵金属货币短缺的欧洲看到了金色和银色的未来。在美洲的开拓和殖民，需要大量廉价劳动力，而许多欧洲人又不愿意漂洋过海，去"蛮荒之地"做苦力，早就在经营非洲奴隶的葡萄牙人便利用了这个商机，开拓了另一个隐藏着巨大利润的市场。西班牙和葡萄牙，两个曾经属于"欧罗巴终点"的偏僻国家，依靠海外的财富终于一举成为全球性强国。1519年，坐拥巨额财富的西班牙国王查尔斯五世，成了欧洲的政治强人，在幕后操纵教廷，迫使教皇加持自己，当上了神圣罗马帝国的皇帝。

如果把目光转移到欧洲北部，我们同样可以看到一片经济繁荣的景象。同样依靠手工业的发展，以及与地中海、斯堪的纳维亚、斯拉夫地区和大不列颠的远程贸易，那些处于所谓低地国家的城镇，从14和15世纪也开始崛起。在属于今天比利时的布鲁日、根特和安特卫普，以及属于今天荷兰的阿姆斯特丹、鹿特丹和莱顿，商人们的货栈里堆放着准备出售的当地纺织品和土特产；勾连着这些城镇、四通八达的运河上，往来大小商船，船舱里装满从美洲和印度远到而来的香料和奢侈品。

与欧洲大陆隔海相望的英格兰，很不幸地没有赶上这一趟发财的风潮，此为后话。

6

谁的文艺？复兴了哪里？

已经有众多学者指出，北部欧洲的经济繁荣，带来了一波文艺的兴盛，其实也可以被看作一次文艺复兴，由此还专门锁定了一个概念，就叫"北方文艺复兴"。"北方"是指意大利以北。北方文艺复兴是一个大概念，意思是说，从15世纪到17世纪，无论文学艺术，还是人文研究和科学推进，无论在根特和安特卫普，还是在伦敦和巴黎，也曾出现过一拨文艺的复兴，生产出一批达·芬奇式的巨人，制作出一堆卓越的作品。在这个大复兴概念之下，又有许多小复兴，叫弗兰德斯文艺复兴、英格兰文艺复兴、法兰西文艺复兴、日耳曼文艺复兴，甚至波兰文艺复兴……

仔细观察这些文艺复兴中的人和他们创作的艺术作品，我们就会看到，从理念到母题，从技巧到风格，都凸显出意大利文艺复兴的影响，比如佛兰德斯画家鲁本斯（Peter Paul Rubens）。我曾经参观过鲁本斯在安特卫普的故居。他家的房屋和院子，摆放着他收藏的各种古罗马物件，无一不显示出这位艺术家对意大利传统的浓厚兴趣。这也难怪，鲁本斯在1600年曾前往意大利，并在那里系统学习和临摹米开朗琪罗、达·芬奇、提香、拉斐尔、卡拉瓦乔等人的作品。他自己创作的油画，跟那些意大利大师一样，也多有采用古希腊罗马的神话母题。虽然被认为是"北方文艺复兴"的典范之作，鲁本斯的作品与意大利艺术的承接关系，却是不争的事实。我们甚至可以这样说，鲁本斯用自己的创作证明，意大利文艺复兴的地震，从佛罗伦萨等城邦爆发后，其余波持续震荡一百多年，终于抵达佛兰德斯。

北方欧洲的确有复兴，但文艺风尚却来自地中海沿岸。

古希腊罗马的文艺传统，与欧洲的很多地方没有什么直接关联。从历史上看，罗马帝国曾经征服过包括英格兰和德意志在内的大片土地，给它们带去了城墙、浴场和神庙建筑；蛮族后来对罗马帝国的入侵和占领，也顺带沾染上了那里的文化气息；以拉丁文为核心传播媒介的基督教，凭借罗马教廷所属组织机构的推广，更成为许多国家的官方意识形态。然而这个历史并不意味着，古希腊罗马的文化传统，就能与当地传统天然融合在一起。

西班牙、葡萄牙的君主，当然不愿意把曾经被罗马帝国征服的历史，说成是自己祖先的辉煌遗产，因为这只能削弱而不是增强自己执政的合法性。根特或者鹿特丹的富商也许是虔诚的基督徒，知道耶路撒冷是自己的精神首都，但他们也绝不可能相信，自己祖先跟古希腊罗马有什么文化上的血缘。巴黎大学里的教授和学生，可以用拉丁文讨论出身于阿尔及利亚的圣奥古斯汀的观点，因为他的神学理论代表了基督教的核心价值观，不过这些文人也明确知道，圣奥古斯汀与他们之间，只有信仰上的联系。

正如我在前面所提到的那样，意大利的文人艺术家崇尚古代，是出于一种自我的确认，是一种将自己与"北方野蛮人"区别开来的身份叙事。确立自己在传统和文艺上的制高点，就能确立一种自我认同的骄傲。对于其他地方的人来说，这种身份自觉和骄傲却不一定适用。一句话，在那个时候，这些地方的社会和知识精英，并没有相对于古希腊罗马传统的天然文化自觉。跟佛罗伦萨和威尼斯的那些富商、艺术家和知识分子不一样，他们没有植根于本土文化的复古热情。

1550年，瓦萨里在自己的《名人传》第一版献词中，对小柯西莫做了一番表白：

> 我最尊贵的主人：
>
> 由于您遵循贵祖先们的足迹，加之您本人生性慷慨大度，您总是不遗余力地赞助和奖掖各行各业中的英才……因此，我想您定会对我目前进行的一项艰辛的工作感兴趣：我正在写作一部关于艺术家的生平、作品、风格和生活环境的著作，我这里所说的艺术家是这样一些人：他们意识到美好的艺术已经死亡，于是努力将它们复活，并使它们逐步完善、提高，最终达到今日辉煌和崇高的成就。因为这些艺术家几乎都是托斯卡纳人（绝大部分是佛罗伦萨人），而您伟大的先祖们曾给予其中的许多人以各种奖励和荣誉，以激励和帮助他们从事创作。可以说，艺术在您的国家，不，准确地说是在您神圣的府邸中获得了新生。

瓦萨里这段话中，有两点非常有意思。

第一，他认为"美好的艺术已经死亡"，而他所记载的艺术家们，则已经或正在"努力将它们复活"，让其获得"新生"。

关于"复活"和"新生"的特殊语境，瓦萨里在这本书的第一部分序言里，做了明确阐释。他指出，伟大的古希腊和罗马雕塑、建筑和绘画，因为"居住在世界各地的蛮族纷纷起来反抗罗马人"而土崩瓦解，无论是"西哥特人"，还是"东哥特人"，再加上伦巴第人，这些野蛮人对古希腊罗马传统造成了巨大损毁，"艺术每况愈下，直至衰败的谷底"。在这些传统的废墟上：

> 新的建筑师们为当时的野蛮民族创造了一种新的建筑风格，我们把它称为"哥特式"（Gothic）；在他们的眼里，哥特式建筑

美妙无比，但在我们现代人看来，却是那么的滑稽可笑。

对于这种情景，瓦萨里耿耿于怀，甚至连带指责了"新生基督教"的狂热情绪。他认为，基督教不遗余力地铲除和杜绝任何可能产生罪孽的苗头，因而导致了"异教诸神的美妙塑像、雕刻、绘画、镶嵌画及装饰物统统被毁掉"，给"高尚的艺术造成了莫大的戕害"。他所要记载和描述的艺术家们，就是一群对野蛮人艺术进行反抗的人，他们是在基督教狂热之外，试图"复活"那些消失了的高尚艺术，回归曾经的美妙传统。

第二，这些努力复活美好艺术的工作者，"几乎都是"托斯卡纳人，绝大部分都是佛罗伦萨人。因此，古代的、美好的艺术，是在佛罗伦萨共和国，在美第奇家族"神圣的府邸中获得了新生"。

瓦萨里把佛罗伦萨艺术家，看成天然的古希腊罗马传统继承人。由于"上天垂青托斯卡纳大地上不断涌现的天才，把他们引向最古老的艺术风格"，他们才得以从艺术的废墟里找到远古的灵感和样式，最终通过自己的努力，让曾经在这片土地上辉煌一时的古代传统得以"复活"（rinascita）。他们穿越了瓦釜雷鸣的野蛮时代，在古希腊罗马风格里，找到自己的合法祖先。

"文艺复兴"这个概念的最早出现之处，就在瓦萨里的这些言说中。

不管是"复活"（rinascita），还是"新生"（renate），它们都是"文艺复兴"（Renaissance）这个说法的老前辈。"文艺复兴"这个专门用语，是法国人米歇勒（Jules Michelet）在1855年的一本书中做了阐释之后，开始在欧洲知识界广为传播的。从词源学上看，这个词借用了中古法语的词根 renais，而这个词根又来自拉丁语 renasci。re 表示"再"，nasci 意指"出生"，两个词根合二为一，就是"再生"或"复兴"。这个词义，与瓦萨里在上面引文中所说的"复活"（renascita）相去不远。只是这个词本身，当时并没有包含"文艺"。

有意思的是，米歇勒写的这本书叫《法兰西史》。因此，他所谓的"复兴"，更多是一场主要与法兰西人相关的知识和科学运动，而在16世纪的意大利人瓦萨里眼中，法兰西人恰好属于发明了哥特式艺术的北方"野蛮人"的一支。直到《法兰西史》出版的十多年后，瑞士人布克哈特的《意大利文艺复兴时期的文化》出版并获得巨大反响，与文学艺术相关的"复兴"，才被总结为一场涉及面更为广阔的光辉运动，并与托斯卡纳那个特定地域挂上关系，跟那个地方获得"再生"的古希腊罗马文艺风格挂上关系。19世纪对文艺复兴的升华叙事，几乎成了今天学界和读书界依然遵从的观察指针。

瓦萨里所说的"复兴"，是指意大利境内的古代艺术，从蛮族艺术的废墟中再生。随着时间推移，当"文艺复兴"变成一个泛欧洲概念时，它才最终被描述成了一个触及欧洲各地的文化运动。

从另一个角度看，当我们把文艺复兴理解为一个被经济发展和社会演变推动的文化过程时，也不应该忘记了在这个过程中时尚所扮演的重要角色。从意大利诸城邦发源的思想颠覆和美学趣味，伴随意大利货品和货币的强势，形成了一股影响巨大、几乎不可抗击的时尚潮流，引来欧洲各地上流人士的竞相模仿。对意大利之外的这些人而言，跟上时尚，就是跟上"国际化"趋势，就获得了"高端大气上档次"的身份。

那些后来的、土生土长于欧洲其他地方的文人艺术家们，因为受到意大利文人和艺术家的启发，受到时尚潮流的强力吸引，才自觉或不自觉地把自己的创作，跟这个来自亚平宁半岛的"大传统"焊接在一起。可以明确地说，鲁本斯如果不是幼年时在拉丁文学校接受教育，阅读古希腊罗马文献，如果不是跟着从罗马归来的绘画师傅学习技巧，那么他也不至于天真地认为，自己和古希腊罗马传统有什么天然的文化血缘。

对于意大利之外的欧洲而言，所谓文艺复兴，其实是意大利文艺复兴凭借自身魅力和影响，逐渐向意大利之外蔓延的一个动态过程。

欧洲各地的王公贵族，再加上知识界和艺术界的杰出人士，在追逐时代潮流的努力中，慢慢把古希腊罗马传统，内化成了自己的传统，逐渐将各地的文化，与古希腊罗马的文化做了强行嫁接。佛罗伦萨的艺术家们可能是在复兴自己的文艺传统，而对佛兰德斯、巴黎、伦敦和瓦伦西亚的艺术家们来说，却没有什么本土的东西可供他们发掘再造。他们只是顺势接受了意大利文艺的强势诱惑和影响，最终以自己的方式，承接古希腊罗马传统的时尚，从而造就了本土文艺的繁荣。

7
虚幻的风景

今天的观光客驾汽车乘飞机去到佛罗伦萨,流连于那些光鲜的店铺、餐馆和咖啡馆,走过平整的街道,瞻仰满城的艺术品和建筑物,很愿意把自己想象成文艺复兴时代的佛罗伦萨人。他们在人群蜂拥的金桥上拍照留念,感叹阿诺河的浪漫;在圣母百花大教堂前仰头,赞美布鲁内雷斯基设计建造的辉煌。不过,很多人可能并没有意识到,他们眼前的佛罗伦萨、相机镜头中的街道和广场,早已不是波提切利创作《春》时的景象。

在那时,佛罗伦萨的许多著名建筑物已经崛起,但城市外观:

> 充满中世纪风格,看起来不仅封闭而且阴暗。在人口稠密的市中心区,密集兴建了高塔与堡垒式的石砌建筑,曲折狭窄的巷弄因往上增建的楼层以及遮蔽日光的阳台而更显阴暗。就连横跨在阿诺河老桥上的店铺也栉比鳞次地紧挨着,几乎不可能瞥见开敞的风景。从空中鸟瞰,佛罗伦萨似乎有许多空旷地,但这些地方绝大多数都属于彼此敌对的宗教教团兴建的巨大修道院,所谓的空地其实就是修道院高墙围起来的庭院……世俗的开放公共空间非常稀少。

根据葛林布莱的研究，文艺复兴时代的佛罗伦萨既有经济的繁荣，也有文艺的兴盛，但统治这个城邦共和国的政权，却属于典型的寡头政体。真正掌握权力的一小群人，都是出身名门的大富豪。政治权力和金钱积累明目张胆直接联姻，在阴谋和暗杀中造就了一批统治佛罗伦萨银行业、地产业和纺织业的财阀家族，美第奇只是他们中间最强势的而已。以美第奇家族为代表，这些富豪们收藏古籍，赞助艺术家和诗人，兴建教堂和修道院，最终"打造"出意大利文艺复兴一道独特的风景。

这就意味着，这道风景并不属于所有人。

如果我是当年的一名佛罗伦萨平民，在波提切利家隔壁的纺织作坊里当梳毛工，我就可能听到我的老板和画家吵架，因为画家找上门来抱怨说，作坊里的8架纺织机运转时噪音太大，让他"几乎被吵得失聪"，无法睡觉，更无法画画。但是，我断然不会知道，在美第奇家的晚宴上，波提切利是如何跟波利齐亚诺一起，就着美酒和美食，在闪烁的烛光里探讨《物性论》或《缪斯女神》的韵律，不知道他们以何种姿势和腔调，朗诵他们尊贵主人歌颂春天的诗句。

阴暗的佛罗伦萨街景，作者摄

第四章 《春》 古代的再生 | 183

如果我是在阴暗街道旁的波提切利金店里当学徒，我可能听说过一个叫桑德罗的小伙子也曾在这里学艺。听说这个聪明的家伙，最终以自己学到的绘画技巧，成功打入美第奇家，成了"豪华者"的座上宾，这让我羡慕不已。到了礼拜的时候，我走进大圣马利亚教堂（S. Maria Maggiore），可以从一个小礼拜堂外面，窥见一幅精美的《圣母怜子》。我身边的人悄悄议论说，那就是波提切利的画作，他凭此挣得不少金币。但是，我绝不可能想象到，这个画出庄重而美丽圣母的艺术家，居然还给他的主人画了《春》和《维纳斯的诞生》那样的异教作品。女性的裸体在花园里，在海面上，发散出露骨的性暗示，让人欲罢不能。如果我真的有幸看见这些异教作品，一定会在心里屏蔽这些被亵渎的身体，对富豪和艺术家一起合谋的隐秘堕落，献上一万个默默诅咒。

这就引出了有关文艺复兴的一种迷思。

文艺复兴是一场最终波及整个欧洲的思想和艺术运动，但它绝不是一场"群众运动"。佛罗伦萨的普通市民，可能会在教堂建筑和圣经绘画中感受到某些新奇的东西，却无法理解和解释，这种瓦萨里所推崇的艺术风格"复活"，跟他们的当下日常有什么关系。由于根本没有机会进入上流社会的生活圈子，他们更不可能知晓，富豪的书房和餐厅里，为什么会挂上那种以异教神话人物为母题的画作。他们甚至可能从受过教育的人嘴里，听说过 renascita 这个词，却不懂这"复兴"出来的古代传统，怎么就能把托斯卡纳的天才艺术家们跟北方的"野蛮人"区别开来。

文艺复兴是文艺圈子的事情，是喜好和赞助这个圈子的各级上流社会的事情，在佛罗伦萨是这样，在欧洲各地也是如此。

另一种迷思，跟人文主义（Humanism）的定位有关。中国的文艺复兴研究者和关注者，很容易落入一个偏见的陷阱。讨论波提切利的《春》或《维纳斯的诞生》，就大谈文艺复兴艺术中"人的解放"，仿佛这些作品的光芒，已经让其他作品黯然失色。殊不知，这些描绘异教母题的作品,只是他作品中的一部分,并不能完全遮蔽艺术家的其他画作。事实上,以基督教和圣经人物故事为母题的绘画,依旧占了波提切利作品集的主体。正如葛林布莱在上面那段文字中所说,整个佛罗伦萨城,在那时依旧遍布"修道院高墙围起来的庭院……世俗的开放公共空间非常稀少"。

把视野从《春》和《维纳斯的诞生》移开并拓宽,我们还可以看到,在整个意大利文艺复兴的版图里,无论是建筑,还是雕刻和绘画,基督教依旧是压倒一切的核心风景。只不过,大量宗教题材的作品,重新采用了被遗忘的古代风格。比如从绘画看,中世纪盛行的圣像画(icon)模式,已经被艺术家们抛弃;从雕刻看,教堂修道院的大小神龛里,重新进驻了个性饱满的基督或圣母。

这也就是说,所谓"人的解放",甚至瓦萨里所说的利用复古对基督教狂热的反叛,其实并没有彻底摆脱基督教文化的话语框架。人文主义作为文艺复兴的精神动力,并不是一种彻底推翻宗教信仰,彻底世俗主义的意识形态。卢克莱修的原子论,直至更古老的伊壁鸠鲁的享乐主义,的确给佛罗伦萨的文人和艺术家带来新鲜灵感,但这些异教思想,与基督教信仰和宗教话语的强势相比,还是小巫见了大巫。世俗主义真正崛起成为欧洲主流话语,不是出现在文艺复兴的那个时代,而是诞生于接受了启蒙运动洗礼、总结和推广了文艺复兴概念的 19 世纪。

说到这里,需要再次强调一个历史事实。

从小接受人文主义和古典知识教育,对文学和艺术充满热情,并把享乐主义风尚发挥到极致的意大利人之一,正好是来自美第奇家族的教皇。列奥十世在梵蒂冈和罗马城的文学艺术复兴事业,都是依靠基督教最高机构的权力加持,才得以完成。在意大利各个城邦中的权力拥有者们,教皇们,富商们,主教们和执政者们,也正是借助了基督教会的力量,才把这些异教的观念传播开来,甚至融合进基督教的大传统,就像米开朗琪罗和拉斐尔在梵蒂冈受聘创作的壁画所展示的那样。

1600年左右，佛罗伦萨出现文艺复兴的一百多年后，当安特卫普画家鲁本斯远赴意大利学艺之时，不列颠一位江湖上颇有名气的编剧和剧场股东，写出了悲剧《哈姆雷特》。根据学者们的研究，以莎士比亚这部剧作为代表，伊丽莎白时代的英格兰文艺，也开始真正"复兴"起来。

在这出著名悲剧里，丹麦王子的一段著名台词，被中国学者和学生、戏剧研究者和爱好者无数次引用：

> 人类是一件多么了不起的杰作！多么高贵的理性！多么伟大的力量！多么优秀的仪表！多么文雅的举动！在行动上多么像一个天使！在智慧上多么像一个天神！宇宙的精华！万物的灵长！

这一连串感叹性的词汇和句子，经常被拿来和人文主义挂钩，意图说明在英格兰文艺复兴时代，人已经觉醒，人性已经得到解放。文艺复兴，用恩格斯的话来说，"是一次人类从来没有经历过的最伟大的、进步的变革，是一个需要巨人而且产生了巨人——在思维能力、热情和性格方面，在多才多艺和学识渊博方面的巨人的时代"。莎士比亚写下的这写台词，简直就是这位英格兰先辈给恩格斯的判断做出的最佳语境铺垫，神示一般的预先阐释。

可惜的是，"封建"的丹麦王朝是一间"巨大的监狱"。怀抱人文主义理想、先进资产阶级的代表哈姆雷特，作为人性获得解放的"思想的巨人"，注定无法突破这个监狱的高墙。按照恩格斯的论断，"这就构成了历史的必然要求和这个要求实际上不可能实现之间的悲剧性冲突"。人文主义的王子，最终被迫走向悲剧的结局。

如果我们从另一个侧面来解读恩格斯的这种分析，来阐释哈姆雷特的悲剧根源，一句话，来理解"宇宙的精华，万物的灵长"，与所谓"实际上不可能实现"的历史条件的关系，就能看出，"人的解放"在文艺复兴时代的英国,还面临无穷大的阻力。所以,才会出现历史的必然要求无法兑现的悲剧性冲突,才会有丹麦王子的死亡。只是,在我们无数的文艺复兴阐释中,甚至在我自己曾经写作的论文论著里,这一点被忽略了。这种遮蔽或忽略,造成了我们今天经常看到的、被教科书和研究文字叙述的文艺复兴风景,多少有些虚幻。

让我们来认真看看《哈姆雷特》。

在引用上面那段著名台词时,人们往往把这几句话,看成是文艺复兴时代,解放了的人的庄重宣言,而把后面跟着的几句忽略掉。哈姆雷特在感叹了"宇宙的精华、万物的灵长"之后,其实还有一个转折:"可是在我看来,这一泥土塑成的生命算得了什么?人类不能使我发生兴趣;不,女人也不可能使我感兴趣。"

如果研读原文,我们还会明白,这段话和前后紧跟着的上下文一样,并不充满情绪高昂的诗意,而是带有明显的口水话痕迹。比如,哈姆雷特在这儿所说的,是特定的男人和女人,而不是"人类":"男人不能使我发生兴趣;不,女人也不可能使我感兴趣"。

熟悉剧情的人都知道,哈姆雷特得知父亲冤死真相后,决定装疯卖傻,以掩盖自己的愤怒和复仇计划。他的好朋友罗森格拉兹和吉尔登斯顿奉命来找他,就是想刺探他的真正心思和状态。哈姆雷特已经猜到这两人的用意,认为他们背叛了自己。所以,他故意胡言乱语,假装自己思绪混乱,颠三倒四地告诉两个探子,他对男人和女人都全然没有了兴趣。

剧本里,哈姆雷特的这段台词原文如下:

What a piece of work is a man, how noble in reason, how infinite in faculties, in form and moving how express and admirable, in action how like an angel and apprehension how like a god: the beauty of the world, the paragon of animals; and yet to me, what is this quintessence of dust? Man delights not me nor woman neither, though by your smiling you seem to say so.

根据前后剧情，台词中被翻译成中文的"人类"，其实是哈姆雷特在暗指一个特定的"男人"（a man）。之所以不敢用定冠词"the"来特指"那个"男人，是因为丹麦王子需要隐藏自己的真意。毕竟，他的亲叔叔克劳迪亚斯是在位国王，拥有生杀大权。哈姆雷特如果稍不留神，就会惹来祸事。可是，原文中的"what a piece of work of a man"，被翻译成了"人类是一件多么了不起的杰作"。更接近原意的翻译应该是："那是一个多么特别的男人啊"。

那个男人，"讲起道理来多么庄重"（noble in reason，被译做"多么高贵的理性"），又"多么无所不能"（infinite in faculties，被译做"多么伟大的力量"）；他仪表优秀，举止文雅，多么像"天使"（angel）和"神灵"（god）。他"外表光鲜"（beauty of the world，被译做"宇宙的精华"），简直是"动物界的精华"（the paragon of animals，被译做了"万物的灵长"）。然而就是这样一个男人，却是害死亲兄弟篡夺王位，娶了自己嫂子的阴谋家。所以，哈姆雷特说，对自己而言（and yet to me），这个男人也只是"一堆泥土"（quintessence of dust）而已。

台词中提到的"女人"（woman），暗指王子的恋人奥菲利亚。哈姆雷特装疯后，就宣布中断两人之间的恋情，还当着她的面冷酷无情地说过，"去吧，进修道院去吧"，让不明就里的奥菲利亚伤心不已。所以，王子在宣布"我对男人没兴趣，对女人也没兴趣"后，对罗森格拉兹和吉尔登斯顿说，"尽管从你们的笑容看来"（though by your smiling you seem to say so）好像不是这样，我还对奥菲利亚有些感情，但对不起，兄弟们你们真的又错了——我"对女人也没兴趣"。

在1600年的环球剧院舞台上，从扮演哈姆雷特的演员嘴里，连串吐出这些前不沾天后不着地的疯言疯语，加上扭曲的语调和语音，夸张的表情和肢体动作,肯定可以制造出相当强烈的喜剧效果。那些在剧院里看戏的观众,从这段台词中得到的,恐怕更多是心有灵犀的欢笑,而不是人文主义的思想共鸣。伦敦城外,泰晤士河岸边拥挤剧场里上演的戏剧,更多是一种带有粗俗风格的民间娱乐,是一种与宫廷和教堂艺术迥异的市民狂欢。由此我们可以想象,莎士比亚在写《哈姆雷特》的剧本时,心中的大部分目标观众,一定是那些踏着泥泞前去看戏的市民。

在1600年的不列颠,伊丽莎白女王统治下的王国里,男人识字率只有20%,女人识字率更低,才达到5%。在这种剧场环境里,为这些观众服务,剧本的格调自然不能太高,语言也肯定要流于通俗。否则,就不可能卖座,作为剧院股东的莎士比亚,就铁定会亏掉本钱。在那时,虽然会有贵族成员,花上几个英镑买楼厢座票去看戏,更多的观众,则属于那些花了两便士买站票的普通人群。正因为如此,当时有一位英国的桂冠诗人,曾经写文责备伦敦城里"低三下四的人",说他们对戏剧表演的期待,拉低了莎士比亚的品位:若不是为了剧院收入而去迎合这些低三下四的观众们,这个有才华和学识的诗人,本来是可以写出伟大高尚艺术作品的。

经历了美化和雅化的翻译后,哈姆雷特的这段著名台词,在中文里俨然有了高雅而深邃的意趣,以至于让中国的研究者和爱好者,误以为站在舞台下和坐在阁楼上看戏的观众,都能从这段台词中理解和欣赏到历史的必然要求和历史的必然限制、人的解放和人的限制,以及其他种种人文主义的宏大叙事。事实上,从《哈姆雷特》诞生之后在欧洲的接受历史来看,以文艺复兴的人文主义,以"人的解放"角度,来阐释和欢呼《哈姆雷特》作为悲剧的成就,也都是19世纪的后来者所为,不管这些后来者是赞美莎士比亚戏剧的法国浪漫主义文人,还是抨击资本主义体制的英国思想家。

以15世纪末期的视觉接受语境,来研读波提切利的《春》,我们也大致能破除这样的迷思。

画家和自己的赞助人，再加上波利齐亚诺一起谋划出来的异教母题，也许会在佛罗伦萨那个文艺精英的圈子里引发大量的赞叹，也许会导致16世纪中期的瓦萨里在给柯西莫热情洋溢的解释中，强调古希腊罗马传统的魅力提供例证。瓦萨里也许能向他的主人说，《春》已经证明，佛罗伦萨的艺术家超越了野蛮风格，让现世的女性美丽融入春天的天堂图示，并构成和谐的整体。

但是，那些波提切利同时代的佛罗伦萨市民，也能做出类似的反应吗？那些老百姓，无法涉足美第奇家的豪华宴会，更无缘进入他家别墅和宫殿，一瞥这件作品的样貌。他们基本上没有机会看到这件作品，即便看到了，瓦萨里所谓的古代风格复活，也跟他们的日常生活风马牛不相及。他们更可能把波提切利的画作看成是一种亵渎。《春》所展现出来的女性"优秀仪表"，所渲染出来的人性温度，在他们眼中，完全可能是背离信仰的堕落，让人面红耳热的色情。

不光在佛罗伦萨。在罗马、威尼斯，在巴黎和伦敦，在瓦伦西亚和佛兰德斯，这样的区隔也同样存在。古希腊罗马文化再生的春风，在上流社会的小圈子里吹拂，在他们的宫殿和府邸里，装点出迷人景色。而更多的下层民众却根本不会认识到，由珍贵古籍和复古艺术导致的文化运动，预示着欧洲文明的一个重大转向。

这是否意味着《春》的艺术价值和人文价值降低了许多呢？就跟腔调通俗的《哈姆雷特》一样？

答案已经不用给出。

第五章 《廷臣之书》上流社会的教养

《廷臣之书》:详尽的贵族养成手册,将乌尔比诺上流社会文艺风范推广至欧洲各地,为"绅士"与"沙龙"文化奠基。

1
神秘的社会精英

1600 年,在泰晤士河畔环球剧院看戏的人们,对伦敦城中的宫廷生活充满好奇。为了满足这份好奇,获得更好收入,莎士比亚自然会提供相应的作品。在其创作生涯里,莎士比亚写作了一系列有关国王和宫廷的剧作,《哈姆雷特》只是其中一部。

至于莎士比亚是否真的熟悉宫廷生活,他的剧中人物和情节,是否真的来源于贵族社会的恩怨情仇,答案却似乎不那么确定。虽然莎士比亚所属的剧团,被詹姆斯一世的王室特许命名为"国王班底"(The King's Men),并进宫参加过一些国王举行的庆典,但那是在 1603 年,《哈姆雷特》写作和首演之后。作为这个戏班子的编剧、演员和股东,莎士比亚当然能进入宫中,身披王室赐予的专用袍子,为宫廷里的贵族们服务。《哈姆雷特》里,恰好就有一段情节,是写戏班子来到丹麦国王宫中给贵族们演出。王子为了刺探国王和王后,专门重新设计剧情,再现了他叔叔在花园里将毒药灌进父亲耳朵的场面。这段被哈姆雷特称为"捕鼠器"的戏中戏,把王后看得心惊肉跳,让国王坐立不安。

进入宫廷的戏子们,不论是《哈姆雷特》中的戏班子,还是莎士比亚的环球剧院团队,能了解王室生活的内幕和真相吗?

恐怕未必。

他们也许能瞥见一些宫廷的表面景象,房间,家具,服装,饰品等等,也许能看到高等贵族们的一些社交场面,杯盏交错中的眉来眼去,却不可能真的知道宫廷生活的实际状态,更不用说知晓那些呕心沥血的宫斗内幕和阴谋算计。宫廷生活对他们而言,就像对在剧院里等着看戏的观众而言一样,是道听途说的八卦故事,想象之中的悲喜剧。所以,环球剧院舞台上呈现出来的丹麦王室,连同那个关于神奇、欺骗和凶杀的故事,更多是莎士比亚制造出来的戏剧化幻境。

公元 12 世纪,一位丹麦教士开始用拉丁文写作《丹麦史》。在这部以古罗马《埃涅阿斯纪》为模仿对象的史诗里,萨克索(Saxo Grammaticus)的确讲述了一个王子,在得知自己叔父的阴谋后装疯卖傻,最终杀死叔父为父亲报仇的故事。只是,这个丹麦王子不叫哈姆雷特(Hamlet),而叫阿姆雷特(Amleth)。莎士比亚在写作《哈姆雷特》时,是不是参照过萨克索的拉丁语丹麦英雄史诗,现在无从可考。但有一点是肯定的:剧作家把丹麦王室的故事搬到舞台之上,就像他把英格兰王室的历史掌故,或者其他国家的宫廷故事演绎成剧本一样,依靠了非凡的想象力。

宫廷里弥漫血腥阴谋,为争夺王室和女人不惜投毒杀兄,王子为了复仇装疯潜伏,以应对本来就假话连篇的朋友和敌人,再加上前国王的鬼魂频频造访,这一切,与其说是 16 世纪末期丹麦或英国宫廷的真实写照,毋宁说是吻合了《哈姆雷特》的观众们对上流社会的观剧期待。脚下踩着潮湿泥土,伸长脖子观看浓妆艳抹的演员们,在台上夸张演绎丹麦王室的残酷与阴暗,这些入戏的观众们,也许会默默念叨属于自己的内心独白:那些上流人物啊,据说生活得十分高贵优雅,遭遇其实比我们惨了太多!

这种关于上流社会宫廷生活的想象,不仅仅属于伊丽莎白时代的伦敦观众。

人类自有了社会阶级分层后,被重兵把守、高高在上的帝王宫殿、贵族府邸,从来就是普罗大众想象的投射目标。各种传言故事,要么把这些地方渲染成血腥残暴的权力斗兽场,要么想象成恢宏高雅的社交娱乐圈。从公元前5世纪欧里庇得斯用《美狄亚》展现的柯林斯王室,到文艺复兴时代莎士比亚笔下的欧洲上流社会,一千多年里,生活于舞台上的贵胄们总能吸引观众热切的目光,正好说明了这一点。在大多数时候,贵族和平民的两个世界,是相互隔离的平行宇宙。两者之间的隔膜,给双方的想象留下了巨大空间。

比如,对中国观众和读者来说,欧洲的贵族世界也一直是其想象投射和渲染的对象,由此而导致的认知误区多不胜数。

当代欧洲奢侈品在中国的销售推广,往往把王室气派、贵族传承拿来做认知标识。某皮具是某王室的指定用品,某红酒从几百年前开始,就已经是某家族的宴客特选……这种消费主义叙事的鼓噪,在中国买家心目中塑造了一个固定的话语框架:某种特定货品一旦跟某个欧洲贵族或王室扯上关系,仿佛其高贵品质就有了保障,货品购买者和使用者的身份,也就在冥冥之中与欧洲上流社会形成了穿越时空的量子纠缠。以这种话语的修辞渲染为基础,货品的天价就变得天经地义。反过来,这套话语也逐渐造就了中国人对欧洲上流社会的认知模式,似乎那些历史久远的王室和贵族,一直都享受着豪华而彬彬有礼的宫廷生活。

我曾经受邀,参加过一个苏格兰威士忌品牌的推介会。

宾朋满座的晚宴大厅,布置得高贵庄重。按照邀请函着装规矩穿戴整齐的高端男女嘉宾们,围坐在水晶吊灯下面,在开饭前规矩地聆听有关该品牌威士忌的历史讲座。穿着花格裙子的男主讲者,号称苏格兰贵族后裔,脖子上挂一条据说是王室特别颁赠的金属粗项链。

透过翻译,这位苏格兰爵爷以身相许,把一场烈酒推销,活生生变成了对在座中国嘉宾进行的贵族生活示范。从那些听众的眼神、面部表情和肢体语言,可以看出这场商业表演取得了极佳效果,以至于到讲座结束,头盘上桌,嘉宾们用餐时的举手投足,都瞬间有了一股贵族范儿,不再是开会前那种大呼小叫的低端模样。

中国最后一个皇朝崩溃之后,历经革命和战乱,再加上1949年新中国成立后的大大小小各种运动,宫廷世界和贵族生活,对绝大多数人而言只是一个传说中形象模糊的遥远概念。正因为概念模糊,才给那些来中国推销欧洲产品的商业团队们搭建了理想的舞台。在一轮又一轮媒体和表演轰炸之后,中国接受者对欧洲贵族生活样态的期待与接受,终于固化下来,变成一套远离现实的修辞性说辞。

所以,我们在津津乐道于欧洲贵族的高贵传统时,有可能忽略和遮蔽了一个基本事实:那些名闻遐迩的宫廷,那些历史悠久的所谓贵族传统,可能也有一段在今天看来相当不堪的粗陋前史。我们可能忽略了,在莎士比亚生活的时代,英国和欧洲的宫廷并不是我们今天观看莎士比亚戏剧时,在当代舞美和灯光渲染下的庄严和优雅模样。

2
贵族并非从来优雅

中世纪以来，欧洲的社会精英基本上由几种人构成。

王室自不待言，他们通过武力和征服最终站在了社会权力和财富的金字塔尖。围在君主周围的各种亲戚和王侯，则是分布各地的大地主，以其血缘关系，武力和财力，要么拱卫君主的权力，要么觊觎国王的宝座。根据历史学家的研究，这些各霸一方的贵族们，有些是天然的地主，有些则是为君主效力的骑士，因其武功战绩得到君主的赏赐而成为地主。

另一类人属于宗教界，是各个教堂的主教和教士，他们代表梵蒂冈在欧洲各地掌管信仰事务，并与君主密切合作，为其权力提供君权神授的话语系统，为其臣民提供共享一体的精神认同。更由于教廷长时间深度介入社会治理和民间事务，这些主教大人的权力和财富，在欧洲的许多地方都达到让人叹为观止的地步。

罗马帝国衰亡之后，在将近一千年的时间内，欧洲的经济和社会重心不是城市，而是农村。所以，在中世纪里，贵族们大多生活在乡村地界，是名副其实的乡下人。从公元 14 世纪开始，由于经济复苏，商业繁茂，欧洲各地的城市渐次进入繁荣光景。到了文艺复兴时代，这些原本割据在广袤农村的地主，出现了一个共同的趋势，就是脱离其祖辈生活的城堡，向城市聚集。或者至少要在城市的上流社会里谋得一席之地。从农村来的所谓社会精英们成分复杂，经济境况也各有不同，有的富可敌国，有的穷困窘迫，但他们都有一个共同身份，即由最高权力机构认证的高等血缘传承。换句话说，他们都属于贵族阶层。

也是在这个时期，经济的复兴催生了一批富人。许多没有高等血缘的有钱人，通过各种方法，或者得到王权和神权的认可，或者成为城邦的政治领导，甚至通过与传统贵族联姻，成为上流社会成员。佛罗伦萨的美第奇家族，显然就是这类人的卓越代表。同时，伴随国家政权的逐渐定型，君主统治的王国政府需要大量行政人才，一些凭借各种技能服务于国王权力机构的高级官员，也得以加入贵族的朋友圈。

大量地主向城市聚拢，在罗马、佛罗伦萨、巴塞罗那、维也纳，在伦敦、巴黎和柏林，创造出一道新的社会文化风景。逐渐繁荣和扩大的城市里，王室和统治者的宫廷，成了高端人群社交生活的中心。王室殿堂，变成一个国家的权力、财富、宗教和文化的超级场域，成为上流社会的精神和肉体乐园。能够以正式的官方身份进入这些社交殿堂，则成了一种值得追逐的社会地位象征。

地主进城，混迹于高端社交场合，就需要摆脱原有的乡村生活习惯，具备与其身份相匹配的教养品质，或者至少是外在的教养品质。对于许多传统贵族而言，这是一个不小的挑战。

根据美国学者德瓦尔德（Jonathan Dewald）在《欧洲贵族：1400—1800》一书中的研究，进城之前，欧洲乡村贵族的城堡生活，其实并不像我们所想象的那样雍容端庄。

中世纪的欧洲乡村，是经常发生各种大小战争和暴力行为的地方。由于地主们大多靠武力起家，也靠武力护家，他们的乡村宅邸往往也就修成了城堡，有极强的军事防御功能，能为主人提供战略支点和安全保障。城堡有利于发动战争，也有利于进行防御，由此，城堡的主人才能攻防自如，依靠他们的据点取得军事上的胜利，获得政治上的权力。不过，修建得坚固而庞大的城堡，在保护主人以及他们的客人的同时，却并不舒适：

在这样的宅第内任何人都没有隐私权的需要。大多数中世纪的男男女女愿意生活在侍从和仆人中间,贵族的宅第几乎没有私人空间;甚至床也安放在大厅而不是放在为此而隔开的卧室内。似乎贵族们同样没兴趣将自己的宅第与邻居的住宅分开。宅第周围的花园很小,农业用房可能连在一起,村民自己的住宅分布在附近。

石头修建的城堡,高大威猛。地主和佃农混住于一地,以便于地主对自己的属下进行管理和保护,这就造成了贵族府邸周围环境的脏乱差。牛羊马鸡不仅制造各种不绝于耳的噪音,也制造各种难以入鼻的气味。城堡内,男人们经常睡在一张大床上,夫妇和仆人也共同睡在一个房间里,只用布幔隔开他们的床。性生活几乎是公开的,就像便溺这类必需的活动一样。人来人往的大厅没有窗户,更没有玻璃,因为要用炉火取暖,用火烛照明,随时都烟霾弥漫。传话基本靠吼,吃饭基本靠手。

我曾经参观过比利时根特(Ghent)的一个著名城堡。

这座始建于公元 1180 年的城堡,叫 Gravensteen,属于佛兰德斯公

Gravensteen 城堡的大厅,比利时根特,作者摄

爵，在 14 世纪被废弃。和中世纪的许多贵族一样，佛兰德斯公爵作为骑士，曾经为教皇服役，参加过第二次十字军东征，属于从武转业的大地主。石头砌成的大墙高塔，从外貌上就给人一种易守难攻的印象。对于那些在 12 世纪骑马踏过泥泞小道，进入城堡的人来说，自然会在里面获得一种安全感。不过，当我自己站在地板经过了装修、被 LED 灯照亮的大厅时，要想象公爵家人和仆人住在这里是一种什么样态，却有些困难。毕竟，大厅内已经体会不到曾经的粗鄙和昏暗。

幸好，还可以找到一点参照。

美国 HBO 频道拍摄的电视连续剧《权力的游戏》，在中国拥有不少粉丝。人们知道，这部从小说改编而来的剧目，讲述的是一个以欧洲中世纪为蓝本的架空故事。但也许很少有人注意到，剧中那些大家族所占据的城堡，比如临冬城的狼家，美术和置景很接近中世纪欧洲乡村贵族的生活原貌。"雪诺"和他的养父母，以及兄弟姐妹们，其实就生活在一个类似于 Gravensteen 的粗陋大石头房子里。高墙合围的城寨，既是抵御敌人的军事堡垒、村民的生活工作场所，也是北方大地主史塔克的家。显然，电视剧里展现的场景，以及史塔克们生存的条件和方式，很难达到我们想象中所谓贵族的高尚生活标准。

当史塔克们进入君临城后，情况发生了剧烈变化。

七境之王的宫廷，要比他们自己家的北境老宅恢宏高端很多。宫中的规矩，也比临冬城更加复杂烦琐。相应地，他们也就必须入乡随俗，遵守王室社交圈的各种礼仪。只是，《冰与火之歌》这部小说也好，还是由它改编的电视剧也好，在这方面没有着墨更多。不过，从历史记载和研究，以及文艺复兴时期的相关书籍之中，我们还是可以猜测到，史塔克家的男人和女人，在初次进入君临城的宫廷时，会遇到什么样的尴尬。

3
论一个贵族的修养

从 16 世纪开始，欧洲精英社会对如何定义一个贵族，以及如何定义上流社交圈，逐渐有了十分具体的标准。可信的家族生物链，也就是靠得住的血缘关系，是理所当然的要求。但更多的指标，却指向了他们教养。高贵而得体的举止、文雅的谈吐、漂亮的衣服和装扮，以及对美酒、食品的热爱和知识，都成了贵族身份的表征。试图进入上流社会的人们，如果无法在这些领域达到标准，他们家族血缘和财富可以变得忽略不计，甚至成为笑柄。他在君王面前的地位，也会相应地迅速坠落。

根据德裔英国学者埃利亚斯（Norbert Elias）在《风俗史》中的研究：

> 在激烈的宫廷竞争中，要想确保一个人的举足轻重的地位，避免受到别人的嘲笑，避免当众出丑，避免名誉扫地，他就必须使他的外表和举止，使他的整个人都符合宫廷社会变动不已的衡量标准，这个标准日益注重宫廷社会人士的相互区别和彼此的差异。一个人必须穿一定质料的衣服，一定款式的鞋子，他的一举手一投足都必须符合宫廷社会人士的身份，甚至他的笑容也必须按照宫廷的礼仪来绽放。

史塔克家的男女来到君临城，突然发现，光靠自己舞刀弄剑的能力，光靠自己的血缘和美貌，在这里已经不足以获得上流社会的尊重。在七境之王的宫廷里，有更多更细的上流社会标准，虽然有时候匪夷所思，却也会让他们手足无措。如果要想夯实他们的贵族身份，他们还需要学习再学习，从乡下人变成有教养的宫里人。

文艺复兴时期的荷兰人文主义者伊拉斯谟（Desiderius Erasmus），在今天欧洲的地位依然十分显赫，欧盟官方的著名教育交流项目，就以他的名字命名。这位思想家在 1530 年出版过一本拉丁文小册子，叫《男孩礼貌教养》（De Civilitate Morum Puerilium）。他写这本书的目的，是要把一位十一岁的勃艮第小贵族，培养成合乎礼仪的上流精英。

在书中，伊拉斯谟谈论了上流社会年轻人的品德和风度的重要性，也提供了各种具体的日常生活规矩。这既包括在用餐时不要把手指头伸进肉汤里去，因为只有"农夫"才会这样干；也包括禁止用餐桌台布擤鼻子、把啃过的骨头放进公用的空盘；既告诫在公共场合不能大声放屁，也要求不要在别人小便和大便时跟他讲话，因为这太不礼貌；如此等等。

如果有谁以为伊拉斯谟的小册子是夸大其词或无的放矢，那就彻底错了。我们可以找到许多例证，来证明《男孩礼貌教养》中所谈及的礼貌规矩，对于那时的欧洲宫廷和上流社会来说是多么必要。比如，德国境内的一位君王，在 1589 年都还制定和颁布了一条有关宫廷行为的律令：

> 禁止任何人，无论他是谁，在饭前、在饭桌旁或吃饭期间，早或晚，用尿或其他污物弄脏楼梯、走廊或盥洗室，要到合适的指定的地方去做这类排泄。

另一位德国的君王也在差不多的年份，给自己的宫廷做了相似的硬性规定："一个人不应当——像那些没有到过宫殿，也没有生活在文雅而又令人尊敬的人们当中的乡下人那样——在女士面前毫无羞耻和节制地便溺。"

无论是伊拉斯谟的教养手册,还是王公大人的排泄规矩,都把农夫或者乡下人作为反面教材。这就把有教养的城市宫廷礼仪跟没教养的地主生活方式区隔开来了。两位国王训令的对象,当然不是指真正的乡下人,指那些连进城机会都没有的"农夫",而是指有资格进入宫廷、与其他贵族人士发生社会交往的人士,当然也包括贵族。既然国王都要明令禁止,我们也就有理由相信,在他们的宫廷中往来出入的人们,一定多有随地大小便的行为。

根据历史学家的研究,在莎士比亚时代,即便是英国的国王宫廷,都还是一个嘈杂混乱的所在。廷臣们穿梭于各种随从和杂役之间,骗子和江湖人士混迹于贵族身旁。这还要加上前来王宫请愿喊冤的人们,帮人打官司的法律人士,以及跟宫廷做买卖供应各种物资的商人。这些人是否也同样有随地小便的习惯,我们无法知晓。但可以肯定,在这样的宫廷里,如何体面地将自己与乡下人划清界限,是一件相当严肃的事情。

《男孩礼貌教养》书名中包含的"civilitate"这个拉丁词,大致可以翻译为中文的"教养"或者"教化",其意义极为重要。因为,在此后的数百年里,它不仅意味着欧洲上流社会的一道任何人都避不开的门槛,也意味着整个欧洲精英文化的走向。这个词,可以被看作启蒙时代的一个重要概念,"文明"(civilization)的前辈。这一点,后面还将提到。

在 16 世纪欧洲,如果要找一本类似《男孩礼貌教养》的书,关于礼仪和风度,关于贵族如何实现 civilitate 的详解教程,就不能不提及《廷臣之书》。

这本对话体作品,出版于 1528 年,比伊拉斯谟写的小册子早了两年。《廷臣之书》作者,是意大利境内乌尔比诺(Urbino)的卡斯迪奥尼(Baldassare Castiglione)。该书在威尼斯印刷出版后,立即引起轰动,被翻译成各种欧洲语言,在各地宫廷广为流行,成了西班牙、德国、法兰西和不列颠贵族们的人生必读课本。我不知道伊拉斯谟是否有幸读过卡

卡斯迪奥尼肖像，（意）拉斐尔，藏于罗浮宫

斯迪奥尼的著作，如果答案肯定，那么他自己动手写作《男孩礼貌教养》时，大概也受到了这本国际畅销书的启发。

卡斯迪奥尼出身贵族家庭，混迹于乌尔比诺公爵的宫廷和梵蒂冈教廷，与美第奇家族和教皇，以及他们四周环绕的艺术家和文学家交好。同样出生于乌尔比诺的画家拉斐尔，是他的好友。有一幅精妙无比的肖像画，让我们能看见他的容貌和穿着，据信就出自拉斐尔之手。换句话说，卡斯迪奥尼本人就是一位货真价实的"廷臣"（courtier），是在宫里生活的上流人士。因此，他对上流社会生活的观察和评论，以及他对贵族品性和宫廷礼仪的思考，比伊拉斯谟的谆谆教导显得更有说服力。

正如我在前面说过的那样，在那个时代，文艺复兴的意大利各城邦本来就是欧洲文化的灯塔，是上流社会时尚的风向标。模仿意大利宫廷中的文学和艺术风格，学习意大利上流社会的言行举止，是欧洲各地精英的自觉选择。由一个真实的廷臣，以人文主义话语写就的廷臣教养之书，不火才怪。

《廷臣之书》借鉴薄伽丘的《十日谈》文体，以一群男女的对话构成。

只不过,这些谈话的人,不再是躲在佛罗伦萨郊区山上逃避黑死病的青年男女,而是借着晚餐后的余兴,在乌尔比诺宫廷中优雅闲聊的高端人士。这些彬彬有礼的谈话,涉及面十分广泛,从统治者的道德修养,到宫廷里的文化氛围,从廷臣应该穿成什么模样,到聊天时应该采用什么口气,都有详细叙述和讨论。

《廷臣之书》指出,在上流社会中,真正能赢得尊敬的贵族,不再以他是否能打善斗为标志,尽管舞枪耍剑和体格臂力依然很重要。贵族继承的骑士传统,在过去也许是他们安身立命的基础,现在却只是他们身份的一个侧写。有意思的是,卡斯迪奥尼借助一个谈话人之口,还就此调侃抨击了意大利人的死对头:只有那些野蛮的法兰西人,还把打打杀杀看作贵族的标准,"他们不仅不尊重人,而且厌恶学问,认为所有的文人都很卑鄙"。考虑到意大利和法国之间多年的矛盾,以及刚刚发生过的战争,卡斯迪奥尼对法兰西人的这番奚落,倒与瓦萨里在《名人传》中抨击"野蛮艺术"的民族主义腔调有异口同声之妙。

半个多世纪之后,与莎士比亚同时代的一位西班牙作家,出版了另一本风靡欧洲的畅销书。

《堂吉诃德》以讽刺的笔法,描写了一个血管里流淌着贵族血液的乡村小地主,在骑士时代已经远去之时,还拉上一个农夫随从,在幻想中四处征战,与自己假想出来的敌人对垒。塞万提斯(Miguel de Cervantes)描写的吉诃德先生,明显就是一个与时代彻底脱节的乡下人,在上流社会早就以合乎规矩的修养,以及卡斯迪奥尼式的优雅作为评判标准的时候,还误以为他能以武力搏杀的骑士传统,维系自己的贵族身份。

《堂吉诃德》的写作是否受到了《廷臣之书》的影响?也许进一步的研究可以澄清。不过我们可以想象的是,在托雷多或者马德里的宫廷里,那些能识字的上流社会精英们读到这部小说,会发出什么样的会心一笑。也可以想象,在欧洲其他贵族府邸的饭后酒余,吉诃德先生的疯狂行为，会为座上宾客提供怎样的幽默谈资。衣着得体的男男女女，大多会以一种调教得当的讥讽语气，把那个乡下人的种种愚蠢拿来说事，伴着葡萄酒和甜点，议论他和真正贵族之间不可逾越的鸿沟。

按照《廷臣之书》的阐释，真正的贵族，是心智得到启迪，礼仪获得教化，言行合乎宫廷规矩的绅士和淑女。真正的贵族，要能阅读希腊文和拉丁文书籍，懂得欣赏诗、绘画和雕塑，认得乐谱并学会使用一两样乐器，能在音乐伴奏下引吭高歌。一个理想的廷臣，年轻而充满活力，知识渊博而低调谦逊，穿着不太鲜艳花哨，却得体而赏心悦目。这样的廷臣，别人讲话时知道聆听，开玩笑时不至于讥讽同伴，尤其会避免谈论别人的生理缺陷。

一句话，真正的贵族，是一个拥有 Sprezzatura 的人。

Sprezzatura 是一个很难翻译的词，大致意思是"经过深思熟虑之后的随意"。就是说，一个生活在宫廷中的贵族，一切言行都应该经过精心调校，但同时又显得随意而漫不经心。用今天的话来说，基本相当于"低调的奢华"。据说，今天佛罗伦萨的时尚奢侈品牌古驰（Gucci），就继承了这样一种风范，与范思哲（Versace）的闪烁炫耀形成鲜明对比。

卡斯迪奥尼指出，对一个廷臣来说，教养是极为重要的。虽然天生的贵族自带光环，从血缘上保证了自己根纯苗正，"就像一棵树，树枝总是长得像树干一样"，但是如果修剪培育不当，树木也会衰朽，贵族也会变成野蛮人，永远无法接近完美。而那些没有贵族血缘的人，如果努力加强自我调教，也不是没可能成为优秀的廷臣，尽管机会要小很多。

《廷臣之书》的一位谈话者在讨论了贵族的修养后，给出了一个理想廷臣的实例，费拉拉的枢机：

> 他出身高贵，他的性格，他的外表，他的话语以及他所有的动作，都饱含精心呵护的优雅。尽管年轻，他在那些最年长教士之中所展现出来的沉稳性格，使得他看起来更适合教育他们，而不是受他们所教；无论男人还是女人，无论地位高下，

他跟他们游戏，交谈或是玩笑，都有一种甜蜜和优雅的风度，让与他接触的任何人，甚至只是瞥见他的人，都觉得自己需要永远与他为伴。

在欧洲各地，那些刚刚进城，来到国君宫殿或是上流府邸里谋求廷臣生涯的"乡下人"，面对费拉拉枢机这样的角色范本，一定压力极大。地主们如果只能骑马冲锋，如果只解决了随地大小便的恶习，如果只知道喝汤时不发出咕噜声响，而根本不懂 Sprezzatura，不理解低调的奢华，不能欣赏艺术、朗诵古罗马文献，就注定还跟乡下人或野蛮人一样，无法得到宫廷社会的青睐。贵族的名号、武斗的能力，甚至继承和经营的炫目财富，都不能帮他们达至令人瞩目的上流社会巅峰，不能让他们成为人见人爱的社交明星。

一句话，没有合适的教养、优雅的风度，他们就只是一群流淌着贵族血液的"土豪"，更不用说，还有被划归于那个完全与时代风尚不接轨的堂吉诃德之流的危险。

4

绅士的崛起

意大利的一本书,给英国送来了精英主义。

《廷臣之书》流传到英国,得益于一位贵族外交家。这个曾经游历意大利诸城邦的爵士,叫霍比(Thomas Hoby)。他把《廷臣之书》翻译成了接近莎士比亚语言风格的英语,出版后,在不列颠的上流社会引起轰动。有一种说法甚至认为,莎士比亚的一些以意大利城邦贵族为背景的剧作,也受到了这本书的事例和灵感启发。

霍比的妻子也有贵族血统,与刚刚上位不久的伊丽莎白女王是闺蜜。随着书的出版,卡斯迪奥尼的人文主义精英话语极大地震撼了游走于伊丽莎白宫廷的贵族们。我在前面说过,在文艺复兴时代,意大利的文艺风尚已经让欧洲各地的上流社会趋之若鹜,就像今天中国的富裕阶层追逐菲拉格慕和古驰的流行趋势,炫耀咆哮的法拉利和兰博基尼一样。现在,在英国在伦敦,居然有了一本关于意大利先进宫廷文化的教科书,一本关于教养和风度的时尚进阶指南,深入详细,而且还是英文版,简直让正经历痛苦转型期的英国贵族们如获甘霖。

因为,英国的情况有点特殊。

当意大利城邦开始享受经济复苏红利,当海外属地的"黄金和白银像下雨一样落到西班牙头上"时,英格兰的国王亨利八世却因为爱上了一个自己身边的漂亮侍女,忙着要求跟西班牙老婆离婚。他的这件婚事不仅得不到天主教会的批准,还彻底得罪了西班牙国王。因为阿拉贡的凯瑟琳,也就是亨利八世想休掉的老婆,恰好是查尔斯五世的小姨子。一意孤行的英格兰国王因此决定"脱欧",与教廷决裂,结果把自己弄成了欧洲最强大王国的敌人,弄成了由教皇背书的神圣罗马帝国皇帝的死对头。

这种闭关锁国的局面,直到伊丽莎白女王上位才开始改变,英国人才开始探索如何向海外寻找贸易机会,而那已经是16世纪晚期的事了。

都铎家族的伊丽莎白登上王位之际,英格兰在欧洲经济和文化版图中依然属于落后地区。佛罗伦萨和威尼斯商人们那时已经富得流油,西班牙和葡萄牙的船队更从大洋彼岸运来多不胜数的黄金白银,英格兰王室却只能听着自己的赴欧使节不断带回各种关于繁荣的叙事,望洋兴叹。作为一个新教徒,伊丽莎白与罗马天主教廷龃龉不断,而英国的经济和贸易业,也因为无法与西班牙和葡萄牙船队竞争而处于绝对劣势。

在此之前,英国也曾派出过航海探险家去寻求海外贸易通道,都无功而返。一只去探索中国航线的英国船队,最终没能抵达亚洲,只从加拿大带回一堆令人尴尬的"愚人金";另一群寻求去中国的探险者,则冻死在摩尔曼斯克的海冰上。在王室特许下,英格兰倒是成立了一批海外贸易公司,比如西班牙公司,北海公司,黎凡特公司,俄罗斯公司,土耳其公司和东印度公司,还尝试与基督之国的死对头摩洛哥和奥斯曼帝国做生意,但收获甚少。总之,与西班牙和葡萄牙相比,英格兰更像一个刚刚入场的竞争新手,屡战屡败。

后来的历史叙事,把终身未嫁的"童贞女王"统治的年代,称为伊丽莎白时代。虽然关于她在位期间的成就还有争议,但大多认定有两件标志性的大事件,可算作她确立英格兰文化身份的丰功伟绩。第一,伊丽莎白建立了以自己为绝对核心的英国基督教体制,取代了天主教,成为英国民众认同的官方信仰基座。第二,她下令增强海军力量,以图抗衡当时的欧洲最大航海强国,并于1588年终于在一次海上战役中击败了西班牙的"无敌舰队"（Amarda）。有些历史学家认为，英国舰队战胜西班牙"无敌舰队"，并不仅仅因为英国舰队强大——西班牙人自己的失误，包括天气，也帮了大忙。这次胜利在英国境内的宣传效应远远大于实际价值。但是不管怎样，这一场海战的胜利，虽然无法马上带来金银财宝，却至少让英格兰的贵族和平民共同体会了一把弱国战胜强国的自豪之情。按照19世纪英国历史学家卡莱尔（Thomas Carlyle）在《英雄、英雄崇拜和英雄时代》中的说法，伊丽莎白时代，是"我们英国人身份的一次奇妙绽放"。

民族自豪感对王室的统治有帮助，却不能解决这个国家上层阶级的教养问题。

欧洲南端的那片地方，以其经济和政治的强势，以其宫廷的文化和礼乐，成为英格兰上流社会嫉妒的对象。但伦敦的宫廷人士，包括各地乡村城堡里的地主们，在《廷臣之书》以英文面目出现之前，也许并没有觉得文化教养是一件多么重要的事情。根据德瓦尔德的研究，牛津大学的第一位世袭贵族学生出现于1358年，但直至16世纪早期，一位英国贵族都还宣布："我宁愿我的儿子被绞死也不要学习字母……学习字母应该留给乡巴佬的儿子们。"差不多也在这个时代，英国的大贵族们"事实上斗大的字识不了一箩筐"，更不用说像佛罗伦萨的美第奇家族那样，早就拥有几百本珍贵的书籍，家庭成员能读懂希腊文著作，并用拉丁文写诗了。

《廷臣之书》里对理想贵族的定义，从知识到仪表，再从谈吐到审美，对英格兰的贵族来说，简直是醍醐灌顶般的启蒙。原来，在乌尔比诺、佛罗伦萨、威尼斯和罗马的宫廷里，意大利上流社会已经进化到这样的地步！自己此前的谈吐和行为，几乎就与野蛮人相当。这本书对贵族的文明如此重要，以至于伊丽莎白女王曾经的老师、后来的秘书阿萨姆爵士明确指出，伦敦的年轻绅士们，都应该认真研读这本著作，这比他们花三年时间去意大利游历有效得多。

阿萨姆爵士所说的意大利游历，最早从购买顶级古董和奢侈艺术品开始，逐渐发展成英国上流社会的一种"成人礼"：一个年轻的贵族，如果没有在自己成年之际去过意大利的诸城邦游历，没有接触过希腊和罗马的文化洗礼，就无法达到教养的标准，自然也就不能在上流社会立足。正是这样一种宫廷时尚，给《廷臣之书》在英国的接受，提供了极有底蕴的阅读期待框架。游历归来的感性经验，在更深入细致的文本阐释中找到对应，让那些有意成为廷臣的年轻人，终于意识到读书的价值；还没有来得及去游历的年轻人，甚至那些无钱无权去旅行的穷贵族，也意识到作为一个绅士，修养中最核心的部分，是对知识的拥有，对艺术和音乐的欣赏，以及对礼仪的重视。读过了《廷臣之书》，经过了讨论和体会，这些贵族们感觉到，自己差不多也算游历了亚平宁半岛上的杰出城邦。

游历加读书，给英国上流社会带来的改变不可低估。

前面曾经说过，意大利的文艺复兴，是要唤醒那个地方沉睡多年的古代文化，让曾经被蛮族毁灭的本土艺术传统再生。如果说英格兰也要复兴文艺，情况却有些不同。在那时看来，他们祖先所拥有的历史，要么在古希腊罗马文明映照下显得有些"野蛮"粗陋，要么跟古罗马帝国对本土的占领和统治相关。比如一位英国历史学家坎顿在1568年出版的《不列颠》一书，虽然也描述了北方著名的巨石柱群，但他所勘察和记载的文明古迹，却更多与当年罗马行省留下的东西有关。这位历史学家报告说，他发现了哈德良皇帝下令修筑的哈德良城墙，证明了它的军事用途，还见到了哈德良城墙附近出土的罗马铭文。在那时，也有人试图将巨石阵与凯尔特人的模糊传统与民族意识、文化认同联系起来，但可供这些考古学家和历史学家"再生"的本土资源，确实不算太多。

反过来看，意大利的人文主义运动和文艺时尚影响却如此巨大，几乎形成遍及全欧的文化霸权。由此，导致了一个十分有趣的现象：与欧洲其他地方一样，英国贵族的教养建构，脱离了所谓的民族自豪和文化认同,跨越了英吉利海峡,自觉地把自己的文化基因与古希腊罗马文明挂钩。按照弗兰科潘在《丝绸之路》中的研究,这股潮流随着英格兰经济的崛起,最终给英国带来了上流精英文化的意大利式风景:

> ……他们还带回了建筑、纪念碑和雕塑方面的设计理念。很快,英格兰和低地国家就引进了诗歌、艺术、音乐、园艺、医药和古典时期的科学,并开始按照过往的荣耀来塑造今日的辉煌。罗马人不禁目瞪口呆,一些来自帝国偏远外省的小地主和小官员竟然在用古罗马英雄(甚至是皇帝)的形象来为自己造半身像。

伊丽莎白时代的这一变化,在英格兰上流社会确立了所谓绅士(gentleman)的基本概念。《廷臣之书》所提供的贵族教养框架,确定了古代知识(主要是指古希腊罗马的文化)和文学艺术在贵族"文明教化"领域的重要位置。也就是说,英国的上流社会,也开始了一场以意大利为模板的"文艺复兴"。在此之后的几百年里,由这个传统培育出来的"绅士风度",几乎成了英国有教养男性的另一个著名标签。

凭借后发优势,英国终于在18世纪见证了经济的崛起,到19世纪,成为称霸全球的贸易和殖民大帝国。随着这一趋势,时尚的风向才得以扭转,英国绅士风度被传播到欧洲大陆,甚至世界各地,最终被视作各民族和国家上层精英都应该效仿的模板。英国学者霍布斯邦(Eric Hobsbawm)在《十九世纪三部曲》里描述,在英伦绅士得逞扬威的19世纪,法国浪漫主义诗人戈蒂耶(Théophile Gautier)曾在一篇文字里,准确刻画了社会地位较低的年轻女子结识上流社会男子的梦想:

> 在她的梦想中,爱德华爵士是个仪表堂堂的英国男人。这个英国人刚刚刮过胡子,面色红润,容光焕发,精心修饰,身

上一尘不染，带着一条相当考究的白色领带，穿着防水服和雨衣，迎着黎明的第一缕阳光。这样的他难道不是文明的顶峰吗？

到了那个时候，英国绅士仗着不列颠帝国的全球经济和政治霸权，后来居上，远远超越卡斯迪奥尼时代的意大利廷臣，超越伊丽莎白宫廷里的贵族，成了欧洲乃至世界上流社会男人的楷模。正如戈蒂耶在文字里所说的那样，他们成了"文明的顶峰"。

在 20 世纪的中国，这种高雅男人的行为模式也发挥着巨大影响力。

比如，英国男性喜欢随身携带手杖的习惯，在 20 世纪就被中国精英阶层普遍模仿。手杖引进之后，当时的国人还为这个有别于拐杖的物件，创造了一个非常有意思的中文名字，叫"文明棍"。言下之意，当然是说它和拐杖不一样。携带这根棍子走路的人，并不在乎它是否能帮助携带者不摔跟头，而是要用它证明，自己属于"文明之人"。

鲁迅写于 1921 年的小说《阿 Q 正传》，讽刺性地描述了一个姓钱的读书人和文明棍的关系。这个被阿 Q 暗地里叫作"假洋鬼子"的钱家大少爷，曾经去日本留学，"半年之后，他回到家里来，腿也直了，辫子也不见了"，手里还多了一根文明棍。只不过，乡下人阿 Q 不懂这根"黄漆的棍子"是上流人士的身份象征，直接把它叫作了"哭丧棒"。

5
知识就是力量／权力

必须说明的是，人们在谈论伊丽莎白时代英国上流社会的修养时，倾向于关注他们对意大利风格的服饰和器具的需求，对"诗歌、艺术、音乐、园艺、医药"的引进，以及按照时尚风潮对宫殿和住房的构建与改造。但这，绝不是那个时代重大变化的全部。对这些外在事物的关注，不应该遮蔽了从意大利传来的人文主义精神在英国绅士内心所引发的震动和启蒙，不应该遮蔽了这种精神所强调的拥有知识对于精英人士的必要性。

1620年，伦敦塔关进了一个犯人。此人曾经是国王的大法官，因为受贿指控被罚4万英镑，被终身逐出宫廷，永远不得再担任官职。这个人就是培根。

从家庭血统上看，培根（Francis Bacon）的贵族身份不算特别正宗。他的父亲老培根在剑桥大学接受教育，因为参与法律和政治，最终在宫廷里找到了一份工作，成为伊丽莎白女王的掌玺大臣，并得到了女王赐予的爵士封号。换句话说，他的血管里没有世袭贵族的血液流淌，他的家族是官僚家族，依靠自己的能力和服务，从女王那里获得贵族的名号。

小培根子承父业，也在剑桥大学接受教育，谙熟拉丁文，并在那里第一次见到女王陛下。据说伊丽莎白很欣赏小培根的才华，亲切地称他为"年轻的掌玺爵士"。培根毕业后，跟随父亲的脚步进入法律界，开始以国家使节身份游历法国、意大利、西班牙等地。按照那时的传统，这就算修完了成为合格廷臣的必修课，通过了必须通过的成人礼。

回国后，培根并没有得到直接进入宫廷的机会，只好先参与法律事务和政治，从 23 岁起，开始担任几个地方的议员。到这一步，可以说他已经做好了一个年轻廷臣的一切准备。终于，在伊丽莎白去世后，詹姆斯一世登基。小培根成了新国王手下的大法官，获得了爵位，就像他父亲当年一样。

英格兰的这位新国王接受过人文主义教育，能阅读希腊文和拉丁文作品，能写诗。在他主持和参与下，英国正式出版了一本新的从拉丁文翻译过来的《圣经》，就是今天仍然在使用的所谓"国王詹姆斯版《圣经》"（King James Version）。这部《圣经》中使用的语言，除了奠定基督教官方英语的基础，也成为现代英语词汇和语句的来源。可以想见，培根在这位国王身边，肯定会受到青睐和重用。不过好景不长，培根被人告发，说他拿了别人偷送的金钱，以帮助诉讼人影响判决结果，最终进了伦敦塔，从此彻底告别廷臣生涯。

在去世前一年，1625 年，培根出版了自己的《随笔集》。这个文集囊括了他在几十年里写就的诸多随笔或小品文，文笔流畅，风格清新。有人甚至认为，是培根在《随笔集》里创造了英文随笔这样一种文体，从另一个层面参与了打造现代英语的历史努力。在这里，我并不想去深入文本，探讨培根这些文字的中心思想和写作技巧，而是要把他的这些话语，放到当时英国上层社会教养和文明的语境中，去窥见他写作这些文章时，心中的假想目标读者都是谁，他写作这些文字的内在动机是什么。

只需看看这些短文的题目，读者其实就已经明白了大概。

《随笔集》里收录的几十篇文章，既涉及"真理""死亡""复仇""迷信""远游"等等，也讨论"爱情""高位""贵族""辞令""读书""园林"，还同时研究了"习惯与教育""门客与朋友""礼节与仪容""荣誉和名声"……林林总总，不一而足。从形而上到形而下，培根小册子所讨论的话题，让读者依稀看到了伊拉斯谟《男孩礼貌教养》和卡斯迪奥尼《廷臣之书》的影子，尤其是后者。阅读《随笔集》，乌尔比诺宫廷里曾经发生的那些高端谈话，恍惚间在培根的书里找到了英语的句子和发音。因为，在《随笔集》里，培根也在做着那个意大利廷臣曾经做过的事：他试图在贵族养成的领域内发出自己的声音，以告诫那些同样在英格兰宫廷里游荡着寻找机会的朋友和读者，一个真正完美的上层精英，应该让自己的学习和思考涉猎所有这些领域，以获取相应的正确知识。

因为，"知识就是力量"。

按照培根的后辈学者罗素的说法：

> 培根的最重要的著作《崇学论》（*The Advancement of Learning*）在许多点上带有显著的近代色彩。一般认为他是"知识就是力量"这句格言的创造者；虽然以前讲过同样话的也许还有人在，他却从新的着重点来讲这句格言。培根哲学的全部基础是实用性的，就是借助科学发现与发明使人类能制驭自然力量。……尽管培根感兴趣的正是科学，尽管他的一般见解也是科学的，他却忽略了当时科学中大部分正进行的事情。他否定哥白尼学说……开普勒的《新天文学》（*New Astronomy*）发表在1609年，开普勒总该让培根信服才对。……他似乎根本不知道近代解剖学的先驱维萨留斯（*Vesalius*）的成绩。出人意料的是，哈维是他的私人医生，而他对哈维的工作好像也茫然不知。固然哈维在培根死后才公布他的血液循环发现，但是人们总以为培根会知道他的研究活动的。

许多年前，第一次在《西方哲学史》里读到这段文字时，我对罗素的这些描述和评论感到相当困惑。从中学时代，我就知道哈维是血液循环现象的发现者，也知道"知识就是力量"这一著名警句来自培根。但我不知道，哈维居然还是培根的私人医生。按照罗素的说法，培根既然如此推崇科学知识，那么他对当时英国和欧洲的科学进展，应该是心知肚明。起码，自己的医生在研究什么，他应该略知一二。但事实上，培根一边强调知识的重要，一边却对这些重要知识的出现只字不提。

这实在有些蹊跷。

现在，如果我们从17世纪初期英国的宫廷时尚、从贵族教养的角度和语境，来理解罗素所揭示的这种矛盾，也许就能找到解释这种蹊跷的另一条路径。也许，对培根来说，科学的真实内容和进展并不太重要，科学方法的建立才重要；也许，有关科学的知识在实践中为廷臣所用才重要；甚至，有关科学知识的宫廷时尚才最重要。

对于这一点，德瓦尔德在《欧洲贵族》中的评述可以作为一个旁证：

> ……巴黎和伦敦的高级贵族们加入了新建立的学会，观察实验，并接受敬献的新著作。像在如此众多的其他近代早期文化领域中一样，对科学的支持将少数真正的热衷者和数量更多的仅仅追求时尚的人集合到一起，后者主要追求作为新派人物所带来的社会地位。但是，这确实是关键：科学——像其他形式的文化追求一样——已变得如此时尚，以至于那些即使没有真正兴趣的人，也感到必须参加科学演示甚至去聆听科学论文的宣读。

从这个角度看，所谓"知识就是力量"（knowledge is power），如果翻译成"知识就是权力"，似乎就显得更贴近原意一些了。

对于培根这位法律大臣来说，如果拥有各种形而上和形而下的知识，就拥有了在宫廷文化圈里不容置疑的地位，就拥有了让伦敦的上流社会尊敬的根本素质。一个有教养的宫廷绅士，懂得哲学和科学的方法，再加上对"辞令、读书、园林、礼节和仪容"的精准把握,简直就站在了诸多廷臣的金字塔尖。这样的人,成为国王的左右手,其合法性和权威感不言自明。

这样去观看培根,丝毫没有抹杀他在英国近代思想和科学方法领域的重要贡献的意思。恰好相反,只有把培根的思考和写作放进那个时代英国上流社会的流行风尚之中,想象他在精英圈子里的位置和影响,才能真正理解英格兰的贵族为什么会跟欧洲其他地方的贵族一样,逐渐放弃了老旧的尚武传统,转而对自己的教养,对各种知识和科学进步,对礼节和仪容倾注如此大的热情;也才能真正理解,为什么从培根的时代开始,英国的科学研究能够翻开崭新的一页历史,使那个曾经落后于欧洲大陆的国家,快步跟上海峡对岸文明社会发展的速度。培根在《崇学论》中所提出的科学分类理念,在一个世纪后法国知识分子编撰《百科全书》时得到借鉴,此为后话。

知识就是力量,知识就是权力。在那个时代,英国和欧洲宫廷里的真正宠儿,是知书识礼的绅士和淑女。

国王宫廷也好,贵族簇拥的上流社会也罢,是那个时代绝对的文化权力中心。无论是在意大利城邦,还是在英国,或者在法兰西和德国,上流社会的风尚总是社会主流风尚的策源地。优雅和博学成为贵族的身份证,礼仪和知识成为他们的进阶标准,就意味着,这些必修科目的养成,能让高端人口里的绅士和淑女,获得非同寻常的青睐。同时,它们也会通过各种渠道,流溢到宫墙大宅之外,让那些试图进入上流社会的人趋之若鹜。更多的世袭穷困子弟,或者新晋贵族,更多伸长脖子遥望权力中心高墙的城市平民,都会以这些必修科目衡量和教育自己,最终利用它们,作为登堂入室的阶梯。

6
淑女的世界

《廷臣之书》里描写的谈话场景，还有一个耐人寻味之处。

四个章节所描述的四个晚上的谈话游戏，发起者和组织者，是乌尔比诺宫廷中的两位女性，公爵夫人伊莉莎贝塔，和她的闺蜜艾米莉亚。因为公爵本人身体残疾，大多数时间都被困于床上，公爵夫人和她的姨妹就俨然成了这个文化中心的直接领导。根据卡斯迪奥尼的夸张描述，在整个意大利，没有另一个宫廷能像乌尔比诺这样，充满优雅而欢悦的文艺氛围。而营造出这个文艺天堂的主要功臣，当然就是这两个主持谈话游戏的非凡贵妇。

在这些欢快夜谈的过程中，话题也自然而然地涉及女性。

根据《廷臣之书》的叙述，在一次谈话里，有一个年轻气盛的男性廷臣，多次表现出男人的自大和对女人的藐视。比如，他在自己发言中宣称，女性缺乏理智，放纵感情，只适合于给男人生孩子云云。对于这种冒犯言论，聚会中的女性朋友们自然颇为不满，两个女主人当然也不赞同。不过，她们并没有直接发起反击，而是优雅地笑着，邀请其他男人来驳斥这种露骨的男权话语。

书中有一段艾米莉亚和那个激愤男青年之间的对话，卡斯迪奥尼是这样描写的：

女士艾米莉亚说道，你讲了如此多女人的缺陷，以为没有人能反驳你。但是我们要开辟一个战场，让一位新来的骑士同你交锋，因为你的攻击必须受到相应的惩罚。于是她转向那位此前言谈甚少的 J 先生，对他说，你是一位值得信赖的女性荣誉捍卫者，现在正是你证明自己这个称号并非浪得虚名的最佳时机。如果你认为在此之前，你从来没有因此名声获得过回报的话，那么现在你必须知道，跟一个如此厉害的敌手对垒，你将赢得所有女士的青睐，她们将义无反顾地给你最大的奖赏，这个奖赏就是她们和你之间历久弥新的友情纽带。

在两位女主人的鼓励下，这位 J 先生（来自佛罗伦萨美第奇家族的一个青年贵族），以成熟和平静的语调，对那位男权主义绅士进行了反驳，对女性的品质和地位，进行了热情的正面肯定。他列举出历史上许多伟大女人的名字，来证明她们和男人一样，既可以统治国家和城邦，也可以发动战争取得胜利。比如，那位领导卡斯蒂利亚王国，从摩尔人手中重新夺回格拉纳达的女王伊莎贝拉，就是这样一位女性，"她丈夫的名声，更多是依靠了她，才为人知晓"。当然，女性还可以从事哲学探究，进行文艺创造，还可以在宫廷游戏里制造各种欢乐。

就是说，无论从哪方面看，女性和男性在智力和能力上都平起平坐。

有意思的是，卡斯迪奥尼在描写这段对话时，并没有明确展示艾米莉亚对男权话语的异议。她保持了自己一贯的沉着和优雅，完美地扮演着一个中立的谈话协调者角色。同时，卡斯迪奥尼也用这段描写清楚表明，对于一位绅士而言，如果他能够真正捍卫女性的荣誉，他就可以得到女人的奖赏，得到她们始终不渝的友谊。

把这样一种女性对男性的奖赏，拿来跟曾经的贵族传统做一个比较，我们就会发现，时代的确已经变了。

根据欧洲中世纪文本中记载的贵族事迹，还有各种骑士传奇渲染的爱情故事，男性贵族如果要赢得某个女性贵族的青睐，他在比武大赛和真实战场上的能力展示，起着决定性作用。男性魅力与他武斗能力成正比，越能打善斗的男人，越能获得女人青睐。这就是为什么疯狂的堂吉诃德要给自己想象出那么多凶恶敌人，并不管不顾地去与之搏斗的真正原因：他所做的一切，都是为了赢得自己假想的贵妇人杜尔西内娅（实际上是长了一撮黄胡子的村姑）的芳心。

另一方面，中世纪贵族传统中男性对女性的认识，也跟这种武力崇拜相关。在一些传奇和故事中，女性被描写成具有天生弱点的一类，她们更容易被唤起性欲，对性快乐更敏感，缺乏理性，因此需要严加看管。再说，由于女人容易被挑逗，容易形成对所谓爱情的依赖，所以她们就像是等待被男人攻占的城堡，要么使用蛮力，要么使用诱惑，就能将她们擒获，成为男性的胜利奖品。对男人而言，"命运眷顾勇敢者……你只有以正确的方式去攻占你的城堡"。在这些文本中，所谓"正确的方式"，往往就是蛮力的方式，甚至是强奸。

相传是拉斐尔所作伊莉莎贝塔肖像，藏于佛罗伦萨乌菲兹美术馆

在文艺复兴时代的乌尔比诺宫廷，女性地位，还有女性对男性青睐的原因，有了不同。

根据《廷臣之书》的文本，女性在乌尔比诺宫廷中的地位和角色，在那些奇妙的谈话场景里，发生了剧烈转换。受过教育的贵族女性，知书达礼，不再单纯是传宗接代的生育工具，被动等待男人攻陷的城堡，而是与男性平起平坐的话语制造者。甚至，她们在一定程度上主导着宫廷的文化建设，成了上流社会文艺生活的推动力量。花团锦簇中，贵妇人们营造出一个适合于各路文艺绅士施展才华和魅力的温柔乡，以她们的友谊和爱情为奖品，激励男性朝更高教养的金字塔尖攀爬。卡斯迪奥尼的描写，到底有多少是真实境况的再现，有多少又是理想主义的渲染，倒不必深究。

与女性贵族的地位和角色改变相呼应，男性贵族的武斗和体格虽然仍受青睐，纯粹的武力崇拜却已经让位于更深奥微妙的文化修养。女人也许依然是一座情感"城堡"，但攻占方法却告别了蛮力。对于那个时代的男贵族而言，打造一个迷人廷臣的核心材料，已经大幅度地转换成了他的言谈举止，转换成他是否能用一番睿智谈话来证明自己的学识，来证明女性和男性之间的平等。从艾米莉亚对 J 先生的讲话可以看出，只有达到这样的境界，他才可能获得自己和女性之间"历久弥新的友情纽带"。

知识就是力量 / 知识就是权力这句真理，不仅对宫廷政治有用，对女人也有用。

欧洲贵族的婚姻大事，直至文艺复兴时代，基本都是包办性质。男女从未谋面，就会因政治权力、门第、战争和财产等等需求，被动结为夫妻。高至国王和王后，低至乡村地主，差不多都依照这种逻辑来安排婚事。比如 1595 年左右，莎士比亚写作的悲剧《罗密欧与朱丽叶》，就涉及 13 岁的朱丽叶的婚事安排。意大利维诺那城中的罗密欧与朱丽叶之所以无法正当相爱，除了两大家族之间的龃龉对立，也包括朱丽叶已经被父亲许配他人。这一点，中国的读者自然不会陌生。因为这种源于利益的婚姻安排，在中国历史上属于社会常态。在欧洲，这种婚姻形态还一直延续到19世纪，否则，那时的英国女性小说家就不会在诸如《傲慢与偏见》或《简·爱》这类作品中，以愤怒和哀怨，抨击因各种利益而结合的无爱婚姻了。

在被各种权益和权力安排的婚姻中，爱情是个相当罕见的事物。

根据德国学者布姆克（Joachim Bumke）在《宫廷文化》中的研究，在中世纪欧洲，贵族的婚姻和爱情，是决然分开的两个东西。公元12世纪，一位法国的神父安德烈曾出版过一本拉丁文的《论爱情》。在这部对话体著作中，神父分门别类地讨论了所谓爱情的性质。其中，一位贵族男人对一位贵妇人宣布："我感到十分诧异的是，你居然会把婚后所有夫妻都会怀有的情分称为爱情，因为爱情在夫妻之间没有立足之地，这是再明确不过的了。"

虽然在婚姻中也存在"超出生儿育女和尽夫妻义务"范围的性爱享受，但是，这种享受"不可能是无罪的"。换句话说，结婚的夫妇之间如果出现了性爱欢悦，那就意味着他们违反了自己所肩负的生儿育女的神圣责任，所以，在上帝眼中也是罪孽。基于这样一种伦理体系，1174年5月1日，一位法兰西的香槟伯爵夫人在一封信中，对婚姻与爱情的关系做出如下著名裁决：

"我们宣布并坚定不移地认为，爱情在夫妻之间无法行使自己的力量。"……只有两个相爱的人才会心甘情愿地献身于对方，夫妻之间则主要是为了尽义务。而且，婚姻关系"并不会增强双方的道德感"。

婚后，夫妻之间也许会发现对方的可爱之处，产生情感联系，找到性爱的乐趣。但更多的人，是在无爱的境况中履行生育后代、操持家庭的责任。婚姻中的爱情和性爱，反倒成了需要躲避和隔绝的有罪行为。婚姻中的丈夫和妻子，大多数时候其实并不生活在一起。甚至他们养育的孩子，也从小在哺乳的奶妈、女保姆兼家庭教师以及私教的看管下长大，没有多少机会见到父母。

在这样一种情形里，爱情和由爱情驱动的性欢悦，"两个相爱的人……心甘情愿地献身于对方"，就只能去婚姻之外的地方寻找。这就给情人的登堂入室，腾出了情感上和伦理上的空间。

在宫廷中，国王和廷臣可以追逐情妇，王后和贵妇也可以拥有情夫。在贵族们生活的上流社会里，通奸，并不被视为一种道德和行为上的瑕疵。在很多欧洲国家，因为作为国教的天主教禁止离婚，婚后男女拥有情人和发生通奸，便成了一种离婚的替代品。18世纪，法国著名哲学家孟德斯鸠男爵（Baron de Montesquieu）在其作品《波斯人信札》中，曾写下过这样一段名言："如果一个丈夫，只单单情愿拥有一位妻子的话，将会被认为是公共快乐的碍事者，又若竟想排斥其他男人而单独享受阳光者，亦将被认为是蠢人。"

那么，这些贵族男女如何相遇呢？如果他们要在彼此身上找到爱情和性欢乐的话，首先还得有一个场所，能让"两个相爱的人……心甘情愿地献身于对方"吧？

实际上，这些地方总是随处能寻。城堡里，宫廷里，幽暗的房间，浓密的树林，甚至阳光照耀的花园野地……几乎所有地方，都能让爱和性一起发生。只不过，到了《廷臣之书》的时代，逐渐开始出现了一种特殊空间，让贵妇人和贵绅士的情爱交集，更优雅而方便地实现。直至今天，世界各地的人们依然习惯性地把这个空间挂在嘴边，写在文字里。

这就是沙龙。

根据历史学者的研究，最初的沙龙（salon），是17世纪中期法兰西贵族从意大利贵族那里借来的概念，原意是指意大利宫殿中接待客人的场所。不过，这些接待客人的场所，却不一定是今天的人们熟悉的所谓客厅。

对乌尔比诺宫廷，卡斯迪奥尼在《廷臣之书》中使用了一段渲染性描写，说这个伟大的宫殿大得几乎像一座城市。金装银饰和大理石交相辉映，彩色的丝绸和布幔悬挂其间。最吸引人眼球的，是"陈列在当中无数的石头和金属的古代珍品，精美的绘画和高级的乐器。……还有公爵花了大量精力和金银收集来的最卓越和稀有的希腊文、拉丁文和希伯来文书籍，他把它们作为自己宫殿最主要的装饰。"从这些描写我们可以看出，这是一个典型的意大利文艺复兴式地界，美第奇式的豪华所在。

奇特的是，在描述了乌尔比诺宫廷的辉煌环境之后，卡斯迪奥尼却没有交代两位女性主持的绅士谈话具体发生在宫殿内的什么地方、装饰成什么模样。

按照《廷臣之书》的说法，经过了歌舞升平的欢乐庆典，用过晚餐之后，残疾的公爵因为身体原因告退，客人们于是就"去了公爵夫人的地方"。在这个地方，男性和女性贵族们一起聊天，如果有人提议，还会即兴演奏乐器，唱歌跳舞。这个属于公爵夫人的地方，也许是女主人接待客人的房间，也许是伊莉莎贝塔自己的宫殿。还有一种说法更有趣。按照这种理论，欧洲最早的沙龙，宫廷中所谓"女主人的地方"，很可能是她们自己晚上睡觉的房间。所以，乌尔比诺宫中的这一帮参加谈话的绅士淑女，也可能在晚宴后，是去了公爵夫人睡床的所在。

在《廷臣之书》里，每当晚上的谈话结束时，都用差不多相同的一段话来结尾。女主人惯例性地总结说，今晚的谈话十分愉快呀，但也留下了未竟的问题，让我们明天继续吧："她说完之后，他们就都站起身来，每位先生都尊重地向公爵夫人道别，回到他们自己的住处。"由此可以推断，书中所谓"公爵夫人的地方"，不是宫殿里的欢宴大厅，而是一个属于女主人的私人空间；参与谈话娱乐的男人，在夜深之后，会离开这里，各自回自己的地方过夜。

夜晚时分，在女主人睡觉的地方聚会聊天，可能会给当时的人们，

《乌尔比诺的维纳斯》，（意）提香，藏于佛罗伦萨乌菲兹美术馆

尤其是那些无法进入宫廷的平民，带来无限遐想。依照女性趣味装饰的寝室，铺着豪华床单的床榻，不太明亮的光线，多多少少都有一种暧昧的气氛。女主人和她的男性朋友以何种身体姿态进行聊天？按照《廷臣之书》的描写，她的男性朋友和女性朋友有时是围成一个圆圈。这圆圈是以女主人的床为核心吗？书里没有交代。聊天话题除了教养和知识、仪态和装束，居然还有男女爱情、性感的本质，这一切，无疑也会引来今天的人们许多隐晦的猜测。

我们必须注意的是，在《廷臣之书》诞生的年代，以及此后的一个多世纪里，宫廷女主人的"地方"或寝室，其实并不具备今天我们所熟悉的卧室格局。在欧洲各地的宫廷和贵族府邸里，贵妇睡觉的地方是一个没有多少私密性的空间。它是一个可以摆放床具，以供女主人睡觉的房间，但同时也是一个供其他人穿越，通向其他房间的通道。大约在1534年，威尼斯的一位知名画家提香（Titian）创作了一幅裸女画，被伊莉莎贝塔的儿子，后来的乌尔比诺公爵买下。这件被称作《乌尔比诺的维纳斯》的作品，人物模特和环境都不属于乌尔比诺宫廷，但可以让我们大致猜测，《廷臣之书》里"女主人的地方"是什么样子。背景里的两个女仆，正在整理女主人的衣箱，女主人斜躺的地方，也许是她睡觉的床，也许是休息用的躺椅。至少，从画面气氛里，我们感觉不到今天人们所熟悉的"卧室"的私密性。

换句话说，所谓沙龙的最初形态，既不是今天观念中的客厅，也不是今天观念中的卧室。在那时的贵族殿堂里，女主人的地方，大致也算是一个公共空间。

作为高尚的贵族修养手册，《廷臣之书》讨论女性和男性的关系，讨论性感和爱情，却没有在情人和通奸这种事情上面着墨更多。这也防不住人们去臆想，在这些漫长欢悦的谈话过程中，女主人和男性谈话者之间，到底会发展出什么样的情愫？贵妇人对真正绅士的青睐与奖赏，除了那"历久弥新的友谊纽带"之外，还会不会有其他？

或者，这历久弥新的友谊纽带本身，就已经是婚外爱情的一种含蓄说法？

7
文艺男性的天堂

沙龙的价值,显然不止于给贵妇和绅士提供谈话场所。

1641年的一个春夜,一辆装饰华丽的四轮马车行驶在巴黎街道上。刚下过雨,没有路灯,四周一片漆黑。白天云集街边的各种小商小贩已经不见踪影,昏弱的烛光从街边住宅窗户透出来,隐约混合进远处悄悄流动的塞纳河水味道。马蹄踩踏泥泞,抛起碎石和稀泥打击马车轿厢底部,发出嘭嘭的孤独声响。

轿厢里坐着一位盛装绅士,精心烫制打理过的卷曲假发披及肩膀,宽大白色衣领在昏暗中若隐若现,插着羽毛和金穗的三角帽子平放在膝盖上。蒙都西耶公爵心潮起伏,是因为他的帽子下面,有一个蓄谋已久的精致东西:一本名为《朱丽的花环》的手抄本。这是一本装饰着美丽花草插图的诗集,里面包含的61首"牧歌",都题献给一个昵称为"朱丽公主"的女子。有19位当时巴黎的著名文人,以各种花朵为题,参与了创作。现在,这本美丽的诗集将成为公爵献给朱丽的生日礼物。公爵心想,这样一件难能可贵的礼物,会最终打动朱丽的芳心,让他长达数年的追求得以完美落幕。

公爵是法兰西国王路易十四的廷臣,担任年幼王储的监护人。而他想要用这本诗集讨好的那位女子,恰好也是王储的监护人,后来还做了王后的第一侍女,也就是宫廷中排位第一的女廷臣。这位被诗人们奉为缪斯的年轻女子,所谓"无可比拟的朱丽",之所以能成为此次法国诗歌史上重大事件的核心,除了她的贵族身份和美貌睿智,还有另外一个重要原因。

这个原因跟她那同样著名的母亲有关。

1620年,一个来自意大利罗马的贵族女性在巴黎的一家酒店开张了自己的沙龙。朗布依埃侯爵夫人(Catherine de Rambouillet)12岁时嫁给朗布依埃侯爵,生育了七个孩子。据说,她对那时巴黎宫廷社交生活的嘈杂氛围和烦琐仪式颇不满意,于是在自己大女儿出生之后,就开始主持自家沙龙。在1618年,她主持改造自家买下的酒店,把其中的一个厅的墙壁涂成蓝色,挂上蓝色锦缎,以作为酒店里的社交场所。从此,"蓝厅"(chambre bleue)就成了朗布依埃酒店接待客人的"女主人的地方"。侯爵夫妇也住在酒店里,并为客人准备了设施完备的套房,让他们享有各自的隐私,但同时又能去公共场合聚会。客人们知道,蓝厅就是他们聊天之处,是侯爵夫人和她的美丽女儿朱丽主持谈话的沙龙。

朗布依埃侯爵夫人的蓝厅或沙龙的开张,是17世纪法国文化圈的一个标志性事件。

1624年,酷爱狩猎的国王路易十三刚刚才买下凡尔赛的一片森林和沼泽,在那里修了一栋有二十几个房间的行宫。他的后继者,著名的"太阳王"路易十四继位后,从1661年开始设计动工,最终把凡尔赛宫建造成一个包含两千多个房间的巨大综合体。法国王室从此抛弃了巴黎市中心,把市郊的凡尔赛宫作为宫廷政治和文化生活基地,直到1789年法国大革命爆发。

在路易十三和路易十四两任国王的宫廷里,国王的绝对权力通过花样繁多的文化活动得到装饰和加强。有历史学家指出,凡尔赛宫鼎盛时期,国王经常在里面举行宏大奢华而又无休无止的宴会娱乐,参与的贵族和他们的仆从可达数千人。通过严格规定贵族们参与文艺活动的礼仪和程序,国王表面上是为了提升宫廷教养和推广时尚,实质上却强化了以国王为绝对核心的上流社会等级制度。路易十四耗巨资建设凡尔赛宫的行为，虽然给法国的经济带来沉重负担，遭人诟病，后来却被欧洲其他地方的君王竞相模仿。这些君王似乎跟路易十四一样，深谙修建豪华宫殿和推动宫廷社交活动的好处：利用文化搭台唱戏，以"软实力"的方式来彰显和加强君主的统治和尊严。

与国王宫廷社交仪典相区别，朗布依埃夫人的沙龙却采取了一种相对民间和松散的方式。

她所主持的蓝厅，被昵称为"雅典娜神庙的庇护圣所"，是巴黎上流社会和文人墨客散漫聚会和谈话的公共空间。女主人的美丽，加上她们对文学和艺术的鉴赏力，以及和蔼可亲的待人接物姿态，让巴黎的贵族和非贵族人士对蓝厅的活动趋之若鹜。此风日盛，巴黎上流社会的文雅之士，最终都以能跻身"蓝厅"，而自动获得某种受人尊敬的身份。

侯爵夫人为自己的沙龙立下了严格的规矩。与国王的宫廷不同，在她的沙龙里，所有参与者无论血缘是否高贵，都是平等的。只要他们具有良好的风度、对思想的激情，以及对谈话的兴趣，就一律受到欢迎。当然，这并不意味着随便什么人都能够进入朗布依埃侯爵的酒店，或者巴黎大街上的流浪艺人也能到蓝厅去参与聊天。所谓平等，只是相对而言。这一点，历史不允许我们作过多幻想。

在尊重平等的同时，侯爵夫人沙龙里的客人，还必须以毫无缺陷的礼貌对待自己的谈话对象，哪怕观点相左，也必须具有"深思熟虑的坦率"，不能夸耀自我和蔑视同仁。这一点，让人想起卡斯迪奥尼在《廷臣之书》中所强调的"深思熟虑的随意"，即被看作廷臣教养巅峰的 sprezzatura。根据参与者的描述，侯爵夫人曾经表示过，一个参与沙龙谈话的绅士，最不应该做的，就是让在座的其他人觉得自己的观点毫无价值。那句流传至今的法国名言，即"我可以不同意你，但我誓死捍卫你发表观点的权利"，据说也跟这个沙龙有点关系。

在《朱丽的花环》中向女主人奉献牧歌的绅士们，都是朗布依埃侯爵夫人沙龙的常客。换句话说，他们都是蓝厅里的聊天者、对话者，是彼时巴黎上流社会最活跃的一群文艺人士。他们的参与，奠定了法国文学沙龙的基本格局，在法国古典主义文学史上留下印痕。从此之后，法国文学艺术史甚至思想史，与贵妇人的沙龙结下不解之缘，成为法国文化的一道醒目风景。

在蒙都西耶公爵最终求爱成功并于1645年迎娶朱丽之后，朗布依埃侯爵夫人的沙龙逐渐走向衰落。但这种由贵妇人主持的客厅文艺和思想谈话活动，却被许多上流社会时髦人士竞相效仿，逐渐成为巴黎的一种非凡时尚。这种时尚达到了如此炙热烫手的地步，以至于稍晚一些的法国著名剧作家莫里哀（Molière）都实在看不下去，写了一部喜剧《可笑的女才子》，来专门讽刺那些贵族沙龙里谈话的装腔作势。

剧作家以两个外省女子试图打入巴黎上流社会结果上当受骗的故事，嘲弄贵族沙龙里的那些谈话如何矫揉造作。比如，他们把椅子叫作"谈话的舒适"，把镜子称为"丰韵的顾问"。尽管莫里哀并没有明确显

1755年，在热福林夫人沙龙里，朗读伏尔泰的《赵氏孤儿》剧本，（法）勒莫尼耶，藏于马尔梅松城堡

示他的讥笑对象是朗布依埃侯爵夫人的沙龙,辛辣讥讽还是引来了贵族圈子的强烈反弹,上流社会对这出喜剧发动了一系列反击。聒噪中,反倒是国王路易十四对该剧褒扬有加,还特许莫里哀的剧团到王宫剧场演出。现在看来,国王此举的用意也许不止一点,但其中,必定包含了宫廷社交与民间沙龙争夺首都时尚话语权的深刻动机。

国王和贵族,宫廷和沙龙,成了上流社会的两个交叉又对峙的圈子。

德国学者哈贝马斯(Jürgen Habermas)在讨论欧洲社会的现代化进程时,曾强调过一个非常著名的学术概念:"公共领域"(public sphere)。在他看来,欧洲的现代社会之所以形成,离不开这个公共领域的不断发展。在这个既定场域内,公民可以平等地、自由地讨论各种问题而不会受到体制和权力的干扰与惩罚,这是欧洲资本主义民主社会合法性的存在基础之一。

在哈贝马斯的视野里,公众舆论工具比如报纸、杂志、书籍,公共空间比如沙龙、咖啡馆、大学和图书馆、博物馆,都是这种公共领域的物质形式。

哈贝马斯所说的沙龙,当然不是卡斯迪奥尼在《廷臣之书》中描述的乌尔比诺宫廷,或者朗布依埃侯爵夫人和朱丽主持的蓝厅。但这也不妨碍一些研究者把他所说的公共领域,引入到对贵族沙龙的考察之中。近年来,西方的研究者重新开始关注欧洲贵族的历史,发掘和研究贵族在国家变迁和经济政治领域的地位与作用,也开始重新审视贵族女性的生活样态,和她们在历史中的作用。

对于这些研究者来说,这比考察农民和工人的状况要容易得多,因为贵族的受教育程度和识字率远高于普通公民,也才可能留下足够的文字和其他资料。正是在这样一系列考察中,有些研究者得出判断,从文艺复兴时期开始兴起的贵族沙龙,尤其是在法国得到发扬光大的沙龙传统,不仅为贵族男性和女性提供了一个平等对话的公共领域,更为其后的法国知识界的崛起,起到了不可低估的催化作用。

相对于国王的集权宫廷，贵妇人操持的沙龙构筑了一种民间场所，建设了一个与主流权力话语相区别的公共领域。文人和思想者，在这个表面上看起来洋溢着女性魅力的温柔之乡里，以平等和有教养的姿态讨论各种问题，从知识到宗教，从诗歌到科学，从文化到政治。女主人或者以主持者身份坐镇，或者以保护人身份现身，甚至以爱情和身体作为奖励，推动了思想进步。

一位评论者甚至这样宣称："如果不是法国的沙龙，法国大革命的爆发可能就会推迟。"话虽有些夸张，却也揭示了贵族沙龙以及贵族女性，在法国历史演进中的作用。

时间进入 18 世纪 40 年代，法国贵族女性对上流社会时尚，对文化艺术和思想领域的影响达到极致。那时，一个巴黎粮食商人的女儿，让娜·普瓦松（Jeanne Antoinette Poisson），通过各种精心设计的手段，做了国王路易十五的情人。国王对这个情人相当喜欢，很快就赐给她贵族身份。让娜摇身一变，成为法国近代历史上最著名的蓬帕杜侯爵夫人（Madame de Pompadour）。这位美丽博学的新晋贵妇，虽然被很多传统贵族人士蔑称为"国王的妓女"，却拥有一个藏书达 3500 册的图书馆。她以自己的学识和品位，影响了国王和凡尔赛宫的文艺嗜好，其主导的宫廷时尚，远播欧洲其他王宫和贵族府邸。以至于一段时间内，欧洲各地的上层人士，都对法兰西风格趋之若鹜，以能讲法语为高雅标准。我们今天经常听到读到的有关法国宫廷和贵族的时尚审美传统，都与这位夫人有关。

更厉害的是，在蓬帕杜夫人主持的沙龙里，曾经聚集过法国当时几乎所有思想和文艺精英。她与他们私交甚笃，在一起愉快聊天，用优雅的文字与他们互通信函。根据记载，她在凡尔赛宫里设宴招待狄德罗（Diderot），达朗贝尔（d'Alembert）和爱尔维修（Helvetius），尽管这些文化人所宣扬的思想，经常让国王路易十五深感惊愕和恼怒。除此之外，蓬帕杜夫人还赞助孟德斯鸠、布封（Buffon）和卢梭（Jean-Jacques

Rousseau）等人，并通过自己的影响力和关系，把备受争议的伏尔泰（Voltaire）送进法兰西学院做了院士。

狄德罗曾经用这样一种口吻，来宣布贵妇人沙龙对一代法国知识精英施加的影响：

> 妇女能够使我们满怀兴趣和清晰的态度去讨论那些最枯燥无味又最棘手的话题。我们可以无休止地跟她们谈话，我们希望她们能听得下去，更害怕让她们厌倦或厌烦。由于此种缘故，我们逐渐发展出一套特别的方法，能够很容易将自己解释得清楚。而这种解释的方法，最终从谈话演变为一种风格。

狄德罗这番坦白，当然不是空穴来风。启蒙时代法国诸多文人思想家的作品，都从贵妇人主持的沙龙里得到精神资源，他们中间很多人的作品，甚至也采取了对话体的样式，证明狄德罗的说法有足够依据。正是从朗布依埃侯爵夫人的蓝厅开始，到蓬帕杜侯爵夫人的王宫，以及十七和十八世纪其他贵妇人主持的沙龙，法国作家们在女人那里，找到了自己思想的锤炼空间，和文字书写的风格。

经过半个多世纪主流意识形态的反复强调和敲打，今天的中国读者往往倾向于忽略这一至关重要的历史事实，更不用说去理解欧洲贵族传统在数百年间所经历的演变和发展了。

从改造在女士面前毫无顾忌地便溺的陋习，到推崇以古典文化教养为内核的贵族风范；从以平等的姿态对待有教养的贵族女性，到奉行拥有知识和科学方法的宫廷时尚；从卡斯迪奥尼在《廷臣之书》中描述的乌尔比诺宫廷谈话，到朗布依埃侯爵夫人主持的蓝厅聚会，欧洲各地的贵族，在推动社会和文化发展方面，做出了不可磨灭的重要贡献。然而，我们或者在消费主义话语令人眼花缭乱的鼓噪中，凭空想象一个从来就高雅端庄、不切实际的贵族形象；或者在主流话语引导下，相信人民大众才是创造历史的真正动力,而把在阶级血缘上打入另册的贵族男女,看作历史潮流中边缘化的异类。

两种认知,两种想象,显然都与历史事实相距甚远,也与我们面对这样的历史事实应该抱持的公正态度相去甚远。

第六章 无忧宫 哲学家与哲学王

无忧宫:哲学家与哲学王亲密结盟的处所,启蒙时代美好政治神话的象征。

1
"文明"的演化

当我们今天用中文说"文明"二字的时候,实际上已经不知道这个词的来源。

"文"在古汉语里的初意,是指纹饰,后来演变为文字文章等等;"明"则是指光亮或照明。但"文"和"明"组合在一起,表达今天"文明"的意思,却是古代汉语里没有出现过的。根据语言学家考证,文明一词,是中国在清朝末年,从日文借入。在此之前,中国人有的将文明(civilization)翻译为"文教",有的直接把"civilized"音译为"色维来意斯得"。日本人引介西方概念,借用了汉语书写里的文和明,将其组合成一个新词。文明,用来表达跟 civilization 或 civilisation 对等的意义。这个组合词进入中国后,跟随现代汉语一起成长。到今天,中华文明五千年,欧洲文明,或者文明的冲突,文明的衰落,已经成了我们日常中自然接受的说法,很难有谁会意识到,它是一个经历了如此曲折旅行的词汇。

清末,新知识大量涌入濒临崩塌又急欲改革的王朝。中国学人们发现,要在传统汉语里给西方概念找到合适的对等词汇非常棘手,不足以跟上新学进入中国书籍和课堂的速度。于是,从日本的语汇中直接搬用,就成了那时的一种通常做法。甲午之战,中国战败,曾经被认为是中华文化千年学生的日本,因为明治维新成功,一举站到了老师的位子上。

中国要学习欧美，日本自然就成了眼前最直接最生动的范例。所以，梁启超才这样描述说："青年学子，相率求学海外，而日本以接境故，赴者尤众。……译述之业特盛，定期出版之杂志不下数十种。日本每一新书出，译者动数家。新思想之输入，如火如荼矣。"

根据中国学者熊月之在《西学东渐与晚清社会》中的研究，在这一波西方思想引进大潮中，除了"文明"，现代汉语里许多最常见基本词，比如政府、社会、政党、民族、知识、法庭、国际、人格、封建、法人、艺术、美学……通通是经过这样一条曲折路径，从日本进口。也有学者指出，日本人在推动新学时，也从中国清代知识份子的译著中借用了诸多译文和概念，加以改造，从而定型的日用词汇。经历了中文——日文、西文——日文——中文的辗转，这些词汇以全新面目出现在中国的书籍中、教室里。久而久之，这些新词汇，与传统白话文和文言文的其他词汇一起，构成了现代汉语的重要肌体。

那么，文明一词又是什么时候在欧洲出现？它最初的意思又指向什么呢？

文明作为词语和概念的第一次出现，一般认为是在法国。1756 年，米拉波侯爵（Marquis de Mirabeau）在一部人口研究著作中，首次使用了 civilization 这个词，意指一种"被教化的状态"。随后的一位英国学者，在一篇文章中使用了英文版的 civilisation，把教化的状态从个人延伸至人类整体。如果我们稍微回顾一下前面所讨论的《男孩礼貌教养》，就会发现这个 civilization，与伊拉斯谟那本小册子名字中的 civilitate 非常相似，含义也与卡斯迪奥尼在《廷臣之书》中宣扬的贵族礼仪教养极为相近。

无论是法语的 civilization 还是英语的 civilisation，词根都来自拉丁文的 civilis，与城市和公民相关。按照艾利亚斯在《文明的进程》中的分析，文明的概念，其实就是由欧洲中世纪末期开始的上流社会礼仪教养规范演化而来。正如我在前面一章中所描述的那样，文明的人，是那些已经被教化、脱离了野蛮状态和粗鄙风俗的人，是有教养的人。他们不像"乡下人"那样，在宫廷里随地小便；他们力避餐桌上吃相难看，也不在沙龙里高声喧哗，粗鲁地讥讽与自己意见不同的绅士和淑女。根据培根的说法，文明的人还需要掌握知识，推动科学和思想方式的发展。等到这个词及其相应含义被法国的学界普遍接受，它就最终确立了自己在欧洲启蒙话语中的位置。

日本从明治维新开始，大量引入欧洲思想，civilization 自然也不会被遗忘。1875 年，米拉波侯爵第一次使用"文明"的一百多年之后，日本学者福泽谕吉的《文明论概略》出版。这位曾经多次出访欧美的日本人，在书中全盘采纳了西方的世界观框架，将人类社会划分为野人（savage）、蛮人（barbarian）、半开化（half-civilized）、文明（civilized）和开化（enlightened）五个等级："要以欧洲各国和美国为最文明的国家，土耳其、中国、日本等亚洲国家为半开化国家，而非洲和澳洲的国家算是野蛮的国家。"

欧美国家之所以最文明，是因为他们经过了开化，他们的人民已经"enlightened"。如果知道 19 世纪中期的英文概念"enlightenment"，是指所谓的启蒙运动，我们就能理解，为什么日本人会使用汉字的"文"加上"明"，来意指 civilization 了。这个文明中的"明"，正是要对应英文的 enlightened，法文的 lumières 和德文的 aufklärung，它们原初都有照亮或被照亮的意思。也正因为如此，鲁迅在《阿 Q 正传》中描写的那个从东洋留学归来的钱先生，随身携带的一根象征身份的物件，才被叫作"文明棍"。钱家少爷曾求学日本，说明他已经被教养之光照亮；而把文明棍称作哭丧棒的阿 Q，还处于连半开化的境地都没有达到的昏暗之中。

至于文明一词为何会出现在法国 18 世纪中期关于人口的讨论中，法国学者福柯（Michel Foucault）在《安全、疆域与人口》中的研究，给我们提供了一种非常有意思的视角。

福柯探究了 17 世纪到 18 世纪法国国家治理体系的变迁，以及这种变化给人的研究带来的权力推动。18 世纪的农业生产繁荣、货币增加和人口膨胀，让原有的政治和法律框架顿显陈旧，已经无法有效治理国家。如何调整治理目标和方法，成了法国面临的重大问题。由于人口问题成了国家治理的核心问题，曾经用来划分人类（le genre humaine）的指标，比如贵族或平民的身份，巴黎和外省的地域，财产多少，担任的官职和承担的责任，都已经不太有效，无法构成一个更科学和更完整的知识框架，所以才被有关物种和人种（l'espèce humaine）的知识框架所取代。

人，首先被看作大自然生命序列中的一环，然后进入社会公共领域，成为一种"公共事物"。社会的人，在舆论、行为、风俗习惯和迷信偏见等方面，依赖并推动权力机制运作。人口问题"催生了与之相关的一系列法律、政治和技术问题"，于是，作为一个物种的人开始出现在诸多知识领域，颠覆了此前曾经存在的所有知识体系，被引导进有关生命、劳动和语言的全面科学。

既然以国家权力体系对人口的治理为出发点，文明的概念就必然脱离它以前曾经有过的范畴，civilitate 就会从上流社会的礼仪教养之道，逐渐演变成一种关于"改善人口命运，增加其财富、寿命，改善其健康状况"的科学实践。对于"百科全书派"的知识分子来说，这种科学实践，其实是为人类寻找出一个更加全面的历史叙事，同时也为人类规划出一种更加合理的科学发展路径。从历史讲述来说，人类的进步是一个从野蛮到开化的过程，这当中的具体指标，当然也包括了如何在宫廷和沙龙中理性地讨论文学艺术和其他话题；从未来规划看，既然人类可以从野蛮走向开化，文明的进程也就有了从低级走向高级的发展逻辑，理想的人类社会，肯定属于还未到来的那个时期。

所谓启蒙主义的宏大叙事，逐渐演变成型。

我们今天使用文明一词时，是在一个已经全球化的语境里，所以文明是多样的，civilisation 这个词的后面有时会加上 s，也才会有文明的冲突一说。但文明的概念在"百科全书派"的法国知识分子中获得确认时，它只是一个单数。这一群曾经活跃于蓬帕杜侯爵夫人沙龙的思想者，无论是狄德罗，达朗贝尔，还是孟德斯鸠，布封和卢梭，抑或是伏尔泰，都认同这样一种理念：文明状态是人类以理性和实验科学为基本框架，来观察和总结人类社会总体状态的基本视点。从此出发，人类主要社会行为如政治、宗教、组织、文学、艺术等等，都可以被看作文明的构成要素，用理智之光照亮了它们，就掌握了人类进步的基本历史。

在这个总体眼光和标尺之下，研究人类作为一个物种的进化过程，催生了生物学和自然史，研究不同民族的文明程度，催生了民族志以及后来的人种学和人类学，研究生产者和消费者，有产者和无产者，催生了政治经济学，研究不同国家的语言现象，催生了语言学。总之，为了文明能不断达至更高阶段，百科全书式的知识成为必须。

对启蒙知识分子来说，这样的文明理念还包含有一种崇高理想：如果让理性和科学成为一个国家的治理基础，那么这个国家就能够在野蛮与开化的光谱刻度上，一步步接近开化，就能引领人类这个物种在未来的历史长河中进步，到达文明的巅峰。

不过，这样一种文明进步观，并不是所有启蒙思想家的共识。

卢梭在他著名的《论人类不平等的起源和基础》一文中，就质疑所谓文明社会中的开化之人相对于野蛮人更高级的说法。卢梭站在整体人类的立场宣布，大自然中的人，本来是善的：

> 漂泊于森林中的野蛮人，没有农工业、没有语言、没有住所、没有战争、彼此间也没有任何联系，他对于同类既无所需求，也无加害意图，甚至也许从来不能辨认他同类中的任何人。这样的野蛮人不会有多少情欲，只过着无求于人的孤独生活，所以他仅有适合于这种状态的感情和知识。他所感觉到的只限于自己的真正需要，所注意的只限于他认为迫切需要注意的东

西,而且他的智慧并不比他的幻想有更多的发展。即使他偶尔有所发明,也不能把这种发明传授给别人,因为他连自己的子女都不认识。技术随着发明者的死亡而消灭。在这种状态中,既无所谓教育,也无所谓进步,一代一代毫无进益地繁衍下去,每一代都从同样的起点开始。

但是,当第一个人圈出一块土地,宣布说"这是我的",就开始了人类的灾难。社会的不平等从私有制肇始,将人类美好的自然状态抛入过去。因为私有制社会的发展,主要依赖于冶金和农业技术,依照这个逻辑,欧洲拥有最多的粮食和最多的铁,所以,它是最不幸的大陆。

这篇论文之所以著名,除了树立原始野蛮人的美好形象外,还有其他爆炸性观点,比如人民可以通过暴力革命,"绞死和罢黜"专制暴君,从而结束社会的不平等。这种说法,在后来的法国大革命中成为现实:国王路易十六真的就在1793年,被自己改良设计的断头台砍掉了脑袋。

卢梭关于野蛮人与自然和睦相处、比文明人更高级的论调,无法让他的启蒙运动同伴认可。卢梭论文发表后,他送了一份给名声如日中天的伏尔泰。后者回信说:

> 我收到了你的反人类的新书,谢谢你。在使我们都变得愚蠢的计划上面运用这般聪明灵巧,还是从未有过的事。读尊著,人一心想望四脚走路。但是,由于我已经把那种习惯丢了六十多年,我很不幸,感到不可能再把它捡回来了。而且我也不能从事探索加拿大的蛮人的工作,因为我遭罹的种种疾患让我必须有一位欧洲外科医生;因为在那些地带正打着仗;而且因为我们的行为的榜样已经使蛮人坏得和我们自己不相上下了。

伏尔泰明确反对卢梭关于没有进入文明的野蛮人生活得更幸福的论

调,而且极尽讥讽之能事。据说这让卢梭大为光火,让两个本来就龃龉不断的朋友,从此翻脸。

伏尔泰和卢梭一样,也是站在人类总体的立场,来谈论野蛮和文明两种状态。只不过,他机巧地采用了一个参照点。在伏尔泰的上下文里,那个处于野蛮状态的地方,是加拿大,那儿的原住民是未开化的蛮人。在那片广袤土地上,法国和英国正在打一场争夺殖民地的战争。尽管那里的人属于卢梭所说的优雅野蛮人,伏尔泰却强调,由于无法享受到"欧洲外科医生"照顾,所以他不愿意成为他们当中一员。这也就意味着,欧洲在文明阶梯上的位置,是高于加拿大那片蛮荒之地的。对他来说,人类不可能回到"四脚走路"的婴儿时代。被文明之光"照亮"后,人类社会就是家园,虽然这个家园也让他痛心疾首——"我们的行为的榜样已经使蛮人坏得和我们自己不相上下了"。

曾经两次被关进巴士底狱,在欧洲四处游荡的伏尔泰,终其一生都在探讨,什么样的文明,才能将人类带入理想国度。倒退回卢梭宣扬的野蛮状态,当然不是他的选项。

2

英国对欧洲大陆的牛顿引力

大概是在 1728 年秋天,伏尔泰结束流放生活,从英国回到法国。根据美国学者杜兰特(Will Durant)在《伏尔泰时代》中的描述,"他的行囊中携带着牛顿和洛克的著作……也带了英国自然神论的书籍"。后来,伏尔泰在一封写给爱尔维修的信中,明确提示了法国思想界所接受的英国影响:

> 我们从英国借来了养老金……偿债基金、船舰的建造和调遣、万有引力定律……7 种原色以及疫苗的接种,我们也将不知不觉地,从他们那里获得他们高贵的思想自由,以及他们对学派琐事的极端轻蔑。

那时的英国,已经发生过所谓"光荣革命"(Glorious Revolution),国王的绝对权力在一次不流血政变之后,被议会加以限制。英国从君主绝对权力政体,转变为君主立宪政体。依照伏尔泰自己相当夸张的说法,英国确定了依法治国的基础,每一个人都恢复了被专制政权剥夺的天赋人权,人身自由、写作和发表自由得到保障。每个人,都可以心平气和地表白他所选择的信仰,商业和商人则受到尊重。总之,这是一个"喜爱自由、知识渊博、富于机智、轻视生死的国家——一个哲学家的王国"。

在给英国唱赞歌这件事情上，伏尔泰并不孤单。爱尔维修，孟德斯鸠，布封，卢梭等人，也都一致认为法国和欧洲，应该向英吉利海峡对岸那个先进王国学习。所有这些知识分子，都无一例外学习了英语。

通过他们的努力，英国在欧洲大陆的知识分子眼中，几乎成了文明灯塔。

1730 年，普鲁士 18 岁的年轻王子腓特烈（Friedrich II），由于受不了父王老腓特烈的管教，密谋跟几个年轻军官一起潜逃英国。这个从小受到严格训练、将来会继承普鲁士王国的小伙子，总是让他老爸恨铁不成钢。老国王一心想将他培养成战士，用刀剑来治理国家，腓特烈却只对法国的文学、艺术和音乐感兴趣。他嘲笑宗教，痛恨军训，喜欢吹笛子，用法语写文作诗。老国王对此恨之入骨，据说在一次暴怒之中差点要了儿子的命。

国王第二次差点杀掉王储，则是因为 1730 年的这次密谋叛逃。喜好法国文化的腓特烈，在那时已经阅读了许多法文著作，也相信了伏尔泰等人对自由英国的吹嘘，决定暗中前往。腓特烈在军队里，有两个特别亲密的朋友，年轻军官凯特中尉和卡特上尉。他与两人的友谊，已经超过了普通朋友的范畴，让人怀疑他们之间存在某种同性恋关系。

可惜的是，腓特烈的逃跑计划提前败露，王子和他的恋人一起被逮捕。在腓特烈和卡特被判处死刑时，另一个军官凯特最终还是逃到了英国。要不是老国王临时改变主意，下令儿子在卡斯特林城堡的囚室窗口观看卡特上尉的死刑，腓特烈恐怕也一命呜呼了。

捡了条命的王子虽然服从了父亲，开始履行王储的义务，但他对文学和音乐的爱好，丝毫没有减弱。他奉父命跟一个"呆头鹅"一般的公主结了婚，却把她冷落在家，自己热衷于在一座房子内进行化学和物理实验。

然后，在 1736 年夏天，伏尔泰接到了一封来自腓特烈的信函：

伏尔泰先生：

虽然我至今仍无缘与您谋面，但是通过您的那些大作，我对您的认识还是一样深刻。如果您肯接受的话，您的作品真是我内心的至宝，每次重读时，总是让读者发现新的优美之处……从来没有一位诗人能像您一般把形而上学谱上如此有节奏的韵律，第一个能够获得这种殊荣的人就是阁下……您对那些有志于艺术及科学的工作者所给予的仁慈之心及协助，使我希望您不要把我排除在您认为尚堪造就的学生之外……大自然在兴之所至时，会让一个伟大的人充满了足以促进艺术与科学发展之天赋，而身为王子的人有责任来为这些人高贵的努力作补偿。啊！但愿"荣耀"会赐我为您的成功加冕的机会……

万一我的命运不让我有缘占有您的话，至少我也希望有朝一日能得见我素仰已久的人物。

伏尔泰接到来信时，正跟他的情人夏特莱侯爵夫人（Émilie du Châtelet）隐居在锡雷。因为作品惹恼国王，法国政府禁止他回到巴黎，所以伏尔泰只好待在法国东北部这个荒芜乡村，住进了夏特莱家的一座城堡。侯爵有时会来城堡访问，跟伏尔泰及其情人一起过上一段时间。正如我前面所述，对于那时的贵族圈子来说，自己妻子做了别人的情人，成为"公共快乐"一部分，并不是一件丢脸的事；如果对此大光其火，反而会使自己看起来像个"蠢人"。

值得一提的是，这位夏特莱夫人不仅是伏尔泰的情感和肉体伴侣，也是一位醉心于科学的杰出女性。她的城堡房间里，就有一间属于自己的物理和化学实验室，摆满显微镜、望远镜、坩埚、烘炉、天平和温度计等等家什。夏特莱夫人的最伟大贡献，是将牛顿（Isaac Newton）的著作《自然哲学的数学原理》翻译成法文。在伏尔泰出版的一本书中，卷首插图再清晰不过地表现了两人这种情侣加学术伙伴的关系：牛顿手指地球坐在云端,夏特莱半裸上身,被描绘成缪斯模样。她手中的镜子,将上天投下的一束光线,折射到奋笔疾书的伏尔泰面前。

腓特烈的来信,让伏尔泰高兴不已。他很快给王储回了信,直接把这个普鲁士未来的国王捧上了天。他告诉腓特烈,除了对人类的爱,现在自己又多了一层醇厚而纯洁的快乐,因为他发现,这个世界上也有从人的立场来进行思考的王子,有"哲学家"王子,而这,必定会给人类带来幸福:

> 恕我大胆地说:全世界的人都应该感谢您,因为您肯用心地以健全的哲学来造化一个注定生来担当指挥大任的人。只有在开头肯设法教导自己的国王才配称好国王,他们能够分辨好人和坏人,喜爱真理,唾弃迫害与迷信。一个肯坚持这些看法的王子可能给他的国家带回"黄金时代"!……您一定为子民所崇拜,为世人所喜爱……不管我死在天涯海角,我向阁下保证,我一定一直为您祝福——也就是说,为整个民族祝福。我会以您的子民自居,您的荣耀我会觉得很珍贵,我期待阁下能一直保持您的个性,也期望别的君王跟您一样……

我们完全可以想象,腓特烈接到自己偶像回信时的心情。从此之后,启蒙时代欧洲最著名的哲人和最雄心勃勃的君王之间,开始了一段长达四十多年的通信历史。

造纸术在公元 10 世纪左右从阿拉伯世界传入欧洲。相对便宜的纸张取代兽皮和其他昂贵材料,在文艺复兴期间推动了书籍的印刷和发行。但是有一个更意义重大的现象也伴随廉价纸张出现,改变了欧洲的文化风景,那就是欧洲知识分子书写的信函。

今天我们几乎不再写信,所有跨越时空的交流,都靠电子邮件、即时通信软件和社交媒体完成。但是,从文艺复兴初期直到 20 世纪,几百年间，欧洲的识字群体如果要相互沟通，只能依赖手中的纸和笔。感情、思想、理念，乃至各种主义，都通过书信得以交流。一个活跃的知识分子，比如前面提到的伊拉斯谟，与一两百个居住各地的朋友同时保持书信往来，是常见的事情。而伏尔泰一生中，则写了两万多封信！

文人们写给对方的信，除了报告一般情况，更多是研讨共同关心的话题，言辞讲究，风格各异。尽管属于一种私下的交流，很多信函却带有公共话语的特点。或者可以说，撰写一封给志同道合者的信函，就相当于写一篇公开发表的文章。只不过这篇文章的假想读者，只是一个人或十几个人。考虑到那时整个大陆的识字率都不算很高，文章和书籍只在精英社会流通，那么把信函看作一种文字的出版方式，也不为过。如果一封信中的内容被认为太有价值或太有趣，还会被收信人公开，在沙龙和俱乐部朗读。

何况，那时的知识分子，还有将自己信函结集出版的习惯。

伏尔泰从英国返回法国后，就曾经将他写的24封信结集出版。这本被叫作《论英国书札》的小册子在外省出版后，被一个书商盗版在巴黎发行，反响巨大。不过，伏尔泰却因其中对英国的赞颂和对法国的批判，获得了"毁谤、违背宗教及良善道德，以及对政府缺欠应有的尊重"的罪名。盗版书商被关进巴士底狱，伏尔泰得到朋友莫培督（Pierre Maupertuis）通风报信，侥幸躲过了追捕。虽然夏特莱侯爵夫人动用上层关系走了后门，让政府的逮捕令得以撤销，伏尔泰却被判不得返回巴黎。他只好跟自己的情人住进了锡雷的城堡。

书信，构成了那些年代个人和公共话语文本的重要肌体，伏尔泰和腓特烈的书信当然也不会例外。

在往来法国和德国的信函中，腓特烈赞同伏尔泰的说法，认为英国是一个"现代政府形式"的模范，因为议会成了人民和国王的最高裁判，国王只有做善事的权力，却无法作恶；伏尔泰教导腓特烈，对人类的爱，必定是建立在对宗教狂热的恨的基础之上，那些教会的官员，利用"天国"作诱饵欺骗民众，自己却登上了权力阶梯。

腓特烈 28 岁时，正式登基成为普鲁士国王。他写信告诉伏尔泰，"我请您把我当作一个热忱的国民、带着几分怀疑的哲学家、诚实的朋友"；伏尔泰则在腓特烈重建普鲁士学院时，给他推荐了好友莫培督，让这位曾经给自己通风报信的人去柏林当院长。莫培督是法兰西学院院士，曾经做过夏特莱夫人的数学老师，闻名遐迩。腓特烈同意，说服了莫培督前往柏林，还邀请达朗贝尔等法国人前往，跟德国人康德（Immanuel Kant）一起做了院士。腓特烈指定，法语是这个普鲁士最高学术机构的官方语言，并写信告知伏尔泰："这是我此生所完成的最漂亮的征服。"

在一封信中，腓特烈赞颂伏尔泰说："锡雷将成为我的德尔菲（Delphi），而您的信就是我的神谕"；伏尔泰则回应道："您的思考方式如图拉真，您的写作如普利尼，您的法文有如我国最佳的作家……柏林一定会成为德国的雅典，甚至成为全欧洲的雅典。"

两个惺惺相惜的人，在布鲁塞尔和柏林见过短暂一面。腓特烈给自己的副官写信，赞扬伏尔泰"有西塞罗的辩才，普利尼的敦厚，阿格里帕的智慧，总之，他结合了古代三位最伟大的人之德行与天赋"；伏尔泰则在信中告诉朋友，腓特烈"是个没有丝毫架子，满是甜蜜，彬彬有礼，极为谦逊的哲学家，当他和朋友见面时，忘记了自己是国王"。值得一提的是，据说是伏尔泰本人，第一次使用了腓特烈大帝（Frederick the Great）这样一个称谓，来描述他那个热情的国王笔友。

从他们通信之始，腓特烈就一直邀请伏尔泰到普鲁士，离开荒凉的锡雷和那个"不领情的国家"。

后者一直未能成行。

3
无忧宫

我去柏林郊区的波茨坦（Potsdam），首先是冲着1945年的那次著名会议。

在"波茨坦会议"上，斯大林、丘吉尔和杜鲁门商定了纳粹德国战败后的各种安排，其中包括把波茨坦划入苏联红军管辖的地界，也就是东德，签订了著名的《波茨坦协定》。稍后发布的另一个由丘吉尔、杜鲁门和蒋介石签署的宣言，则列出了纳粹德国的轴心同盟日本投降的条件。由于那时苏联还没有对日本宣战，所以斯大林的签字没有出现在文件上。

可以毫不夸张地说，正是波茨坦会议签署的文件，确立了二战之后德国和欧洲被一分为二的状态，甚至确立了整个世界被划分为冷战对立阵营的格局。这种格局，一直要等到20世纪90年代，才告瓦解。

柏林墙倒掉之后，波茨坦重新变为统一德国的一个行政区。从柏林中心车站坐火车半个小时，就可以抵达这个略有些乏味的小城。虽然在东西分治的半个多世纪里，东德政府拆掉了许多被战争损毁的建筑，波茨坦的城市规划格局，还是保留了一些原来的模样。这个城市像是一个巨大军营，市中心大多数建筑物，都跟军队相关：骑兵学校，阅兵广场，还有专为军人服务的孤儿院……

这是腓特烈大帝留下的遗产。

虽然喜欢诗、艺术和音乐，不想做一个生硬的普鲁士军官，也接受了伏尔泰人类之爱的理念，腓特烈在登上王位之后，还是走上了一条强军路线，实现了父王曾经对他抱有的期待。普鲁士在腓特烈即位之后不久，就通过几次战争赢得了大片国土。普鲁士的军队，则被他打造成一只超过十万之众的铁血之师，让人生畏。到了腓特烈统治末期，普鲁士成为欧洲第三大军事强国，二十九个国民中就有一个是军人。按照一些历史学家的看法，这让普鲁士成了全世界军事化程度最高的国家。那时一句广为流传的话，被用来描述这个生猛的欧洲强国：腓特烈的普鲁士不是政府拥有着军队，而是军队拥有政府。有一种说法是，那个研究人口问题、首创"文明"一词的米拉波侯爵，在1786年也首创了这个句子。

无忧宫是腓特烈在1745年下令为自己建造的夏宫，坐落在一个不高的山坡上。宫殿的名字是法语，sans souci，"没有忧虑"。这个名字与国王对法国文化的一贯崇拜相关，也确实表达了自己的真实想法。国王希望建造一个地方，可以躲开柏林宫廷的喧嚣，躲开那个"庄严"的死板王后，在幽静的地方和朋友一起休闲。

虽然崇尚法国文化，腓特烈却十分反感以凡尔赛宫为代表的浮华奢

德国波茨坦的无忧宫，作者摄

第六章　无忧宫 哲学家与哲学王　｜　253

靡风格。他让设计师根据自己画的规划草图,建造了一个只有十几个房间的宫殿,或者严格地说,修了一栋大别墅。在他的亲自参与下,建筑外墙和室内装饰摈弃了当时流行的洛可可(Rococo)风格。宫殿外面不陡的山坡,被开发成梯田状,梯田里种的,不是凡尔赛花园里常见的花花草草,而是没有任何观赏价值的葡萄树。

史料记载,腓特烈到无忧宫,总是跟一群科学家、艺术家、诗人、哲学家和音乐家混在一起。除此而外,国王也坚持在指挥军队训练之后,用下午的时间来写书。在登基做国王前,腓特烈就曾经用法文写过一本讨论马基雅维利的小册子,把它寄给伏尔泰请教。在这本书中,腓特烈沿用了伏尔泰等法国思想家的理念,指出真正的国王应该成为"人民福祉的工具"、人类的服务者:

> 王权所蕴含的真正智慧在于,为人民服务,在其所领导的国家中成为最功德无量的人……实现他们自己的光荣梦想和伟大抱负,完成宏大的事业,但这还不够……他们必须更乐意为整个人类谋福利……伟大的君主总是因为人类的共同利益而忘记自己的利益……

对这种站在人类立场进行文明统治的君主论,伏尔泰非常认同。在征得腓特烈同意后,他安排了这本书在荷兰印刷出版,但没有用王子的真名。做了国王,腓特烈依然坚持写作文章、诗,以及历史著作,当然还是用法文。

继续作家梦同时,腓特烈也没有扔掉他的笛子。他创作笛子奏鸣曲和交响乐,并亲自担任乐队的笛手,参与无忧宫中的演奏。他的宫廷乐师里,有一个叫巴赫的键琴手,是莱比锡著名作曲家巴赫(Johann Sebastian Bach)的儿子。国王当然不会放过这个机会,在1747年把老巴赫请到了波茨坦。在这次会面中,国王给了作曲家一个自己谱写的句子主题,让作曲家将它即兴发展成加农(canon)和赋格(fugue)。巴赫回到莱比锡后,谱写出了著名键琴套曲《音乐之奉献 BWV 1079》,题献给腓特烈。

与欧洲大多数王国的宫廷聚会相反,腓特烈的这些社交活动中鲜有女性参与,除非是因为外交或其他不可避免的原因。无忧宫的客人,大多是经过他审核挑选的男性,很少有贵妇人的婀娜身影在其中穿梭招摇。在晚餐上,他跟那些杰出男人们热烈讨论"百科全书一般"的话题。就寝时分,则可能带着一个美少年进入自己睡觉的房间。

腓特烈参与规划和设计,让这座宫殿大多数地方都给人一种军营式的硬朗和简朴之感,与我见过的同一时期其他欧洲宫殿形成鲜明对照。不过,无忧宫里有一个房间,却又显得有些特别,带有一种明显的女性情调。这个房间的内部装修,据说也是国王亲自参与设计,包括房间墙壁上的装饰。淡黄色的四面墙壁,还有白色的天花板,都植入一些彩色木雕装潢,各种花朵、枝叶,以及融入其中的鸟类和动物凸出墙面,让这个房间获得了"花房"的昵称。

花房还有另外一个昵称,叫"伏尔泰房间"。

夏特莱侯爵夫人去世后,应腓特烈的邀请,伏尔泰终于在1750年7月抵达波茨坦。这一次,他不是来帮法国政府做外交,或者跟自己的崇拜者见面,而是来定居。腓特烈给了伏尔泰一个正式名分:御前大臣,年薪2万法郎。

有人说伏尔泰的主要职责,是负责帮国王修改他用法文写作的诗和文章,但他得到的待遇,却的确有一人之下万人之上的意思。国王在无忧宫的仆人、马车、马匹、厨师,他都可以随意使唤。住在腓特烈设计的花房里,普鲁士宫廷的所有高端人士,都摩肩接踵地赶来,期待和他见面。伏尔泰心满意足,给一个朋友写信报告说:

经过30年的暴风雨吹袭,我总算找到了一个避风港。我得到国王的保护、和哲学家交谈的机会,还有易于亲近的人那些可爱的天性,这一切的一切都集合在一个人身上,这个人16年来一直想安慰我的不幸,保护我不受敌人侵害……要说世界上有什么是确实的,那就是普鲁士国王的个性。

而国王更是在一封写给伏尔泰的信中,明确表达了对哲学家来到波茨坦的欣喜之情:

> ……我亲爱的伏尔泰,要是我能预见您从法国搬来会给您带来丝毫不利的话,我一定是第一个劝您打消这种搬家的念头的人。我一定会珍惜您的幸福,那将胜过我能拥有您的最大快乐。但是您是一个哲学家,我也是哲学家,那么,除了让哲学家们住在一起、研究同样的东西、以共同的趣味和相似的思想方式结合之外,难道还有更自然、更简单、更合乎事理的安排方式能给他们彼此更大的满足吗?

在无忧宫,哲学家和哲学王结成了最亲密的联盟。这种结盟,也许是启蒙时代的欧洲知识分子梦寐以求的场景,尽管他们发表的文字、上演的戏剧,又屡屡得罪当权者。从笛卡尔给瑞典公主克里斯蒂娜当私教,到狄德罗为俄罗斯女沙皇叶卡捷琳娜提供思想,法国的哲人们,都在寻找能够实现自己文明理想的雇主。只有伏尔泰,似乎找到了一个真正能改变欧洲文明方向的统治者,一个从任何方面来看,都符合哲学王标准的人。

古希腊伟大思想家那个关于理想国的预言,似乎在波茨坦,在柏林,在腓特烈统治的普鲁士,就要实现了。

4
明君 / 暴君

无忧宫面对葡萄园前的一块空地,是腓特烈大帝的墓。

腓特烈在生前就给自己预订了这个供他逝后长眠的地方。但是在他死后,却并没有在这里下葬。他的继任者把他葬在了波茨坦的教堂,跟他那个恨铁不成钢的父亲一起。第二次世界大战临近结束时,希特勒下令把两人的尸体取出,藏入一个地下盐矿的秘密隧道。德国战败,盟军找到了尸体,却因为那时波茨坦已经属于东德领土,腓特烈只能跟他父亲一起被迁葬于位于西德境内的家族城堡。1991年,在他去世205年后,腓特烈终于回到无忧宫,埋在了这里。

我去无忧宫时,发现镌刻着德文"腓特烈大帝"字样的墓碑上,摆放着一些土豆。按照一个中国人的习惯猜想,摆在这里的土豆,应该是逝去的人在阴间食用的东西。但是,让辉煌一时的腓特烈大帝在九泉之下吃这么低端的东西,是不是太过寒碜了?一位德国朋友告诉我,这是德国人的一个传统,他们来到波茨坦祭奠这位国王最常见的方式,就是在他简朴墓碑上放土豆,以纪念这个国王让他的人民摆脱了饥饿的折磨,把普鲁士打造成了一个具有现代特征的欧洲强国。

事实果真如此?

腓特烈继位后,按照启蒙主义思想家的教诲,实施了一系列开明的治国方案。首先,他希望建设一个有效率的政府,强调行政的权力必须

无忧宫中的腓特烈大帝之墓,作者摄

得到全体公民的支持,法律成为政府和民事的共有规则。伏尔泰到达无忧宫那一年,1750年,国王刚好公布了一道诏书,宣布普鲁士的纳税人不得轻易被侵犯,而这些纳税人主要是农民:"各级官员对农民还往往以棍棒殴打虐待,这种……暴虐是不能容许的……任何人以棍棒殴打农民查有实据的,即便本人也纳税,也是犯罪。"

其次,他推动宗教宽容,宣布在他治下的普鲁士,"每个人几乎都能以最适合他们的方式获得庇护",这其中既包括天主教徒,新教的各派信众,也包括犹太教徒以及公开的宗教怀疑论者,哪怕穆斯林也不例外。公开地或私下里,国王对基督教都表示了相当强烈的蔑视,这与伏尔泰等启蒙思想家的路子十分吻合。在柏林市中心,腓特烈下令修建一座天主教堂,尽管那时柏林的大多数人口,都是新教的路德宗信徒。更有意思的是,腓特烈主持设计修建的这座教堂,在形制上刻意模仿了罗马的万神殿,其隐含的意思不言而喻:他想把普鲁士建成雅典或罗马,各方神圣都可以在他的王国里共存。

与这一点相呼应，腓特烈还颁布法令，给予写作和出版几乎无限制的自由，以推动国家的文化发展。其结果是，各种阅读社团、研讨俱乐部、书店和期刊等等相继涌现，与宫廷和贵族的沙龙交相辉映，形成了哈贝马斯所说的那种公共空间。正因为如此，普鲁士经历了一次颇为壮观的移民潮。欧洲各地的人们，真把这个国家当作宗教自由和言论自由庇护所，当作法治国家，纷至沓来。

人口增加，就得想办法养活他们。在这期间，普鲁士还要养活一支庞大的军队，让其东征西伐。战争消耗了钱财，折损了经济，人民面临饥馑。国王是个对新奇事物持开放态度的人，除了保护纳税的农民不受侵犯，派人开垦荒地以接纳数十万来自其他欧洲王国的移民，让他们耕种，他也开始考虑引进新的高产作物。

他选中了土豆。

法国学者布罗代尔（Fernand Braudel）在《15至18世纪的物质文明、经济和资本主义》中论证，地理大发现后，土豆在16世纪末随西班牙商船从南美进入欧洲，开始在各地得以推广。由于产量高，所能提供的营养也足够，"这一新作物征服了欧洲的每一个角落，并产生了革命性影响"。尽管人们有一些关于土豆导致麻风病的传言，而且吃下去容易胀气，狄德罗等人编撰的《百科全书》还是在1765年宣布："对农民和劳动者结实的肌体来说，放几个屁又算得了什么！"

根据布罗代尔的研究，土豆革命，在腓特烈的普鲁士取得了不折不扣的成功，而且跟这个国家经历的战争呈正相关。农民喜欢种植土豆，"因为它从不遭到战争的破坏"，"即使一支军队整个夏季在土豆地上宿营，也损害不了秋季的收获"。鉴于此，人们甚至把1778年普鲁士卷入的巴伐利亚战争叫作"土豆战争"。

在波恩大学做访问学者时，我所在的欧洲一体化研究中心，有一个老师和学生共用的食堂。差不多四个月时间，从周一到周五，每天饭点，我都下楼来这里解决午饭问题。从周一到周五，几乎每顿饭，都有一道与土豆相关的菜肴。如果要检讨我这辈子吃过最多的土豆，那就是在德意志。的确，土豆吃多了会让肚子感到胀气，为数不多的几种烹饪方法，在那个食堂里无限循环，也让人忍无可忍。但我又不得不承认，这种廉价食物给我的学术工作提供了足够的能量。坐在食堂里，面对餐盘中的土豆块、土豆泥、炸土豆、焗土豆、清水煮土豆、奶油炖土豆，我有时会幻想，那位已经作古的腓特烈大帝，在冥冥中看着自己墓碑上那些土豆，如何满足地微笑。

土豆填饱人民的肚子，人民交纳的税金，让政府得以运作，让军队得以开战，也让国王得以用大把金钱支持学术。

腓特烈上台后，将普鲁士学院组建成了一个包括科学和文艺等领域的皇家机构，把莫培督等一干法国人请到柏林，哪怕他和路易十五领导的法国，处于不和甚至敌对状态。延聘敌国人担任学院院长，虽然有部分原因是国王蔑视德语写作，但我们还是可以看到，在腓特烈的视野中，有着非同一般的"国际化"倾向。在国王构想里，这个普鲁士最高学术机构，应该是一个各种思想展开自由碰撞的地方。优秀的哲学家，还有诗人们，在这里可以探讨各种人类终极问题，就像英国人早就建成的名震四方的皇家学会以及法国人设立的法兰西学院一样。尤其是法兰西学院，那里面的好些院士，包括莫培督，伏尔泰，都是他试图"拥有"的杰出人才。

根据英国学者弗格森（Niall Ferguson）在《文明》一书中的说法，1757年，东普鲁士柯尼斯堡大学的无薪讲师康德，在他33岁时向普鲁士学院提交了自己的论文，讨论"地表摩擦导致的地球自转减速效应"，赢得学院大奖。这是这位哲学家第一次被公众所知。在自己的论文中，康德专门用了一段文字，来表达对腓特烈的感激之情。哲学家呼吁，所谓思想启蒙，是所有的人都"要有勇气运用你的理智"，但这需要一位伟大的国家主人来创造条件：

只有自己思想开明，同时又具备庞大的、训练有素的军队以确保公众安全的人才能说："想怎么争辩就怎么争辩吧，就你愿意争辩的任何内容争辩吧，但要服从！"

康德的逻辑很清楚，在自由地做出理性思考的同时，不要忘了自由的边界，也就是国王的权威。事实上，这也是普鲁士学院不言自明的学术规矩。腓特烈在自己写于1752年的《政治证言》中就曾经阐释说，没有一个顶层设计，没有自上而下的等级制度，学术研究就不可能有效运转，"如果牛顿真的与莱布尼茨或笛卡尔合作，那么他便不可能成功地说明引力体系"；同样道理也显现在国家治理上，"对于一种政治体制而言，如果它不是一个人思考设计的产物，那么这种体制也不可能诞生并长久维持下去"。换句话说，学术研究乃至国家运作，都要靠一个人来主导。这个人，毫无疑问就是国王自己。

热爱文艺的哲学王，终究还是有另外一面……

腓特烈是一个浸润着启蒙思想的统治者，在普鲁士开创了现代型国家的新局面。但我们也不应该忘记，他仍然是一个专制君主国家的国君，对哲学思考的热衷，对法国文学和艺术的真爱，还包括永远无法放弃的笛子，在他坐上国王宝座之后，都成了权力附属品。

腓特烈赞同伏尔泰关于人类大爱的理念，但这挡不住他与欧洲诸强包括奥地利、法国大打出手，吞并捷克斯洛伐克和波兰的大块土地；他宣布自己热爱和平，却又紧锣密鼓地训练军队，将普鲁士变成一台强大的战争机器；他强调政府为人民服务的效率，但也把军队操练成可以媲美钟表的杀掠之师，据说普鲁士步兵的步速，在冲锋中可以精确地保持在每分钟90步，接近敌军时则降为70步；他推崇学术，即时汲取各种研究新成果，所以才组织学者翻译英国学者出版的《火炮技术新原理》；他创造的机动马炮连，是自己的制胜法宝，也成为后来欧洲军队的标准建制。他挑起的奥地利继位战争，历时数年，让欧洲死了大约一百万人，普鲁士本国士兵和其他百姓加起来，也损失了总人口的九分之一。

同样，他允许言论自由，但不包括民众对他的军事措施和税收原则提出异议；他提倡保护农民，却没有废除甚至缓和普鲁士普遍存在的农奴制度，也没有剥夺贵族拥有的各种特权。他是一个音乐家，一个写诗的哲学家，一个无忧宫的规划设计者，但同时也是一个独裁的国王，一个普鲁士军队无情的最高统帅，能一边跟人安详地讨论音乐赋格，一边看着他的士兵接受鞭刑。

腓特烈的这一面，是不是有点让人眼熟？

20世纪30年代，一个立志要当艺术家的奥地利人，一个曾试图以素描和水彩画谋生的文艺青年，登上了德意志第三帝国的元首宝座。这个人在疯狂扩军的同时，也竭力发展经济，号召他的人民摆脱第一次世界大战失败的阴影，重建德意志的辉煌。这个人通过强力宣传让人民相信，德国眼下遭受的痛苦，既是欧洲列强迫害的结果，也是犹太人的阴谋所致。

在这个人领导下，德国大兴土木，各种国家建设项目如雨后蘑菇般出现，其中不乏他亲自参与规划和设计的公共建筑。比如，他下令设计的柏林人民大厅（Volkshalle），也准备采用罗马万神殿式的风格。不过他希望，这座自己梦寐以求的建筑，将远远超越罗马城中的那个原型，更不用提要超越腓特烈在柏林建造的那个万神殿模仿品了：人民大厅的半圆拱顶，将是罗马万神殿的八倍。只是，他的梦想没有来得及实现。

和腓特烈一样，这个人提振经济的举措，也的确取得了显著效果。德国工业制造水平大幅升高，今天我们熟知的德国汽车，在那时打下厚实基础，连大众（Volkswagen，直译过来就是"人民的车"）这样一个牌子，都是在他亲自干预下产生。有了经济基础，他开始打造忠于自己的铁血之师，把军队人数扩充至超过《凡尔赛和约》规定人数的三倍，成为欧洲最强。他认为德国的复兴必须以增加生存空间为前提，而这个空间首先就包括了捷克斯洛伐克。在拿下这个地方后，1939年，德国战车又碾压了波兰，导致第二次世界大战爆发。

这个人在 1945 年战败前夕，都还把一幅珍藏的腓特烈油画肖像，带入柏林的地堡，直到他在那里自杀咽气。

难怪在人类历史上最恐怖最惨烈的大战结束后，腓特烈的名声一落千丈，因为太多的人在他身上看到了希特勒的邪恶影子。或者反过来说，由于希特勒把自己打扮成腓特烈接班人，是"大帝"的再生，使得战后的德国乃至世界恨屋及乌，连带把腓特烈的评分都拉低到深渊。作为开明君主（也可译成"被启蒙的独裁者"），腓特烈的历史评价要等到冷战结束、等到他的棺木在无忧宫下葬之后，才开始重新调整；哲学王的身份，在 21 世纪才重新得到梳理。

那个曾经在论文中赞颂腓特烈的哲学家康德，在第二次世界大战结束后，则因为在波茨坦签订的一纸协议，成了永远的"外国人"。他曾经生活和工作的柯尼斯堡，被苏联纳入自己领土，变成了今天俄罗斯的一块飞地：加里宁格勒。

5
人类前景

距离无忧宫大概八百米的花园里,有一处特别景观,会让到访的中国人眼睛一亮。

葱绿草坪中,一个样式奇怪的亭子伫立。大量的曲线,绿色外墙,加上表面叶状雕饰的廊柱,让这个休闲亭看起来有些不伦不类。环绕亭子外面,是一组真人大小的金色雕塑,手持各种稀奇乐器,吹拉弹唱。他们的服饰,帽子乃至面容特征,明显不属于普鲁士风格。

他们是中国人。

腓特烈在七年战争结束后,开始修建这个小型社交用房。房子的造型据说来源于一个法国建筑师在法兰西修建的一个中国式亭子,以三叶草为模板。中国房子修好后,国王还下令在旁边修了一座小房子,叫中国厨房。后来,还在公园另一处建了一座中国风格的塔,取名龙屋。出于他对音乐的热爱,中国房子的外面,排列着身穿中式服装的乐师。

一般认为,腓特烈在无忧宫公园里建造中国房子,是对那时欧洲大陆时尚的一种响应。从17世纪开始,欧洲出现了一股"中国热",这股潮流在进入18世纪后,逐渐在欧洲各地宫廷和贵族圈子里加速,形成了所谓"中国风"(Chinoiserie)。

从中国和远东进口来的货物,无论是丝绸,瓷器,漆器,还是家私,茶叶,因其独特的品质,受到时尚人士的喜爱和推崇。中国式的,或东

无忧宫中的中国亭子，作者摄

方式的（Oriental），成了这种审美趣味的代名词。在英国伦敦豪宅花园里，高端人群用精致的中国瓷器优雅地喝着中国红茶；在西西里的巴勒莫，贵族大户直接把自己的房子修建成想象中的中国宫殿；在荷兰的德尔福特，工艺师和匠人们费尽心思仿制青花瓷风格的陶器；在法国巴黎，侯爵夫人们委托艺术家制作中国风格的壁纸和屏风；哪怕是在遥远的瑞典和俄罗斯宫廷，中国风也没有丝毫减弱的迹象。

但腓特烈在自家公园里修中国房子，可能还有另外的原因。

正如我在前面所说，从《马可·波罗游记》开始，欧洲对中国和东方的迷恋就被撩拨起来。沿着陆地和海上的贸易路线，中国货品在17世纪大量进入欧洲，更是增加了欧洲各国对这个神秘东方国家的兴趣。

马可·波罗之后，不少天主教传教士开始涉足中国。他们或者写报告和笔记，或者翻译和带回中国典籍，给欧洲的知识界提供了这个古老国度的相关认知，比如在明朝万历年间抵达中国的利玛窦（Matteo Ricci）。利玛窦死于中国，其笔记被耶稣会朋友翻译成书，带回欧洲出版，可算是欧洲第一部详细系统介绍中国思想文化和宗教的著作。到了17世纪80年代，也就是康熙皇朝时代，按照弗兰科潘在《丝绸之路》

里的说法：

> 中国清朝解除了对海外贸易的限制，这使得茶叶、瓷器和中国糖的出口量猛增……欧洲与中国的接触开启了一个新时代。这些接触不仅限于商业。凭借一位 17 世纪末住在北京的耶稣会朋友带回的有关中国算术理论的资料，提出二进制的数学家戈特弗里德·莱布尼茨（Gottfried Leibnitz）进一步完善了他的思想。

那位曾住北京的耶稣会士，是法国人白晋（Joachim Bouvet），法国国王路易十四派往中国清朝的六位传教士之一。这些传教士在康熙的宫廷里翻译介绍了欧洲的各种知识，并在回国时带上了皇帝给路易十四的礼物：四十九卷中文典籍。白晋把自己研究《易经》的结果与莱布尼茨分享，而这位参与创建普鲁士学院、并做了首任院长的德国哲学家，则从白晋的介绍里得到了研究灵感。

在白晋之后，更多传教士把更多中国报告和文献带入欧洲，最终促成法国耶稣会士杜赫德（Jean-Baptiste Du Halde）在 1736 年编辑出版了《中华帝国全志》，或者根据法文原文直译，叫《中华帝国及其所属鞑靼地区的地理、历史、编年纪、政治及博物》（*Description Geographique, Historique, Chronologique, Politique, et Physique de l'Empire de la Chine et de la Tartarie Chinoise*）。之所以要引用法文全名，是因为这部书的名字中，"鞑靼"一词颇为醒目。那时的中国，利玛窦曾经报告过的明朝早已灭亡，处于清朝皇帝统治之下。传教士们沿用了"鞑靼"这个中世纪欧洲对蒙古和中亚民族的称谓，标出了这种转变，并把治理中国的满族，与曾经同样入主中原的蒙古人，画了连接符。

不管怎样，这部巨著给法国知识分子提供了当时最权威和最详尽的中国知识，引起巨大反响。伏尔泰在自己的《路易十四的时代》一书中甚至认为,杜赫德的这部著作,是"全世界"对中华帝国最全面、最好的描述。也正是在这部巨著里,伏尔泰获得了他的一部著名剧作的题材,在1753年写出了《中国孤儿》。

在启蒙思想家圈子里,中国一时间成了欧洲之镜。

德国人莱布尼茨一生中花了不少心血,从耶稣会士的文字和图像报告中研究中国,著述甚多。虽然对中国的研究让他得出一些相互矛盾的判断,但他还是从总体上相信,中国人在所谓"文明生活规范"上,领先于欧洲:

> ……在实证哲学上,他们当然超越我们(说出来似乎令人汗颜),这方面包括日常生活的道德及政治规范。相对于其他民族,中国律法促成了大众的安宁和社会的和谐,以至众人所受的干扰可以降至最低:其律法之完美,简直无法形容。

孟德斯鸠在巴黎主动接触了一个被耶稣会士带到欧洲访问的中国人黄嘉略,并在自己的巨著《论法的精神》中频频举证,用中国的政治和社会制度作为欧洲的参照。孟德斯鸠对莱布尼茨式的中国想象无法认同。虽然他也没有第一手的中国经历,但在阅读大量文献后,他却认为中国的专制制度是一种恐怖极权,特别是在清朝帝国。孟德斯鸠还把这幅中国图景扩大到亚洲,在与欧洲比较之后,得出结论说:"欧洲为自由,亚洲为奴役。"

伏尔泰对中国的了解和孟德斯鸠一样,也大多建立在耶稣会士的报告基础之上。他写作的《中国孤儿》,把故事背景从春秋时代直接转换成元朝,试图说明蒙古帝国入侵中原后,成吉思汗最终还是意识到传统儒家文明优于残忍的暴力统治。同孟德斯鸠相似,伏尔泰也把中国作为一面镜子,来反观欧洲的文明与进步。在看到中华文明的深厚传统与优越文化的同时,他也认为,这个庞大帝国现在已经处于衰落之中:

他们与欧洲人大不相同，上天似乎赋予这一民族发明的能力，然而他们却只求自己快乐，并不思让发明进一步发展；反观我们自己，新的发明虽然有限，却都尽快让每件发明臻于完美。

　　在启蒙圈子的话语里，我们还可以看到更多类似的文字和判断。

　　这些说法中，有两个特点值得关注。第一，话语制造者都没有去过中国，也不懂中文或满文，对那个遥远文明的判断，大多建立在文献阅读和道听途说基础之上。赞美或批判，更多出自想象和推测，而不是更接近真实的考察和研究。第二，他们对中国的猜想，无非是要为欧洲文明的发展建立一个参照系，用以澄清自己对当下欧洲的政治、法律和文化状况的思考。从此出发，这些思想者更想站在一个人类的高度，来设计文明的未来发展轨迹。

　　从地理大发现开始，欧洲的研究者们逐渐具备一种全球化眼光。非洲、美洲，乃至欧亚大陆上的各个国家，都在一个以欧洲为中心的观察体系里依次排列，它们的经济、政治、法律和文化等等，成了人类整体文明的组成部分。前面说过，在漫长中世纪，支撑这种排列的意识形态基础是基督教。在"文明"一词被创造出来后，人类作为一个物种的性质，开始在另一种意识形态里有了线性时间上的先后特征。如何将欧洲放进这个时间的链条，成了一个至关重要的问题。中国和远东的状况，让研究者们倍感好奇，而传教士带回的种种报告和文献，以及商人贩运来的琳琅满目的货品，则给他们提供了太多"实证"材料，让他们据此推断出有关中国的结论。这些结论的最终指向，还是中国和欧洲在文明发展时间线上的先后排位。

　　关于这一点，弗兰克在《白银资本》一书中有一段很有意思的文字：

> 近现代历史，包括早期和晚期近现代历史，是由欧洲人制造出来的，按照布罗代尔的说法，正如历史学家所"知道"的，欧洲人以"欧洲为中心组建了一个世界"。这就是欧洲历史学家的"知识"，而正是他们"发明"了历史学，然后又充分利用了它。……

按照弗兰克的研究，在1800年以前，欧洲肯定不是世界经济的中心。无论从经济分量上看，还是从生产技术和生产力看，或者从人均消费看，或者从比较"发达的""资本主义"机制的发展看，欧洲在结构上和在功能上都谈不上称霸。16世纪的葡萄牙、17世纪的尼德兰或18世纪的英国在世界经济中根本没有霸权可言。在政治方面也是如此，上述国家无一例外。在所有这些方面，亚洲的经济比欧洲"发达"得多，而且中国的明-清帝国、印度的莫卧儿帝国、甚至波斯的萨菲帝国和土耳其奥斯曼帝国所具有的政治分量乃至军事分量，比欧洲任何部分和欧洲整体都要大得多。

一句话，从1400年到1800年的几百年间，在所谓文明的时间链上，并不是欧洲领先于亚洲或中国，而是"发达的"中国和亚洲领跑欧洲。显然，孟德斯鸠或伏尔泰等人的全球眼光，他们对人类文明排位赛的判断，误差太大。

近20年的西方史学研究，修正了许多欧洲中心主义的中国观察，当然也包括启蒙思想家们的论断。不过，过多地强调这些研究者的判断失误毫无必要。毕竟，在那个时代，他们的信息来源不可能如今天那样丰富；再说，他们的着眼点也不是中国和亚洲，而是欧洲。认知中国，是为了给欧洲提供参考，给人类文明发展提供坐标，正如伏尔泰在猜想了中国政治传统和体制特征后，相信欧洲诸王国的治理前景应该是一种开明的（enlightened）专制一样。中国想象，成了他们开给欧洲的进步药方中的一味药。

耳濡目染启蒙思想的腓特烈，自然不会放过中国想象的魔力。他是否从莱布尼茨、孟德斯鸠或伏尔泰等人的文字中汲取营养，最终确立了自己在普鲁士实行的开明专制？这需要另外一番详细论证。至少，无忧宫花园里的中国式建筑和审美趣味，显示了这个君王对中国想象的着迷。如果仅仅把这种着迷，理解成国王对"中国风"或中国趣味的喜好，恐怕低估了这位哲学王的思想深度。

1755年，伏尔泰创作的《中国孤儿》首演。据说伏尔泰本人曾经在一些场合亲自出演剧中人成吉思汗。伏尔泰让他塑造的成吉思汗受到汉人女主角的吸引，钦佩她的忠贞和勇气，从而念出这样一段台词：

　　……我无颜坐在中国的宝座上，你们高贵的灵魂
　　远胜于我；我尝试以丰功伟绩
　　扬名世界，结果却是一场空：
　　你们使我自觉渺小，
　　我但愿跟你们一样！我不知道
　　凡人也可以做自己的主人……

也是在1755年，腓特烈找来一个建筑师，开始设计和修建无忧宫花园里的中国房子。只不过在那个时候，伏尔泰已经跟他彻底闹翻，离开了德国。

6
百科全书派

　　哲学家和哲学王的蜜月,并没有持续很久。

　　关于伏尔泰和腓特烈的龃龉,有很多说法。比如伏尔泰的新情人、他的侄女德尼斯夫人在他和国王之间的挑拨离间,伏尔泰自己违规做的债券和钻石生意,关于莫培督对莱布尼茨抄袭的争吵,不一而足。腓特烈介入了所有这些事件,要么是安慰伏尔泰,要么是匿名写文章讽刺他,要么直接写信警告,要么下令烧毁伏尔泰攻击莫培督的小册子。

　　伏尔泰搬出无忧宫,继续修改国王送来的法语诗,因为改得很不客气,让腓特烈十分不满。据说,腓特烈曾经让另一个他收罗的法国文人给伏尔泰带话,说自己最多让伏尔泰在德国再住一年,帮忙修改作品,因为"人在把橘子挤过之后总是把橘子皮丢掉"。伏尔泰听后极为担心,写信给侄女兼情人说,自己总是"梦见那块橘子皮"。

　　伏尔泰担心自己在普鲁士前途的同时,也赶着将一本筹划多年的书稿付梓,这就是《路易十四的时代》。他知道,这本历史著作,只可能在腓特烈统治下的普鲁士通过审查,得到面世机会。果然,这本书于1751年在柏林出版,随即就被禁止在法国销售,让荷兰和英国的盗版书商赚了一大笔钱。

　　《路易十四的时代》开宗明义,是要把法国的历史放在一个人类大框架下进行观察:

我们将要书写的，不仅仅是路易十四的生活；我们有一个更宏大的视野。我们希望给后人提供的不仅仅是一个人的行为的图画，而是人类总体精神在最开明（most enlightened）时代的图画。

那么，这个事关人类精神的宏大视野是什么呢？

伏尔泰从全人类的角度，给历史划定了四个黄金时代。第一，是古希腊的马其顿国王亚历山大的时代，那是亚里士多德、柏拉图和菲迪亚斯的时代。在这个辉煌时代，"所知的世界其他地方只有野蛮"。第二是古罗马时代，恺撒和奥古斯都的时代，卢克莱修、西塞罗、维吉尔、奥维德和贺拉斯的时代。第三，是君士坦丁堡陷落之后的意大利荣耀时代，是美第奇家族和米开朗琪罗、拉斐尔和提香的时代，"所有的一切都趋近完美"。

第四，就是路易十四的时代，"也许是所有这个四个时代里最接近完美的；前三个时代的发现丰富了它，它在许多领域更是超越了那个三个时代的总和"。伏尔泰放弃了曾经试图从政府和军事角度来评判历史的计划，改从文化入手，来描绘和赞颂那个时代的成就：

在这个时代，我们终于认识到了可靠的哲学；可以这样说，从枢机黎塞留政府的最后岁月，到路易十四去世之后的一段时光，我们的艺术，我们的才智，我们的风俗，甚至我们的政府，都经历了一场总体的革命，这将成为我们国家真正荣耀的不可磨灭的标记。这有益的影响不仅仅限于法国境内；它把自己传播到了英格兰，在那个精巧而博学的国度引发了一场急需的竞赛；它也将品味导入了德国，将科学传入了俄罗斯；它甚至重新激活了慵懒的意大利；整个欧洲都因为路易十四的宫廷的礼仪之风和精神而受益匪浅。

……在这部历史中,我们将把自己限定于所有时代都应该关注的点,即那些展现了人类才华和风貌的地方……

今天的读者在碰到这样豪迈文字的时候,一定不能过度惊讶。那时的启蒙思想家们,都是用这样一种全球眼光来审视欧洲、审视自己国家的。把欧洲的历史扩充为"人类总体精神"的历史,不仅仅在伏尔泰的话语中如此,在其他作者的文本中也差不多。

《路易十四的时代》在柏林出版时,狄德罗和达朗贝尔主编的《百科全书》也在巴黎出版。

这部书的前身,实际上是英国的《钱伯斯百科全书》的翻译版。一个书商雇用了两个作家,试图把这本最早出版于1728年的英文著作翻译成法文。钱伯斯编撰的《全书》,真名是《全书,或艺术与科学的通用辞典》,在英国和意大利多次出版,影响颇大。巴黎出版商勒布雷东(André le Breton)觉得有利可图,就想把它翻译成法文。不过起初的两位翻译者最终被老板炒掉,狄德罗和达朗贝尔在1747年加入了编辑队伍。从此,这两位启蒙知识分子就一直是《全书》的编写负责人,直到几十年后。

在狄德罗和达朗贝尔主持工作后,原来的翻译计划变成了撰写,出版商广告出来的书名变成了《百科全书:或一群文学家撰写的关于科学、艺术和工艺的理性辞典,由皇家科学院和普鲁士美文学院的狄德罗先生,与巴黎皇家科学院、普鲁士科学院和伦敦皇家学会的达朗贝尔先生编辑》。按照当时的行规,读者须预定此书。但订阅者们在1751年见到《百科全书》的头两卷之后,要等到1772年才拿到最后的一卷。

《百科全书》是一个集体项目。作为主编的狄德罗和达朗贝尔自不待言,卢梭和孟德斯鸠也为这个历时数十年的出版项目做了贡献,书商勒布雷东甚至也参加了最初版本的词条写作。在达朗贝尔为全书写的序言中,有这样一种豪迈宣告:"作为一部百科全书,它试图竭尽所能地确立人类知识的关联和构成部分……"这个理论框架,是达朗贝尔从培根《崇学论》中借来,并加以改进和完善的。他和狄德罗试图以此来囊括已知的所有人类学科。

"人类知识",在《百科全书》所给出的知识之树中有非常明确的结构方式。全书还为此制作了一个知识之树的表格,把他们的理念用图形明确无误地呈现出来。按照狄德罗和达朗贝尔的界定,人类知识由"记忆""理性"和"想象"三大部分组成。与这三大部分对应的,是"历史""哲学"和"诗"。在这个等级划分中,神学,被纳入哲学的一个分支,而宗教与迷信属于一类,与巫术相去不远。

按照这样一种知识谱系,启蒙主义思想家们把《百科全书》变成了一部论文总集,在建立人类知识全面版图的同时,也顺带清理和抨击了教会和国家政权所确立的宗教意识形态系统。

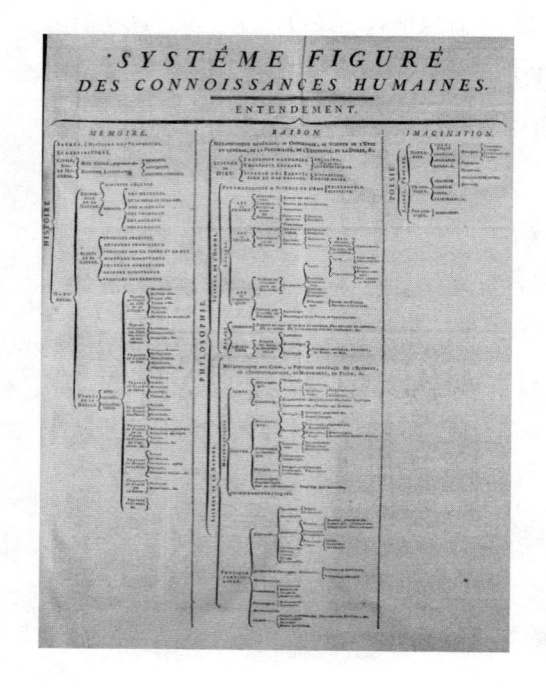

《百科全书》的"知识之树"图表

比如，按照美国学者达恩顿（Robert Darnton）在《启蒙运动的生意》中的说法，辞书的编写人"先给牧师穿上日本的和服，再在条目 SIAKO 中对他们冷嘲热讽，在 YPAINI 中，他们把圣餐打扮成异教徒铺张奢侈的仪式；在'AIGLE'（鹰）中，圣灵被说成是一种奇怪的鸟；在'AGNUS SCYTHICUS'（西徐亚羔羊）中，他们使'道成肉身'的说法看起来如同迷信一种有魔力的植物一样怪诞可笑"。

与此同时，在面对世俗知识的时候，这些百科全书派的知识分子也毫不手软：

> ……不仅是狄德罗在"政治权力"中把国王的权威降低为是由人民的允许才获得的，霍尔巴赫（d'Holbach）也在"REPRÉSNTANTS（代表）"中鼓吹一种资产阶级式的君主立宪政体，卢梭在"ÉCONOMIE【Morale et Politique】（经济-道德与政治）"中先期提出了《社会契约论》中的一些基本主张，若古（Jaucourt）在数十个条目中宣扬自然法理论，暗中挑战波旁王朝专制主义的意识形态。……普通人的尊严在许多地方得到确认——不仅在关于资产阶级（NÉGOCE【交易】）的条目中，也在热情洋溢地描述劳动者（PEUPLE【平民】）的条目中。

对于法国当权者来说，这些论调显然都是危险之语。因而从第一卷出版后，《百科全书》就成为官方意识形态和权力机构的靶子，从最高宗教裁判所到教皇，从巴黎最高法院到御前会议，都没有放过它。好在当时负责审查图书的官员帮忙，以及蓬帕杜侯爵夫人暗中使劲，法国政府虽然通过了一道决议来谴责《百科全书》，却没有吊销它的经营特许。《百科全书》的最初版本，连同它那些诱人的插图，还是陆续来到订阅者手上。到 1754 年，全书的销量远远超过书商原来估计的数字，达到了 4255 部。书商赚了大钱，狄德罗也分到不少红利。

《百科全书》对上流社会的渗透，让法国政府越来越警觉。1759 年，由于一个偶然事件，法国的国务会议终于做出正式裁决，收回《百科全书》的特许权。教皇也下令，凡基督教士手中的《百科全书》都必须烧毁。因此，从 1765 年出版的第 8 卷开始，书的扉页上把出版地改成了瑞士和法国接壤的一个地方，叫纳沙泰尔（Neuchâtel）。据说，通过伏尔泰的努力，腓特烈公开宣布他将庇护《百科全书》在这里的出版印刷事业。实际上，全书真正的秘密印刷制作地，依然是巴黎。

伏尔泰和腓特烈彻底闹翻后，离开波茨坦在德国境内漫游了一段时间。在法兰克福，腓特烈派来的人在一家客栈把伏尔泰软禁了三周，要求他归还一本讽刺基督教的猥亵小诗集。伏尔泰写信给蓬帕杜侯爵夫人，请求她帮忙在法国国王面前转圜，好让自己回到巴黎，路易十五却拒绝了。伏尔泰在法国境内待了一阵，一度想彻底离开欧洲，去美国的费城寻找未来的生活。在那里，富兰克林刚刚成功完成把闪电收集起来的试验。但是对渡海远航的恐惧，又打消了他的念头。

伏尔泰只好去到瑞士的日内瓦，在那里买了一处房产定居下来。

正是在这段时间内，伏尔泰正式加入了《百科全书》的词条编写工作。伏尔泰的加入，当然受到狄德罗和书商的欢迎，以他在欧洲各地如日中天的名气，《百科全书》的权威性和销售前景都大大增加了。

从第 5 卷开始，伏尔泰为《百科全书》撰写了内容涉及历史，哲学和文学的文字，共计 26 篇。跟狄德罗（5394 篇）和达朗贝尔（1309 篇），卢梭（344 篇），以及最勤奋的若古（17288 篇）比起来，伏尔泰贡献的条目不多。考虑到这些人都应该算是伏尔泰的晚辈，以及伏尔泰的知名度，他能用具体的文字参与，表达对《百科全书》的支持，就已经很不错了。

围绕《百科全书》的编撰和出版，一大群知名和不知名的人最终被冠以一个称谓，叫百科全书派（Encyclopédistes），或者，也可以翻译成"百科全书分子"，甚至可以翻译成"百科全书党"。不过，他们虽然同属撰稿人，身份却十分复杂，并不来自同一个阶级或圈子。根据《启蒙运动的生意》统计，在这群人中，除了伏尔泰、狄德罗、卢梭这些靠写作为业的人，一些匿名投稿的人，还有 4% 的制造业者和商人，比如全书的出版商勒布雷东；有 4% 的贵族，比如霍尔巴赫男爵；有 15% 的人是医生，12% 的人是政府官员，甚至有 8% 的人是神职人员，比如神学家马勒院长（Edmé-François Mallet）。

这些人发表在《百科全书》中的文字，狂热推崇科学和理性，鼓吹平等自由和天赋人权，提倡宗教宽容乃至世俗主义，论证人类文明进步的诸多动力，从而构成了启蒙运动一股不可小觑的核心力量。有一种略显夸张的说法，甚至把《百科全书》与 1789 年爆发的法国大革命联系起来，说是由于全书的普遍影响，启迪了民智，才导致了巴士底狱的被攻陷。

根据弗格森在《文明》一书中援引的一项调查，到大革命爆发的那一年，会写自己名字的人，在巴黎男性人口中占 90%、女性人口中占 80%，看起来似乎支持这个逻辑。但实际上，会签名字，懂得名字拼写的字母，并不等于能读懂哲学。何况《百科全书》售价昂贵，一般百姓不可能买得起。到了版权换手至另一位书商，在 1772 年出齐 35 卷后，这套书的价格早已远超出了它最初广告的标准，更远超出了一般市民的支付能力。

《百科全书》的实际拥有者，根据订书记录的显示，还是穿袍贵族，他们是军官、教会高端人士，以及法律界人士，而资产阶级甚至都对这本书不那么感兴趣。换句话说，出钱买书的人，主要是第一等级和第二等级的人，属于第三等级的工商业者，恰好是最不愿意掏腰包的悭吝鬼。更不用提这三个等级之外的其他人口了：指望哪位在塞纳河边卖煤块的小贩，或者哪位在巴黎时装作坊里缝制女裙的工人能积极参与到这场关乎思想解放的读书运动中去，就相当于指望路易十五哪天突然开始在塞纳河里挑水洗衣，或者路易十六自己用抹布打扫凡尔赛镜宫的地板。

那些在 1789 年 7 月 14 日涌入巴士底狱的普通百姓,也许听说过《百科全书》,也许在公共图书阅览室里瞟过几眼书里的铜版画插图,甚至可能在一些小报小刊上,读到过一点这本"畅销书"大赚特赚的新闻,在一些咖啡馆里,听到过别人热烈讨论《百科全书》大逆不道的各种观点,却绝不可能白纸黑字地细读过那些关于人类理性的宏论。

伏尔泰自己撰写和出版的书籍,命运也不会好到哪儿去。

他参与《百科全书》的事业,并不是因为这套书能够普及到大众阅读圈。根据他与达朗贝尔的通信判断,伏尔泰认定的观念传播渠道,或者说启蒙运动的路线,是一次自上而下的路线:先在宫廷和贵族沙龙之中传播,然后是知识分子聚集地皇家科学院,然后再流传到外省各小城镇的名人显要那里。

除开《百科全书》,伏尔泰自己也随时与各地出版商合作,出版各种文体的书籍,有时能带来丰厚的收入,有时却得不到分文。他在瑞士时,曾经尝试与书商合作,将自己的书印刷成可以随手携带的小型开本,且分文不要,赠送给那些愿意接纳免费思想教育的人,并通过地下渠道走私进法国。但这些伸手取走小册子的人们,到底在哪种程度上翻阅了伏尔泰的历史书写、诗作和散文,又在哪种程度上理解了哲学家的深邃理性,却是一个未知的谜。

按照霍布斯邦在《十九世纪三部曲》中的考证,到 1761 年时,法国一共有 90 个省,十分之九以上的人只生活在他们的出生地,五分之四的人口居住在农村。巴黎人口,即使到大革命爆发时也只有 50 万。至于所谓现代舆论传播媒介形成的公共空间,在那时只属于一个极小范围。哪怕到了 1815 年,法国的杂志正常发行量一般也只有 5000 份,信息和思想的流通主要还是靠口传:

> 除了一小撮中上层阶级以外,几乎无人能识文断字。流动人口,包括商人、小贩、短工、工匠、流动手工业者、季节性

雇工，还包括四处行乞的托钵僧或香客，乃至走私分子、强盗和市集上的老乡这类范围广泛、行踪飘忽不定的庞杂人群，这些人负责把小道消息传给大家。当然，战争期间散落于民间或者在和平时期驻防民间的士兵也负责传播消息。

以这样一个阅读环境，要指望伏尔泰出版的小册子成为大众爆款，指望《百科全书》成为普罗大众的案头读物，无疑是镜花水月之念。

历史上许多经久弥新的神话，一旦被放进当时的现实语境，就会露出底色。如果我们过度相信历史话语的渲染，有时就会忘了，在这些渲染的背后，事实已经模糊不清。

《百科全书》并没有直接点燃革命的导火线。伏尔泰、狄德罗或卢梭的言论并没有直接导致法国大革命，没有直接导致路易十六被送上断头台。谈论起法国大革命，我们似乎都愿意把民众攻陷巴士底狱看作一个最闪耀的亮点。巴黎城中这个石砌的古堡在被占领的那一刻，成了王权专制被摧垮、被禁锢者获得解放的象征。而实际上，按葛林布莱在《大转向》中的描述，当人民武装高喊口号冲入巴士底狱的时候，里面并没有关押多少犯人。

7
周游的知识

就像我们说到"文明",不一定意识到它是一个从日本舶来的词汇一样,我们也不一定意识得到,现代汉语里的"革命",也是这样一个有相同旅行经历的词汇。

法文或者英文里的革命,revolution,出自一个拉丁词:revolutus,指天体围绕一个轴周旋运动。既然是周而复始的运动,就必然重复相同的轨道。所以,revolution 的初意是说恢复,返回,甚至"复辟"。只是进入近代之后,这个词才逐渐有了推翻既定状态、剧烈改变的含义,比如英语中开始用这个词来描述"光荣革命"。

法国大革命爆发后,这个词在法语和英语中被用来专指那些触动国家体制、社会和文化等等根基的剧烈变化。这也就解释了,日本人在引入这个西方概念时,用了"革命"这两个汉字来意译造词。革,是革除,变革;命,是命定,命运。在中国进口这个日本词汇后,又因为自身历史语境的演进,逐年增添了更多明确或隐含的意思。在有些特定时刻,革命可以变得很具体,变成革除性命,变成从肉体上要了谁的老命。

在法国,百科全书派思想家鼓吹变革,却没有达到鼓动人民去要谁的命的地步,除了卢梭的一些极端言论。对伏尔泰或者狄德罗等文人而言,推崇科学和理性也好,反对宗教霸权、专制制度也好,呼吁天赋人权的平等自由也罢,都没有越过所谓"文明"的底线。被启蒙、讲文明,就意味着相信和平、远离暴力。狄德罗就曾经在给《百科全书》写的一个条目中，明确解释说："凭暴力取得的权力只是篡夺，其势力只延续到指挥者驾凌服从者的力量告终为止……如果这些服从者随后变得强大起来并摆脱他们的桎梏，他们也会像前者所加于他们身上的那样，以同样的权利与正义来如此行事。"

暴力革命显然不是他们的选项。

伏尔泰和狄德罗一样，反对暴力革命，憧憬一种统治者和哲学家结合而导致的"完美治权"：依托一位明智的哲学家君主，以及一位或多位哲学家的辅佐，就能有秩序地完成一个国家从残暴专制向开明宪政的转型。至少，这是他去到波茨坦时，对腓特烈的期待。实际上，腓特烈统治下的普鲁士，也在一定程度上实现了他的期许。他和腓特烈翻脸，与其说是源于意识形态上的不和，不如说是来自其他龃龉。

或者可以说，两人之间的矛盾，也许来源于知识分子与当权者天生的矛盾。

知识分子希望用自己的理念影响当权者，当权者却不容许知识分子越界产生操纵国务、掌控权柄的幻想。当培根强调知识就是力量或权力的时候，他的用意也许就是双重的：知识的掌握能给掌握者提供认知世界的力量，也能给掌握者提供服务于宫廷的权力，给当权者提供统治的权力。但即便在文明如英格兰的君主立宪政体内部，君王世袭的地位依然不可撼动。即便做了国王的廷臣，知识分子依靠知识所获得的权力，只能是有限的权力。

伏尔泰面临的现实也一样。腓特烈曾经是他一度认定的哲学王，一个文明统治的当权者，知识和权力的完美结合。但这个酷爱法国文化、喜欢吹笛子的国王，跟伏尔泰之间还是隔着一堵无法打破的权力厚墙。君王随时可以选择跟随他的思想，或彻底把他驱赶出权力中心，把他这个被榨干的"橘子皮"扔掉。

说得难听一点，启蒙时代的许多知识分子，都面临一个知识寻租的难题。高高在上的权力拥有者，不管是法国国王，还是瑞典公主，不管是普鲁士的腓特烈大帝，还是俄罗斯的叶卡捷琳娜女沙皇，还有数不清的欧洲各地的大小君主，都是这些知识分子的寻租对象。他们希望自己的主张被倾听，被采纳。哪怕受到权力的放逐和迫害，他们都很难振臂高呼暴力革命，推翻君王的统治体系。用伏尔泰自己的话来说，"我已经看遍了查理曼大帝以来世界经历过的革命大场面。这些战争有何用处？只造成了荒凉和数以百万计生命的失去！"

这让人想起中国传统知识分子的偶像孔子。

公元前496年，孔子服务于鲁国季氏的宫廷，官至国相。据司马迁的《史记》说，孔子理政三个月，猪羊贩者不敢漫天要价，路人男女分道而行，路不拾遗，各地来鲁国的人士不用贿赂打通官员，如回到家中一样。齐国惧怕这样的鲁国终成霸业，便派出美女使团，让鲁国国君沉溺美色，无心朝政。孔子进谏无效。次年春天的郊祭到来，仪式结束后，孔子没有分到一份应该属于他的烤肉，由此知道自己在国君宫廷里位置堪忧（"橘子皮"要被扔掉了），最终选择离开鲁国，开始了带领学生周游列国的旅程。

在这个著名的知识之旅中，孔子从未幻想过以任何形式的暴力推翻国君，只是希望遇见能够采纳自己治国理政主张的真命天子。他所推崇的理念，所强调的道德伦理体系，其目的是整治礼乐崩坏的王权，恢复在他看来更符合天理的周朝模式。所以，孔子的理想从来不是革命，而是复辟，倒是巧合了 revolution 在法文里曾经有过的古老含义。

在利玛窦等传教士已经撰文介绍过孔子思想的背景之上，1687年，传教士殷铎泽（Prospero Intorcetta）和柏应理（Philippe Couplet）等人编写的《中国哲学家孔夫子》在巴黎出版，欧洲第一次见到了这个中国古代哲人完整的翻译版文献。

按照史景迁在《大汗之国》中的说法，正是在此之后的法国，一些大思想家受到自己从未涉足的中国深深吸引。但是，他们每个人都从自

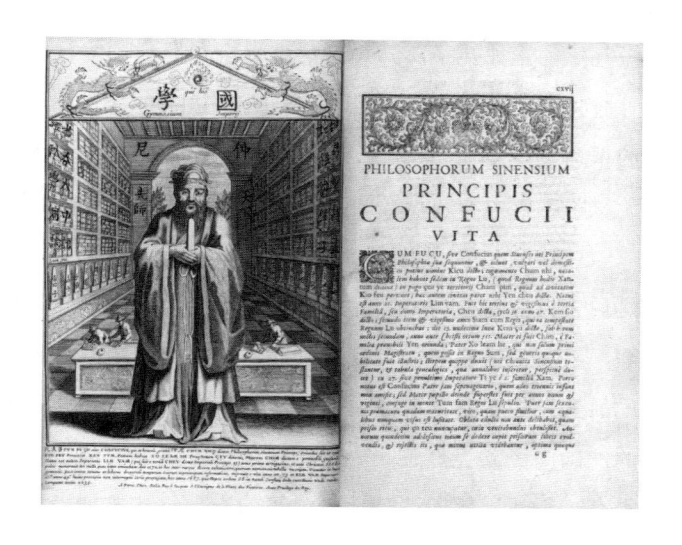

《中国哲学家孔夫子》扉页

己能够得到的资料中寻找自己的观点，尝试着建立一个体系，然后将自己所理解的中国放入其中。换句话说，他们对孔子的理解或赞扬，其实更多是建立在一种关于孔子道德理论的想象之中。

伏尔泰对孔子的理解与热忱，自然也是这种想象的结果。他把古老中国的政治体系，想象成一种开明的专制，一种被启蒙后的君主政体，因为他认定，明智的哲学家和文明的君王携手，就可以创造出法国或欧洲社会改革的最佳模型，人类文明进阶的最好选择。伏尔泰甚至打算把孔子尊为真正的圣徒，因为孔子在"基督教创立500年之前，就将道德教导给中国人民"。

从某种意义上讲，伏尔泰和孔子倒是很相像，他们都把自己看作知识和智慧的化身。他们在不同国度的周游，既是为了寻求知识，也是为了知识自身的流转。他们都憧憬，如果知识遇上明君，碰撞出的仁政火花，就能成为照亮国家和文明的灯塔。

可惜的是，伏尔泰在波茨坦和柏林与腓特烈大帝的"合作"只有短短几年，正如孔子离开鲁国后再也没有得到哪位君王真正重用一样。尽管腓特烈后来宣布，"各国将在年鉴中注明，伏尔泰是18世纪正在发生的革命的提倡者"，但这种空洞的颂词，加上其他欧洲君主的赞誉，却无法跨越权力和知识之间的鸿沟，无法弥补主人和哲人之间的天然断裂。

1778年，离开巴黎二十多年的伏尔泰终于回到法国首都，于几个月后去世。他死后，因为一直反对法国教会的原因，尸体无法在巴黎下葬，最后被亲戚和朋友秘密埋在了香槟的一个教堂墓地，离他和夏特莱侯爵夫人隐居的锡雷不远。法国大革命后的1791年，颁布过《人权宣言》的法国国民议会，正式决定将伏尔泰移葬于巴黎。有一种说法，认为那天有一百万巴黎人参加了哲学家的安葬仪式，拥堵了巴黎街头。这种描述，显然是伏尔泰拥戴者的一种诗性夸张。因为按照历史学家的估算，那时巴黎的总人口才五十多万。不过，这种夸张所表达出的意思却很清楚：到了那个时候，伏尔泰已经被普遍看作大革命的先行者。

伏尔泰下葬的地方，是巴黎的先贤祠。这个先贤祠（Panthéon）的名字还有另外一种译法，叫万神殿。

第七章 《弗兰肯斯坦》人的极限边缘

《弗兰肯斯坦》：科学精神与哥特式审美之间的化学反应，酿制出崭新文学题材，成就了工业革命的浪漫主义狂想曲。

1
恐怖故事

啊！世上的人就没有谁能受得了他那形象之恐怖！即使是木乃伊复活也没有他狰狞！还没有完成时我曾仔细地看过他，他那时就丑陋，但是在肌肉和关节活动以后，他更成了一个连但丁也设想不出的奇丑的怪物。

……

我像这样走了好些时候，企图以身体运动减轻心理的重负。我满街乱走，对自己要去哪里或是在干什么没有明确的想法。恐惧使我痛苦，我的心怦怦地跳，我脚步凌乱，步履匆匆，连望望四周都不敢：

就像有人在荒凉的
路上行走，满怀着恐惧，
回眸一望就向前，不敢回头。
因为他知道，有狰狞的魔鬼
紧紧地跟在他身后。

我就这样走着，终于来到了一家客栈的对面。那里如往常一样，停着许多私人马车和驿站马车。不知道为什么，我在那里站住了，眼睛一直盯着一辆从街道那头向我驶来的车。那车靠近时，我看出是一辆瑞士的驿站马车。它就在我站定的地方停下了。车门打开，我见到的竟是亨利·克莱瓦尔。克莱瓦尔一见我立即跳下车来。"亲爱的弗兰肯斯坦，"他惊叫道，"见到你我多高兴呀！太走运了，竟然刚下马车就碰到你！"

我见到克莱瓦尔时那高兴劲真是无法描述。他的出现唤回了我对父亲、伊丽莎白以及与家人团聚的回忆。我抓住他的手，一时间竟忘了自己的恐惧和不幸。我突然感到了多少个月来久违的宁静与平和的欢乐。因此，我以发自内心的快活迎接了我的朋友，随后我俩一起向我的学校走去。克莱瓦尔继续谈了好一会儿我们共同的朋友，以及他能够到英戈尔斯塔特来是多么幸运。"你可能不难相信，"他说，"要说服父亲相信高贵的簿记学并没有包含一切必须具备的学问是很不容易的。我估计在我离开他时他仍然半信半疑。因为他对我不疲倦的请求的回答永远是《威克菲尔德牧师传》里对荷兰校长的那句回答：'我不懂希腊文，可我一年有一万弗罗林的进账；我不懂希腊文，可我吃得心满意足。'不过他对我的爱毕竟压倒了他对学问的厌弃，他同意我到知识的国度来进行一次发现之旅。"

……

我猛烈地发起抖来。一想起昨晚发生的事我就受不了，更不愿提起。我加快步伐，很快就和他来到了大学门口。我踌躇了一会儿，一想起留在房里的那个怪物可能还活着，在房里走来走去，我又发起抖来。我害怕见到那东西，更害怕亨利见到他。于是我让亨利在楼下等我一会儿，自己奔上楼，进了房间。我的手抓住了门把手，直到这时我都还没缓过气来。我停下步子，一个寒噤传遍了我全身。我像小孩子以为有魔鬼在门后面等着他似的，猛地一使劲，操开了房门。但是，什么都没有出现。我提心吊胆地进了屋子。屋子里空荡荡的,寝室里也没有那狰狞的客人。我几乎难以相信这么大的幸运已经落到了我头上。在肯定敌人已经逃走后,我不禁欢喜得拍起手来,下楼向克莱瓦尔走去。

我俩上了楼,进了房间,仆人立即送上了早餐。但是,我仍然控制不住自己。攫住我的不仅有快乐,也有过度的敏感。我的皮肤发麻,心跳加快,片刻也不能在那里停留。我一会儿跳过这把椅子,一会儿跳过那把椅子,拍着手哈哈大笑。克莱瓦尔起初还以为我这么兴奋是因为他的到来。但是,更仔细地观察后,他却在我眼神里发现了一种他无法解释的癫狂,而我那没有内心感受的毫无节制的大笑也让他不安。

"亲爱的维克多,"他叫道,"为了上帝的缘故,这究竟是怎么回事呀?别那么笑了。你病得多严重呀!这一切都是怎么回事?"

这一段文字,摘自《弗兰肯斯坦》第五章。小说作者是玛丽·雪莱(Mary Shelley),19世纪初期英国的作家。她的另一身份,是同时代英国诗人雪莱曾经的情人,后来的妻子。

玛丽在文字中塑造出来的这个恐怖怪物,后来逐渐成为人造生命的通俗象征。1910年,《弗兰肯斯坦》第一次在美国被改编,拍摄成16分钟的默片电影,促进了好莱坞早期恐怖片的成型。直到2015年,西方都有以弗兰肯斯坦为主题的科幻或恐怖电影、电视剧制作面世。而玛丽这部不算长的作品,现在已经被公认为科幻文学的先驱,有人甚至把它称作史上第一部科幻小说。

弗兰肯斯坦这个名字,如此广泛地存在于电影、电视剧、剧场表演、芭蕾舞剧、漫画绘本甚至电子游戏之中,以至于人们几乎把它与人造怪物画了等号。人们几乎忘记了,弗兰肯斯坦(Frankenstein),实际上并不是怪物本尊，而是发明制造怪物的科学家的名字，也就是上面引文中出现的"我"：维克多·弗兰肯斯坦（Victor Frankenstein）。

1816 年玛丽开始动笔写作《弗兰肯斯坦》时，正跟他的情人雪莱一起去欧洲大陆旅游。在瑞士的日内瓦，他们遇上了异乎寻常的寒冷夏天。这对情侣与英国诗人拜伦（George Gordon Byron）比邻而居，经常在一起聊天。根据玛丽在1831年为小说再版写的序言中说，有一个晚上，三个人无法外出，又躲在拜伦的别墅谈天说地。玛丽无言地听雪莱和拜伦聊了许多哲学和生命的话题，这才终于找到了小说的灵感。此前，拜伦曾经提议每人都写一个恐怖故事，来消磨无法去到户外的时光，她都始终找不到故事的切入点。聊天结束后，回到自己房间睡觉，玛丽做了一个噩梦：

> 我望见一个懂得邪术的苍白的学生跪在自己拼合成的东西面前。我看见一个人狰狞的幻影展开，然后，因为某种强大的机械作用，显露出生命的迹象，僵硬地、半死不活地、不安地震动起来。那一定是非常恐怖的，因为人类要想模仿造物主那神奇的技能，创出生命，肯定会异常恐怖。那艺术家的成功有可能吓坏了他自己，使他逃离那可憎的工作。那艺术家也可能希望：只要把那东西扔下，他所注入的那点生命的火花就会熄灭，接受了那点生命的东西就会死去，他也就可以安心入睡了，就可以相信坟墓的寂静将永远熄灭那恐怖的尸体所表现出的短暂的生命迹象了——他曾相信那是生命的摇篮。他睡着了，但是又醒了过来，睁开了眼睛，却看见那恐怖的东西拉开床帘站在他的床边，用湿漉漉的黄眼睛呆望着他，若有所思。

玛丽记下了噩梦，打算将它写成一个短篇小说。她的情人和朋友却竭力怂恿她将其发展成一部长篇，于是就有了1818年在伦敦出版的《弗兰肯斯坦》。

那一年，玛丽刚好 20 岁。

小说出版时，用的是匿名方式，雪莱也匿名为它写了一篇序言，大致讲述了小说写作的缘起，却没有暴露它的作者是谁。在这篇序言中，雪莱用"我"和"两位朋友"（"其中一人笔下的故事受公众欢迎的程度远超过我希望能写出的任何东西"）来暗示三人之间的关系，却没有明确"我"的身份就是玛丽。小说首版只印刷了 500 册，那时的伦敦出版商完全没有预料到，这个故事将来会受到多么热切的追捧。

小说文体由几个主要人物的书信和自述构成。除了最初发现弗兰肯斯坦的华尔顿，还有被创造出来的怪物。最多的自述，则是来自科学家弗兰肯斯坦本人。故事发生的时间，设定在 18 世纪，因为从华尔顿的第一封信结尾处，可以看到日期是"17—"。

华尔顿在北极探险，救出一个自称弗兰肯斯坦的男人。这个男人讲述了他所经历的可怕事件：他按照科学方法，在自己实验室里制造出一个样貌丑陋，高达 2.4 米的人形怪物。科学家被这个可以说人话的怪物吓住，不知所措，怪物却逃走了。此后，怪物制造出杀人案，科学家病倒。怪物和弗兰肯斯坦见面，讲述自己的孤独，要求科学家再给他造一个女性伴侣。科学家去到爱尔兰，最终因为担心一对怪物夫妻会导致人类毁灭，遂打算停止造人试验。怪物开始报复，杀死了他的好友，即上面引文中提到的克莱瓦尔，迫使弗兰肯斯坦逃回老家。在日内瓦，弗兰肯斯坦结婚的日子，怪物再次出现，杀死了科学家的新娘。弗兰肯斯坦决意复仇，干掉怪物，一直追到了北极。由此，华尔顿才知晓了科学家的悲惨遭遇。而怪物在弗兰肯斯坦死后，告诉华尔顿自己将永远消失，不让人们知道曾经有这样一种东西存在过……

小说出自一个不满 20 岁的少女之手，缘起是一场朋友间消遣的游戏，这一背景，似乎限制了《弗兰肯斯坦》成为正统学院派文学经典的可能。

与玛丽同时代的英国和欧洲作家，已经用各种语言创作出版了大量小说，声誉卓著，开创了欧洲长篇小说的所谓滥觞。玛丽的作品，在这些公认大师的作品中，确实是极不起眼的小不点儿。不过，这并不妨碍这部小说塑造的怪物最终渗透进大众想象，并在后来成为全世界无数读者和观众耳熟能详的科幻典型。

2
亲爱的弗兰肯斯坦

克莱瓦尔一见我立即跳下车来。"亲爱的弗兰肯斯坦,"他惊叫道,"见到你我多高兴呀!太走运了,竟然刚下马车就碰到你!"

科学家弗兰肯斯坦的全名,"维克多·弗兰肯斯坦",应该裁成两个部分来解读。让我们先把维克多放在一边,看看这亲爱的"弗兰肯斯坦"到底意味着什么。或者,假设自己是坐在1818年伦敦某个起居室里的读者,第一眼看到书封面上这个明显不属于英语的主人公名字,会有一种什么样的感觉。

首先,"弗兰肯斯坦"(Frankenstein)这个名字也可以裁切成两个部分,弗兰肯(Franken)和斯坦(stein)。在德语中,弗兰肯(Franken)大约是指代"弗兰克人",或者指代"弗兰哥尼亚",这是一个属于今天德国的地域。当然还有其他说法,比如现今波兰境内的一个德国人聚居地,曾经属于普鲁士,也叫弗兰肯斯坦。其次,紧跟在弗兰肯后面的斯坦(stein),在德语里是"石头"的意思。两个词组合在一起,也可以翻译做弗兰克人的石头,或者弗兰哥尼亚的石头,或者弗兰肯斯坦地方。

我们为什么如此确定这个名字跟德语有关?依据来自雪莱和玛丽分别写于1818年和1831年的两篇序言。

1818 年的小说第一版，雪莱在匿名序里说，在日内瓦那个"寒冷而多雨的季节"，"晚上我们挤在熊熊的炉火边，以偶然落到我们手里的德国魔鬼故事消遣。"1831 年，玛丽用自己真名给再版小说写了另一篇序，也声明自己在"那年夏天过得并不愉快。老下雨，很潮湿，我们一连好多天都被关在屋里——那时我们得到了几本从德语译成法语的鬼怪小说。"德国鬼故事和德语鬼怪小说，相信就是弗兰肯斯坦这个德语名字的渊源。

还有生平研究者指出，玛丽给小说主人公取名弗兰肯斯坦，是因为她和雪莱在德国旅行时，曾经去到莱茵河畔一个叫这个名字的城堡。传说城堡中曾生活过一位炼金术士，在昏暗空间里鼓捣一些见不得人的秘密技术。不过，这种说法即便可信，也不是我想在这里强调的重点。

弗兰肯斯坦这个主人公名字，或者小说名字，表征了复杂的文化语境。

19 世纪初期，率先进行了宪政改革、经历了工业革命的英国，并没有按照伏尔泰的预测，立即成为欧洲科学和技术的领头羊。比如，按照历史学家的分析，当时的英国并没有在钢铁和蒸汽机等技术领域超越法国；许多影响后世的科学发现、学科建设，英国人也没有独占鳌头，法国、德国和意大利，在所有科学领域都扮演了重要角色。法国、意大利和德国的科学家，与英国科学家的水平相比，不说超越也至少不相上下。

那时知书达理的英国上层绅士和淑女，都知道在西欧最早建立的 10 所大学里，牛津（1096 年）和剑桥（1209 年）只占了两席，而其他都在意大利的博洛尼亚（1088 年）、帕杜阿（1222 年），西班牙的萨拉曼卡（1134 年），法国的巴黎（1160 年）和葡萄牙的科因布拉（1290 年）等地。也就是说，从科学和技术进步来看，海峡对岸的欧洲依然值得英国人仰视。

另一方面，从 18 世纪开始，通过不断加强海外投资和殖民，扩大全球贸易网络，从奴隶买卖到开采美洲的黄金和白银，再到借钱给打仗的欧洲国家，遵从实用主义的英国获取了巨额的"帝国利润"。从这个平台出发，英国在 19 世纪初走上了所谓日不落帝国的强盛轨道。当大革命后的法国还在为第一共和的扩张而战斗，随后上台的拿破仑试图用武力"解放"欧洲、引爆各种战争的时候，英国的商业、贸易和金融却取得了长足发展，一片繁荣。以至于借英国钱打欧洲仗的拿破仑都心有不甘，嘲笑说这个国家是个"店小二之国"。

在这个平台之上，英国的贵族和资产阶级手里有了大把的英镑，供他们消遣。消遣的方式之一，就是渡过英吉利海峡，去欧洲大陆壮游（Grand Tour）。

受文艺复兴时期的绅士传统影响，19 世纪初的意大利依然是英国上层阶级"成人礼"式壮游的首选目的地。拜伦的叙事诗《恰尔德·哈罗尔德游记》1812 年在伦敦出版，引发上流社会的疯狂购买，让他赚得盆满钵满，就是一个证据。在这首长诗里，拜伦用感伤的笔触，描写黄昏里的希腊和罗马废墟，以及大陆地方的风景，让伦敦沙龙的淑女们见到年轻的勋爵就浑身发抖，听到他朗诵就忍不住泪流满面。正因为此，雪莱才会在 1818 年给《弗兰肯斯坦》写的序言中说："其中一人笔下的故事受公众欢迎的程度远超过我希望能写出的任何东西。"

这一股旅欧热情和时尚，让英国人出行的目的地，最终超出了意大利等地中海国家，扩展到阿尔卑斯山一带，遍及欧洲。

按照小说的交代，科学家弗兰肯斯坦的父亲是日内瓦望族，他的出生地是意大利的那不勒斯，他父母收养的女孩伊丽莎白，也就是后来被怪物所杀的科学家未婚妻，也是意大利贵族的后代。所有这一切，都给小说读者搭建了一座想象中的壮游之桥，让他们得以进入一个与古老欧洲传统衔接在一起的幻觉之旅。对 1818 年的伦敦上流人士而言，弗兰肯斯坦这样一个德语名字，自带异域情调，也就有了相应的欧陆文化诱惑。

弗兰肯斯坦这个名字的另一种诱惑，跟他就读的英戈尔斯塔特大学，以及他学习的专业紧密相关。

小说中出现的这所大学,是曾经真实存在过的高等学府。英戈尔斯塔特大学是公元15世纪建于德国巴伐利亚的一所基督教神学院,在1800年关闭。从弗兰肯斯坦的自述中,我们得知,年轻的主人公在这所已经消失的大学里,钻研的是化学。对伦敦的读者来说,主人公的德语名字,已经荒废的德国古老大学,包括它的化学专业,一下子也跟神秘感挂上了钩。

在那时,在许多《弗兰肯斯坦》的读者眼里,化学跟炼金术几乎是同义词。

炼金术是一门古老的技艺,在世界各地存在了几千年。中国战国时代兴起的炼丹术,就是最早的寻求物质化学反应的一种神秘实验。方士将朱砂加热,得到液态金属水银,水银在丹炉里加热蒸发,又可以还原成朱砂。如此往复,似乎证明了两种物质形态可以无限转换下去,一种

《寻找哲学家石头的炼金术士》,1771年,(英)约瑟夫·莱特,藏于德比博物馆与艺术画廊

物质的死亡等于另一种物质的诞生，神奇的长生不老药就在这个过程中得到提炼。炼丹术在后来不断发展，导致黑火药出现，成就了中国古代四大发明的其中一项。

在英语里，化学（chemistry）和炼金术（alchemy）是近亲，词根来自阿拉伯语，与古埃及的巫术传统也有关联。有一种说法，认为中国的炼丹术通过丝绸之路先传到阿拉伯世界，最终得以在中世纪进入欧洲。到了启蒙主义时代，欧洲的化学都还是一个边缘模糊的研究领域，因为在此之前的许多世纪里，它血缘祖先就是神秘炼金术。跟中国古代的方士一样，欧洲的炼金术士相信，通过一些神奇元素的组合与烧炼，可以得到一种叫"哲学家石头"（philosopher's stone）的东西。他们可以再利用这种神奇石头，来操控完成物质或肉体的转换，要么将水银变成白银，要么让人返老还童、长生不死。

炼金术士孜孜以求的"哲学家石头"，还有另一层复杂有趣的文化底蕴。

对于那些年代的知识分子而言，哲学家与科学家几乎是同义词，因为他们认定，从古希腊时代开始，哲学和科学就已经是一枚硬币的两面。亚里士多德是一位哲学家和美学家，同时也是一位科学家；他提出的许多假说，以及关于方法的议论，被认为是西方自然科学的奠基之作。前面我们曾经讨论过的卢克莱修，那个影响了佛罗伦萨文艺复兴的古罗马哲学家，他的著作题目也是《物性论》，核心论题是构成宇宙和世界万物的原子。

到了启蒙时代，无论是英国，还是德国、意大利的知识分子，抑或是法国百科全书派的文人，通常都用"自然哲学"这一名称来指代我们今天所说的科学。在《百科全书》中，狄德罗和达朗贝尔勾画出的"知识之树"，建立了人类知识的分类学。按照他们的分类，"哲学"（philosophie）是属于"理性"之下的第一大类，然后才分为"自然的科学"（science de la nature）和"人类的科学"（science de l'homme）。所以，自称哲学家的写作者,往往同时也是科学家:伏尔泰研究牛顿的引力理论,莱布尼茨的毕生专业是数学,康德以研究地表摩擦和地球自转而闻名。

从17世纪的爱尔兰学者波义耳(Robert Boyle)开始,古老的炼金术逐渐分裂。它的一部分,演变成了现代化学雏形,另一部分,则继续与提炼"哲学家石头"的暗黑技艺一起神秘生长。在《百科全书》的"知识之树"中,属于"自然科学"的"特殊物理"(physique particuliere)分支下,有"化学"(chimie);而"化学"之下的分支,还包括"炼金术"(alchimie)。在启蒙主义高峰期,化学变成了一个众多钻研者趋之若鹜的领域。哲学家、作家、剧作家和诗人伏尔泰,与夏特莱夫人住在远离巴黎的锡雷城堡,都不惜花大把时间跟瓶瓶罐罐混在一起,做化学(炼金术)实验,并撰写有关火的燃烧原理的论文,上交法兰西科学院参赛。

这就解释了,为什么弗兰肯斯坦在进入英戈尔斯塔特大学后,一位化学教授告诉他:"化学是自然哲学里最能出成绩的分支之一,取得过许多伟大的成就。"

在《弗兰肯斯坦》里,教授还对自己学生说过下面这段话:

> 现代的科学家们很少许愿。他们知道金属无法互相转化,长生不老药只是幻想而已。他们的双手似乎天生是要到泥土里去掏摸的,他们的眼睛则是用来观察显微镜或坩埚的,但他们确实创造了奇迹:深入了大自然的底奥,揭示了大自然是怎样隐蔽地活动着的;飞上了云霄,发现了血液循环的模式,发现了我们所呼吸的空气的特性。他们获得了新的力量,几乎无所不能。他们可以号令天上的雷霆,仿制出地震,甚至用幽灵世界的幻影嘲笑那个看不见的世界。

关于自然哲学的说教,激励了年轻的大学生弗兰肯斯坦。他在自己房间里做的，是一个科学与技术的终极实验。他利用化学、解剖学等等知识，用死去的骨头和机体组装出一个生命体，从死亡中制造出生命，到达了炼金术士梦寐以求的最高境界。

因此，玛丽给自己主人公取的德语名字中，有一个"石头"（stein）后缀，就不是一个随意之举。弗兰肯斯坦名字里的"石头"，与代表科学追索者的"哲学家"，与炼金术士渴望的"哲学家石头"，显然有意趣上的直接关联。

自然哲学赋予弗兰肯斯坦"无所不能"的力量。他从无到有，制造出了一个人形的机体，并给他注入生命，让他具有了人类的语言能力。这一次科学实验，是在显微镜、坩埚、血液循环、呼吸、空气特性这一系列前人研究成果的基础之上成功的。也就是说，弗兰肯斯坦是踩在启蒙时代的自然哲学平台上，完成了他的工作。这不是一次古老炼金术的神秘结果，而是一次以化学知识和实践为基础的科学突破，是启蒙理性和技术工具的融合创造。炼金术指向过去，化学指向未来，弗兰肯斯坦站在过去和未来之间，展示了科学的无限可能。

今天，当人们谈论波士顿动力公司自在奔跑的机器人，谈论谷歌DeepMind 的人工智能战胜人类顶尖围棋手，关注能随时根据客人要求变换情绪的人造硅胶性伴侣时，实际上是在谈论弗兰肯斯坦通过实验所预示的未来。

虽然真正的弗兰肯斯坦式的怪物还没有诞生，但我们都知道，人类科技离那个目标，只剩下一步之遥。甚至，如果没有伦理上的相关约束，原始的人造人雏形可能已经站在地平线上。由此带来的伦理困境和争论，正好反映了我们当下所面临的空前科技突破。杀戮机器人应该拥有超越人类指令、自我决定的 AI 吗？克隆技术是否能用来克隆人，而不只是绵羊或老鼠？如果一个 AI 能够写出许多首让人感动的诗歌，人的情感能力和创造能力是不是就有可能不再是他/她引以为傲的特质？如果可以通过科技，以人为范本创造生命，从而让死亡变成不可能，我们是否愿意，或者能够被允许这样做？

弗兰肯斯坦在创造了怪物之后，很快从狂喜转为恐惧，就是因为他已经意识到，他手中的化学原理和工具，赋予他无所不能的力量，这种力量让他完成了人也许不应该完成的任务。本来属于自然的生命，现在成了被人为操弄出来的东西。

我们不得不赞叹，在19世纪初期，一个十七八岁的少女居然预见了人类科技发展的大趋势，并敏锐地提出了质疑。当然，我们可以说这是玛丽在聆听雪莱和拜伦那些谈话之后所受到的启发，是两个诗人的智慧给她的文字做了铺垫。但我们却不得不承认，通过将这种理念化为具体的、可被读者感知的细节描写和渲染，从而催促读者去思考这个最根本的人类话题，小说作者显示出了她超越年龄、超越时代的非凡想象力。

也许，她才是那个时代的文字炼金术士？

3
柯勒律治和老水手之歌

在上面引用的《弗兰肯斯坦》那段文字中，有几句诗显得有些突兀："就像有人在荒凉的／路上行走，满怀着恐惧，／回眸一望就向前，不敢回头。／因为他知道，有狰狞的魔鬼／紧紧地跟在他身后。"在小说原文中，这段诗句后面还有一组词汇，被译者删掉，变成了译文的注释：

　　……柯勒律治《老水手之歌》

柯勒律治（Samuel Taylor Coleridge）是玛丽和雪莱的文学和思想前辈。按照丹麦学者勃兰兑斯（George Brandes）在《十九世纪文学主流》中的说法，他是"深深地步入当时还没有被外国人探索过的德国文学丛林的第一个英国人"。此君曾是剑桥大学没有拿到毕业证的才子，英国诗人圈子里颇有名气的人物。1798年，他与自己的好友，也是诗人的华兹华斯（William Wordsworth）兄妹相约去德国壮游。结果到了德国后，他却独自去了哥廷根大学，在那里注册当学生，一待就是两年。柯勒律治欣赏德国唯心主义，包括那时已经十分时髦的康德批判哲学，也喜欢德国文学。从德国回到英国后，柯勒律治对英国文学的感性和保守十分蔑视，他不仅翻译介绍了席勒的作品，还撰写了许多评论文章，希望能改造英语文坛。

柯勒律治《老水手之歌》版画插图

柯勒律治的评论文字当然重要,但他并不算太多的诗作,对 19 世纪初英国文学的贡献更大。1800 年从德国回来后,柯勒律治在格拉斯莫尔湖区定居。与他做邻居的,就是华兹华斯兄妹,还有另一位叫骚塞的英国诗人。这几个人在湖区的生活和创作,最后为他们赢得了一个英国诗歌史中的著名派别的称号:湖畔派(the Lake Poets)。

柯勒律治的《老水手之歌》,始见于他与华兹华斯合作、出版于 1798 年的诗集《抒情歌谣集》。这首诗和这本诗集,现在已经被认为是英国浪漫主义诗歌运动的开端。在这首以民间歌谣形式写作的长诗中,柯勒律治讲了一个奇怪的鬼故事。

三个赶赴婚礼的人,在途中碰见一个老水手。老水手给其中一个人叙述了自己的经历,让他忘记还有婚礼要参加。老水手的故事很简单,他在航行大海的船上,用弩射杀了一只停靠在索具上的信天翁,从此招来整艘船的厄运。船在风浪里不知所终,最后遇上一艘鬼船。因为鬼船上一个妖魔投出的骰子,船上所有的人一个接一个都死掉了,只剩下老水手得以活命。在世上飘荡多年之后,老水手终于回到故乡,得以向行人讲述这件阴森惊悚的事情。

不用进入文本细读,《弗兰肯斯坦》和《老水手之歌》之间的情节和文本关联就一目了然。两个作品都有一个超现实的恐怖故事内核,都涉及无法预料的危险,甚至,都和极地扯得上关系。《弗兰肯斯坦》的故事,是在北极探险的华尔顿听来的;《老水手之歌》里失控的船,也曾经一度被困于南极海冰之中。在这段文字里,玛丽引用柯勒律治的诗句,表面上看起来,是要凸出和渲染弗兰肯斯坦的恐惧,实际上,她这样做,目的可能还不仅限于这一点。

《老水手之歌》出版后,在英国读书圈引发热烈争论。抨击者和赞扬者的文字,把这首诗推向风口浪尖。它赢得的口碑,远远超过了《抒情歌谣》本身。对于玛丽,包括雪莱和拜伦而言,柯勒律治这个名字绝不陌生,这部作品他们自然也耳熟能详。玛丽在小说中引用柯勒律治的诗句,等于是给弗兰肯斯坦的故事划定了一个语境,让弗兰肯斯坦的历险,与老水手的历险互为参照,在冥冥之中构成相互阐释的文本共同体。这就让她的读者在体验科学家的故事时,会顺便联想到老水手的故事,从而下意识地将两个故事看作一个语境的有机组成部分。

有意思的是,玛丽的父亲,是 18 世纪末期闻名的英国文人葛德文(William Godwin),她的亲生母亲沃尔斯顿克拉夫特(Mary Wollstonecraft)也是一个激进作家,英国最早的女权主义思想推动者之一。葛德文以激进的无政府主义思想为人所知,在探讨政治哲学的同时,也对人类长生不死的话题颇感兴趣,甚至还在 1799 年发表过一本关于生命无限的怪诞小说。此外,葛德文和柯勒律治也多有交集。诗人曾经是葛德文家的座上宾,在他家朗诵诗歌,讨论各种问题,包括炼金术和化学。年幼的玛丽,是这些聚会上的听众之一。

根据历史学者的研究,柯勒律治深受葛德文思想的影响,曾经打算和骚塞一起,去美国的宾西法尼亚成立一个完全平等、没有政府税收和管制的乌托邦社区。他的《老水手之歌》出版于 1798 年，葛德文的那本志怪小说出版于一年之后，两部作品似乎在对待生命和死亡的问题上，也有相当的默契。

《老水手之歌》里，鬼船上的那个决定船员命运的妖怪，是个面色苍白的女鬼，叫"死亡之生命的噩梦"（Night-mare Life-in-Death）。她跟一个叫死亡（Death）的骷髅赌博，掷出的骰子让骷髅赢了所有船员的灵魂，自己则赢了老水手的灵魂，所以老水手才活了下来。葛德文在他的小说《圣里昂》中讲述的故事，母题与柯勒律治的作品相近：一个贪赌的法国贵族圣里昂输光了家产，最后从一个神秘的陌生人手里，得到长生不老之药。从此，他不会死去，而且可以无限地增加自己财富。但当他达到这个目的时，却失去了家人和朋友，成了一个永恒孤独的流浪者。

玛丽的《弗兰肯斯坦》，在故事内核上也反射出《圣里昂》和《老水手之歌》的影子。弗兰肯斯坦将自己的身心投入科学实验，从死亡中创造了生命，最终却因为拥有这种能力，成了孤独的受害者。她引用柯勒律治的《老水手之歌》，在加强自己文本与柯勒律治诗作的互文效果同时，也算是间接地跟父亲作品进行文本互动。事实上，小说的第一版在 1818 年出现时，就是明确题献给葛德文的。我们完全可以想象，那些英国写作圈子内外的读者，在读到玛丽引用柯勒律治诗句时，会怎样联想到她父亲的《圣里昂》，又会对这三个文本之间隐含的关联，如何愉快地心领神会，嘴角泛起一丝微笑。

《老水手之歌》中的核心意象，是老水手杀死海鸟的行为。一只暂时停靠在索具上的信天翁遭到射杀，开启了船上所有人恐怖而悲惨的经历。

柯勒律治和他的湖畔派同仁，之所以被称作英国浪漫主义的先驱，除了其他一些显而易见的特征外，就是他们的作品，都富于对自然的关注和描述。如果我们还记得卢梭曾经宣扬过的优雅野蛮人与自然和谐相处的理念，我们就会明白，为什么无论对湖畔派的柯勒律治来说，还是对雪莱和拜伦这些激进的抒情诗人来说，自然在他们的想象和文字中，都是一个带有神圣光晕的母题。

启蒙主义者把人类看作从自然中来的特殊物种，在文明的进化过程中，逐步脱离了自然状态。而且，他必将依靠理性和科学，进一步在文明阶梯上攀登。这也就意味着，越是文明，人类离自然状态就越是遥远。卢梭的观念反其道而行之，他把处于自然状态的人看作最美丽最幸福的种群。文明以及文明所带来的一切体制，让人类脱离自然，也就让他失去了原本的天真和幸福。我在前面已经说过，伏尔泰曾经对卢梭的这套说法相当不屑，曾写信对其进行辛辣嘲讽，但这并不妨碍卢梭的观点在进入19世纪以后成为许多欧洲文人的共识。这种对自然的崇尚和赞美，成了所谓浪漫主义思潮的一个重要内容。在许多浪漫派文人和艺术家的认知中，自然是神秘的，不可抗拒，于人类文明之外而自主存在。任何试图改造自然、违抗自然规律的努力，都会带来灾祸。

在这个背景之上，《老水手之歌》里那只被杀死的信天翁，就有了明确的寓意。

当老水手的船被困在南极的冰面上不得动弹时，一只信天翁出现，引导海船脱离险境。但是，在水手杀死了信天翁后，一切都变了。失去信天翁的引导，给船帆助力的风也神秘地消失，航船只能在海面上漂荡。杀死信天翁，等于触碰了一条不可侵犯的底线，按照勃兰兑斯的说法，大海因此才透露出真实的、自然状态下的气息：

> 那清凉的微风，那翻腾的泡沫，那可怕的浓雾，那血红的夕阳映照下的酷热的、古铜色的天空——所有这一切都是大自然的本来面目……

船上所有人都死掉之后，老水手在鬼船的妖怪那里获得活下去的机会,更像是一种幻觉,因为妖怪的名字,就是"死亡中的生命"。所以,当他回到大陆附近港湾时,他以为自己在做梦。陆地上的一个隐士从水里救起了他,而他却注定要在世界上游荡,一遍又一遍地向别人讲述自己的恐怖故事。按照这个逻辑,把讲故事的老水手解读成超越生命和死亡界限的存在,理解成会讲人话的鬼魂,大概也没有什么错。

同样的认知理念和价值判断,也可以用来阐释玛丽的小说。

跟老水手杀死信天翁一样,弗兰肯斯坦的厄运,是在他制造出怪物之后降临的。科学家的实验突破了生命和死亡之间的边界,用科学手段制造了"死亡中的生命",从而触碰了自然不可侵犯的底线。一开始,这个丑陋的造物还只是给他带来恐惧,随后出现的一系列事件,却开始导致他身边朋友和亲人的死亡。弗兰肯斯坦调戏了自然规律,试图像鬼船上的妖怪一样,搬弄生命和死亡的骰子,命中注定要受到惩罚,直至浪迹天涯海角。

在北极,弗兰肯斯坦临死之前,对华尔顿说出了最后一段话:

> 再见了,华尔顿!从宁静中寻求幸福吧,避免高远的志向,即使是看上去纯洁正确的志向,比如在科学和创新领域出人头地之类。

科学也许是"纯洁正确"的,但如果超越了自然生死的界限,它就会造成混乱,就会带来灾祸。人的生或者死,是不可抗拒的自然逻辑,破坏了它,就等于杀死了那只神秘的信天翁,会遭到最终的惩罚。

在《老水手之歌》结尾处,老水手也对听得迷糊的婚礼客人感叹说:"最虔诚的祈祷,是珍爱 / 所有事物,无论大小;/ 因为亲爱的上帝爱我们 / 他创造并爱一切。"在柯勒律治的文字里,上帝当然不是一般英国百姓所认定的基督教上帝,而是浪漫主义者所遵从的创造者和拥有者,是神秘的,不可侵犯、不可违抗的自然。

4
维克多

"亲爱的维克多,"他叫道,"为了上帝的缘故,这究竟是怎么回事呀?别那么笑了。你病得多严重呀!这一切都是怎么回事?"

在这段文字里,出现了科学家姓名的另一个部分:"维克多"。在英文原文里,维克多是 Victor。一般说来,这个名字稀松平常,男性的维克多,和女性的维多利亚(Victoria)是英国人常见的称谓。维多利亚(Victoria)是罗马神话里的胜利女神,维克多(Victor)则是从拉丁文演变而来,原意是征服者,后来又有了胜利者的意思。

弗兰肯斯坦在实验室里造出了怪物,从此遭受厄运诅咒,以悲剧收场。他的创造者玛丽,为什么还会给他一个表示胜利和征服的名呢?

有一种八卦的说法是,玛丽给科学家命名维克多,暗中把她的情人雪莱写进了小说文本。雪莱曾经使用过维克多的笔名,而且在伊顿公学和牛津大学读书时,热衷于化学实验。所以,弗兰肯斯坦身上有诗人雪莱的影子。玛丽和雪莱恋爱时,怀上了他的孩子,不幸的是,早产婴儿出生后两个星期就死了。雪莱却在此时,跟玛丽同父异母的姐姐发生了恋爱关系。由此,玛丽才在小说中,让维克多(雪莱)对自己创造出来的怪物心怀恐惧,逃之夭夭。

更重要的解读线索,出现在小说第十五章。

逃跑掉的怪物与弗兰肯斯坦再次相遇后,向科学家讲述了自己躲藏山林的经历。在那儿,他从一个旧旅行箱里找到几本书,其中就包括德国人歌德的《少年维特之烦恼》和英国人弥尔顿的《失乐园》。怪物读了这些书,向维克多讲述了自己的读后感:

> ……《失乐园》所唤起的情绪却很不相同,它给我的感受要深沉得多。与我手里别的书一样,我把它当作真实的历史。它激起了我全部的惊奇与敬畏。全能的上帝与诸神交战的场面令人激动不已,我常将书中人物的遭遇当作我自己的遭遇,因为他们的处境和我很相似。我显然也和亚当一样,现存的东西与我没有任何关系。可是,在其他方面,他的处境却又和我截然不同。他是上帝亲手创造的一个完美的生灵,幸福兴旺,受到他的创造者的特殊关注。他能和一个个有着超常禀赋的生灵谈话,获得知识,而我却很凄凉,独自一人,孤立无助。

英国诗人弥尔顿(John Milton)在1667年发表的史诗《失乐园》,演绎了一段基督教故事。大天使撒旦(Satan)因为违抗上帝,被处罚坠落至地狱。撒旦不服,说服纠集地狱里的其他堕落天使,一起向上帝宣战。他的策略,是引诱上帝的作品——伊甸园里的人类始祖亚当和夏娃,让他们像自己一样跟上帝作对。撒旦化装成一条蛇,首先诱惑夏娃偷吃了禁果。结果人类从此堕落,被永远逐出乐园,命中注定在尘世经历无尽的苦难和考验。

弥尔顿描绘的撒旦形象,与很多基督教文本中的撒旦非常不同。在《失乐园》里,撒旦虽然是反派,上帝的对立面,却有着非凡的智慧和口才,有着邪恶的英雄主义气概,以及不可阻挡的反抗意志。在一些文学史研究者和阐释者看来,弥尔顿的撒旦,几乎是一个正面形象,甚至,是一个成功的反抗者，一个破坏了上帝总体规划、把上帝的作品毁掉的英雄。

撒旦在某种意义上是胜利者。反抗自然规律，就是反抗上帝的安排。把科学家看作撒旦，成功挑战生死界限，把他命名为 Victor，倒是一个有意味的设定。

不过，事情没有那么简单。

我们可以看到，在玛丽的这段文字里，怪物同时又宣称自己"很凄凉，独自一人，孤立无援"。随后出现的一个重要情节，是怪物追踪弗兰肯斯坦到了爱尔兰，强迫他再给自己造一个女性的怪物作为伴侣，以免除自己的孤独之苦。因为科学家拒绝，怪物甚至还杀死了弗兰肯斯坦的好友。让怪物自称亚当，要求科学家给自己再造一个夏娃，在某种程度上就给科学家定了性：他是一个创造者，扮演了上帝的角色。

从这一点来看，弗兰肯斯坦似乎又变成了上帝本尊，或者他取代上帝，成了生命的创造者。他是一位找到了"哲学家石头"的成功化学家（炼金术士），所以他是胜利者（Victor）。

《弗兰肯斯坦》还有一个副标题，叫"现代普罗米修斯"。

根据古希腊神话，普罗米修斯属于巨神（Titan）一族，从泥土中造出人类，并违抗宙斯和众神意愿，将火偷偷给了他们。众神震怒，把普罗米修斯用铁链锁在高加索山崖上，让鹰永远撕咬他不断长出的肝脏。从埃斯库罗斯的悲剧《被缚的普罗米修斯》开始，这个违抗宇宙最高权威、帮助人类的神，就被描写成一个英雄，一个反叛者，一个道德上的胜利者。玛丽把小说的副标题写作"现代普罗米修斯"，显然是要把造人的科学家和造人的巨神拉上关系。

1818年，玛丽的小说出版那一年，她的一封信里首次谈及另一部叫普罗米修斯的作品。那是一部诗剧，作者是她远在意大利的爱人雪莱。雪莱的诗剧名字叫《被解放的普罗米修斯》，取材于同一个古希腊神话。诗人把那个希腊神话英雄最终的解救，描述成是因为朱庇特（宙斯）的失势，而不是他跟宇宙统治者的和解。在雪莱的作品中，普罗米修斯是一个坚定的反抗者，一个无论被囚禁多久，最终都会得到解放的神灵。当普罗米修斯最终成为胜利者的时候，朱庇特只能在万劫不复的深渊里哭泣，哀求他的宽恕。

如果我们相信，玛丽的小说受到雪莱启发，给自己的主人公赋予了某种现代普罗米修斯气息的话，那么弗兰肯斯坦通过实验制造怪物的成功结果，也可以被看作一种胜利，反抗上帝权威和意志的胜利。造人的上帝退位，就像宙斯的失势。玛丽笔下的现代普罗米修斯不仅造出了人，还给了他知识和语言的火种：怪物既有活的机体和关节，也有情感和思想，甚至还能阅读《失乐园》，并向他的创造者讲述自己的复杂感悟。换句话说，怪物拥有了他最不该拥有的东西：智慧之树上的果实。

科学成功地击败了神灵，所以科学家是普罗米修斯，是胜利者。

那么，这个维克多，他到底是谁？他是撒旦，还是普罗米修斯？是恶魔，还是天使？或者说，他是上帝，还是赢了上帝、击败了宇宙规则的科学家？

《弗兰肯斯坦》第一版在1818年面世时，当时已经赫赫有名的小说家司各特（Walter Scott）在爱丁堡的一份杂志上撰文，赞扬了作者的才华。司各特认为，玛丽的"故事用平常而有力的语言，描写了狂野的事件，这让我们获益颇多。那种讲述奇幻故事时似乎应该使用的炫耀语言，以及混合着日耳曼式夸张的风格，在这部小说里都没有出现"。不过，司各特对小说中的怪物如何能够获得语言能力，甚至研读歌德、弥尔顿等人的经典作品，表示了怀疑。在他看来，这已经超过读者所能接受的范围。

与司各特的好感不同，另外一些评论者对《弗兰肯斯坦》就没有那么客气。比如，一位保守党议员在伦敦的《旬报评论》发表了一篇文章，猜测小说作者是葛德文家族的成员，并指出："他在这部出版物中采用的风格只会损坏他的目的，在笑过恨过之后，疲惫的读者对他的目标（如果真的有这样一个目标的话）只能表示怀疑，怀疑作者的脑袋和心灵已经彻底坏掉。"

　　时至今日，《弗兰肯斯坦》的知名度似乎已经不允许这种负面的评价。我们却不得不说，司各特和《句报评论》文章的那些裁决，也值得关注。也许，玛丽的"脑袋和心灵"并没有彻底坏掉，但她在给小说主人公选用维克多（胜利者）这个名称时，却确实有犯迷糊的可能。或者反过来，我们可以用一句话来回答上面那一连串疑问：玛丽在塑造弗兰肯斯坦这个科学家形象时，其实并没有在价值评判上拥有清晰的尺度。

　　也许她觉得，维克多像柯勒律治的老水手杀死信天翁一样，突破了自然底线；也许她认为，维克多和雪莱的普罗米修斯是一路人，造出了人类还赠给他智慧；也许她更愿意把自己的主人公描写成弥尔顿的撒旦，是挑战权威的堕落英雄；又或者，她愿意把维克多看作利用科学"出人头地"的功利主义者，一个试图僭越人类极限、自己成为上帝的狂人。

　　我们还可以进一步说，玛丽塑造的维克多·弗兰肯斯坦，是一个不成熟的虚构人物。落笔写作之前，玛丽受到了各种观念的诱惑、各种情感的撩拨，无论作为各种文字读物的少年读者，还是作为父母亲、柯勒律治，以及雪莱和拜伦的听众。然后，一个有出众的感悟能力和文字能力的人，在以写作为消遣的游戏中，偶然触碰到敏感而宏大的主题，幸运地完成了一次注定要载入史册的尝试。玛丽无法真正把控她的人物，更无法从理性的层面去把控人物的价值评判，这才给她的主人公，罩上了一层让读者困惑的道德迷雾。

　　想来也是，让一个十七八岁的年轻作家，对一个人类根本问题做出清晰而圆满的回答，本身就是一种奢望。

5
《维克菲尔德牧师传》

……"你可能不难相信,"他说,"要说服父亲相信高贵的簿记学并没有包含一切必须具备的学问是很不容易的。我估计在我离开他时他仍然半信半疑。因为他对我不疲倦的请求的回答永远是《维克菲尔德牧师传》里对荷兰校长的那句回答:'我不懂希腊文,可我一年有一万弗罗林的进账;我不懂希腊文,可我吃得心满意足。'不过他对我的爱毕竟压倒了他对学问的厌弃,他同意我到知识的国度来进行一次发现之旅。"

这段话是弗兰肯斯坦的好友克莱瓦尔说的。克莱瓦尔从瑞士来到英戈尔斯塔特求学,意外碰上了自己的儿时玩伴。此后,克莱瓦尔知道了弗兰肯斯坦的研究项目,帮助他恢复崩溃的心理和身体。不幸的是,克莱瓦尔在去到爱尔兰后,被怪物杀掉。而且,怪物还巧妙地栽赃维克多,让警方以为科学家才是杀人犯。

和《弗兰肯斯坦》的其他引用一样,这段文字里的《维克菲尔德牧师传》,也有互文的重要意义。

《维克菲尔德牧师传》出版于 1766 年,作者是爱尔兰人哥尔斯密(Oliver Goldsmith)。从出版之日起,这本小说就大受欢迎,直到玛丽生活和写作的时代。有文学史家认为,它是 18 世纪到 19 世纪英国最流行的小说之一。不仅如此，《维克菲尔德牧师传》的声誉还漂越英吉利海峡，远播欧洲大陆，以至于德国作家歌德在他风靡一时的《少年维特之烦恼》中，都提及了这部书。有意思的是，《弗兰肯斯坦》中的怪物，在山野发现的破旅行箱里，恰好也有歌德这本"狂飙突进"作品。

《维克菲尔德牧师传》以第一人称叙事，讲述主人公有些怪异的经历。好心的牧师普利姆罗斯博士有一个幸福大家庭，温顺的妻子，牛津大学毕业的儿子乔治，两个待嫁的美丽女儿，奥利维亚和索菲亚，以及另外三个孩子。偶然破产之后，他带领家人移居到乡绅索恩希尔的地盘租住。在这里，他的家庭开始遭遇一系列起伏挫折。奥利维亚被花花公子索恩希尔勾引失踪，他们的房子付之一炬，财产尽毁。因为付不起房租，普利姆罗斯被拘押。后来，又是另一个女儿索菲亚被绑架，儿子乔治因为和索恩希尔决斗进了监狱。

就在这家人万般无奈之际，他们曾经在一家旅店遇见过的、脾气诡异的贝切尔先生出现，解决了所有危机，连牧师破产时无法追回的钱，也回到了手上。结果，这位天使般的贝切尔先生，恰好是恶棍索恩希尔的叔叔，尊贵的索恩希尔爵士。这个一直隐姓埋名云游四方的贵族先生，最终娶了美丽的奥利维亚……从此往后，牧师一家过上了美好生活。

在今天读者眼里，这样一个家族蒙难又获救的故事，也许有些艳俗低端，套路感十足。但对于18世纪下半叶的英国读者来说，这种既卷入金钱危机，又附带爱情曲折的叙事，恰好能满足他们的想象期待。诚恳博学的牧师被乡村恶霸欺凌，女儿被勾引，最终被拥有骑士风范的贵族所解救，这一切，就像今天的"霸道总裁"故事与"玛丽苏"演义一样，总能唤起大众的接受热情。

不过，这本小说与《弗兰肯斯坦》之间的关联，却不在这一点上。我们可以看出，《维克菲尔德牧师传》的情节和人物，与玛丽的小说没有多少相似之处。从母题上讲，哥尔斯密的叙事，更多涉及人性根本的善与罪恶世界的相互对立，涉及善如何可能战胜恶。这与《弗兰肯斯坦》的核心母题有所不同，虽然后者也触及这一话题。

《维克菲尔德牧师传》采用第一人称叙述，故事的讲述者就是经历了各种磨难的牧师本人，这给了读者一种代入的亲切感，一种虚拟的可信度。事实上，那时能够引发阅读热忱的很多英国小说，都采用了这种叙述视角。

比如，为《弗兰肯斯坦》写过评论的司各特，自己出版于1814年的第一部"威弗利小说"，就是这样。司各特本人也写诗，有一定名气。据说，他是在看到拜伦的《恰尔德·哈罗尔德游记》红得发紫，发现自己无法与那个上流社会宠儿竞争之后，才打算改弦更张，转行写小说的。《威弗利，或六十年前的故事》里的主人公威弗利是一个英格兰人，卷入了18世纪苏格兰人和爱尔兰人的一场运动。在那时，这些地方的保皇党们试图恢复被光荣革命罢黜的国王詹姆斯二世的统治，与英格兰人发生了一场冲突。小说的故事，就是对威弗利先生卷入这场运动的经历，和他的艰难选择的虚拟记载。

《威弗利》出版后大受欢迎，给司各特带来直逼拜伦的声誉和收入，直至今天，仍被认为是英语甚至欧洲历史小说，或历史传奇的奠基之作。在当时，读者们并不知道小说作者是谁，因为小说也是匿名发表。不过在小说文本里，倒是有一个全知全能的讲述者"我"。这个神秘的讲述者在前言中以幽默而亲切的口吻，阐述了自己作为"叙述者"在讲故事时所采取的立场和方法，并不断告诫和劝说读者，应该以什么样的姿态来阅读文本。随着情节的展开，这个讲述者在描述故事的同时，还不断跳出来，以"我"的口吻对人物和情节进行渲染和评价。

《弗兰肯斯坦》的作者，无疑看到了《威弗利》和《维克菲尔德牧师传》中第一人称叙述的好处，所以也采用了类似方法。不仅如此，玛丽还对这种方法加以改进，让华尔顿船长、化学家弗兰肯斯坦，甚至被制造出来的怪物本尊，都进行第一人称讲述，让三个人物的讲述构成一个叙事整体。《弗兰肯斯坦》第一版也是匿名发表，讲述者被虚构成事件亲历者，直接面对读者说话。读者在阅读文本的过程中，得以借用讲述者的眼光看待故事发展，代入感无疑强了许多。

前面说过，司各特曾经给《弗兰肯斯坦》写了一篇赞扬性评论。在这篇文字中，司各特还说过如下一段表扬的话：

> 在小说作品中对超自然因素的更哲学、更精巧的运用，是把自然规律被更改的现象以合适的方式再现出来，这不是为了纵容我们对奇迹的想象，而是为了展现这些被设想出来的奇迹如何作用于目睹了它们的人。就这部小说而言，我们从观察类似于自己的人物们如何被奇迹影响所得到的乐趣，远大于从观察奇迹本身所得到的乐趣……

司各特的拗口评价，强调了小说成功的一个因素：他之所以喜欢《弗兰肯斯坦》，不仅是因为它呈现了人造生命的"奇迹"，更是因为玛丽的作品成功展现了"奇迹"给这些活生生的人物带来的影响。这些人物用自己的口吻叙述故事，从而也就把读者带进这种影响之中，让他们感同身受，一起和科学家、怪物，还有华尔顿经历狂喜、恐惧、解脱和悲哀等等情绪。通过这样一种叙述方法，读者就认同了作者对"不可能"的超现实奇迹的塑造。

除了第一人称叙述，《维克菲尔德牧师传》还跟《弗兰肯斯坦》有另外一层关联。

司各特自己创作的《威弗利》，以及他对《弗兰肯斯坦》的评价，都凸显出一种风格追求：因为采取第一人称叙事，人物对历史事件或超自然事件的情感反应，被放到重要位置上。换句话说，事件或情节固然要紧，它们对人物的感官和感情影响更有价值。而这，也恰好是《维克菲尔德牧师传》所属的风格传统。

正规文学史中，经常把哥尔斯密的这部小说归类于"感伤主义"

（Sentimentalism），即一种以人物情感和感官感受为中心的文学风格。这种时尚，既存在于诗歌，也存在于小说，在 18 世纪中叶以后的英国和欧陆大行其道。哥尔斯密的《维克菲尔德牧师传》，劳伦斯·斯顿的《项狄传》，属于这股潮流的英语代表；卢梭的小说《朱丽，或新爱洛依丝》，歌德的《少年维特之烦恼》，则是欧洲大陆文学的感伤主义标杆。由于对情感的重视和推崇，感伤主义又常常被看作浪漫主义的一条支流。如果引入价值评判，它还被有些文学史称作"颓废的感伤主义"。

这种感伤主义文字，常常用衰败的乡村景色、哥特式的建筑废墟、墓园，静谧的自然风景为元素，营造出一种悲戚感怀的情绪。比如哥尔斯密在自己的诗《荒村》里使用的句子：

> 甜蜜微笑的村庄，最可爱的草坪，
> 你的欢笑无踪迹，魅力已全消泯。
> 你的茅屋之间现出暴君的黑手，
> 一片荒凉景象给绿坪罩上忧愁。

这种情调和话语风格，也出现在《维克菲尔德牧师传》当中。

当小说的叙述者，也就是普利姆罗斯本人宣讲故事时，总会添油加醋地描画情绪，抒发情怀，对读者进行直接的感觉和感情诱导。所以，小说在写到牧师家被大火焚烧的情节时，文字风格是这样的：

> ……现在是午夜时分，我回来敲响了自家的房门：一切都如此安静，我的心因为不可言喻的快乐而膨胀，但，让我惊愕的是，我看见房子喷发出一股烈焰，每一处洞隙都被大火染得通红！……我呆看着家人和房子，然后环顾四周，寻找两个小孩，但是根本不见他们踪影。啊痛苦呀！

可以想象，这样一种情绪浆汁爆裂四散的文字叙述，对那个时代的读者来说，肯定是非常有效的。要不然，玛丽也不会在《弗兰肯斯坦》里，用同样风格的文字，来表现怪物奔逃山林时的惊慌和痛苦：

"该死的、该死的创造者呀！我为什么要活下来呀？为什么不在那一刻熄灭掉你荒唐赐予我的生命火花呢？……夜幕降临时，我离开了躲藏的地方，到树林里去游荡。我再也不用担心被谁发现了。我用恐怖的号叫发泄我的痛苦，像一头挣破了罗网的野兽，摧毁了阻挡我的一切。我像鹿一样在树林里飞快地奔跑。啊，那是一个多么痛苦的夜晚呀！"

因为翻译成了中文，我们无法更真切地品味两个文本在情绪渲染上的相似。不过，我可以挑出两个短句，来做更细致的对比。

在哥尔斯密的那段文字结尾，是主人公说的"啊痛苦呀！"原文里，写作："O Misery！"而《弗兰肯斯坦》里的这段文字，怪物讲述者也用了类似的感叹："啊，那是一个多么痛苦的夜晚呀！"这段话在原文里是："Oh！What a miserable night I passed！"

从这些感叹词和感叹号的使用，以及它们和上下文的呼应，我们显然能找到两个文本在词句上的肌理关联。是的，翻译成中文以后，"啊""呀"之类的情绪用语，加上不断出现的感叹号，是否能带动当代中国读者去体验小说人物的情绪，恐怕要画上巨大的问号。即便是今天的英文读者，恐怕也会对这种滥情文风皱眉哂笑，觉得这是不是太过夸张。不过，当我们设身处地，去理解哥尔斯密、司各特和玛丽的时代，去揣摩他们面对的英国读者时，就不难理解这种文风为什么会成为"爆款"。

那个时代，没有电影电视，没有电脑手机，没有灯光绚烂的大型歌星演唱会，没有重金属摇滚的震耳音乐和嘶吼，更没有各种互联网技术加持的自我表达和自我表现。那时为数不多的公众和私人娱乐,大概就是戏剧音乐表演、诗歌朗诵、小说阅读这几样,人们还真找不到更多的情绪发泄渠道。上流社会客厅里,一大帮淑女围坐,看着俊朗的拜伦朗诵自己作品,之所以要哭出声来,就是由于这个缘故。

在更多时候,诗或小说的阅读,属于一种私密的接受过程。伦敦或格拉斯哥的读者,泡上一壶茶,或弄上一杯酒,坐在花园阳光下,客厅烛光里,进入文字的想象空间,高兴或悲伤,都不可能自顾自地喊叫出来。也许读到了拍案叫绝的精彩段落,他或她也只能对自己感叹,默默地把情绪收藏起来,等到以后去沙龙、酒吧和俱乐部,跟朋友聊天时分享。

与此同时,社会进入发展快车道,城市、乡村以前所未有的速度发生变化,现实海啸强烈撞击所有人的精神和情感堤岸。经过启蒙思想洗礼、法国大革命冲击,个人主义、个体理念和情感在受过良好教育的公民身上愈发凸显。面对每一种变迁,每一种理念,每一种现实,这些被启蒙了的个体都希望或被迫做出相应的思想和情感反应。用一个也许不太恰当的说法:那个时代,是个体情感大爆炸的时代,就如拜伦在《恰尔德·哈罗尔德游记》中写的那样:

> "如果此刻我能倾诉、能用语言
> 传达心声——如果我能用我的口
> 表达思想,并且,能把我先前
> 探索过和正在探索、感受、怀有、
> 知晓,却尚未吐露的全部观念、
> 感情、心境和灵魂同化作一声
> 等同于闪电的字眼,我将发言;
> 然而事实是我生我死无人闻问,
> 我的思想默不作声,像柄入鞘的利剑!"

太多的个体，不管是在灯下阅读，还是在客厅做听众，都跟拜伦在诗行里表述的一样，发现自己属于"沉默的大多数"。他们的思想和感情没有声音，如同"入鞘的利剑"。在这种语境里，那些能够强烈抒发情绪的文字，连同那些奇迹般的故事和人物，就成了为数不多的能够帮助他们宣泄心中块垒的媒介，成了能够击中他们观念和感情、心境和灵魂的"闪电"。

男女读者目光所及，耳膜所应，文本中这许多的"啊""呀"和惊叹号，就是闪电的具体形状。

6
怪物

啊!世上的人就没有谁能受得了他那形象之恐怖!即使是木乃伊复活也没有他狰狞!还没有完成时我曾仔细地看过他,他那时就丑陋,但是在肌肉和关节活动以后,他更成了一个连但丁也设想不出的奇丑的怪物。

弗兰肯斯坦创造出来的东西是人形怪物。

按照小说里的描述,"他的四肢比例是匀称的,我为他选择的面貌也算漂亮。漂亮!伟大的上帝呀!他那黄色的皮肤几乎覆盖不住下面的肌肉和血管。他有一头飘动的有光泽的黑发、一口贝壳般的白牙,但这华丽只把他那湿漉漉的眼睛衬托得更加可怕了。那眼睛和那浅褐色的眼眶、收缩的皮肤和直线条的黑嘴唇差不多是同一个颜色。"

怪物还有一个重要特征让他更显得恐怖:身高两米多。

继1910年的默片之后,1931年,好莱坞的环球影业公司再次把这部小说改编成1小时10分钟的故事长片,演员卡尔洛夫(Boris Karloff)扮演的怪物大获成功。从此之后的几十年里,这个银幕形象几乎成为恐怖的人造人偶像。当然,从接受的角度看,具象的电影人物,不管造型有多么奇特超现实,仍然有局限。虽然能在幽暗的影院里,在巨大的银幕上制造出惊悚和恐怖,这个具体的形象在某种程度上还是限制了观众的想象力。反过来说,我们可以猜测,在玛丽那个时代的五百个最初读者心目中,可能就有五百个被内心描画出来的怪物,小说文字对他的描写,只是一根引爆想象的导火索。因此,那时的读者们从小说描写里所体会到的怪物造型,以及相应的恐怖,或许比电影时代还要强烈得多。

在小说里,怪物没有名字,玛丽用了各种名词来指代他:怪物(monster),恶棍(wretch),魔鬼(demon),恶人(fiend),恶魔(devil),东西(creature),它(it),邪恶的虫子(vile insect),可恶的恶魔(abhorred devil),可恶的鬼怪(abhorred monster),等等。这大概也是人们最终把他和他的创造者弗兰肯斯坦相互混淆的原因之一:被创造出来的恶魔没有自己的称谓,而创造出恶魔的科学家本身就是恶魔。

超现实的诡异造型,加上各种与"魔鬼"、"恶人"相粘连的命名,给怪物涂抹了一层神秘恐怖的光晕。至少从文本上看,这符合了一个鬼故事的基本要求。在19世纪初期的欧洲,这种鬼怪叙事并不少见,就像玛丽自己在小说序言里所说的那样,她的作品,都来源于翻译成法文的德国恐怖文学作品。至于为什么到了那个时代,这类恐怖故事会成为一种写作和阅读时尚,会成为包括"严肃文学家"在内都青睐的类型,意大利学者和作家艾柯(Umberto Eco)在《丑的历史》中,有一个概括。

艾柯指出,在那个时候的欧洲文化圈,美(漂亮)已经不是所谓美学的主导观念。值得一提的是,中文的"美学"其实也是一个20世纪初从日本直接借来的词汇。在欧洲语言中,"美学"(aesthetics)并不直接与"美"相关,它更接近原意的翻译,应该是"感觉学",即从形而上学层面对作用于主体感受的诸种元素所进行的思考。按照艾柯的逻辑,在浪漫主义者眼中,所谓艺术能实现美的价值,并不完全是因为艺术能再现漂亮,而是因为艺术的本质,是描摹一切可以对我们感觉和情绪发挥作用的现象。如此一来,自然界或人类社会中令人憎恶的事物,丑的行状,因为可以起到这样的作用,也就成了审美的有机成分。

德国作家莱辛(Gotthold Lessing)在1766年出版的著作《拉奥孔》,

可以作证艾柯的总结。莱辛以痛苦挣扎和丑陋恐怖的古希腊雕塑"拉奥孔"为例,认为绘画和雕塑里出现丑的东西尽管让人不愉快,但可以引起"恐怖之感",因此,"在模仿里能够达到一种全新的动人和快感境界"。根据同样逻辑,莱辛认为,在诗中,"形式之丑几乎完全没有令人憎恶的效果"。柯勒律治当年在哥廷根大学求学时,对莱辛的理论推崇备至,《老水手之歌》里对恐怖和丑恶的渲染,显然受到了莱辛的影响。

在英国,哲学家柏克(Edmund Burke)在1757年发表的一篇论文,同样把这种丑的美学发展到极致。他宣布,如果我们面对一件恐怖的事物,而这个事物不能直接伤害和控制我们,我们就会从中得到快感。暴风雨,波涛汹涌的大海,荒凉空荡的原野,冰河与悬崖,这些事物之所以会让我们感觉到崇高,是因为它们相对于我们来说,充满威胁和恐怖。换句话说,柏克在恐怖和快感之间,在威胁和崇高之间画了等号。

跟这些人的理论并行不悖,从18世纪开始,英国人开始在自己的文学和艺术审美中增加了一种风格调料,叫哥特式(Gothic)。这个所谓的哥特式,不是我们通常所说的哥特式建筑,尽管许多哥特式风格的文艺作品,往往会以古旧城堡、阴森教堂为背景。

前面说过,在意大利文艺复兴时期,当佛罗伦萨的艺术批评家瓦萨里赞颂当地的艺术成就时,曾经把拉斐尔、米开朗琪罗、波提切利等人的作品,拿来作为野蛮艺术的对立面。在他眼里,野蛮艺术就是来自北方的哥特艺术。他武断地认为,这个粗暴诡异的风格伴随基督教狂热,彻底掩盖了古希腊罗马时期的伟大传统,所以才需要天才的意大利艺术家,将托斯卡纳曾经有过的辉煌艺术唤醒。

在这里,我们没必要重复这个已经讨论过的话题,但瓦萨里的风格分类学,却至少揭示了哥特式的一个历史背景:它是罗马帝国消亡之后的漫长中世纪里,在西欧占统治地位的艺术趣味和风尚。而这,也是18—19世纪英国哥特式审美的一个重要特征。不管是哥特式小说,还是后来的"拉斐尔前派"绘画,哥特式往往与古老神秘的中世纪传统联系在一起。

当这种哥特式风格出现在文学作品里,鬼怪精灵、废弃古堡、流浪大盗、自然的神秘狂野、超自然的灵异现象,就都成了不可或缺的构成元素。在这些元素堆积之上,还有强烈的情绪和情感作为黏结剂和助燃剂。奇异场景和事物,往往激发出不可遏制的激烈情绪。所以,有的文学史家又把哥特式文学看作感伤主义的一个分支,或者看成浪漫主义文学运动的一部分。1764 年,英国人华尔浦尔出版了《奥特兰多城堡》,被认为是第一部英语哥特式小说的诞生。在这部以神秘古堡为场景展开的爱情故事里,恐怖氛围和超常惊悚成为引人注目的特征。在他之后,无论是小说家还是诗人,都开始尝试这种风格。柯勒律治于 1898 年出版的《老水手之歌》,就是一部具有显著哥特式风格的叙事诗。

1811 年,还没有被牛津大学开除学籍的雪莱,匿名出版了他的小说《圣艾文》,也可以算是他对哥特式小说的一次练手。在这部小说里,雪莱塑造了一个叫沃尔夫斯坦的阿尔卑斯山区的流浪者。他在日内瓦遇上一个炼金术士日诺提,日诺提向沃尔夫斯坦展示了自己正在试验的项目:起死回生的长生不老之术。但最终,两人都在一次神秘的雷击中,丧生于法国圣艾文的一座老教堂。

值得注意的是,雪莱的这部小说,跟他后来的岳父葛德文曾经发表的小说《圣里昂》有几分相似。小说名字相近,都是以法兰西为背景,同时还都以长生不死的炼金秘术为母题。雪莱给他的小说主人公取的名字是沃尔夫斯坦。这个词的英文原文拼做 Wolfstein,显然是两个词 wolf 和 stein 的组合,翻译成中文大致可以为"狼石"。依照前面的语境推测,这种名字的组合方式也许被他后来的妻子玛丽看中,并最终用在了自己的小说主人公身上。

《弗兰肯斯坦》中的丑陋惊悚怪物,诞生于一所已经消失的德国大学,是拥有暗黑历史的神秘炼金术(化学)的产物。尽管到了玛丽的时代,炼金术已经披上了化学的长袍,它所具有的不可告人特性,依然给怪物笼罩上了哥特式气息。或者更直接一点说，弗兰肯斯坦创造出来的怪物本尊，就是鬼魅怪诞的哥特式形象的最佳代言者。

　　沿着这一逻辑，我们甚至可以说，整个科幻文学和科幻影视的发展历史，或多或少都是那时开始盛行的哥特式风格的延伸。

7
湿漉漉的眼睛

> 我看见一个人狰狞的幻影展开，然后，因为某种强大的机械作用，显露出生命的迹象，僵硬地、半死不活地、不安地震动起来。……他睡着了，但是又醒了过来，睁开了眼睛，却看见那恐怖的东西拉开床帘站在他的床边，用湿漉漉的黄眼睛呆望着他，若有所思。

因为要创造超自然、超现实的人物和场景，哥特式文学的推崇者们往往会强调想象。

在司空见惯的日常之外，寻找现实中不可能出现的意象和情节，以达到惊悚和恐怖的效果，是这些作者们孜孜以求的目标。依靠古老神秘的鬼怪传说是一条捷径，把曾经有过的怪物怪事重新回炉加工，也可以制造出符合自己目标的形象和故事。但即便是古老或民间素材重新加工，也需要想象力的协助。

从小说叙事的角度看，要让超现实的形象和情节变得可以感知，甚至可信，小说家有大量的工作要做。不像哥特式电影，任何奇特的鬼怪精灵，只要通过造型化妆就可以直接呈现在观众眼前，小说家在利用文字媒介塑造这样的形象时，还必须要给读者提供足够的细节，比如"黄色的皮肤几乎覆盖不住下面的肌肉和血管"，比如"一口贝壳般的白牙"，才能在读者脑海里,让可怕的恶魔逐渐生动起来。

然而如何激发和运用想象,却不是一件容易的事。就《弗兰肯斯坦》来说,玛丽虽然读了些德国鬼故事,也听了雪莱和拜伦的彻夜畅谈,却迟迟没有看到自己的小说文本成型。她无法找到写作灵感,直到做了一个梦。如果玛丽在《弗兰肯斯坦》1831年版序言里的说法是可信的话,正是这个夜半惊梦,让她找到了小说的动机:

> 突然,一个念头像光一样迅疾地闪过我心里,令我欢欣鼓舞。"我找到了!能让我恐惧的东西也就能让别人恐惧。我只需要写出那个在我梦中半夜出没的幽灵就行。"第二天早晨我就宣布,我找到我的故事了。

可以说,玛丽最终得以完成这场文字游戏,她梦中的幻象,比如那恐怖东西"湿漉漉的黄眼睛呆望",起了决定性作用。

差不多两个世纪之后,今天的我们已经知道,做梦是一种人类潜意识的重要活动。按照奥地利学者弗洛伊德(Sigmund Freud)创立的精神分析学来理解,梦可以释放许多被超我压抑的本能冲动。这些冲动,无法在日常叙事中表达,而超越日常的梦境,就成了它们获得游戏与满足的终极场景。或者换句话说,正因为梦境是超现实的,被压抑的冲动才可能以超现实的意象为面具,上演各种在日常生活中不可能的戏剧。不管我们之后是否能记得梦的内容,梦魇可以助力想象,这是毫无疑问了。

但是,如果没有梦中幻象作为资源,玛丽,或者其他作家和诗人,还有别的选择吗?

1797年夏天,柯勒律治在自己的乡间驻地,开始写作长诗《忽必烈汗》。根据他自己在序言里的描述,17世纪英国的一个神学家佩尔切斯的《佩尔切斯游历纪》是他主要的资讯来源。那本书里关于蒙古皇帝下令在草原建造上都(Xanadu)的一句话,则是他唯一的想象资源。不过,等他从一个梦中醒来后，一切都变了：

> 作者陷入大概三个小时的沉睡之中，至少对外人来说是通常意义上的沉睡。其间，他无比清晰感觉到，他大概一共写作了两百到三百行，如果这也能被叫作写作的话。所有的意象如同真实事物一般在他面前升起，伴随着与它们对应的表达和表现，而他没有使用任何清醒的感觉和意识。醒过来之后，他发现自己对整个过程还保留了清晰的记忆，于是拿起他的笔，墨水，还有纸张，飞快地急切地写下了那些留在脑海里的诗行。

柯勒律治最终完成的《忽必烈汗》，后来也被看作英国浪漫主义诗歌的里程碑作品之一。虽然它的正式发表要等到1816年，但他的诗歌圈朋友们在读了手稿后，都表示赞叹，这其中就包括鼓励他将诗作公开出版的拜伦。

和玛丽一样，柯勒律治的作品灵感也是来源于一个梦。甚至，他们两人在序言中描述的梦境激发灵感过程，都有些相似。不过，柯勒律治的这个梦，跟玛丽做的梦至少在表面上有一些区别。在《忽必烈汗》的序言中，柯勒律治承认，他在椅子上进入梦乡之前，服用了医生给他开的止痛药安乐定（anodyne）。

在诗人生活的年代，安乐定的主要成分是鸦片。

时至今日，身体有病的柯勒律治服用鸦片止痛催眠，获得奇幻想象的事实已经毋庸置疑。1804年，牛津大学永远没有毕业的学生德昆西（Thomas De Quincey）因为牙痛开始服用鸦片，从此一发不可收拾。到了1813年，他已经是一个不可救药的瘾君子，一天要靠八到十杯鸦片酊才能熬过去。据说是为了经济原因，德昆西不得不给许多报纸和杂志写稿。终于在1821年，他先匿名在《伦敦杂志》分两期发表了一篇长文，后来又出版成一本书：《一个英国鸦片吸食者的忏悔》。在这个轰动一时的小册子中，德昆西详细描述了自己吸食鸦片的欣悦和痛苦历史。鸦片致幻过程中的快乐与惊恐，被他用充满诗性的语言表现出来。正是在这本忏悔录里，德昆西确凿地证实了柯勒律治服用鸦片获得幻觉的经历。

《一个英国鸦片吸食者的忏悔》中，也有一段关于梦境的文字：

> ……造成自然环境的恐怖的，主要是一些怪鸟、蛇、鳄鱼，尤其是鳄鱼。该诅咒的鳄鱼对我来说比其他东西更可怕。可我不得不与鳄鱼在一起生活许多世纪（我的梦里总是这样）。有时逃脱了，逃到一间中国房屋里，摆着几个藤桌藤椅，突然之间所有的桌椅都变得活动了：巨大丑陋的鳄鱼头又出现了，它那双贪婪的眼睛死盯着，幻化出成千上万支闪着绿光的眼睛飘浮在空中：我站在那里，又恨又惊……

德昆西不像柯勒律治或玛丽，没有在19世纪英国文学殿堂里占据什么显要位置。但他对鸦片致幻之后的恐怖梦境的描述，却可以跟玛丽对她获得弗兰肯斯坦灵感的描述，形成有趣的呼应。对照一下玛丽在《弗兰肯斯坦》序言中关于怪物的梦境讲述，我们就可以发现，两段文字在意趣上居然有惊人相似之处，比如玛丽文字中的"湿漉漉的黄眼睛呆望着他，若有所思"，跟德昆西的描述里鳄鱼"那双贪婪的眼睛死盯着"的意象，就有异曲同工之妙。

作为药物和兴奋剂，鸦片的提炼与服用历史几乎与人类文明史一样漫长。古希腊人的典籍中，就有关于鸦片药用的文字记载。文艺复兴之后，欧洲人从伊斯兰世界引入鸦片疗法，使得这种止痛放松的致幻剂成了医师经常使用的药品。到了18世纪，鸦片与其他药物混成的药剂，被认为可以治疗咳嗽、霍乱、腹泻、痢疾、支气管炎、结核病、风湿等等一大堆身体疾病。后来，由于鸦片的镇定作用，它也被用来治疗神经错乱、失眠等精神疾病。甚至有的医生还认为，即便是健康人，也可以用鸦片来获得内心平衡。

到了柯勒律治和玛丽的时代,有些鸦片制剂在英国是常用药,像德昆西这样的人,治疗牙痛就依靠每日摄入劳丹拿姆(laudanum,也译作鸦片酊)来解决。在整个19世纪的英国,劳丹拿姆都是一种不需要医生处方就能得到的货品,既可以镇痛,过量之后也可以致幻,使人上瘾。

根据史料,雪莱也是一个劳丹拿姆的使用者。据说,他在狂热追求玛丽时,曾经一度情绪低迷压抑,几乎达到自杀边缘,所以在身边常备一瓶劳丹拿姆。两人狂飙突进恋爱故事中最惊人的一幕,发生在诗人被禁止见玛丽之后。根据一位学者的研究,雪莱有一天拿着手枪和鸦片酊进入玛丽的家,让她跟自己一起喝下药剂,并高呼"他们想把我们分开,但我亲爱的,死亡将把我们结合在一起!"

玛丽是否跟着雪莱一起,喝了劳丹拿姆?

在雪莱狂躁挥舞手枪时,玛丽也许没有喝。但在日内瓦,当她和雪莱、拜伦一起,在"老下雨,很潮湿"的夜晚畅谈时,是不是也从雪莱手里接过了鸦片酊瓶子?很难说。雪莱是鸦片酊的服用者,拜伦也服用过劳丹拿姆,和另一种鸦片制剂"黑滴",并在《唐璜》里直接写到过它们。在《弗兰肯斯坦》里,玛丽本人也曾经写到,小说主人公弗兰肯斯坦为了对付失眠,习惯性地服用劳丹拿姆:

> 自打我开始恢复,不再发烧,我已经习惯了每天晚上服用一小点劳丹拿姆;因为只有依靠这种药物,我才能得到休息,以保证自己的生命得以延续。由于备受自己各种悲惨遭遇的记忆压抑,我现在已经开始服用双倍的剂量,然后才可以即刻进入深度睡眠。但是,睡觉并不能完全让我躲开念头和痛苦:我的梦境里总是会出现上千种让人感到惊恐的东西。

我现在没找到确凿证据,表明玛丽在梦见那个怪物的晚上,在上床前服用了劳丹拿姆。但从她对梦境的描述，我可以猜测，怪物的形象出现，也许不仅仅是因为她听了一晚上雪莱和拜伦讨论哲学和生命问题。那个出现在她噩梦中的人形怪物，他具体而生动的形象，包括那双湿漉漉眼睛的细节，大概也不仅仅来自她读过的几本鬼故事。

对中国读者来说，鸦片是一个极为负面的名词，尤其联系到发生在19世纪前期的两次鸦片战争。战争的始作俑者，恰好就是英国人。从18世纪开始，英国同全世界做生意，赚得盆满钵满，却一直对中国有贸易逆差。经济史家已经证明，一段时间内，帝国的公司从美洲提炼的白银，被作为主要支付手段，大多流入了中国，以换取丝绸、瓷器，还有茶叶。所以，那时的中国有世界"白银下水道"的昵称。18世纪末，英国国王的特使马嘎尔尼率团访问北京，试图说服乾隆皇帝开放口岸，与英国进行更多的双边贸易。让他失望的是，皇帝在热河通过翻译告诉他，中国地大物博，货品应有尽有，不需要跟他的国家做生意。

直到19世纪初，英国的东印度公司，才发现把它在孟加拉和印度等地垄断生产的鸦片销往中国，不仅可以平衡茶叶贸易，甚至还可以让进入中国的白银倒流。根据最新的研究，因为鸦片贸易，从1807年至1829年，就有四千多万银圆被英国人运出广州口岸。能致幻上瘾的鸦片，不仅大规模危害中国人体质，更是逆转了白银流向，所以无奈的清政府才开始禁烟，试图阻断东印度公司的利润之源。最终的结果，是导致英国军舰在1840年向广东海岸开炮，彻底轰开这个东方帝国封闭的国门。

至于鸦片作为药品和毒品在英国或欧洲如何流行，又如何没有给这里的人们带来如中国一般的灾难，需要另一个研究项目来说明。但是有一点可以肯定，在整个19世纪的欧洲，这种致幻剂都是一部分文艺人士赖以激发想象、超越日常的灵丹。有学者针对鸦片与英国的浪漫主义文学的关系做过研究。在19世纪初期的英国，据说除了华兹华斯外，柯勒律治、雪莱、拜伦、济慈（John Keats），再加上那个写忏悔录的德昆西，都有服用鸦片的经历。玛丽混在这群诗人中间，大概也不会不受影响和诱惑。

1857年，法国诗人波德莱尔（Charles Baudelaire）发表的《毒》就曾经这样宣布：

> 鸦片能够扩大无边无际的疆界，
> 能使无限更加伸长，
> 能使时间深沉，又能使快乐增长，
> 用阴暗悒郁的愉快
> 塞满我们的灵魂，超过正常容量。

波德莱尔对德昆西的《一个英国鸦片吸食者的忏悔》印象深刻，甚至翻译和仿作了自己的一本小册子。在《人造天堂》中，波德莱尔试图解释和歌颂鸦片致幻对人类想象的助推作用。后来的一些文学史研究者，除了把这个现代主义诗歌先行者作品中那些奇幻意象，归结于他的过人才华外，也归结于鸦片和其他致幻剂的药理效果。如果我们从道德主义的角度，来评判鸦片对浪漫主义文学想象的作用，恐怕会给这一现象涂抹上堕落、腐朽的色彩。然而，如果历史主义地看，在那个时代，这种致幻剂的确以一种奇怪的方式扩展了文学想象的疆界，催生了一系列"超过正常容量"的文学内容。

就文学而言，人类一直在寻找自我感觉的不可测边界，寻找想象力的极端潜能，寻找能超越现实时空的极致表达。无论是深入暗黑凌乱的梦境，去感知过往世界曾经存在过的辉煌宫殿，还是涉足疯癫错乱的经验，去探求未来世界可能出现的人工乐园或人造险境，这种努力从来没有停止过，也不会停止。所以，当我们对玛丽在《弗兰肯斯坦》里表现出的深远预见表示惊叹的时候，我们也从某种意义上在赞叹：这位年轻的先锋作家，两百年前就已经涉足人类感受的极限边缘。

至于这中间是否得到了致幻剂的帮助，已经不那么重要。

第八章 《红》技术叙事时代

《红》：影音叙事的魅力与缺憾，不断进化的影院格局，构筑欧洲城市和大众的日常娱乐空间。

1
人的延伸

《弗兰肯斯坦》预见了一个恐怖未来,而且没有办法拒绝它出现。

玛丽梦见的怪物,在小说中塑造的新物种,是一个身体和情感都与人相似的东西。这个新物种难看的湿眼睛和血管暴露的黄皮肤,以及他恐怖的身高,足以让读者惊惧。但最让人感到脊背发凉的,是这个新物种居然也能读懂弥尔顿的长诗、歌德的小说,并发表读后感。因为掌握了语言工具,这个怪物会用第一人称叙述自己的经历,会清晰地向自己的创造者表达孤独,会要求科学家给他再造一个感情依托对象……他是人造人,在玛丽的想象里,自然也拥有人的语言能力。

拥有语言,就拥有人的本质。

从人类历史来看,语言系统的出现和成熟,无疑是人类文明建设的基座。德国学者卡西尔(Ernst Cassirer)在《语言与神话》中,考察了语言与西方神话的关系,指出:

> ……所有的言语结构同时(着重点为译者所加——引者)也作为赋有审核力量的神话实体而出现;语词(逻各斯)实际上成为一种首要的力,全部"存在"(Being)与"作为"(doing)皆源于此。在所有神话的宇宙起源说,无论追溯到多远多深,都无一例外地可以发现语词(逻各斯)至高无上的地位。

这段翻译文字略有些拗口，如果用大白话来总结一遍的话，卡西尔应该是在说明，语言本身和它讲述的神话故事一样重要，是人类存在和人类行为的本源。没有语言，就没有神话。

所以，《圣经·新约》中的《约翰福音》，才会在有关创世的基督教神话中这样宣布：太初有词，词就是上帝（In the beginning there is Word, and the Word is God）。中国的远古居民当然不相信基督的上帝，但他们创制的甲骨文字，也与巫术和信仰相关。我们可以说没有巫术传习，就没有甲骨文，但反过来也可以说，没有甲骨文，就没有信仰的构建。语言，不管是声音的还是书写的，成了人的存在基础和证明。

从传播的视点看，语言是人际传播的一种编码媒介，是人与人之间的交流界面（interface）。人体的交流界面，比如皮肤，舌头、耳朵和眼睛，可以传递触觉、味觉、听觉和视觉，它们都是人的一部分。人的另一重要部分是语言，这种交流界面源于人体的嘴巴、舌头，眼睛和耳朵，但更复杂。它通过听觉和视觉获取信息，然后再通过一套编码系统往抽象层面延伸，得以传递思想和情感，讲述更复杂的神话和历史。

我们说媒介（media）时，往往会想到甲骨、竹简、莎草纸、羊皮、书籍、报刊、照相机、摄影机、电话、电影、电视和互联网，它们是人体器官的外延，人类交流行为的基础。在今天，我们已经无法想象，如果没有这些媒介，一个人还能怎样生活，一个社会、一种文化和文明还能如何存在。加拿大学者麦克卢汉（Marshall McLuhan）在他的一本研究著作里，直接把媒介看作"人的延伸"，说的就是这个道理。然而所有这些媒介，都无法跟人类语言相提并论。从某种意义上讲，它们都是基于语言、基于语言的编码系统，它们只是把最初的语言传播方式，扩展到了更多层面和领域而已。

在最原始的书写符号诞生之前，语言已经存在。只不过，它们是以何种声音、动作的方式存在，现在已经无法知道。

根据语言学家的研究，人类使用的书面语言，都是对声音语言的符号记录,这些视觉记录符号是抽象化的,只起到对声音语言的标音作用。不过,今天有一种书写语言还保留了古老象形文字的一点特征,那就是中文。中文字虽然主要功能还是标音,却又有一定的具象性,或者说图画性。比如"槿"字,虽然我们不一定知道这个字所指的是哪一种植物,但通过那个木字偏旁,可以大致猜测它跟植物有关。而在表音文字中(除了一些象声词如英文里的"oh"、"woops"),光从字母组合"hibiscus",我们根本无法从字面猜测到,它是指一种跟木棉或者喇叭花有关的植物。

远在基督诞生之前,无论是在埃及,还是在中国,书写符号系统都带有这种图画功能。这也就意味着,如果《约翰福音》要想重写创世神话,它就得改一改开头那个句子:太初有画,画就是上帝。19 世纪末在西班牙和法国接壤地点偶然发现的阿尔塔米拉(Altamira)洞穴画,距今有 3 万 5 千多年历史,比公元 1 世纪耶稣出生的年代,实在早了太多。按照媒介是人的延伸这一逻辑,我们似乎可以说,作用于人类视觉器官的传播媒介——绘画,是同样作用于人类视觉器官的书写文字最古老的祖先。

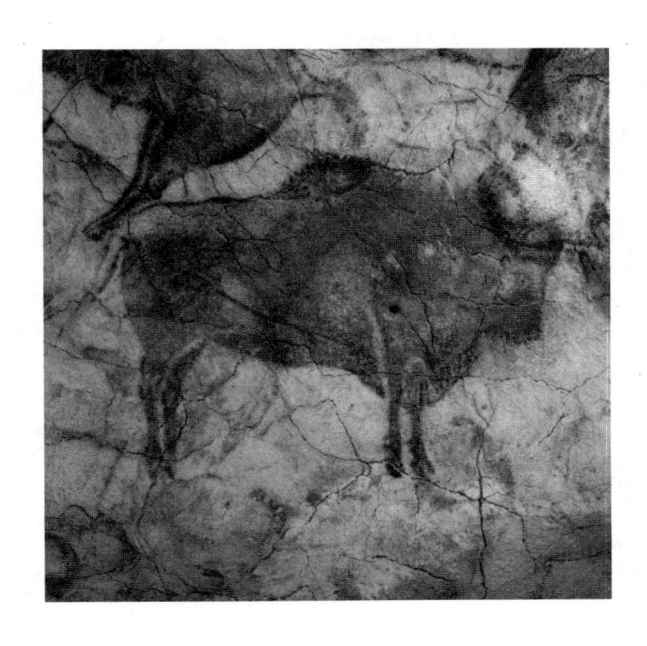

《野牛》,阿尔塔米拉洞穴画,藏于西班牙阿尔塔米拉国立博物馆

古老的洞穴岩画描绘动物，显示出那时的人类已经有了讲述欲望：生活在这个洞子里的人，也许想用这些图画来告诉周围的同类，洞子外有这样一些野兽，它们是可以吃的，但可能也很凶险。说不定，观看这些图画，就是洞穴居民幼儿园的必修课程，通过图画媒介，洞穴里的小朋友知道了他们生活必须知道的信息：要么吃掉这些动物以活命，要么被这些动物吃掉而丢命。

几万年后，洞穴里的人搬迁到洞外，在耕作聚居点安顿下来。他们遇到的事物和事情更多，讲述欲望更强烈，图画已经远远不能满足需要，这才促成了更抽象也更便捷的书写文字产生。不过，绘画讲述并没有因此被放弃，还是保留下来。因为先民们发现，相对于抽象的文字，图画虽然简单，却因为具象，可以更直接地传达信息，在大多数时候也更好用。这就是为什么直到今天，幼儿园小朋友开始学习声音语言和书写文字时，都还要利用图画的根本原因。我们每个人的语言学习过程，无一例外都是从看图识字开始。

作为一种传播媒介，绘画一直承担着模仿和讲述具象世界的功能。

就欧洲而言，从古希腊的瓶画，到古罗马的镶嵌画，从中世纪的圣像画，到文艺复兴时期达·芬奇和波提切利的油画蛋彩画，再到18世纪法国的普桑和拉图尔的宫廷画，在二维平面上真实描摹人和事物外形，呈现三维世界的具象，讲述可见的故事，一直是这门手艺追求的终极目标。

不过，中世纪的绘画传统有一些特别。因为确立了基督的一元神性，中世纪圣像画（Icon）模式竭力压低神圣人物的人性特征，追求超越现实具象的精神呈现，哪怕绘画媒介本身取得了长足发展，图像再现性却被压制，一直到文艺复兴艺术的出现。到了那时，准确呈现事物和人物外观，又成了画家孜孜以求的画面效果。比如，为了准确描绘人体的外部形状，达·芬奇去了意大利米兰附近的帕维亚（Pavia），在那所古老大学里研习人体解剖，从展示台上的真实尸体，学习人体肌肉的肌理、骨骼的构成。我们可以看到，在达·芬奇留下的巨量手稿里，包含了许多人体解剖的速写和素描。

到了 19 世纪，画家手里的绘画工具和颜料已经与达·芬奇时代不可同日而语，但他们的终极目标还是没有发生多大变化。

无论是美的还是丑的，无论是描摹古典神话中的人物，还是再现包含蒸汽驱动轮船的风景，竭尽全力地真实呈现可见世界，向自己作品的观众讲述可见的故事，依然是评判一个画家最根本的标尺。从某种意义上讲，在那时，一些最杰出的画家，已经把这门手艺的水平发挥到了极致，比如法国画家安格尔（Jean A. D. Ingres）的油画作品。在一件绘制于 1806 年的作品中，安格尔的精妙技法，帮助他最大限度地真实呈现了加冕皇帝拿破仑的外在形象。从绘画这种讲述媒介的角度来说，它已经在安格尔的手中顶到了自己的天花板。

一幅油画的制作，有复杂的准备程序和操作程序，而且还严重依赖画家的技艺水平。如果有一种方法可以越过这些繁复，直接呈现可见世界，那岂不是省掉许多麻烦？

终于，在 19 世纪 20 年代，也就是虚构的弗兰肯斯坦通过化学实验，造出想象怪物的时候，法国真实的自然哲学家，也通过化学方法实现了将客观影像复制出来，像绘画一样永久保存的技术。1800 年，英国的一位化学家已经搞出一种影像复制方案，但因为种种原因，他复制的影像很快就消失不见。到了 1822 年，法国人尼普斯（Nicéphore Niépce）第一次成功地拍摄了一张照片。随后，他又在 1826 和 1827 年利用针孔成像技术制作了人类第一张被保存下来的风景照片——《勒格拉斯窗口的景物》。这以后，照相术作为一种即时快速地呈现和讲述可见世界的媒介，得到迅猛发展，成为社会精英追捧的时尚，以至于精于描绘可见世界的画家安格尔，都要出钱请照相师给自己拍一张照片。

到今天，我们每个人手里拿着有拍照功能的手机，已经可以毫无顾忌地随时随地拍摄。准确或夸张地复制可见世界，已经变成家常便饭。

照相成了我们的生活有机组成部分，成了我们日常存在的延伸。但我们是否想过，这种延伸变得可能，恰好是因为科技被植入了我们与世界之间的界面？或者换句话说，科技在我们视觉器官之上，嫁接了一套系统，才让我们有了观看和记录可见世界的更强能力，就像弗兰肯斯坦制造的怪物被植入了语言一样。

前面提到过的德国学者莱辛，在《拉奥孔》里还关注了绘画和诗的时空差异。他认为，绘画和雕塑能在空间上再现可见世界，却无法呈现时间的流逝。反过来看，诗可以描绘事件的发展过程、人物的运动，空间效果却只能依靠作者和读者的想象。莱辛认为，绘画和诗从美学上可以进行相互交叉和借鉴，绘画通过某些手段来暗示时间的运动，诗通过想象来塑造人物和事物形态。不过，莱辛的这种理论，在 18 世纪只能是一个形而上学的假设。欧洲的艺术家和诗人，因为没有得到相应的媒介技术支持，只能在自己作品里去追求一种感觉，如此而已。

照相术在 19 世纪臻于完善之后，仍然被局限在绘画的空间性之内，就像莱辛所说的那样，无法真实可见地呈现时间的流动。如果要利用照片讲述一个事件的过程、一个事物的运动，观者还是只能依赖似是而非的想象。终于，到了 1895 年，在法国巴黎和美国纽约，好奇的人们第一次付费看了活动的照片：被赛璐珞胶片（celluloid film）记录下来的一段活动影像，被投射到二维平面上，包含了空间和时间的世界，被完整呈现在观众面前。法国人卢米埃兄弟（Lumières）和美国人拉塞姆（Woodville Latham）制作的短片，给观众开启了一扇用电光照亮的大门，让他们和自己兴奋的同胞，一起见证了崭新时代的到来。

对于到底是卢米埃兄弟还是拉塞姆首先向公众放映电影短片，虽然现在有争议，但这已经不重要了。重要的，是两起放映事件都在 1895 年得以实施，是这门技术在这一年首次面对市场。更重要的是，借用莱辛的概念来说，在他们的放映场地里，在观者的眼睛里，绘画和诗完美跨界结合在一起了。1892 年，当法国人布莱（Leon Bouly）设计出第一台摄影放映机的时候,他给这台机器取的名字是 cinématographe。这是一个发明家自己新创的单词,布莱用两个带希腊词根的法语单词拼接在一起,"运动的"(cinématique)和"书写"(graphie),合成一个新词,直译过来的意思是"运动的书写"。布莱因为缺少资金,把专利卖给了卢米埃兄弟,才有了后者在世界电影史上的开创性首映。

直到今天,我们都还把电影叫作 motion picture,叫作 film,叫作 cinéma,说明无论是"运动的照片",还是"胶片",还是"摄影放映机",这种新型艺术都明确地与技术推进相关。至于中文的"电影",虽然没有涉及胶片和机器,却还是以另一种技术为基础,那就是电能的使用。以此为背景,当我们今天讨论电影的媒介本质时,首先就得落脚于技术发明,不论是电灯泡的光亮,还是感光胶片的化学反应,抑或是摄影机和放映机的诞生。其次,我们还必须注意到,电影的制作,是一个涉及诸多技术组合的流程。最后,电影的完成,又必然包括放映的事件:放映机,投影幕布,以及放映的场地。所谓电影,就是这些元素的综合,缺一不可。

随后的电影发展史,再一次证明这种媒介与技术的不可分离。从 20 世纪 20 年代有声电影出现,到 20 世纪 30 年代彩色电影上映;从专门的电影院设计,到"票房"(box office)的修建;再从立体电影到数字电影,从工艺特效到 CG(数码图形)特效,到 3D 和 VR(虚拟现实)……几乎每一次技术进步,都会迅速改变电影的制作和放映方式,给这种"运动的照片"或"运动的书写"带来新的样态。

就电影的讲述而言,蒙太奇(montage)的诞生除了继承文字叙事和戏剧表演的基本传统,也直接得益于技术的发展。对记录了不同拍摄镜头的胶片进行剪切、粘贴和拼接,给电影的创造者提供了动态呈现不同时空的可能性,也让观众在一个固定时空内能看到和听到无限时空的景象与声音。在经过技术组接之后的成片中,时空变成了可以随意塑形的东西:它能在银幕上呈现超越现实世界的幻觉。所以,麦克卢汉在《人的延伸——媒介通论》里，才会这样来描述电影的技术能力：

> 电影把上述机制推向机械世界的极端，甚至超越了这一极限，使之进入梦幻的超现实主义，这一梦境是能用金钱买到的。这一极端富裕和威力强大的因素对电影形态极为相宜；在这一点上任何东西都无法与之匹敌⋯⋯再就媒介研究的话来说，显而易见，电影用可以提取的形式储存信息的力量是无与伦比的。⋯⋯电影仍然是一种主要的信息源头，仍然在这方面与书本进行着较量，它竭力继承和超越书籍的技术。

麦克卢汉的这本书写于20世纪60年代。如果他有幸生活到今天，目睹所谓"大电影"时代的到来，听见人们关于年轻人都只顾上视频网站看视频而放下了手中书本的抱怨，相信会重新修订自己的这一说法。

由于技术的推进，再现和讲述，这两种人类的基本欲求在视听领域得到了前所未有的释放。人类的视觉和听觉界面，被扩张到一个几乎无限的疆域，覆盖了大众生活的几乎方方面面。欧洲人走路时戴着耳机听美国的流行音乐，中国人做菜时查询手机西餐菜谱和美食视频，美国人在飞机座舱里看印度电影打发冗长的旅程⋯⋯几乎每时每刻，人们都透过视听界面跟影像和声音叙事粘连在一起。

人的存在已经离不开视听媒介，或者反过来说，视听媒介已经成为人的存在的一部分。

2

"蓝白红"之《红》

我站在这家学院的大门前,不敢相信这所著名电影学府的门面如此寒碜。

环顾四周有些凋零的市景,这倒也不是很奇怪。到达洛兹(Łódź)当天,我就在酒店四周逛了逛,发现这座位于波兰腹地的中等城市有些衰败迹象。只要稍微离开市区主路,一些人烟稀少的小巷和失修的房屋,就开始向我讲述这个地方不太景气的经济状况。后来跟波兰朋友交流,

波兰洛兹国家电影学院,作者摄

他们说现在情况算是好的。真正的艰难时刻,是在1992年东欧剧变之后。洛兹曾经的工业繁荣,一下子消失无踪,直到最近才开始缓过气来。

波兰国家电影学院的校园面积,大致相当于中国城市里的一个规模较大的中学。里面包含了摄影棚、教室,和一个很小的广场。我看见校园一侧,有一栋五六层高的红砖大楼,显然是废弃了,因为上面许多窗户没有玻璃。不知是谁,在这栋楼的外立面上覆盖了一些巨大的彩色布幔,也许是某种装置作品,也许就只是用来遮蔽危楼的尴尬。

学院自己号称是世界上最古老的电影学院之一,成立于二战结束后的1948年。对中国读者来说,这所学校也许不太知名。但如果举出几位它的杰出校友,许多热爱电影的人肯定耳熟能详:瓦伊达(Andrzej Wajda),他的作品包括"战争三部曲"、《应许之地》、《铁人》和《卡廷事件》;波兰斯基(Roman Polanski),他导演的《唐人街》、《钢琴家》和《穿裘皮的维纳斯》,和他经历的凶杀和性侵事件一样有名;还有一位是基耶斯洛夫斯基(Krzysztof Kieślowski),他创作了至今为人津津乐道的电视电影《十诫》《维罗妮卡的双重人生》,以及"蓝白红"三部曲。可惜的是,基耶斯洛夫斯基于1996年去世,没有像另外两位校友那样,将自己的电影创作延续到21世纪。

跟《十诫》一样,基耶斯洛夫斯基的"蓝白红",是主题先行的系列作品。《十诫》以基督教《圣经》故事为框架,用电影方式展现日常,试图表现上帝在西奈沙漠的山顶上对犹太人首领摩西的教训。"蓝白红"则以法国国旗三色为动机,探讨法国大革命确立的现代法国主流价值三原则:自由、平等、博爱。三部电影都讲述普通人在生活中的日常遭遇,用反传统模式叙事、非奇观化影像和含蓄表演,来展现导演对这三个理念的诠释。

基耶斯洛夫斯基在1994年制作完成三部曲中最后一部《红》,并宣布这将是他的最后一部电影。当时的人们并未把他的话当真,因为此后他又开始筹备以但丁《神曲》为模本的三部曲。不过一语成谶,基耶斯洛夫斯基在1996年突发心脏病去世，《红》确实成了他最后的作品。

《红》描述了一个漂亮女大学生与退休老法官之间偶然形成的人物关系，并与另外一对男女恋情形成互不交叉却始终贯穿的同构关系。大学生和兼职模特瓦伦丁妮因为撞伤一只流浪狗，认识了狗的主人、自称为退休法官的柯恩。瓦伦丁妮发现柯恩一直在监听邻居的电话，并被这个性情古怪的老男人吸引。她与自己远在英国的男友的情感，仅仅透过电话得以维持，且逐渐疏远。

与此同时，瓦伦丁妮的邻居奥古斯特的生活，似乎是柯恩自己年轻生涯的重复：通过考试成为法官，遭遇女友卡琳的移情别恋。但这一切，都与柯恩和瓦伦丁妮的生活轨迹平行，并没有发生交织。最后，瓦伦丁妮决定前往英国见男友，失恋的奥古斯特和她在同一艘船上遇到海难，得以幸存。柯恩在家，从电视报道中看见两个存活下来的年轻人的面孔。

试图复述《红》的情节是一件困难的事情，因为这部电影的叙事几乎就是反情节的。

瓦伦丁妮既没有爱上柯恩，老法官也没有直接表露对美女的喜爱。奥古斯特和他的女友之间的故事，更没有与男女主角的故事发生关联，只有一些场景和镜头展示他们的共同在场，或者一些台词暗示他们的共同命运。比如，柯恩告诉瓦伦丁妮，自己当年考试时，备考的书掉在地上，结果翻开的那一页恰好就是考试内容，让他顺利过关，而这，恰好也是奥古斯特的经历；瓦伦丁妮去打保龄球，她所在的球道一侧，是一只破玻璃杯和一盒万宝路香烟，暗示奥古斯特也在那儿，如此等等。对熟知好莱坞叙事套路和所谓"狗血"情节的观众来说，基耶斯洛夫斯基的电影完全不对胃口。

《红》的影像刻意凸显母题，诸多场景都包含大量红色元素，更不用提瓦伦丁妮拍摄的巨幅口香糖广告。至于这种红色影调的使用到底如何象征博爱，如何与影片的叙事相勾连，则是见仁见智。事实上，评论者对这部电影的诠释，以及观众对它的解读，从影片公映之后就一直众声喧哗。举例来说，美国著名影评人艾伯特（Roger Ebert）在 2003 年给了《红》很高评价，认为通过"隐晦的象征"，可以帮助观众理解这部作品。在他看来，基耶斯洛夫斯基不是用故事来确立和限制人物，而是用故事来讲述生活，这无疑是"给儿童看的电影和给成人看的电影的区别"。比如电影里的老法官形象就是如此：

> 《红》里的老法官粗暴又拒人千里之外，但对瓦伦丁妮的粗暴对待，又让他很受伤，而不是让他感到愉悦。我们发现，他跟许多基耶斯洛夫斯基的人物一样，竭力从令人窒息的生活深渊里挣扎游泳向上，去寻找梦想还可能漂浮的某个地方。

在艾伯特看来，瓦伦丁妮和老法官都"因为他们具有对可能性的想象能力并欣赏它，从而能成就一种跨越时间和性别界限的灵魂博爱"。但，这就是日常生活中人类之爱的确定解释吗？柯恩的挣扎与"梦想"，和瓦伦丁妮的友善与同情，真的就超越了他们自己生命场景的限制，形成四海之内皆兄弟（兄妹）的情感纽带？艾伯特含糊其辞。还有，影片镜头和场景里大量使用的红色，与这种"跨越时间和性别界限的灵魂博爱"有什么关系？即便它真的跟法国国旗上的红色一样，象征着博爱，我们能确定这就是镜头影像里的大面积红色要表达的意义？或者如基耶斯洛夫斯基自己所说，跟《蓝》和《白》一样，《红》之所以要选择红色作为主色调，是因为法国资金注入了三部曲的拍摄项目？不论是其他评论者，还是艾伯特，对此显然都不敢一锤定音。所以，我们无法指望从艾伯特的议论里，得到多少关于《红》的象征意义的解释，就正如不能指望众多研究者和评论者得到对影片意义的共识一样。

与通常热衷于所谓"独立电影""新浪潮""作者电影"和"艺术片"的议论相区别，我打算从另一个角度来理解《红》的意义晦涩。

如前所述，连续胶片摄影和二维平面投影技术，加上包含时间之维的运动影像,促成了电影叙事与文学叙事的根本不同。具象的电影讲述,当然可以利用传统语言媒介如人物台词、字幕甚至画外音来阐发意义,这也是大多数电影作品所采取的方式。但是,我们还应该看到,具象的运动画面加上音响,本身就有一种自明效应:它们直接作用于观众视觉和听觉器官,不需要抽象和形而上的解释。从某种程度上讲,影像和声音的冲击力,恰好是因为它们反抽象、反形而上。

观众买票进入影院看电影,最核心的期待是视听刺激。故事、人物、情感、思想,都建立在这个期待视界基座之上。如果他们想进行人生剖析,哲学思辨,另一种叫作书籍的媒介,恐怕更能发挥作用。电影院里,环境灯光熄灭,银幕上开始呈现一场麦克卢汉所说的影像之梦,通过视觉和听觉界面直接与观众发生信息交流,这才是他们被震撼、被感动的原因所在。等到欢笑、恐惧、惊叹或哭泣停止,灯光重新亮起,观众走出影院回到真实世界,要么回味和感悟电影中的各种意义,要么很快将它们遗忘。

从技术层面上讲,电影生来就不是阐释深刻哲思的媒介。在大致两个小时的规定时间内,一部故事长片就要结束,容不得它对抽象的形而上思想细细道来。看过之后,观众再利用传统媒介,去影评文字甚至电影史著作中寻求意义,则已经跟那部电影本身的限时讲述没有了关系,跟他们在两个小时中经历的梦幻没有了关系。

在这个语境里,针对《红》的意义晦涩,我们当然就可以提出疑问:如果观众(包括影评人)无法精确定位影片的象征所指,除了假设观众理解力有限,是不是也可以假设,基耶斯洛夫斯基试图表达的东西,已经超出了影像叙事的能力范围?更进一步说,他利用红色来确立影片视觉的基本调性,倒是吻合了作品的名字,在电影院里也的确濡染了观众的视网膜,但是不是却无法将这种视觉体验与他想传递的形而上价值关联起来?

一句话,基耶斯洛夫斯基在《红》里试图进行的影像试验,是不是一次失败的努力？

1993年，《红》还处于最终剪辑阶段，基耶斯洛夫斯基在《基耶斯洛夫斯基谈基耶斯洛夫斯基》一书中，就曾经说过这样一段话：

> 《红》的构建非常复杂。我不知道我们是否能把我的想法贯彻到银幕上去……我已经有了所有的东西来实现我想说的，但这真的是太复杂了。因此，如果我心中的理念无法得到呈现，那就意味着，要么电影作为一种媒介还太原始，无法承载这样一种构建；要么我们所有的人都还没有足够的才气来实现它。

大多数影评者和研究者，或者把导演的这种说法看作他谦逊低调的一贯作风的体现，或者认为他是在电影公映之前，故意吊观众胃口。但如果从"电影作为一种媒介"的角度来细读这段表白，我们也许就能看到这段话背后的另一层意思。

当基耶斯洛夫斯基说他不知道自己是否能把"想法贯彻到银幕上去"时，实际上可能是在真实地承认自己面对的困惑。比如，他试图表现深刻而复杂的情绪和思想，电影这种媒介却肤浅而表面（"太原始"），所以他无法知道《红》是不是能够将他的想法成功投射到银幕。在这一点上，基耶斯洛夫斯基的苦恼，跟许多热衷于形而上内涵的电影导演的苦恼是一样的。当他们试图在有限时间内，用影像叙事来完成某种抽象复杂理念的建构时，他们已经迫近了电影这种具象媒介的边缘极限，甚至，他们可能已经超过了这种极限。

他们可能让电影承载了它无法承载的重量。

3
艺术与娱乐

我不想陷入关于"艺术片"和"商业片"的恒久争论。

从技术上说,这种分类毫无根据。所有的艺术片和所有的商业片,都是用同一种技术媒介进行制作和放映,使用大致相似的语法和修辞,遵循同一种制作和发行体制,也在共同的场所面对观众。如果要说区别,更多是在编剧、导演和摄影的个人风格把控,以及演员的表演实现上,而不是在其他任何地方。

从卢米埃兄弟1895年在巴黎大咖啡馆的地下室首映《工厂大门》开始,电影一直是以群体娱乐的样态存在和发展。卢米埃兄弟完成的cinématographe,是一台既可以摄影,也可以放映的机器,可以说准确地隐喻了电影的本质:我们考察电影,一定不可以忽略从制作到放映的任何环节。技术的进步和迭代,不断从制作和放映两端更新着影音叙事的方法,将一代又一代观众吸引进电影院,从而也实现了电影生产的资本增值循环。任何电影作品都带有商品属性,这大概不会有人去质疑,哪怕是最推崇所谓"艺术电影"的人士。

作为一种群体娱乐方式,电影放映有特定的技术要求,比如放映机,银幕,场地。从场地来说,因为有银幕投影,观影的人群就必然要坐在(或者站在)黑暗的环境之中。哪怕是没有封闭空间的露天电影放映,也只能选择夜晚时段。光天化日之下去看一部故事长片的人,一定会被认为是疯子。

从 1895 年到 1896 年，无论是巴黎、纽约，还是柏林、伦敦与布鲁塞尔，电影的放映都是在临时性的公共空间，比如咖啡馆、商店、赛会场所、露天市场、传统剧院内举行的。但从此之后的十来年间，大量专门供电影放映的场所，如雨后蘑菇般出现在欧洲和美国的大小城市。电影院，成了这些城市日常生活环境一个不可或缺的部分。根据一项统计，在第一次世界大战爆发时，在欧洲相对落后的意大利各大城市里，就已经有 500 家电影院，光是米兰就有 40 家。而在大西洋彼岸的美国，有差不多 1 万家面对低收入人群的所谓镍币影院（Nickelodeon），每周花五分钱硬币去电影院的人，占到总人口的 20% 之多。

在电影院出现之前，欧洲的上层阶级有自己的娱乐去处，宫廷里的舞会和戏剧，歌剧院的歌剧演出和音乐会，贵妇人的沙龙，如此等等。根据英国学者伯克（Peter Burke）在《欧洲近代早期的大众文化》中的研究，一直到 19 世纪早期，居住在城市里的平民群体娱乐活动，则主要集中在旅馆、酒馆、有艺人表演的饭馆和妓院，以及教堂前的露天集市和城市小广场等地方。城市平民们在这里唱歌跳舞，看宗教神秘剧、马戏、木偶戏和魔术，看赛马斗牛拳击，以及各种稀奇古怪的表演。他们也参加一年一度的狂欢节游行。相对于上流社会的艺术观赏，这些大众娱乐场所没有贵族礼仪，不分三教九流。参与的人们只求一时欢悦，无所谓高级和低俗，更不追求所谓历史的深度与文化的厚度。

从 19 世纪末期到 20 世纪早期，欧洲的进一步工业化和城市化，制造了更大的产业工人和城市居民群体，催生了所谓"大众闲暇社会"。在这个背景之上，大众娱乐的上升更加强势，开始展现出无穷魅力。霍布斯邦在《十九世纪三部曲》里，对这一时期的欧洲大众娱乐，有一段有趣的描述。他指出，所谓高尚文化圈内的人，在这个时代开始意识到大众娱乐的活力，并积极投身其中：

富于冒险精神的年轻人、前卫派或艺术浪子、性叛逆者，一直赞助拳师、赛马骑师和舞蹈家的上等阶级纨绔子弟，在这些不体面的环境中感到万分自如。事实上，在巴黎，这些通俗的成分被塑造成蒙马特区的助兴歌舞和表演文化，这些表演主要是受惠于社会名流、旅客和知识分子。而其最伟大的归化者——贵族画家劳特累克——更在其大幅广告和石版画中，使这些表演永垂不朽。前卫派资产阶级的下层文化，也在中欧表现出发展的迹象。但是在英国，自19世纪80年代以来深受唯美主义知识分子欣赏的杂耍戏院，却比较名副其实地是以通俗听众和观众为对象。……不久之后，电影便会将英国穷人娱乐界的一位人物，转化为20世纪上半期最受大家赞赏的艺术家：卓别林……

在大众休闲娱乐时代，仍然有一些普鲁斯特式的贵族作家，还在精妙文字里满怀深情地追忆逝水年华。另一些上流社会人士，却主动投入来势汹涌的平民娱乐之中，因为这一潮流看来已经势不可挡。在欧洲各大城市里，收入提高的普通人群、新近加入大众娱乐的上层精英，都需要有更多的娱乐方式和场所。电影的出现和电影院的诞生，恰好给他们提供了新的可能。

从此开始，电影院逐渐取代传统的戏院、歌剧院，成为城市文化和公众娱乐的最前哨，成为新文化最显著领地。用哈贝马斯的概念来说，就是电影院成了20世纪现代社会公共空间最亮眼的新品种。只不过，这个公共空间有些特别：在绝大多数时候，电影院里的信息交流是单向的，观众在里面扮演的，更多是接受者角色。在银幕故事和他们之间，不可能有对话发生，观众是光影之梦的纯粹享用者。

电影对公众娱乐领域的迅猛占领、它受普通平民欢迎的程度，以及它的单向传播能量，很快引起了另外一些人的关注。

在革命成功不久的俄罗斯，苏维埃政府领导人列宁注意到了电影这一媒介的大众效应，宣布"所有艺术中最重要的是电影"，要求电影生产和放映配合国家的建设大局。1920年，列宁起草的《生产宣传提纲》中的第10条，就规定要"更广泛地和更经常地利用电影进行宣传"，这导致了中央政府最终将电影看作"文艺斗争的武器"，看作苏维埃政权进行大众动员的文化工具。虽然此阶段苏联境内上映的大多是进口片，但电影产业国有化的举措，后来还是催生了诸如爱森斯坦（Sergei Eisenstein）的《战舰波将金号》（1925），和普多夫金（Vsevolod Pudovkin）的《母亲》（1926）等里程碑式的作品。苏联人民有组织地拥入遍布全境的工人和农民文化宫、俱乐部礼堂和电影院，在休闲娱乐的同时，也接受意识形态教育。

有意思的是，苏联的对手德国，也曾经有过类似操作。从20世纪30年代开始，希特勒的纳粹政府也将电影生产放置于戈贝尔领导的宣传部管辖范围，将电影制作国有化，以便集中地为纳粹意识形态服务。从里芬斯塔尔（Leni Riefenstahl）在1935年制作的纪录片《意志的胜利》，到1938年上映的《奥林匹亚》；从20世纪40年代的反犹太故事片，再到1945年投资巨大的历史战争片《科尔贝格》，这些作品在宣传纳粹理念的同时，也获得票房的成功。德国民众在电影院里获得影像震撼，并无限感动地接受了第三帝国坚不可摧的理念。

德国战败后，苏联在东欧建立了自己的势力范围，其电影的意识形态武器理念，普遍存在于华沙条约阵营的诸多东欧国家，不论是南斯拉夫还是匈牙利、罗马尼亚还是保加利亚，或者是捷克斯洛伐克与波兰。这些国家的电影工业无一不受到苏联体制影响，电影的大众娱乐功能在强大国家机器的要求下，被迫让位于政府宣传需求。进入电影院或文化宫看电影，不光是一种公众娱乐，也是一次接受思想教育的集体活动。

根据波兰国家电影学院的官方历史描述，在20世纪60年代，随着苏联和华沙条约国家的思想和文化"解冻"，学院的学术和艺术氛围在院领导的鼓动下曾经一度自由活跃。但是随着1968年的一次学生抗议活动，保护学生的院长被波兰政府解职，移民去了澳大利亚，学院再次进入一个政治和艺术气氛沉闷的时代。这段时间，恰好也是基耶斯洛夫斯基和波兰斯基在校读书的年月。按基耶斯洛夫斯基自己的说法，1968年国家电影学院的学生示威，是他的第一次政治参与，"我扔了石头，然后从民兵那儿逃掉了"。随后，学院里一些参与创立了所谓"道德焦虑电影流派"的学生，包括波兰斯基，移民去了西欧和北美。

电影学院的毕业生基耶斯洛夫斯基留在波兰，从纪录片起步，却发现自己创作的哪怕是社会主义现实主义作品都受到严格审查，被宣传部门肢解删减得七零八落。他导演的一些故事长片，如《摄影机痴》（1979）和《盲目机遇》（1981），也遭遇同样命运。《盲目机遇》甚至直接被禁，直到1987年，才获准在波兰国内电影院上映。在体制夹缝中寻求个人表达，用电影作品代言被主流意识形态遮蔽的理念，成了当时波兰电影制作者的宿命。基耶斯洛夫斯基的学长瓦伊达，就曾经利用他的作品《铁人》（1981）表达对20世纪70年代波兰工人罢工事件的隐晦支持。

虽然不愿意以偏概全，我还是不得不承认，在这个历史背景之上，基耶斯洛夫斯基的《红》，多少代表了东欧国家电影的一种风格：以影像叙事呈现或暗示更抽象的形而上意义。在20世纪90年代巨变之前，这些意义也许是国家主流意识形态，也许是被主流意识形态容忍的理念，甚至是被体制禁锢的思想。捷克斯洛伐克导演门采尔（Jiri Menzel）的《严密监视的列车》（1966）、匈牙利导演塔尔（Béla Tarr）的《堕落史书》（1985）、南斯拉夫导演库斯图里卡（Emir Kusturica）的《爸爸出差了》（1985），是这一倾向的代表作。

在柏林墙垮掉、华沙集团崩塌之后，这些形而上意义则转换成了更接近欧洲普世价值体系的诸种观念。这倒不是说，东欧导演们是见风使舵的意识形态机会主义者，而是想强调，关注影像叙事的精神意义和价值，在他们来说似乎比关注电影的娱乐功能更重要。"影以载道"，似乎是他们无法摆脱，或者更加在意的一种风格传统。

对一些观众而言，这恰好是他们认定的所谓"艺术片"的分类特征。

从 1990 年开始，基耶斯洛夫斯基创作的四部作品，《维罗妮卡的双重人生》和"蓝白红"三部曲，制作投资方都主要来自于法国。罗马尼亚裔法国人卡米茨的 MK2 在投资《维罗妮卡的双重人生》获得商业成功后，又继续投资制作了基耶斯洛夫斯基的三部曲。作为进入欧洲院线和美国院线的作品，它们都获得了不错的收益。根据 Box Office Mojo 统计，《红》于 1994 年由 Miramax 公司在美国境内发行公映后，总票房达到 358 万美元。这也间接说明，作为一种娱乐商品，《红》的销售情况还算不错。

不过，对于更多去电影院寻欢作乐的人而言，《红》的形而上倾向和隐晦象征，却阻止了它成为所谓的"爆款"（block-buster）：观众在影院里吃着爆米花、喝着可乐看电影时，显然不愿意在九十多分钟的时间内花更多精力去猜测基耶斯洛夫斯基那些镜头里的红色，到底意味着什么。同年，由派拉蒙公司制作发行的故事长片《阿甘正传》，在美国卖出了差不多三亿三千万美元的票，就是一个有比较价值的反例。

有教养的高端读者，也许会对我这样的类比嗤之以鼻。他们会说，《红》与《阿甘正传》不可相提并论，因为一个是艺术片，一个是商业片。商业片卖更多的钱理所应当，正如艺术片不能挣钱一样。

如果真正静下心来考量，我们又会发现，《阿甘正传》的艺术水平与《红》的艺术水平是否高下立判，其实是个很混沌的命题。当然，精英主义的评论者可以争辩说，《阿甘正传》里那句肤浅画外音台词（"妈妈总说人生就像一盒巧克力，你永远不知道下一块是什么味道"）已然暴露出导演和编剧的肤浅，远不及《红》中老法官饶恕水手罪犯的追述台词来得深刻。但 1995 年的奥斯卡将包括最佳影片、最佳导演、最佳男主角的六项大奖颁给《阿甘正传》，还包括另外一堆最佳提名，证明它的艺术品质，获得了美国电影界的认可和尊重。

也许还会有人不依不饶，说奥斯卡奖跟欧洲的那些电影奖项比起来，更注重商业效应，美国人喜欢肤浅幼稚的电影思考，所以艺术水平更低。但有趣的反证是，基耶斯洛夫斯基的《红》在这一届奥斯卡评选中，恰好也得到了最佳导演、最佳剧本和最佳摄影的提名，跟它在同年的戛纳电影节上获得金棕榈奖提名一样。而 1995 年英国电影电视最权威的 BAFTA 奖，也将最佳影片和最佳男主角授予了《阿甘正传》。可见，至少在 1995 年，奥斯卡评委的艺术水平和鉴赏能力，与他们的欧洲同行相比，其实也差不到哪儿去。

如此这般，我们可以无休止地争论下去。

执着于一部电影是商业片还是艺术片，并就此进行分析，永远会遇到巨大麻烦。这倒不是说，观众用钱投票，选出来的电影作品就一定是艺术上乘之作。事实上，从电影诞生到今天，一百多年时间内，许多票房冠军的大卖特卖，并不是因为它们的艺术臻美，而是因为其他许多因素的集合。但起码我们应该明白，除了电影作品自身，从公众娱乐和观影经验来考察影像叙事的特征，绝对是讨论这门 20 世纪新艺术不可或缺的角度。

电影的创作和制作，编剧、导演、摄影和演员固然重要，电影的放映、电影院的构建、观众的观看，也不能缺席。

4
电影院的公共空间

德国学者本雅明（Walter Benjamin）在一篇讨论法国诗人波德莱尔的文章中，谈到了一种被他冠名为"游手好闲者"的都市居民。

新建的城市空间，诸如拱门街、汽灯照亮的街道和百货商店，是这些人得以日夜游荡的世界。拱门街"顶端用玻璃镶嵌，地面铺着大理石，是连接一群群建筑的通道。他们是店主们联合经营的产物。通道的两侧是高雅豪华的商店。灯光从上面照射下来。所以，这样的拱门街可以说是小型城市"。按照本雅明的说法，在这种崭新的人造物理环境中，波德莱尔式的闲逛者找到了自己的身体和精神的居所：

> 他靠在房屋外的墙壁上，就像一般的市民在家中的四壁里一样安然自得。对他来说，闪闪发光的珐琅商店招牌至少是墙壁上的点缀装饰，不亚于一个有产者的客厅里的一幅油画。墙壁就是他垫笔记本的书桌；书报亭是他的图书馆；咖啡店的阶梯是他工作之余向家里俯视的阳台。

在本雅明看来，波德莱尔创作的诗文，与这种在城市建筑中闲逛的人生状态紧密相连，诗人就是这群游手好闲者的最好代言人。正是在这种都市风景里，波德莱尔发现了第二自然，发现了现代人。他的诗文，成了现代主义的先声。

本雅明对波德莱尔与巴黎市景之间关系的研究，开启了一扇窗户，让我们观察到艺术创造与新型物理环境之间的交流和对话。不再像此前的浪漫主义时代，诗人的想象总是更多地投射到远古传说、自然风景和历史废墟之上，波德莱尔开创了一个崭新的视野，将现代都市形貌和风景，以及这个奇妙世界里各类庸俗人生化作母题。酒馆、街角、妓院、麻醉品、倦怠的肉体，各种曾经被诗遗忘或屏蔽的意象，堂而皇之地出现在他的作品里，浸淫着反传统的激情，和反崇高的趣味。

在这一点上，波德莱尔与他的同胞画家劳特累克可以说是异曲同工。

本雅明找到了波德莱尔和城市建筑之间的奇妙关系，也触碰到了游手好闲者在人造自然中的存在状态。不过，他没有把波德莱尔那些惊骇文字的读者们，放进自己的考察透镜。他只讨论了创造者，那些混杂在闲逛人群中的极少数知识分子。波德莱尔的读者们，显然不可能是真正的城市大众，更不可能是那些夜不归家的都市流浪汉。从某种意义上讲，19世纪中叶之后的波德莱尔读者，依然是社会的精英阶层，不论他们是否愿意主动融入城市街道上的大众。

本雅明的朋友，德国学者克拉考尔（Siegfried Kracauer）在自己的《大众装饰》中采取了与本雅明类似的策略，将眼光投向都市建筑与人的互动。但是，他的分析目标却发生了变化。在他的观察透镜那头，是作为电影观众的人群，他的考察对象，是观众在电影院空间里的状态。在一篇叫《消遣的崇拜仪式》的文章中，克拉考尔分析了20世纪20年代末柏林电影宫的建筑格局，并把它与观众的互动，作为自己的研究重点。

在魏玛共和国时代，受到美国各大城市出现的电影宫（movie palace）影响，拥有四百万人口的柏林也修建了诸多电影宫。美国的电影宫建设，与镍币影院的成功形成有趣对比。镍币影院的观众主体是城市工人和平民，票价便宜，上映的也多是短片，多部连续放映。当越来越多的中产阶级出现，更长更复杂的故事片出现，更多的上层阶级加入观众行列，镍币影院的模式就显出了自身短板。于是，电影宫出现了。

按照一则美国电影宫广告的说法，这种宏伟而精心装饰的地方，就是要让那些进去看电影的"普通公民觉得自己是王室成员"。宫殿式或教堂式的内部空间，精心装饰的外立面和墙面，加上更宽敞舒适的座椅，空调和侍者服务等等，各种优雅细节，让看电影的地方悄然变成了上流场所，变成传统歌剧院的翻版。

这些特征，也恰好出现在克拉考尔研究的电影宫里。靠近柏林动物园的格洛丽亚电影宫，是德国的乌发公司（UFA）用一个柏林的传统展馆改造而来，与德皇威廉二世的纪念教堂比邻。1919 年，它变成了一座可以容纳 1740 位观众的带舞台表演的电影院。到 1925 年，格洛丽亚电影宫重新设计装修，观众座位增加到 2165 个，外带咖啡馆和其他设施，是当时德国境内最大的电影娱乐中心。

克拉考尔描述说：

> 格洛丽亚电影宫把自己呈现为一座巴洛克式的剧院。数以千计的社区内的（消遣）崇拜者们可以感到满足了，因为他们进入的宫殿显然值了票钱。……这个浑然一体的效果集成作品，以各种可能的方式轰击感官。射灯将光线投向大厅内，闪烁着穿透富于节日气氛的吊幔，和多彩而似乎有机的玻璃构件。乐队肯定是一支独立的力量，它搅动的音波与照明的光亮交相应和。每一种情绪都与一种声响表达相呼应、与一种色谱值相对位——视觉和听觉的万花筒为舞台上的身体运动（哑剧和芭蕾）提供了恰当的环境。终于，白色的幕布降下来，三维的舞台在不知不觉中转换成了二维的幻觉。

根据克拉考尔的观察，在这种建筑空间里，"趣味超越尺度，与精心雕饰的工艺相融合，催生了大量昂贵的内部装修"，就像酒店的大堂一样，它们"是娱乐凝聚的神龛，它们的豪华表面以熏陶为目的"。

克拉考尔注意到，在柏林这样的都市里，巨大的人群每天承受着巨大压力，无法实现自己希望得到的生活。与此同时，"他们被施与上层阶级的垃圾和早已过期的娱乐方式，这些娱乐方式虽然不断强调自己的社会优越性，却毫无文化上的野心"。但是，当这些人进入到电影宫里，情况却发生了改观。他们仿佛"被大众所吸纳，这个过程创造出一种同构的都市观众群体，身在其中，每一个人都有相同的反应，从银行经理到销售店员，从女歌手到速记员"。在这里，由新技术创造和支撑的娱乐方式，以及建筑的殿堂效应，成就了新时代都市大众的消遣崇拜。

格洛丽亚电影宫巍然耸立，与邻近街区的德皇二世纪念教堂相映成趣，标出了都市大众信仰的两块显著领地。

前面曾经说过，在过去的几个世纪里，欧洲上流社会从来都是时尚的发源地和引领者。不同国家的社会中下层民众，总是竭力去追赶和模仿贵族的举止礼仪、行为规范，至少在幻觉里把自己打理成上层社会成员。电影院被建构成歌剧院的样式，可以被看成是这种潮流在20世纪的遗风。精心穿戴的时髦服饰，合乎规矩的礼仪，成了进入这些公共场所的认同通行证。

我们同时也必须看到，一股更强劲的社会潮流，也开始冲击这种自下而上的模仿趋势。

波德莱尔和劳特累克之类的先锋艺术家，在19世纪就已经开始了一场自上而下的文化改宗，主动投身都市闲逛人群和大众娱乐，力争把自己融入那些曾经为上流精英所不齿的圈子。到了20世纪，社会底层的趣味更广泛更有力地向上浸润，逐渐冲淡了所谓的贵族情调。就像克拉考尔所描述的那样，劳动阶层的观众，打扮得整齐鲜亮去电影宫看电影，在几个小时内，短暂地感觉到自己属于"王室成员"；社会上层人士，也乐于暂时离开自己的生活圈子，花几小时时间到电影宫来，在昏暗中跟下层人士坐在一起。

电影宫，成了高级人士和低级人士短暂平等交集的中间地带。

艺术欣赏和接受的民主情形，随着时间的推移，显得更加突出，上层和下层的混合共生，成了普遍趋势。曾经的贵族游戏比如台球，变成酒吧里普罗大众的日常休闲；曾经的底层娱乐比如爵士乐，社会精英也乐此不疲。我不确定是否真有一个"中产阶级趣味"存在，但所谓高尚和所谓低俗的相互渗透，却是不争的事实。

20世纪50年代，因为电视的兴起，曾经雄霸大众娱乐市场的电影遭遇到严重挑战。进入20世纪60年代，为了将流失的观众重新拉回电影院，新的电影放映方式开始出现。最先在加拿大，后来遍布北美和欧洲的多影厅电影院（Multiplex），开始取代传统的放映格局。一家电影院，可以在几个放映厅的几块银幕上，同时放映几部不同影片，成了最盛行的模式。从资本效益来说，这是最能降低营运成本和管理成本的方法；对观众看电影的需求来说，走进一家多影厅电影院，可以在几部电影中间进行选择，甚至可以连续在不同影厅看几部电影，就像在电视机上扭动频道转换器一样，似乎也更能满足他们的娱乐胃口。

到了1988年，在比利时的布鲁塞尔，首次出现了一个更惊人的多影厅模式。那里的一家叫作Kinepolis的院线公司，开设了包括25块银幕的超级影院，可以在25个放映厅内，同时容纳7500名观众。从此之后，超级电影院（Megaplex）开始大举进入电影市场。在这种模式冲击下，原来的单银幕影院，包括富丽堂皇的电影宫，要么改造成多银幕影院，要么改造成放映小众电影的所谓"艺术影院"（Arthouse），要么改造成其他娱乐场所；最无利可图的地方，则被彻底遗弃，成为见证电影历史的废墟。

到了今天，所谓多银幕影院和超级影院，已经变成彻头彻尾的完整娱乐王国。它们或者居于大型购物中心内部，或者自成一体，本身就是额外贩卖各种小吃饮料，以及电影周边延伸商品的场所。观众走进这样的放映场所，从购票开始，就一直被电影广告和衍生品包围，鼻子里弥漫着小食品的味道。正如进入一家快餐店一样，各种电影在不同影厅里排片上映，人们根据显示屏上罗列的商品名字和时间，按照自己口味挑选准备观看的故事。

在这样的地方，观众的阶层感被彻底抹平，至少在外观上无法辨别。大公司的 CEO 和医院里的清洁工，可能坐在同一排座位上，也可能分别按照自己的趣味坐在不同的影厅里。喜欢恐怖片的政府精英人士，和喜欢浪漫爱情喜剧的失业救济金领取者，都有自己选择的权力，而且不用顾忌他人对自己的服饰打扮、言谈举止、影片喜好投来审视的眼光。看了电影之后，观影者散去，回到各自的生活和圈子，也许今生今世永远都不会再交集。

在这个类似于 19 世纪拱门街的公共空间里，不管白天黑夜，有那么几个小时，所有的人，都成了波德莱尔式的游手好闲之徒。

电影院的这种格局变化，给社会文化带来的影响不可小视。正如李伯庚在《欧洲文化史》中所说的那样，随着电影、电视等新媒介进入人们的生活：

> "空间被拓宽了，历史变成了真实可见的，一切物体都变为活的了。"……过去，国家、教会、大学、科学院和社会精英分子控制着文化的传播，它们是文化的监护人。这种情况一直延续到 19 世纪末。然后，在资本主义、消费主义的社会里，一切都商业化，信息、知识、文化和传讯事业不标榜任何价值观念，只问能不能赚钱。……这些媒介是否愈来愈大众化，不论贫富或教育水平，都能拥有它们，使得信息也民主化，就像工业革命使奢侈品大众化、民主化那样，现在还难以预测。

李伯庚讨论的其他媒介如计算机、互联网是否会带来信息的民主化，现在的确依然是一个疑问。但就电影媒介而言，从我们自己每一次去多银幕影厅或超级影院观影的经历判断，至少在选片上，这种新的放映格局，基本保证了大众各取所需的民主权利。

我们可以想象，自己是1994年的欧洲和美国观众，在晚上或周末走进巴黎、纽约的一家多银幕影院，发现《红》和《阿甘正传》，可能还有其他电影作品，都被平等地放在广告牌上，标明了售价、上映时间等等。就如在麦当劳内，手里捏着钞票，眼睛盯着图文昭示的各种食品一样，我们是选三层牛肉汉堡，还是选炸鸡块套餐，全凭自己当时的口味。也许在此之前，我们读到的影评，基耶斯洛夫斯基、泽米基斯（Robert Zemeckis）提前发表的谈话，或者朋友的推荐，会影响当时的选择，但最终的买票权利，还是在自己手上。

上述引文中，还有两句值得我们关注的话语，就是电影和电视等媒介，让"历史变成了真实可见，一切物体都变为活的"。

电影这一媒介的出现和成长，让历史和现实在银幕上"活化"变得可能：它们的样貌和状态，可以完好无损地、真实地呈现在观众面前。或者，电影至少是给观众呈现出一幕幕逼近生活本来模样的假象和梦境。在此之前，普罗大众关于世界和生活的认知，主要依赖书籍、报刊、地图和课本，依赖绘画、雕塑和其他传统媒介，依赖"文化的监护人"对他们进行的知识和价值传播。这些文化监护人有能力也有义务告诉他们的读者世界的样貌、生活的本质应该是什么样的。比如，就叙事艺术的长篇小说而言，不管是狄更斯（Charles Dickens）笔下云遮雾罩的伦敦，还是福楼拜（Gustave Flaubert）文字中喧闹的法国外省农村集市，作者总是竭尽所能，试图真实地向读者再现他们曾体验过的各种场景，并告诉读者应该怎么去观察。

现在，观众坐在电影院里，看见世界和历史活生生展现在自己面前，人物的遭遇、他们的喜怒哀乐，都"非常真实地"在他们眼前上演。绝大多数时候，他们都忘记了，在一个一个电影镜头背后，还有导演、编剧、摄影等等一大堆工作人员的精心设计和制作，忘了那些人物的生活，其实是演员一遍又一遍表演的最终结果。他们对某一段银幕影像的"凝视",其实恰好可能是导演和摄影专门谋划的"特写"勾引的结果。

在差不多两个小时的时间之内,一群又一群观众集体参与一场精心制作的梦幻。在幽暗的环境里,他们目睹自己的"男神"和"女神"的多样生活,听他们讲话、喘息、狂笑和哭泣,有时甚至忘记了身边的朋友,忘记了舌尖爆米花和软饮料的味道。梦境结束,殿堂里灯光复明,观众站起身来,回到自己的现实,心中已经形成了对刚才银幕上发生的故事的感悟和评价。

高端观众可能会对自己刚刚看到的故事提出批评意见,认为它对精英世界的呈现充满了虚假想象;低端观众却可能暗自欣赏那些鲜亮的上流人物,觉得他们的生活起伏符合自己的想象和情感,至少,他/她买梦的票钱是值了。

消费社会赋予了他们一种做白日梦的民主权利:针对那些鲜活的影像和音响,他们觉得自己可以知道历史和现实是什么样子,觉得自己可以对其进行评判。对于从来就把进电影院看作一项公众娱乐的人来说,20世纪的另一类文化监护人,那些写作各种影评和研究专著的知识分子对于一部电影的分析和评价,已经显得可有可无。观众们也许宁愿关注自己手里的爆米花是否过于油腻,可能都不愿去听从影评人关于影片艺术水平的分析与告诫。

甚至,有些人去电影院看电影,说不定与电影作品本身都没有关系,只是他们需要一种社交活动、需要一个场所而已。

5
McMovie：好莱坞 vs 欧罗巴

进入 20 世纪之后，世界遭遇了两次极为惨痛的大战。

战事最先都爆发在欧洲，但由于地球上许多国家的主动和被动卷入，结果变成了世界大战。从 1914 年的萨拉热窝事件开始，一直到 1945 年德国无条件投降，战争的苦难和阴影笼罩在这片土地上，给城市和农村带来令人震惊的损毁，夺去无数人的生命。这两次战争造成的破坏，远远超过人类此前的任何一次战争。这中间虽有十几年的停顿和喘息，但第一次世界大战后所建立的和平框架，并没有彻底掐灭欧洲的战争火种。最终等到 1945 年第二次世界大战结束，欧洲的几乎所有国家，包括德国在内，都承担了苦涩的后果。

在这两次大战前后，欧洲电影业的巨大变化更让人唏嘘。

在第一次世界大战爆发前，欧洲的电影业有一段短暂的辉煌历史。根据一些学者的研究，从 1900 年开始，欧洲的电影工业曾经一度强盛，既发明了各种令人瞩目的电影技术，也创造了每周新闻短片、卡通片和故事长片等作品形态。

大概在 1905 年左右，欧洲的电影制作商，比如法国的百代（Pathé）、梅里爱（Méliès）、高蒙（Gaumont）和依克莱（Éclair），丹麦的北方影业（Nordisk），以及意大利的一些制片公司，都建立了横跨大西洋的国际发行渠道，一度占领了大部分的美国电影市场。根据英国学者巴克

（Gerben Bakker）在他的小册子《欧洲电影工业的衰落：降低的成本、市场容量和市场结构 1890-1927》中统计，1904 年，欧洲电影在美国市场上曾经达到接近 60% 的最高份额，美国境内的电影院里上映的影片，大多来自欧洲制片商发行的各种欧洲电影。然而，到 1915 年，即第一次世界大战爆发的一年后，这个份额就猛跌到了区区 5% 左右。

关键是，从此之后，欧洲的电影工业就再也没有攀上过那样的市场高峰，倒是好莱坞电影大举反攻欧洲市场，成为绝对的主导者，直至今天。

众多研究者举出了各种各种的原因，试图确诊欧洲电影在好莱坞电影面前的失败：第一次世界大战的爆发、好莱坞生产模式引发的制作成本降低、大战导致的欧洲市场分崩离析以及创作和制作人才的流失、美国贸易保护主义对国外电影进口的阻碍、欧洲各国之间的电影贸易关税、好莱坞制片机构在洛杉矶的影棚集中制作、美国电影的更通俗化内容、欧洲电影艺术家更多倾向于前卫风格和高端追求，如此等等，不一而足。

在我看来，百代影音公司老板帕蒂（Charles Pathé）在 20 世纪 20 年代的一段话，似乎更明确地道出了一个行内人的苦恼。这个早早进入电影制作和销售、发明了新闻短片并进入美国市场的法国企业家，曾经这样分析好莱坞的强势：

> 由于他们内部市场的优势（票房收益是法国市场的四十到五十倍，是世界市场的四分之三），美国人可以大量生产它们的负片，在国内市场将其全部进行分期偿付，从而得以征服全世界的出口市场，特别是那些无法承担昂贵制作费用来生产自己影片的国家。法国电影制作在世界上的重要性，仅仅依赖于它最初的优势，等到美国电影业构建完成，它就必然会消逝。这一天已经来了。

一句话，美国的电影业之所以能最终战胜欧洲，关键在于美国的观影大众为其提供了一个雄厚的票房收入基座。看电影的人越多，电影院的收入就越多，越稳定，它们就越能够为制作商提供长期而稳定的分账利润，使制作商能投入更多的资本、在更长的周期内制作影片。而这，恰好是法国电影制作商，或者说欧洲电影制作商所缺乏的优势。帕蒂做出这样的悲观判断之后，法国电影当然没有消失，就像欧洲其他国家的电影没有消失一样。但是，美国电影的长驱直入，已经彻底改变了欧洲电影院银幕上投放的影像。

到了今天，欧洲各国电影院里上映的大多数故事长片，投资都是来自好莱坞，甚至欧洲最大的院线，也是在美国公司控制之下。举例来说，2012年被我国大连万达收购的AMC，是总部设在美国堪萨斯的全球最大院线。这个成立于20世纪20年代的影院公司到2018年时，在欧洲14个国家拥有244座电影院，2200块银幕，是英国、爱尔兰、意大利、西班牙、瑞典、芬兰和波罗的海国家的最大院线。作为对好莱坞院线的回应，欧盟和法国1992年共同出资设立的欧罗巴院线（Europa），到2016年时在全欧洲的600多个城市里，也才拥有1078座电影院、2648块银幕。

院线的连锁经营，自然会对销售的产品造成影响。在美国资本控制的院线平台上，好莱坞电影作品大行其道，其影响威力就像遍布欧洲大小城市的麦当劳。虽然被视作样式单调、营养不均的"垃圾食品"，麦当劳之类的美国快餐，迅速改变着欧洲人、尤其年青一代的口味，正如在连锁院线里上映的好莱坞电影。

2000年，我在丹麦的奥尔堡大学做了半年访问学者，在当地看过多场电影。一次，我的丹麦同事和朋友邀约我，跟他们夫妇和他家两个孩子一道，去看贝松（Luc Besson）导演的《圣女贞德》。法国导演贝松在20世纪90年代导演的几部电影，《这个杀手不太冷》《第五元素》《出租车》，都获得了商业上的成功，从而被一些批评家称作"最好莱坞的法国电影制作人"。法国高蒙电影公司投资6千万美元,来制作他的这部"史诗巨片"。虽然无法与好莱坞所谓"大片"的预算相比,在欧洲,《圣女贞德》的预算却算是相当大的手笔。我的朋友是大学教授,算是知识分子一员。在去看电影的路上,他边开车,边对我半带严肃地宣称,我们要去看的,不是好莱坞式的肤浅娱乐,因为欧洲人不像美国人,更愿意将电影当作严肃艺术。我礼貌地点头称是,忍住了没有提及贝松此前大获市场成功的作品《这个杀手不太冷》。

贝松的前几部电影我都看过,他在《圣女贞德》中采取的风格和营造的趣味,自己倒是更喜欢一些。不过,我发现朋友的两个小孩,一个15岁,一个12岁,却在观影过程中不断显示出躁动不安迹象。明摆着,这部电影不是他们的菜。

电影散场,朋友正要跟我来一点影评讨论,两个小孩却迫不及待地跟父母提出,能不能去电影院旁边的麦当劳,吃一顿"大餐"。朋友尴尬笑着,摊手无奈地自我解嘲,说即便是如此精心制作的法国电影,也抵挡不住McDonald的文化攻势。

艺术欧洲,在McMovie面前简直一败涂地了。

欧洲电影创造了许多新鲜的理念和样式,大多数世界电影史都会如数家珍地讲述欧洲电影各个时期的各个流派。一战前后雄霸世界电影市场的时代自不待言,从20世纪50年代开始,"自由电影""法国新浪潮""意大利新现实主义""英国新浪潮""捷克斯洛伐克新浪潮""新德国电影""意大利面西部片""Dogma 95"……包括基耶斯洛夫斯基所属的"波兰流派",在欧洲此起彼伏,让人惊叹。这么多的样式和风格,前卫而丰富,它们面对的竞争对手却只有一个:好莱坞,那个表面上看起来连"主义"面孔都有些模糊不清的庞然大物。当然,在许多欧洲知识分子和研究者眼中,好莱坞也有"主义",那就是最本质的资本主义——把电影作为纯粹的商品,用最纯粹的资本扩大再生产流程,制造出来的垃圾精神食品。

冷嘲热讽也好，严厉批判也罢，好莱坞依然凭借由巨额资本支撑起来的制作机制和庞大院线，将欧洲的各个流派冲击得七零八落。

20 世纪 90 年代初，根据一项统计，美国电影占到世界电影市场 85% 的份额。在欧洲，美国电影更是占领了 90% 的市场。反过来看，进入美国市场的欧洲电影，只占到 2% 的份额。相对于 20 世纪 20 年代，好莱坞在欧洲的强势有增无减，几乎应验了帕蒂在半个世纪前的预言。

也恰好是在这个时期，世界上最大的区域合作组织欧盟正式宣告成立。在这个统一的经济和政治共同体中，一些欧盟的核心成员国显然也注意到了欧洲统一市场中电影市场的窘迫状况。于是，在 1993 年举行的关贸总协定（GATT）乌拉圭回合的谈判里，欧盟作为一个整体，正式对美国提出了挑战。关贸总协定是今天的世界贸易组织（WTO）前身，旨在以各方同意的框架为依据，制定各国之间必须遵守的贸易准则。

谈判中，以法国为代表的欧洲人，提出了一个"文化例外"原则。他们认为，电影不同于一般商品，是一个国家和民族的历史文化、独特价值与意识形态的承载物，因此，讨论电影的市场准入和关税等问题，不能将其同威士忌和摩托车一样看待，必须要把它作为"例外"。美国人当然不喜欢这样的说法，坚持认为电影就是一般商品，所以"电影和所有的音像制品将来也应该属于 100% 的自由贸易产品"，在大西洋两岸，电影必须得像口红和衣服一样能自由交易。美国人还抨击欧盟的电影产业政策是贸易保护主义政策，坚持要让市场这只"看不见的手"来主导电影市场。考虑到美国电影在欧洲的垄断优势，美国人这样说显然有他们的欲求。

最后，这场关涉电影的贸易谈判以失败告终，双方答应在之后的谈判中继续讨论。

1996 年，世界贸易组织（WTO）开始运转。2001 年，联合国教科文组织正式认定"文化例外"是联合国成员国都应该遵守的原则。以此为依据，欧盟成员国可以与美国谈判进口电影的配额制度，但双方并没有达成具体的最惠国待遇协定。值得一提的是,中国在 2000 年后为加入世贸组织与美国进行关于电影贸易的双边谈判,也是参照了欧盟的这一文化例外立场,以此为依据来协商每年到底有多少部好莱坞"大片"能够进入中国电影市场。

6
年轻的艺术

当欧洲和美国代表艰难谈判电影贸易的"例外"原则时，基耶斯洛夫斯基的《红》在1994年的戛纳电影节上举行了首映式。

也是在这个时候，导演明确宣布自己不想再拍电影了。基耶斯洛夫斯基曾经抱怨，为了拍摄这部作品，自己进入了一个极为紧张的制作流程，"一边剪辑《蓝》，一边拍摄《白》，一边撰写《红》"，这让他倍感疲惫。同时，这位52岁的艺术家还认为，电影这种媒介，并不适合表现更深刻的内心世界：

> 文学可以完成这个任务，电影不能，因为它不够智慧。其结果是，它也不够模棱两可。然而，与此同时，尽管电影太过直白，它也太过模棱两可。

如果我们把基耶斯洛夫斯基的这番苦涩反省，放到更大的时代语境之中去观察，就会发现，他对电影媒介的这种评价，以及自己退隐的决定，可能跟欧洲电影的衰落场景、与好莱坞在世界范围的霸权相关联，跟电影到底是一种艺术、还是一种纯粹商品的争锋相关联。比如，《红》在美国上映后，基耶斯洛夫斯基于1995年接受了《洛杉矶时报》的采访。在采访里，他曾经讲过这样一段话：

> 电影通常只是一门生意，我理解这一点，并且从来不去关心它。但是，如果电影渴望成为文化的一部分，就应该向伟大的文学、音乐和艺术看齐：应该提升精神，帮助我们理解自我和周遭的世界，给人们带来他们并不孤独的感觉。

面对好莱坞大本营所在地的媒体，基耶斯洛夫斯基讲话还算客气。但话语中对于好莱坞的怨气，却也微妙侧漏出来。把这段宣言，与他在前面说过的话做一个连接，我们可以明确看出，这位导演宣布罢工，多少都有些对"电影通常只是一门生意"的现实感到绝望的意思。更进一步看，当他说"电影渴望成为文化的一部分"时，言下之意，显然是电影还没有成为文化的一部分，还没有成为"伟大的文学、音乐和艺术"的同类。

同情基耶斯洛夫斯基的困惑与抱怨的同时，我们也应该对电影这种新媒体保持一种宽容。

将电影放在文学、音乐和艺术面前进行对比，这个才一百多岁的媒介实在太年轻了。人类最古老的叙述欲望，催生了几万年前的绘画、几千年前的歌谣和文学。科学技术的发展，也注定了会催促人类找到新的叙事媒介，来满足这种讲述和交流欲望。一百多年前电影的诞生，大概不是一种偶然。

反过来看，电影出现之后能够迅猛发展，到今天似乎大有取代传统媒介的趋势，就因为它集成了文学、音乐和艺术的诸多界面，与人类的诸多感官直接交互。说电影是20世纪以来最强势的媒体，不算夸大其词。随着电视的出现，数字社会的到来，互联网和移动互联网的兴起，让这种影音艺术以更广阔更剧烈姿态侵入人们的日常，更是说明了，电影的媒介优势，已经让它不再局限于放电影的场地，成了无处不在、无时不在的存在。

的确，以悲观眼光看，电影也许永远都达不到文学、音乐和艺术对内在精神的深度表达，而且还将不断地以浮光掠影的方式，将世界各地的人们带入对世界、对自我的表面认知。

有学者以《阿甘正传》的成功为例指出，导演泽米基斯和演员汉克斯共同塑造的一个智商只有七岁多的男英雄，成了大众追捧对象，只能说明电影（尤其是好莱坞电影）在当今世界，起到了拉低人民智商、制造大量"蠢众"的作用。好莱坞式的影音春梦，在世界范围内让观众们堕入无法自救的愚昧黑洞。以这种说法为背景，电影创作者寻求电影的深度表达，试图帮助人们"理解自我和周遭的世界"，追求提升人类的精神境界，就成了一种必须敬佩的艺术和文化姿态。精英主义的电影作品和它们的制作者，像是一群推石上山的西绪弗斯，逆势而行。他们勇敢地坚持用影音方式讲述深刻话题，尖锐质疑和挑战流行观念，虽然不一定成功，却为电影开拓出新的表达可能。

从乐观主义的角度来说，电影从来就是人民的娱乐，普罗大众的感官狂欢。精英们对于爆米花电影的忧虑和批判，似乎也有些偏离了靶心。

以欧洲大众接受文化的发展历史为鉴。古代希腊的悲喜剧在圆形剧场上演，面对的就是雅典或其他城邦大众；罗马皇帝奥古斯都捧读羊皮书上维吉尔的《埃涅阿斯纪》，罗马城里的文盲，却喜欢聚集在广场上看残暴低俗的戏剧表演；佛罗伦萨的知识精英聚在美第奇家族的宫中讨论卢克莱修哲学，威尼斯的普罗大众却盼着一年一度的狂欢节化装游行；当路易十四允许莫里哀的喜剧在凡尔赛宫演出，巴黎城里的妓院和酒馆，却自有其吸引客人的魔术和舞蹈……精英对娱乐的参与和理解，与大众从来就有距离。虽说从19世纪开始，精英和大众的欣赏趣味相互渗透，但这个深渊式的裂痕并没有彻底消弭。只是，精英作为"文化监护人"的角色，还有被越来越边缘化的趋势……

与其哀叹这种失落，不如承认这种已经深刻转换的现实，是精英阶层在面对电影这种媒介时，首先要做的心理和精神功课。

克拉考尔在一篇叫《大众装饰》的论文中曾经这样写道：

> 大众装饰在社会生活中扮演的角色，证实了它是赤裸自然的不安分后裔。知识精英们不愿意承认它，他们依附于一个占尽优势的经济体系，却无法认识到大众装饰就是这个体系的一个表征。……大众能直观地接受这种（集体广场）模式，比那些受教育阶级中为他们提供消遣的人更优秀，至少能大致接受显而易见的事实。

把这段有些形而上的话翻译成更直白的说法，就是大众装饰也好，人民娱乐也罢，其实都是资本主义经济体系中出现的一种现象，一种表征。走进电影院和歌舞厅的人群，不会抵制这种集体狂欢的享受，只是顺其自然地接受它而已。在克拉考尔看来，这样的态度，也许比依附于资本主义体制、受过良好教育的精英们的感受更加真实。

如果有精英电影作品能够探索和逼近它的讲述手段边界，甚至突破这个边界，那自然是好事。但这并不意味着，其他为观众提供感官盛宴和白日梦境的影视作品，就属于没有文化价值的垃圾食物。

从更宏大的时间框架来看，电影这种新生媒介，现在恐怕都还处于婴儿期，人类对它的认知，也就不可能达至成熟。眼下要对它的价值进行最终裁决，还显得过早。我们经常在各种媒体上看到，不断有人和机构给出所谓一百年十部或一百部最伟大电影的榜单。这些榜单基于各种各样的标准和理由，似乎都有某种权威意味。但在浏览这些排名和座次的同时，我们也应该心怀疑问：在艺术、音乐和文学的漫长演化史面前，一百年时间是不是稍微短了一点？这些电影的"伟大"之处，是不是还需要更多的时间来过滤？

也许，这更多的时间，意味着五百年后。当那时的人们再来回望历史，也许才能对电影的艺术价值做出更清晰判断，才能对《红》和《阿甘正传》做出更清晰判断,就像我们今天回望波提切利的画作,才能更准确理解它的历史价值一样?

第九章 《1944》乘着歌声的翅膀

《1944》：一首来自乌克兰的获奖民谣，搅动政治和文化语境，成为欧洲一体化复杂进程的绝妙回响。

1
获奖的争议

2016年5月14日,瑞典,斯德哥尔摩。

爱立信环球厅内,一万多观众见证了一年一度欧洲歌唱大赛(Eurovision)冠军的诞生。来自乌克兰的女歌手雅玛拉(Jamala)在欢呼声里,右手举起水晶话筒奖杯,左手挥舞蓝黄相间的乌克兰国旗,满面笑容,回应着狂热观众的掌声和呼喊。全球上亿电视观众,通过直播看到了这一幕。据说,中国的湖南卫视本来打算加入直播行列,但因前期谈判没有达成协议,最终缺席这场视听盛宴。

根据欧洲歌唱大赛的规矩,一个参赛国,只能有一位歌手和一首歌曲参加角逐。本来在半决赛中被普遍看好的俄罗斯歌手拉扎勒夫,以名为《你是唯一》的英文歌屈居第二,遗憾地看着冠军奖杯被雅玛拉拿走。雅玛拉夺冠的作品,是以一首叫《1944》的民谣,作词和谱曲都由雅玛拉自己完成。这首歌的歌词用英语写成,雅玛拉用英语和克里米亚鞑靼语演唱,背景音乐中的人声合唱,用的也是鞑靼语。

根据英国广播公司(BBC)报道,正是因为这首获奖歌曲,雅玛拉的胜出招致巨大争议。

决赛结果出炉后,一位克里米亚鞑靼族活动家立即宣布:"这是普京第一次遭遇失败,败得很惨";而一位乌克兰的记者则在社交媒体上开玩笑说:"现在是入侵克里米亚的时候了。"俄罗斯境内的电视频道,当然对此结果感到不满,普遍认为大赛的最终评奖有失公正。俄罗斯的社交媒体上更是炸了锅,许多网民表示,不再相信欧洲歌唱大赛的独立性,因为"政治从俄罗斯手里偷走了胜利,跟去年一样"。

按照欧洲歌唱大赛历年的规定,政治性宣示不得出现在比赛当中,因为选手们在台上比拼的是艺术。然而,雅玛拉的《1944》在2016年的决赛中胜出,却包含了相当浓厚的政治意味。围绕奖杯的舆论纷争,虽然没有直接指向大赛组织方以及新引入的投票机制,但对于许多观众和评论者来说,雅玛拉的获奖,无疑是对发生在两年前的一系列国际政治事件的回应。

2014年,乌克兰爆发以"广场革命"为爆点的政治动乱,首都基辅出现流血事件,总统亚努科维奇逃亡俄罗斯。随后,乌克兰糖果大亨波罗申科当选成为新一任总统。政治局势的恶化,使得原来属于乌克兰的克里米亚,成了乌克兰与俄罗斯之间博弈的棋子。在普京政府的诱导下,克里米亚境内的俄罗斯族居民要求进行全民公决,脱离乌克兰并入俄罗斯。最终,这次公决以多数赞成的投票结果,给俄罗斯进军克里米亚提供了借口。一夜之间,这一个原来属于乌克兰的省份,变成了俄罗斯疆土。

克里米亚被俄罗斯兼并后,国际社会虽然做出一些反应,却无力改变既成事实。

前面曾经提到过,克里米亚曾经是黑海北岸最后一个鞑靼汗国,属于中世纪基督教欧洲的东边终点。在蒙古人入侵欧洲时代,来自中亚和东亚草原的数个民族被裹挟进来,最终定居于此,建立汗国,并归顺于15世纪崛起的土耳其奥斯曼帝国。1783年,叶卡捷琳娜女皇时代的俄罗斯,将克里米亚纳入了帝国版图。在此之后,克里米亚一直属于俄罗斯,直到第一次世界大战爆发。1917年十月革命后,一些克里米亚鞑靼人趁机成立了一个短命的"克里米亚人民共和国",试图独立,却在1918年被新成立的苏维埃中央政府推翻。从1921年开始,克里米亚变成了苏联的一个苏维埃社会主义自治共和国。

二战结束后的1945年，克里米亚被降格成苏联的一个省。1954年，赫鲁晓夫领导的苏联最高苏维埃政府，决定将克里米亚的管辖权交给自己的卫星国乌克兰，它又变身为乌克兰苏维埃社会主义共和国的一个省。20世纪90年代初，东欧剧变，苏联宣告解体，克里米亚再一次短暂地作为独立共和国存在过，叫克里米亚自治共和国。它境内的著名港口城市塞瓦斯托波尔，根据乌克兰和俄罗斯签订的条约，却依然是俄罗斯黑海舰队的基地。再后来，在2014年的喧哗与骚动里，它又变成了俄罗斯的一部分。

在第二次世界大战中，克里米亚和乌克兰一样，被纳粹德国占领，成立了一个依附德国的傀儡政府。根据一些历史学家的研究，苏联的斯大林政府以克里米亚鞑靼人与德国合作为由，在1944年拿下克里米亚之后，立即进行大清洗，将多达几十万的鞑靼人流放到乌兹别克斯坦、吉尔吉斯斯坦等中亚地方，并且通过国家动员，将许多俄罗斯族人移居到这里。而这，正是雅玛拉在欧洲歌唱大赛上获奖的《1944》所影射的事件。

《1944》的歌词是这样的：

1

当陌生人到来……
他们来到你的房屋，
他们杀光你们
然后说，
我们无罪
没有罪。

你的心灵在何处？
人性在哭泣。
你以为你是神灵，
但所有人都死去。
别吞噬我的灵魂。
我们的灵魂

我无法在那儿度过青春
因为你夺走了我的和平

2

我们可以创造未来
让人们自由
自由地生活与爱。
最快乐的时光。

你的心灵在何处？
人性会升华。
你以为你是神灵，
但所有人都死去。
别吞噬我的灵魂。
我们的灵魂。

我无法在那儿度过青春
因为你夺走了我的和平

仅从歌词看，雅玛拉似乎并没有直接抨击斯大林或俄罗斯对克里米亚鞑靼人的强制迁徙，歌词中的"陌生人"似乎是一个没有明确所指的宽泛概念。然而，雅玛拉在决赛前后接受媒体采访时，不仅强调了自己的鞑靼血统，甚至直接宣布："《1944》是献给我曾祖母的"。因为她的先辈，就是在1944年的清洗中，从克里米亚被迫迁徙到了吉尔吉斯斯坦。雅玛拉自己于1983年出生在那里，后来才回到克里米亚和基辅学习音乐。歌词里的"我无法在那儿度过青春/因为你夺走了我的和平"，显然就指向这个经历。歌手还明确解释说："这首歌是关于我的家庭，我的曾祖母。我必须写出来，这是一首记忆的歌，将它唱出来对我而言是一件痛苦的事。"

雅玛拉的说法，以及发生在2014年的克里米亚事件，几乎不容许人们对歌词有另外的解读。在2014年克里米亚进行全民公决时，占克里米亚人口13%的鞑靼人属于反对俄罗斯吞并的阵营，但因过小的人口比例，他们最终遭到了失败。所以，雅玛拉才会在接受采访时说，她的歌不仅仅是针对过去，也针对现在："现在，克里米亚鞑靼人生活在被占领的土地上，这对他们来说非常困难，他们受到巨大压力。"

雅玛拉在欧洲歌唱大赛获奖之时，克里米亚已经成为事实上的俄罗斯领土，乌克兰与俄罗斯的外交关系达到冰点，言论冲突和零星热战持续不断。

因为被吞并，克里米亚从乌克兰领土割裂，那儿的鞑靼人不再有机会参与欧洲歌唱大赛的观众投票；因为《1944》歌词的影射，俄罗斯的政治人物不断跳出来谴责大赛的选边站队和政治不正确；因为担心进一步损害大赛的中立立场，组织者要求在颁奖仪式上不得出现克里米亚鞑靼人的标志性旗帜，雅玛拉只能展示乌克兰国旗；本来在初赛和半决赛中被普遍看好的俄罗斯歌手，最终败给了代表乌克兰的雅玛拉……所有这一切，都给这首获奖歌曲和这位获奖歌手构筑了别无他解的确凿语境。

2
让电波团结欧洲

欧洲歌唱大赛的主办方,是一个属于欧盟的欧洲官方组织,欧洲广播联盟(EBU)。这个官方机构,以及它的顶头上司欧盟的诞生,都与第二次世界大战密切相关。

1945年,战争结束。在整个欧洲大陆包括英国,没有遭受破坏的和平净土举目难寻,数千万生命消逝在城市和乡村废墟之中。被卷入战火硝烟的人们相互敌视,国家关系分崩离析。短短二十多年里,就接连上演了两次惨绝人寰的战争悲剧,这让发明了国际法、创建了威斯特伐利亚体系的欧洲无地自容。如何在将来避免战争重演,如何让欧洲国家不再卷入相互残杀的恶性循环,是痛定思痛的欧洲人面临的重大课题。

1950年,法国外交部部长舒曼(Robert Schuman)提出了一项相当新奇的建议。在幕后构想这项建议的关键人物,是法国政治家、"法国现代化计划"的负责人莫奈(Jean Monnet)。在战争结束后的几年里,莫奈就已经意识到,如果要在欧洲实现长久和平,就必须让欧洲国家连为一体,而这种融合只能从经济层面上开始。因此,他建议将战败的德国作为平等伙伴看待,让其加入一个涉及最核心战争资源的联合体当中。舒曼接受了莫奈的观点,在一份宣言中正式提出,以法国和德国为基础,组建一个经济联合体。这就是今天欧盟的初生形态:欧洲煤炭和钢铁共同体(ECSC)。

煤炭和钢铁，是当时欧洲的支柱产业，同时也是战略性产业。根据莫奈的构想，如果让法国和德国加入煤炭和钢铁共同体，等于是让两个死对头加入一家股份公司，形成你中有我、我中有你的格局，战争就不可能爆发。经过谈判，以及与正在进行的美国马歇尔计划协调，1951年有六个国家在巴黎正式签订了协议，欧洲煤炭和钢铁共同体新鲜出炉。六个签约国中，法国、比利时、卢森堡和荷兰在战时属于同盟国，德国和意大利则是它们的死敌，同属轴心国。现在，他们都成了这家战略物资公司的平等股东。曾经的同盟国和轴心国，组成了杀敌一千自伤一千的利益铰链格局。

欧洲煤炭和钢铁联盟的成功，催生了一系列连锁效应，最终导致欧洲经济共同体（EEC）和欧洲原子能共同体（EAEC）在1957年成立。欧洲经济政治一体化的雏形，在二战结束的十多年后，出现在这片正在喘息和恢复的大陆上。

从欧洲煤炭和钢铁共同体开始，到经济共同体和原子能共同体，20世纪人类星球上最前卫、规模最大的区域一体化经济和政治实验拉开帷幕。接下来，就是一连串的一体化事件。1962年，欧洲共同农业政策启动；1968年，欧洲关税同盟成立；1970年，欧洲共同外交合作启动；1975年，欧洲理事会启动；1979年，欧洲共同货币体系启动……从战争废墟中诞生的欧洲一体化进程，逐渐从经济联合，扩展到政治、外交和社会发展诸多层面。用今天的话来说，欧盟的硬件建设，经过了几十年的努力，已经走上不可掉头的轨道。

1992年，在荷兰的一个小城市马斯特里赫特（Maastricht），12个欧洲国家的代表签订了一个条约，正式宣布欧盟的诞生。在这个条约框架里的欧洲，将成为一个拥有共同市场和货币，拥有共同外交和防务政策，拥有共同社会政策，消除国家边境的政治经济共同体。这个联盟，将是一个超国家的治理体系，成员国同意将原来属于国家主权的许多权力，让渡给跨国的欧盟理事会、欧洲法院和欧洲议会，以保证资金、货物、人员等等的自由流动。

今天，中国游客蜂拥进入欧洲旅游，护照上的一纸申根签证，就能保证我们从巴黎坐火车去布鲁塞尔、从法兰克福乘飞机去阿姆斯特丹，而不用考虑出入国境线时频繁的海关和边境检查。因为欧元的存在，无论在佛罗伦萨街边餐馆里支付牛排账单，还是在巴塞罗那购买神圣家族大教堂门票，我们也不用劳神费力地计算不同国家钞票的兑换汇率。这一切，都得益于1992年在马斯特里赫特签订的那份合同，也源于1950年舒曼宣言所提出的欧洲一体化愿景。

从某种意义上说，当年为了避免战争而构想出永续和平框架的莫奈，大概也没想象到今天欧洲深度融合的现实。

在莫奈和舒曼提议建立煤炭钢铁共同体的1950年，战后的欧洲实际上已经设立了一个广播联盟，以取代在战争中被纳粹德国利用的国际广播联盟（IBU）。欧洲广播联盟于1950年2月成立，以利用广播和电视提供公众服务为目标，以遵守共同技术规格、共享技术手段和建立泛欧洲广播网为宗旨。与煤炭和钢铁，以及原子能这些硬物资不同，广播联盟既涉及硬件（广播技术及其标准），也涉及软件（播出的内容和形式）。如何将四分五裂的战后欧洲重新连接在一起，成了欧洲广播联盟在软件领域积极探索的方向。1955年，当时的欧洲广播联盟主席，瑞士企业家贝志雄（Marcel Bezecon）提出了一个建议，以意大利桑乐莫音乐节为模本，创建一个欧洲歌唱比赛。参赛国派歌手加入，比赛节目内容在广播联盟内的国家电视网和广播网上播出。

一年以后，第一届欧洲歌唱大赛如愿在瑞士举行。有七个欧洲国家参加了这次赛事，每个国家提供了两首参赛歌曲，在欧洲歌唱大赛历史上仅此一回。

举办这种歌唱大赛的目标，首先是技术层面的。对欧洲广播联盟来说，跨国家的广播电视节目的播出，可以测试和试验广播与电视传播技术的前沿领域，从而为提供泛欧洲的电视信号和广播信号、建立泛欧洲直播节目网做准备。比赛节目同时在广播和电视中播出，也有利于电视和广播节目的跨界融合。

但这个举措还有一个不言自明的文化溢出效应：来自不同国家的歌声，会将各国的民众吸引进一个文化共同体，让他们感觉到，自己属于欧洲广播联盟的大家庭。

从 1956 年到 2015 年，欧洲歌唱大赛举办了 60 届，参与国已经超出欧洲和欧盟成员国范围，可谓盛极一时。对于许多欧洲国家的电视观众、音乐听众而言，歌唱大赛经过多年演化，俨然已经成为他们一年一度的共同"礼乐"节日，一种全欧洲共同参与的文化仪式。跟数千年来的人类文化仪式一样，大赛的参与者和观看者共享一套规则，共同加入一个流程，共同接受一组价值观洗礼。每当春天到来，欧洲歌唱大赛的歌声和影像，将他们聚集到电视、广播和互联网的公共空间里，共享一种参与、悬念和狂欢。歌声和影像消弭了彼此的差异与隔阂，或者至少是短暂地让他们感觉到了"我们在一起"的认同共鸣。

2016 年，那些在电视机和电脑前观看决赛直播并参与观众投票的人们，以及那些代表不同国家参与专业评委会投票的人们，在最终决定乌克兰选手成为冠军时，受到了他们所共享的一种情绪的影响吗？或者反过来问，这个比赛的裁决过程，能够自证它没有受到政治话语的左右、没有受到 2014 年以来俄罗斯和乌克兰之间的国际纷争影响吗？都很难说。也许，一次详尽的田野调查和投票数据分析，能给出部分答案。

但是，从雅玛拉得奖之后的舆论反响来看，答案却又显得非常明确：雅玛拉的《1944》胜出，显示了欧洲人团结一致、同仇敌忾的共有情绪。在欧洲歌唱大赛选择冠军这件事情上，似乎有一个共同的"我们"，选择了共同的目标，那就是要用决赛奖杯来惩罚"他们"，要让制造了克里米亚鞑靼人的悲剧、并宣称"我们无罪"的俄罗斯付出代价。站在雅玛拉一边，站在受侮辱与受迫害的克里米亚鞑靼人一边，就是站在"自由地生活与爱"一边，站在"创造未来"一边，就必然会谴责那些"来到你的房屋"、"杀光你们"的"陌生人"。

  从这个意义上讲，投票选择歌唱大赛冠军时，欧洲和乌克兰站在了一起。

3
文化表演，政治唱戏

在雅玛拉获奖之后，乌克兰总统波罗申科立即宣布，授予她"乌克兰人民艺术家"称号，乌克兰邮政还紧跟着发行了以歌手头像为主题的邮票。

乌克兰政府如此急切地对雅玛拉在欧洲歌唱大赛上获奖做出反应，与波罗申科上台后的国家战略保持了充分一致，那就是放弃亚努科维奇政府曾经的亲俄政策，让乌克兰的眼光从东转西，尽快成为北约成员国，成为欧盟成员国，一句话，尽快成为一个"欧洲国家"。既然欧洲歌唱大赛把冠军给了乌克兰，让俄罗斯屈居亚军，明确宣示了欧洲对乌克兰的情感背书，乌克兰当然应该给予热切回应，在丢掉克里米亚控制权之后，与俄罗斯在国际舆论争夺战中搬回一局。事情发展至此，《1944》这首民谣、创作和演唱它的雅玛拉，还有欧洲歌唱大赛，要想逃脱政治话语的阐释和渲染，已经完全没有可能。

话说回来，在我们中国人眼里，乌克兰或者俄罗斯，似乎都是欧洲国家。怎么会在对待一首流行歌曲的时候，欧洲人会选择跟乌克兰站队，让俄罗斯变成了"陌生人"？

稍微熟悉苏联和东欧历史的人都知道，"人民艺术家"这个称谓，曾经代表整个苏联集团在艺术领域的最高荣誉。成为人民艺术家，就等于获得了中央政府的最高奖赏。尽管乌克兰已经脱离苏联独立建国，尽管它已经放弃苏联体制,选择了西方式民主政体,但用这个名号奖励流行歌手,还是多少让人看出,当代乌克兰文化中所包含的一些暂时无法抹去的苏联历史基因。

从历史上看,乌克兰和俄罗斯都使用东斯拉夫语言,同属君士坦丁堡统领的基督教东正教会。根据一些历史学家的说法,今天的俄罗斯、白罗斯和乌克兰,都认同他们源头,来自一个叫"基辅罗斯"(Kievan Rus)的地方。即便是现在,一些俄罗斯历史学家都还认为,基辅罗斯,是俄罗斯作为一个民族国家的早期历史开端。

在这个组合性称谓中,基辅(Kiev)是地名,意指今天乌克兰的首都。罗斯(Rus)后来则演化成俄罗斯(Russia)和白罗斯(Belarus)的民族和国家称谓。13世纪中叶,蒙古大军横扫东欧,皈依君士坦丁堡东正教会的基辅罗斯,成了别儿哥金帐汗国的一部分,属于被所谓"鞑靼之轭"卡住的疆域。公元16世纪,莫斯科大公家族宣布自己为沙皇,俄罗斯诞生,基辅(乌克兰)成为这个急速扩张的欧亚帝国的一部分。直到19世纪,它都在俄罗斯沙皇的治下。而在那时,俄罗斯帝国由于深度介入欧洲事务,与法国、德国、奥匈帝国等国家既打仗又和谈,可以大致算做一个欧洲国家,属于俄罗斯一部分的乌克兰也不例外。

1917年的十月革命,推翻了俄罗斯最后一代沙皇罗曼诺夫家族的统治。乌克兰跟克里米亚一样,趁机试图独立,却终告失败,变成了苏联的卫星共和国。它作为一个民族国家的独立,一直要等到1991年苏联的分崩离析才实现。然而,国家独立之后,曾经属于俄罗斯帝国、属于苏联阵营的过往,并不会突然从视野中消失。独立乌克兰的建国叙事里,虽然强调自身作为斯拉夫文化中心的历史,但它与俄罗斯帝国、与苏联藕断丝连的关系,却无法挥之即去,包括"人民艺术家"这种奖励办法,得以延续下来。

二战结束,冷战开打。在那个时候,不论是俄罗斯,还是乌克兰,从防务安全和地缘政治的角度看,都是欧洲的对手。也就是说,欧洲战后所进行的漫长一体化进程，从来就不包括这两个同属华沙条约阵营、在铁幕另一边虎视眈眈的国家。

比如，1950年成立的欧洲广播联盟，除了要废弃被纳粹利用的国际广播联盟外，也包含了抵御苏联阵营的用意。

战后谈判重新组建国际广播联盟时，苏联人提出一国一票的议案，英国人立即对此表示反对。因为这样一来，苏联旗帜下的所有国家，包括加盟的乌克兰苏维埃社会主义共和国，都会拥有一票；而英国则可能只有一票，法国算上自己的非洲殖民地，也只有四票。西欧国家拥有的总票数必定下降，人少势寡。1949年，谈判最终破裂，西欧国家才决定另起炉灶，组建一个把苏联及其所有卫星国排除在外的广播联盟。一道铁幕，把东欧的广播和电视信号屏蔽在欧洲之外，就像铁幕那边的苏联同盟，把欧洲广播电视信号屏蔽掉一样。随后四十年，一年一度的欧洲歌唱大赛，铁幕那边的歌手和人民都无从参与。

乌克兰和俄罗斯，在20世纪90年代之前，也就理所当然不属于广播联盟划定的文化欧洲了。

东欧剧变之后，独立的乌克兰被夹在欧洲和俄罗斯之间，国家战略西摆东摇。本来，叶利钦时代的俄罗斯曾经一度定位自己是欧洲国家，甚至表示愿意加入以前的军事对手北约。1993年，俄罗斯和乌克兰一样，加入了欧洲广播联盟，开始派人参加欧洲歌唱大赛，就是这种意愿的明确宣示。进入21世纪，形势大变。北约和欧盟的东扩，让俄罗斯人倍感憋屈，普京的战略选择越来越倾向于与西欧为敌。在欧洲与俄罗斯的地缘政治较量过程中，乌克兰的几任政府要么打算倒向欧洲一边，要么热衷于跟俄罗斯拉关系，直到2014年亚努科维奇政府被民众推翻。

随着俄罗斯对克里米亚的吞并，以及乌克兰东部地区俄罗斯族人与基辅政权的武装冲突，新上台的波罗申科政府更加急迫地转向西方，寻求欧洲的道义和实际撑腰，希望尽快成为真正的欧洲国家。欧洲也投桃报李，做出积极回应，试图复制欧盟东扩过程中接纳波兰、匈牙利、捷克等前铁幕以东国家的案例。于是，无论在政治操作还是大众媒体层面，乌克兰被演绎成了欧洲一员，俄罗斯则明确不再属于"我们"，成了闯入者，陌生人。当雅玛拉在歌唱大赛舞台上，唱出"我无法在那儿度过青春/因为你夺走了我的和平"时，爱立信环球中心现场和各个欧洲国家电视机前的观众们，立即就辨认出那个被影射的掠夺者，并认同她被夺走的和平，也是自己的和平。

就在我面对电脑屏幕，敲下这些文字的时候，乌克兰与俄罗斯之间的国际纷争依然没有丝毫缓解迹象，由此导致的文化切割还在继续进行。

根据英国《卫报》2018 年 10 月 15 日报道，乌克兰的东正教会正式宣布，它已经获得东正教的最高信仰机构君士坦丁堡普世牧首认可，从此不再从属于俄罗斯的东正教会。1453 年君士坦丁堡陷落前，欧洲东边的天主教势力（东正教）和以梵蒂冈为中心的天主教势力处于分裂状态，虽然曾经有过合并努力，最终不了了之。奥斯曼帝国占领君士坦丁堡后，将其改名为伊斯坦布尔，但原来的东正教信仰中心还留在城中。奥斯曼苏丹允许它继续运转，这个机构的统领者被称为君士坦丁堡普世牧首。公元 1686 年，当时的普世牧首通过一项决定，将信仰人数绝对占优的俄罗斯东正教会，认定为东正教独立牧首区（autocephaly）。

当时的乌克兰，已经是沙皇俄国统治的疆域，乌克兰东正教牧首（patriarch）听命于莫斯科东正教牧首，也算是顺理成章。

现在，几百年前的一纸决定被宣布取消。乌克兰教会变成一个独立牧首区，等于从宗教体制上也彻底脱离了俄罗斯这个最大的东正教势力。根据一项统计，曾经由俄罗斯东正教会管辖的乌克兰东正教会，拥有 12328 个教区，208 座修道院，无论教堂数量还是信众数量，都占到整个俄罗斯东正教会三分之一。对于东正教"第三罗马"的莫斯科来说，乌克兰教会的独立，无疑是断臂之痛。不出意料，俄罗斯教会立即还以颜色，谴责乌克兰的决定，并宣布俄罗斯东正教会终结与君士坦丁堡普世牧首的从属关系，以示抗议。

对乌克兰而言,成功的宗教独立,是其建国叙事需要大书特书的重要内容。

正如波罗申科总统就此在一份讲话中所说,"成为独立牧首区是乌克兰拥抱欧洲、拥抱乌克兰独立的国家战略的组成部分"。我们可以看到,在这段话里,总统首先强调的是"拥抱欧洲"。尽管东正教信众大多集中于原本不属于欧洲的东欧地区,波罗申科都还是试图将这波政治操作,阐释成乌克兰融入欧洲的努力,他要带领国家一路向西的意愿,呼之欲出。

不过,欧洲最终会做出什么样的反应,是否会很快将乌克兰纳入北约和欧盟的怀抱,让它成为名副其实的欧洲国家,现在谁也说不清楚。

在可以预见的将来,祖辈曾经是苏联鞑靼人,自己曾经在克里米亚度过少年时代,并在基辅柴可夫斯基学院学习音乐的雅玛拉,都不会被俄罗斯所接纳,而会被那里的政府和大众,看作西方(欧洲)的歌手。但是,欧洲歌唱大赛冠军的头衔,是否能最终演化成乌克兰国家身份的实际归属,是否能让雅玛拉成为一名真正的欧洲歌手,却不是任何预言家能掐指算出的事情。欧盟内部错综复杂的身份认同格局,欧洲国家外来人口的归化困境,西欧与东欧之间、与俄罗斯之间的地缘政治博弈,让乌克兰融入欧洲的过程充满了不确定性。

至于在乌克兰东边的俄罗斯,起码从目前来看,就更不可能成为欧洲大家庭的一员了。至少在一段时间内,俄罗斯不会主动自认是欧洲国家;欧洲也不会认为这个国土疆域横跨亚欧大陆的国家属于自己同类。我们可以大胆想象,如果真有俄罗斯融入欧洲的那一天,那将是一个什么样的世界地缘政治版图剧震。

如果真有一天,俄罗斯成了欧盟的成员国,对中国人来说,欧洲将近在咫尺:中国东北黑河市的居民,一旦跨过黑龙江上的冰面或大桥,就踏入了欧洲地界。

4
认同与一体

乌克兰拥抱欧洲，融入欧洲一体化的努力，除了要扣紧安全、经济、政治层面的关键外，也需要通过文化层面的操作，让乌克兰人感到自己是乌克兰人，是欧洲人，而不是曾经的苏联人。将乌克兰东正教会与俄罗斯东正教会脱钩，是这种操作的有机组成部分。牧首和教区独立之后，乌克兰的虔诚信众们，会逐渐把自己宗教情感认同核心，从莫斯科转移到基辅。

假以时日，说不定乌克兰东正教还会设计创造出与俄罗斯东正教相区别的神学阐释、仪轨仪式，甚至教堂格局和服装物品，就像20世纪90年代初乌克兰独立后将乌克兰语立为国语、2016年雅玛拉用克里米亚鞑靼语演唱《1944》一样。在国家建构过程中，语言、历史、宗教、习俗，文学与艺术，所有这些文化因子，最终都会被开发和使用，以达到增强民族认同感的终极目标。

没有文化独立，国家独立就只是一个政治和经济权力的虚妄框架。

反过来看，乌克兰的西向战略，也需要它努力去发掘自己与欧洲的文化关联，让乌克兰人更多地亲近西欧而不是东边的俄罗斯。的确，在欧洲歌唱大赛上，乌克兰赢得了欧洲人的同情和拥抱，但要让这个曾经属于俄罗斯的国家，成为欧洲经济政治一体化容纳入席的新成员，还有漫长的路要走。以乌克兰独特的历史际遇，以及浸润于东斯拉夫文化的深厚底色,要培养和塑造一种欧洲情感和身份认同,更是一条布满坑洞的遥远之途。

我在前面说过,欧盟的诞生,最初是因为要避免未来的欧洲战争。等到 20 世纪 90 年代初欧盟正式成立,它已经演变成一个经济、政治和防务的利益共同体。对我们这些局外的观察者来说,或者对手持护照和欧元去欧洲旅游的人群来说,欧盟的伟大试验已经成绩斐然。一体化给欧洲的经济和社会发展带来的好处,即便是我们这些"老外",也能敏锐地体会到。但是,拥有共同的市场、共同的货币、共同的外交等等,是否就能促进欧盟成员国老百姓彼此之间的亲近情感,让他们觉得自己同处一个屋檐下,属于一个大家庭呢?或者说得抽象一点:欧洲的一体化进程,是否因为经济和政治的融合,创造出了一个欧洲人共享的文化认同呢?

答案似乎没有那么肯定。

和国家建构一样,欧洲共同体的建构也需要语言、历史、宗教、习俗、文学与艺术这些文化因子发挥作用,来增强欧盟成员国人民的认同感。比如,1999 年正式发行的欧元,既是一种实际的欧元区通用货币,也可以被看成一个流通国家共享的文化符号。共同的面值,在完成油盐酱醋的日常价值交换同时,也隐晦地濡染着使用者的欧洲公民身份色调。

然而,与欧元相似的其他经济融合,以及在政治、法律、防务、社会等等领域的一体化努力,并不能取代文化因子的重要作用。欧盟需要找到欧洲歌唱大赛这样的文化运作方案,来建设一种超越国家界限的欧洲认同。换句话说,欧洲的一体化发展到今天,依然需要寻找一种把欧洲人团结在一起的情感纽带。欧盟成立至今的几十年中,也设计和发动了一系列类似欧洲歌唱大赛的文化工程,比如欧洲教育交流计划"伊拉斯谟项目",比如欧洲历史文化名城、欧罗巴院线等等,试图以此来培育一种可以被叫作"欧洲文化"的实体。

因为这是欧盟一直面临的严峻挑战。

据说，创建了欧洲一体化构想的法国人莫奈曾经在一篇文章中承认，如果他能够重新设计欧洲一体化的蓝图和路径，他肯定会首先"从文化开始"。事实上，从 20 世纪 50 年代到 90 年代，半个多世纪的欧盟孕育和发展历程中，文化的融合从来不是一个重要考量。1992 年的马斯特里赫特条约，虽然也用其中一个条款来规定，成员国有义务"传播文化和欧洲人民的历史，保存和保护欧洲重要文化遗产"，却并没有以此为基础，将欧洲认同的建设放到重要位置上。

21 世纪到来的第一年，欧盟终于发布了一句官方口号，作为欧盟的语言标签。这句口号直译过来，叫"在多元中的联合"。根据欧盟的解释，这句话：

> 表明欧洲人民已经以欧盟的形式走到一起来了，他们为和平和繁荣而努力，并因为这个大陆上许多不同的文化、传统和语言而丰富多彩。

如果从文化的层面看，这句话还可以更辩证地翻译成"和而不同"——欧洲的联合，是不同的文化、传统和语言的聚合，既紧密联合在一起，又不抹杀其成员国的文化独特性。为了证明这一点，在欧盟的官网上，这句话被译成了 24 种语言：

保加利亚语：Обединен в многообразието

克罗地亚语：Ujedinjeni u različitosti

捷克语：Jednotná v rozmanitosti

丹麦语：Forenet i mangfoldighed

荷兰语：In verscheidenheid verenigd

英语：United in diversity

爱沙尼亚语：Ühinenud mitmekesisuses

芬兰语：Moninaisuudessaan yhtenäinen

法语：Unie dans la diversité

德语：In Vielfalt geeint

希腊语：Ενωμένοι στην πολυμορφία

匈牙利语：Egység a sokféleségben

爱尔兰语：Aontaithe san éagsúlacht

意大利语：Unita nella diversità

拉脱维亚语：Vienota dažādībā

立陶宛语：Suvienijusi įvairovę

马耳他语：Magħquda fid-diversità

波兰语：Zjednoczona w różnorodności

葡萄牙语：Unida na diversidade

罗马尼亚语：Uniți în diversitate

斯洛伐克语：Zjednotení v rozmanitosti

斯洛文尼亚语：Združena v raznolikosti

西班牙语：Unida en la diversidad

瑞典语：Förenade i mångfalden

之所以要把这些语言写就的口号在此一一列举出来，不是要表明我全都认识它们，事实上也根本不可能。而是要想说明，不管是欧洲读者，还是中国读者，看着这二十四种不同语言，也许都会有点脑涨头晕。

欧盟协议规定，每一个成员国的官方语言，也是欧盟的官方语言，这样才能保证欧盟运作过程中的民主，保证每一个成员国的独立地位。作为一个跨国家的民主机制，欧盟需要确立平等的议事框架，以确保联盟中的强者和弱者（德国与拉脱维亚），地缘核心和边缘（法国与马耳他）都能以自己的语言发出自己的声音。随着欧盟的扩大，加入的成员国越来越多，官方语言也跟着增长，到了上述的24种。

欧盟内外的许多观察者和批评者曾经多次抱怨，欧盟的每份官方文件都要翻译成二十四种语言，制作成二十四种拷贝，造成的机构运作"民主烦恼"实在太大。然而，议事程序是否繁复姑且不论，单从文化"多元"的角度讲，这似乎是一种必须。只有当每个成员国的语言得到了尊重，由语言媒介支撑的历史、传统和文化才可能得到尊重。

我曾经多次到比利时的布鲁塞尔访问，在这个今天所谓欧盟的总部，参加跟欧盟有关的学术会议，与欧盟官员接触。对我来说，在其间并没有发现任何交流障碍，不管参会的同事来自英国还是德国，接触的官员是意大利人还是葡萄牙人。原因很简单，我们共同使用的工作语言，一直都是英语。反过来看，如果我，或者任何一个来自中国、来自欧洲之外的学者，要通过 24 种欧盟官方语言，来与 24 个国家在欧盟的代表打交道，可以预料，那将会是一种多么困难的场景。

这实际上也隐喻了建立一体化欧洲的理想与欧洲的文化现实之间的裂隙。也许，在实际文化认同层面，"多元中的联合"更多是一种完美期盼，而不是一种操作方案。

音乐和歌曲、艺术，电影电视等更具直观性的文本，还能部分避开语言之墙，在不同国家和文化之间相对自由地穿梭和传播。所以，欧洲歌唱大赛这一类泛欧洲性的文化活动，能够在更大范围内获得更大的接受效应。一个国家的历史书写和传统阐释，它的诗和小说，它的各种依赖于语言媒介的叙事，其独特性却建立在独特语言的基础之上。虽然各种欧洲语言之间有彼此相似的地方，但差异总是更大更明显。因此，这类文本在不同国家和文化中的传播，要困难得多。

举例来说，对文学而言，虽然通过翻译渠道，不同语言文本之间可以形成沟通，但这种沟通却无法真正呈现原有语言里所包含的那些微妙复杂的文化意义。透过翻译，我们也许懂了"意思"，却可能无法理解和体会"意义"。因此，我们不能想象欧盟出面组织一个包括所有成员国在内的欧洲小说大赛，或者欧洲诗歌大赛。有上百年历史的诺贝尔文学奖，囊括来自世界各地的作家，在评奖的公正性上一直备受质疑，就是因为瑞典学院的一帮评委，总是通过翻译文字来审定所有语言的作品。如果真有这么一个欧洲文学大赛举办，要让一个不懂乌克兰语的西班牙人，通过翻译文本来评估一部乌克兰语小说的价值，想必不能让乌克兰读者信服；让一个著名的法语诗人，通过翻译文本来决定一部希腊语诗集是否应该获奖，当然也可能引发一部分塞浦路斯读者的抱怨。

事实上，不仅是语言，在整个文化领域，欧洲都没有一种类似欧元的通用媒介，可以在欧盟成员国之间畅行无阻。

通过文化来建构欧洲多元一体的认同，来让欧洲人产生一种想象的共同体，产生一种"我们都有一个家"的情感联结，注定是一条望不到头的艰难隧道。有些学者认为，欧洲文化认同的核心，是欧洲价值观，即从启蒙运动以来、在法国大革命之后就逐渐确立的自由、民主、平等和博爱等一系列普遍原则，这也是欧盟得以存在和发展的最终依据。另外一些学者却反驳说，这些相对抽象的原则，一旦进入具体文化语境，涉及不同国家和民族的生存现实，就会发生不可避免的阐释变异和操作偏离。指望这些基本价值来凝聚不同国家的情感认同，多少有些理想主义幻觉。从这个角度看，欧洲一体化与其说是一场以感情为基础的婚姻，不如说是一个因利益驱动而组建的家庭。

最能说明这种利益婚姻的事件，无疑是英国的脱欧运动（Brexit）。

英国不是欧洲一体化的最初参与者。从 20 世纪 50 年代的欧洲煤炭钢铁联合体开始，英国就一直是以局外人的身份，在英吉利海峡另一边观察和评估，或旁敲侧击地推动。直到认为欧洲大陆上的一体化进程能给自己带来诸多好处，它才开始加入共同市场的行动。哪怕到了欧盟成立的 20 世纪 90 年代，英国虽然已经广泛参与各种共同体事务，成为一体化框架里的核心国家，它都还拒绝加入欧元区，依旧使用自己的货币。它同时也拒绝加入申根协定，让中国人去英国旅游，还得单独申请签证。

2008 年经济危机之后，许多英国人认为，欧洲的共同市场和共同货币,以及相应的资本、人员的自由流动等政策,给英国带来的危害大于利益,遂发动了一场政治抗争。这次抗争最终在2016年6月,也就是欧洲歌唱大赛的共同狂欢结束后不久,以全民公投的形式得出结果。全民公投中,52%的人赞成脱欧,为英国退出欧盟提供了民意授权。2017年3月,英国政府正式启动欧盟条约的第50号条款,开始脱欧进程,并计划在2019年3月29号晚上11点钟,从欧盟抽身。

英国发生的这一场政治地震,让持续建设了60多年的欧盟大厦摇晃不已。地震的横波和纵波,在全球经济版图上造成巨大波澜,直到今天都还没有平息的征兆。英国与欧盟之间艰难的离婚谈判,经过一年多拉锯,依然听不到明确的靴子落地声音。根据英国广播公司(BBC)报道,2018年10月20日,伦敦甚至都还有七十万人上街示威,要求针对英国脱欧进行第二次全民公决,因为又有很多英国人现在后悔了,觉得脱欧之后对自己没什么好处。到底英国跟欧盟将发生一次软离婚(soft Brexit)还是硬离婚(hard Brexit)?离婚后,英国和欧洲到底会承受什么样的利益冲击,它会带来更好还是更坏的结果?现在谁也说不清楚。

不过,英国和欧盟之间的这起离婚事件,起码说明了一个问题:在具体的切身利益面前,所谓想象共同体的身份认同,以往曾经有过的情感联结,似乎都显得那么苍白无力。

从这个角度看,乌克兰现在如此急迫地要融入欧洲,也许并不是因为它对国境西边的欧盟有多么深厚的爱意,不是因为它的人民和那些西欧国家的人民之间有多么紧密的情感认同,而是因为它东边的俄罗斯太咄咄逼人。无论从安全保障上,还是从经济发展上,它都太需要欧盟的加持。乌克兰急于加入西边那个大家庭,依然是利益驱动,是政治和经济联姻,而不是爱情使然。像英国一样,不管乌克兰在今后是否能很快加入欧洲,它也依然会面临和欧洲闹离婚的可能。

作为欧洲歌唱大赛上的冠军歌曲,《1944》也许能在一段时间内激发出欧洲与乌克兰的情绪共振,让双方觉得属于一家人。但就像许多流行文化现象一样，时髦期一过，它的能量就迅速衰减。真正能把这个曾经属于华沙条约阵营的国家与欧洲紧锁在一起的，恐怕还是双方都无法放弃的根本利益。

没有永远的朋友，只有永远的利益。话虽难听，却是国际关系的一条真理。

5

欧盟的民族国家历史底色

1806年10月13日,德国东部的城市耶拿。

耶拿大学不拿薪水的"杰出教授"黑格尔(Georg Hegel)听见马蹄铁杂乱磕在石头路面上的声响,出得门来,就看见法国皇帝拿破仑和他的总参谋长,在卫兵簇拥下经过。彼时,拿破仑正在准备与普鲁士军队的"耶拿之战",亲自进城来做战前考察。

关于这次偶然见面,黑格尔后来在一封给朋友的信中是这样描述的:

> 我看见了皇帝——这个世界之魂——正骑马在城里进行侦查。这实在是一种极为奇妙的感觉:看见如此一个个体,在这样一个焦点,骑在马上指点世界并将其把握在掌心。

这位正在写作《精神现象学》的学者,对拿破仑在欧洲发动的"革命"战争抱有希望,认为这体现了历史不可阻挡的否定之否定的辩证逻辑。他以为,革命将从法国转移到德国,并在绝对精神上趋于完成,哪怕他自己所在的国家正与法国处于交战状态。不久,拿破仑军队大败普鲁士军队,取得了耶拿之战的胜利。

黑格尔之所以跟当时欧洲的许多知识分子一样,同情拿破仑的欧洲统一事业,是因为那位杰出的军事家接过了法国大革命的思想旗帜,并以加冕皇帝的身份，在欧洲各地将之用武力推广。1792年，革命后成立的法兰西国民大会通过一项议案，宣布法国将给任何人民革命提供支持：现在法国已经解放了自己，"它将为所有希望重获自由的人民给予博爱和协助"。决议同时还要求，将这份文件"用所有语言翻译出来并印刷出来"，传递到所有人民手中。几周之后，被罢黜的国王路易十六上了断头台，法兰西共和国对奥地利宣战，并入侵了荷兰。

革命军队中的战神拿破仑，显示了杰出的指挥和统帅才能，通过在欧洲各地一场又一场成功战役，最终在1804年成功地把自己安放在法国皇帝和意大利国王的宝座上。在许多欧洲人眼中，自查理曼大帝以来，眼下似乎也只有拿破仑，成了唯一可能统一欧洲的理想征服者。两年之后，在耶拿，他成了黑格尔眼中骑在马背上的"世界之魂"。

拿破仑的欧洲梦，最终在寒冷而遥远的莫斯科遭到了冻结。随着他的失败，欧洲出现了让法国革命征服者始料不及的新格局：法国在各地输出的革命战争，在赢得许多知识分子、文学家和艺术家欢呼的同时，也激发了那些地方的民族独立意识。拿破仑一统欧洲的雄心壮志，在实施过程中反而催生了不同国家寻求独立建国的浪潮。

根据美国前国务卿基辛格（Henry Kissinger）在《世界秩序》中的研究，1648年欧洲国家所签订的"威斯特伐利亚条约"，奠定了欧洲现代国际关系形态的基本格局。这一年，来自神圣罗马帝国体系的天主教国家代表，和来自新教体系的国家代表，在德国境内相距不远的明斯特（Munster）和奥斯纳布鲁克（Osnabrück）两座小城里开大会。235名官方代表通过谈判，最终签署了这个条约。权力平衡，成了这些大小不一的国家之间相互平等对待的稳定器。从此，被国家权力中心所控制的、有清晰疆界的独立实体，而不是"帝国、王朝，或宗教信仰，成了欧洲秩序的基石"。这些控制疆界的政府，成为欧洲现代国家的雏形。它们之间相互尊重领土完整，相互尊重主权的国际秩序，被称为威斯特伐利亚体系（The Westphalia System）。

不过，这些国家的主权合法性，是以王权为核心的政府所占有的土地为依据。生活在这些大大小小地块上的人民，往往属于不同的民族，使用不同的语言，有不同的文化。

以那时的西班牙哈布斯堡王国为例。这个国家既拥有伊比利亚半岛的大部分地域，也拥有今天意大利境内的那不勒斯和米兰，还拥有地处北欧的荷兰。在属于它所控制的势力范围地界内，民族和文化，乃至日常使用的语言，都各不相同。哪怕时间之轮推进到 18 世纪，情况也依旧复杂。根据一些历史学家的说法，法国大革命之后建立的法兰西共和国，大致以法兰西王国的领土为界，其中只有大约 50% 的国民讲法语，不到 15% 的人使用教育机构和文学典籍中的法语。换句说话，在 18 世纪末，有一个叫法兰西的国家（state），有一个统治这个国家的中央政府，却没有一个法兰西民族（nation）。

到了 19 世纪初，欧洲的国家形态和疆界也大致如此。在普鲁士王国的疆域里，既有讲德语的居民，也有讲波兰语的居民；奥地利国王可以挥舞宝剑和权杖，宣称自己占领和统辖的领土是一个国家，却无法让有各自文化传统的人民，认同自己属于一个民族。

拿破仑在 19 世纪初的征战，将欧洲各个国家之间的权力平衡打破。战争灰飞烟灭之际，欧洲国家的主权版图也需要重新划定。于是，两百多个国家和贵族领地的代表，又一次在奥地利的维也纳，举行了划分势力范围和国家边界的大会。经过半年的讨价还价，欧洲的一些大国，奥地利，不列颠，法兰西，俄罗斯，普鲁士，和一些小国如荷兰、瑞典等等，都重新确立了自己的国家主权边界。跟 1648 年在德国召开的威斯特伐利亚大会一样，1814 年到 1815 年举行的这场马拉松谈判，再一次确定了欧洲国际关系的基本格局，并基本维持到 20 世纪的第一次世界大战爆发。

维也纳和会（Congress of Vienna）结束了，划定的国家边界上暂时风平浪静。不过，一股暗流已经在这些国家之内涌动。一种新的建国理念和叙事开始出现，那就是要从文化层面，给各个国家主权统治的合法性注入民族认同的基因。后来人们所熟知的民族国家（nation-state），从此开始显山露水。

在维也纳和会的谈判中，战败的法国同意交出大革命后被它吞并的荷兰。荷兰联合王国成了所谓低地国家（low countries）的合法主权拥有者。不过，在这片区域，混杂着讲法语、荷兰语和德语的几个民族。王国北方荷兰人的核心信仰是加尔文教，南方的弗莱芒人和瓦隆人则信仰天主教；荷兰语和法语，是这些居民使用的两种主要语言，还加上一部分德语混杂其间。北方的荷兰人占据政治和经济核心，南方的人口数量则高于北方。民族之间的文化差异和认同矛盾，因为经济发展动荡而逐渐尖锐。于是，1830 年，在荷兰王国的南部大城市布鲁塞尔，爆发了比利时革命。

有意思的是，这次革命事件的爆发，也跟一首歌曲有关。

这一年的 8 月 25 日，布鲁塞尔城中心的皇家歌剧院上演了一场歌剧，叫《波尔迪奇的哑女》。法国作曲家丹尼埃尔·奥博创作的这出歌剧，以 17 世纪那不勒斯人反抗西班牙统治者的起义为题材，歌颂了底层民众的爱国主义情怀。乐团伴奏音乐声中，剧里的角色在舞台上演唱一首二重唱，歌曲的标题叫《对祖国的神圣之爱》。歌声还未完结，台下的观众就开始纷纷退场。不过，他们退场不是因为抗议这首歌，而是因为被它所激励。

这些观众情绪高昂地冲出歌剧院大门，加入已经在大街上喧闹不已的群众骚乱当中。接下来，城里的市民也开始涌入大街，举起了用鞋带捆紧的象征独立的旗帜。荷兰国王派出军队，试图以强力平息骚乱，并在 9 月与支持独立的布鲁塞尔民众接火。残酷的巷战，以国王军队撤退而告终。

1831 年，荷兰王国的南方各省宣布独立，修订宪法，宣布自己是一个君主立宪政体，成了延续至今的比利时王国。

比利时独立于荷兰王国，不仅仅需要另建一套国家政治权力架构，也需要有与之相匹配的民族建国叙事，给这种独立行动找到文化和历史的依据。这时候，文化身份和民族认同的介入就必不可少了。根据比利时学者德普勒（Kas Deprez）的研究：

> 比利时在独立之后非常强调其民族身份。在艺术中，所谓比利时流派得到推崇，主要以历史绘画为其代表。通俗样式和风景绘画也被纳入其中。比利时文学得以确立，其核心目的是为新近成立的国家提供一种文化的表达。

艺术和文学，成了比利时这个民族国家建构过程中的软性材料，它们通过国家权力体系的强调和推广，在把比利时人团结在一起，使之共享一种民族身份的同时，也为独立建国增加了合法性。只不过，比利时的国家语言既包括了荷兰语，也包括了法语和德语，它的文学传统和历史传统，只能在这几种语言的基础之上来确立。这也决定了，这个号称欧洲最早建立的民族国家，在后来的历史里一直存在着民族认同的内在裂纹。这一点，我后面还会提及。

更有趣的例子，来自意大利。

1814年的维也纳和会召开期间，欧洲并没有一个叫意大利的独立国家。今天意大利境内的诸多地方，比如萨沃伊、托斯卡纳、伦巴第、那不勒斯等等，在那时或者以独立王国、城邦共和国的身份，或者以奥地利属下公国的身份参与谈判。

在比利时独立之后的1834年，意大利秘密社团"烧炭党"（Carbonari）的一个成员，记者马奇尼（Giuseppe Mazzini）在瑞士的伯尔尼发表了一份颇具浪漫主义色彩的声明，宣称要建立一个"年青欧洲"。马奇尼认为，应该以共享的"文化和历史传统"，以及共同的价值观为基础，来破除欧洲各个国家分治的局面，建设一个没有边界和战争纷扰的统一欧洲。这个目标,与他一直以来推崇的意大利独立建国构想一脉相承。他鼓吹说,法国大革命树立的人民解放标杆,正适合于在欧洲创建一批"解放了的"自由国家。这些自由国家,最终可以联合起来,形成一个类似于联邦的共同体。

反讽的是,马奇尼关于"年青欧洲"的拿破仑式构想,很快就被人遗忘。他宣扬的自由国家(nation of liberty)理念,倒是催生了相应的民族主义思潮和民族独立建国运动。这股浪潮,纷纷以马奇尼发明的概念命名:年青法国,年青德国,年青爱尔兰。当然,还有年青意大利。

在这场民族主义运动的感召下,一个以萨沃伊公国为基础,囊括了今天意大利大部分国土的独立意大利王国,于1861年诞生在亚平宁半岛上。建国后的首都,被定在文艺复兴之城佛罗伦萨,而不是今天的意大利首都罗马。跟比利时一样,建国后的意大利也急需从文化认同层面为国家叙事找到说法。这种说法的平台,就是意大利语。很快,托斯卡纳的地方话,即以佛罗伦萨诗人但丁的写作文本为基础的流行语言,被确立为官方意大利语,也就是意大利的"普通话"。

新近成立的中央政府,从全国各地招募语言人才,将各地方言尽快融入意大利语,并辅以相应的政策措施,在各个城市和地区的教育机构以及大众传媒中推广。因为在那个时候,统一了的意大利境内,只有大约2.5%的意大利人能够使用这种语言,绝大部分地方的居民都习惯了使用自己的地方话。托斯卡纳方言成为民族语言,曾经的文艺复兴,以及文艺复兴之前的文学艺术和历史传统,得以借助这个平台继承和延续。年轻的意大利作为一个民族国家的合法性,在文化认同的加持下,终于言顺而名正。

跟随在青年意大利之后的,是青年德国。

1866年,普鲁士王国在一场战争中击败欧洲强国奥地利,并以已经存在的"北德意志联邦"为基础,建立了继承腓特烈衣钵的德意志第二帝国,也就是我们今天所认识的德国。建国后,以俾斯麦为首相的德国中央政府，也很快确立了自己的"普通话"。《灰姑娘》和《青蛙王子》，是中国读者极为熟悉的童话故事，它们都出自格林兄弟（Brothers Grimm）笔下。但这两位老兄首创编撰的《德语词典》，恐怕知道的人就相对较少。建国后的德国政府，正是以他们的《德语词典》为蓝本，以歌德等诗人作家使用的"高地德语"为肌体，推出了统一的德意志民族语言。

和德国一样通过确立民族语言进行民族国家文化认同建设的，还有"青年法国"。法兰西第三共和在19世纪80年代出台的一系列法案，通过各种行政手段，将法语确立为超越所有地方语言的民族语言。法国大革命差不多一百年之后，法兰西的国家（state），终于演化成属于法兰西民族（nation）的民族国家（nation-state）。

到了20世纪，欧洲民族国家建构所依赖的民族主义强势浪潮，因为两次世界大战被推向极端。第一次世界大战的导火索，是位于巴尔干半岛的塞尔维亚民族主义者试图独立建国，在1914年针对奥匈帝国领导人的暗杀行动。随后不久第二次世界大战的爆发，是因为纳粹德国对捷克斯洛伐克和波兰的入侵，号称要保护那里讲德语的雅利安同胞。希特勒及其同僚实施的犹太人大屠杀，则是以建立人种纯粹的德意志民族第三帝国为终极目标。

虽然在二战结束后，欧洲进入区域一体化发展的轨道，获得长久和平，民族国家的理念，却如幽灵一般，一直在这片大陆上盘旋。

20世纪90年代后，发生剧变的东欧又开启一场汹涌的民族国家建造运动。巴尔干半岛的南斯拉夫联邦崩溃，地区内不同民族纷纷寻求独立，催生了诸如塞尔维亚、波斯尼亚和黑塞哥维那、斯洛文尼亚、克罗地亚等一大批民族国家。直到21世纪，都还有科索沃这样的民族国家从塞尔维亚分裂出来，在2008年建立了大约有200万人口、讲阿尔巴尼亚语的独立主权实体。同样从南斯拉夫独立出来的马其顿，因为希腊的干预，到今天都还为确定民族国家的正式称谓而烦恼。希腊人认为，马其顿这个名字，在历史上从来就属于希腊。通过征伐建立"希腊化"辉煌功勋的古希腊国王亚历山大，来自马其顿，却是希腊哲人亚里士多德的学生，所以他是希腊文明的代言人。

虽然没有东欧那么激烈，西欧地区其实也不完全平静。比如，曾经一度剑拔弩张的北爱尔兰民族主义独立运动，在英国境内造就了多起血腥事件，就像寻求独立的巴斯克独立分子的恐怖袭击在西班牙境内导致恐慌一样。西班牙的加泰罗尼亚地区，以中国游客必去的旅游城市巴塞罗那为中心，眼下也在寻求从西班牙独立，以建立一个讲加泰罗尼亚语的民族国家。结果，加泰罗尼亚地区的全民公决结果，虽然赞同独立，却被马德里宣布为非法，地区领导人只好流亡国外避难。

《1944》所暗示的乌克兰和俄罗斯之间的地缘冲突和情感对立，自然也是这场民族国家建造运动在东欧的回响。这一点，我在前面已经谈到。

这种以文化认同为根本叙事的建国策略，奠定了欧洲的国家身份认同格局，表征了欧洲国家和欧盟成员国不可摆脱的历史印痕，从 19 世纪以来，就深深嵌入它们的国家身份之中。反过来看，从一个个独立的民族国家，向超越民族国家的欧洲一体化目标推进，无疑需要这些主权实体，将国家主权的许多重要部分，让渡给以布鲁塞尔为核心的超国家机构，其矛盾自然不可避免。欧盟现在可以作为一个正式的欧洲国家间政府（trans-national government），进行经济、政治、防务和社会等层面的治理，但却不一定能以此来消弭民族国家的身份建构历史，消弭历史涂抹在各国人民集体无意识深处的民族文化底色。

正如美国学者拉奎尔（Walter Laqueur）在《崩坍之后》一书中所说：

> 欧洲人民之间的历史性差异实在太大——在他们的文化、心态、生活方式、他们所讲的语言、他们的兴趣、他们的长相（尽管有不同种族之间的融合），一句话，在他们的国民性格（借

用一个也许有些含混的说法）之中，都是如此。甚至，在许多国家内部也存在巨大不同，不仅是意大利、瑞士，或者比利时，而且在德国和法国这样的大国内部，也概莫能外，解决这种巨大差异的方法无从可寻。在一个国家内部都很难找到国家凝集感的事实表明，要想建构一种欧洲的民族情感和团结状态，只会是一条更加艰难的道路。

2008年金融危机爆发之后，针对希腊和其他欧盟成员国家的金融救助计划所引发的争议，以及英国采取的脱欧行动，至少部分证明了这位研究者的观察和预测。拉奎尔的书出版于2011年，英国人在2016年以一场震惊世界的全民公投，证实了上面这段引文所言不虚。

2011年春天的一个晚上，在布鲁塞尔中央广场的一个露天餐馆里，一位比利时朋友请我吃晚饭。正对餐馆的广场另一侧，是著名的天鹅酒店（Le Cygne）。德国人马克思曾经在那里居住，写作他的《共产党宣言》。我的这位朋友是个资本家，做生意的同时，在布鲁塞尔自由大学兼职讲授企业管理。

席间，不知怎么就谈论起布鲁塞尔自由大学的两个不同实体来。

建校于1834年的布鲁塞尔自由大学，因为国家政策的变化，在1970年被砍为两半。从此，这所大学分为法语的自由大学（VLB）和荷兰语的自由大学（VUB），都以两种比利时官方语言作为授课、科研的语言。我后来做过访问学者的鲁汶大学（KU Lueven），由梵蒂冈在1425年创建，是比利时最古老的大学，也是因为同样的政策，在1968年被分切成荷语（KUL）部分与法语（UCL）部分。我的朋友，是讲法语的比利时公民，也就是所谓的瓦隆人。我问他有什么不习惯的地方，他笑言没什么不习惯，因为按政府和学校的教师资格要求，两种语言他都能熟练操控。

两瓶红酒下肚，朋友终于也放弃了政治正确，流露出一些不满情绪。

他认为，比利时的政府和政治、文化高层人士中，讲荷语的弗莱芒人占据了权力核心，导致讲法语的瓦隆人遭受歧视和压抑。两种语言代表的两种文化和身份认同，直接影响了这个国家的政治生活，使得2010年大选后的各个党派相互掣肘，无法组建联合政府，让比利时创纪录地在没有中央政府的情况下，空转了将近一年。

我打趣说，好在比利时的国家体制，容许你们在无政府状态中继续有效运转。马克思他老人家在天之灵如果有知，恐怕都会更倾向于无政府主义，而不是共产主义。

他却抱怨，说虽然有好几万年轻的布鲁塞尔人走上街头，举行了所谓"耻辱示威"，抗议政客的身份操弄，却无法弥补两种身份认同给国家肌体造成的裂痕。

最后，我玩笑说，不知道将来的比利时会不会再次分裂，变成以荷兰语、法语和德语为分界线的三个独立民族国家？

朋友没有回答。

6

诗与歌都是文化的表情

当一个21世纪的歌手创作和演唱自己作品时,他也许不一定会想到,20世纪之前的歌手们是如何面对自己听众的。

在世界各地,歌手和歌曲的存在历史可能与人类文明的历史一样久远。只不过,我们现在要依赖最狂妄的想象,才能感知远古歌手们唱歌的状态。中国最古老的诗歌集,是出现于春秋战国时代的《诗经》。这部诗集中的许多作品,相传都是当时官方派人振铎收获的民歌。只是,我们现在能够阅读和解密那些歌词,却永远无法知道伴随它们的曲调。中国古典文学中占重要地位的宋词,是中世纪时北南两宋的诗人们,根据固定音乐曲目填写的歌词。我们今天朗读的那些婉约与豪放诗句,在那时总能由酒肆和妓院里的歌手们,或者诗人自己,在乐器伴奏下演唱出来。

根据一些文学史家的研究,古希腊史诗的最早来源,也是歌手的演唱。在《奥德修纪》中,荷马提到了两位诗人,他把这两位诗人叫作aoidos,也就是歌者。他们或者在宫殿里面对贵族听众一展歌喉,或者在城市广场的运动会上面对大众演唱,歌词内容既包括了对神和英雄的赞美,也包括对爱情的咏叹。至于这些当众表演的歌者会给歌词佐以什么样的曲调,现在似乎无从知晓。

美国学者帕里(Milman Parry)和他的研究生洛德合作研究了南斯

拉夫的口传文学,在 20 世纪 30 年代和 20 世纪 50 年代提出一个著名的推断:荷马史诗在被文字记录下来之前,一直是以口传的方式在听众面前表演,因为它的语言保有一些固定的结构模式。帕里和洛德的"口传"推断,现在已经成为荷马史诗研究的一个重要方法论支点。只是,一万多行的《奥德修纪》,在荷马时代到底是一次表演完成,还是分为多少部分,是否伴随音乐演奏,今天的人们依然只能猜测。

从荷马史诗之后,欧洲的歌手和诗人逐渐分离成两个不同职业。

因为文字书写媒介的演进,诗逐渐成了纯文字文本,进化成供上流社会阅读、朗诵的高雅艺术。歌继续在歌者和听众口中传唱,它的一部分登堂入室,成了帝王将相的娱乐节目;另一部分与宗教结合,成了教堂里祈祷仪式的必然环节。还有一大部分,则始终与大众日常消遣粘连在一起。酒馆、旅店、市场和妓院,是那些歌者的谋生之地;他们的听众,是那些目不识丁的贩夫走卒。正如我在前面所说,这种情况,一直延续到 19 世纪才开始出现巨大改变。

随着广播和有声电影的出现,以及唱片压制和播放技术的成熟,歌曲演唱在 20 世纪上半叶经历了一场突然革命。

媒介的力量,使得歌手能够跨越时空,将歌声送到他们从未谋面的听众耳畔。而且,这些听众不分社会阶层,不限文化背景,甚至不受年龄影响。电视机在二战之后的普及,更让歌者登上了一座前所未有的舞台。他们的表演可以通过电视信号,及时送达那些拥有电视机的家庭,让无数观众坐在客厅里,就可以实时欣赏活灵活现的影像和声音现场。再往后,各种流派的歌手在新兴媒介和互联网助推下,成了动辄卖出上百万张唱片、光盘,拥有上千万次点击与下载量的大众偶像。现在,歌已经成了最强势的大众娱乐形式之一,数以亿计的人,可以细数各种流派的歌手以及他们的作品,分清朋克(punk)和放克(funk)的风格,描述雷鬼(reggae)和说唱(rap)的不同。而它曾经的孪生姐妹,诗,却逐渐收缩成一门小众艺术。无论西方和东方的诗人,以及他们的作品,往往都需要详细的努力推介，才能被人所知。

直到今天，一些观察和研究文化现象的人，都还对这个变化持保留态度。

我们经常读到、听到的"亚文化"（sub culture）概念，常常被用来给流行歌曲定性。既然叫作亚文化，言下之意是它不属于我们通常所说的文化，就像基耶夫洛夫斯基说电影还不算文化一样。亚文化是文化的一个分支，甚至，在某些人眼里，它接近于等而下之的文化：既然与 high culture（高级文化）相对，是 sub-，位置也就低了一格。比如，在中国的语境里，一旦将某个歌者划归通俗歌手，似乎他或她就与"艺术家"拉开了距离。在这些人看来，乌克兰总统把"人民艺术家"的称号，颁给在通俗歌曲大赛中获奖的雅玛拉，实属荒唐之举。而如果这个称号被授予一位用意大利语或法语演唱古典歌剧的歌者，则名正言顺得多。

在欧洲语境中也有类似分野。所谓高级文化，常常用来指代那些保持着原有贵族或知识分子格调的艺术、文学、歌曲、音乐，认为它们代表着一个社会中历史、智识和美学的最高境界，区别于普罗大众所喜爱的通俗文化。意大利女高音歌手卡恰·里恰蕾莉（Katia Ricciarelli），往往就被一些人看作高雅文化的代表；而英国流行歌手组合披头士（Beatles）尽管在欧洲粉丝无数，却只是亚文化现象的一个组成部分。

实际上，如果我们拓宽视野，从更全面更包容的格局看，这种生硬区分已经在某种程度上失去了学术合法性。当瑞典学院宣布将 2016 年的诺贝尔文学奖颁给美国民谣歌手鲍勃·迪伦（Bob Dylan）时，就已经从某种程度上宣布了这条分界线的消失。

举个例子。

罗马尼亚裔德语诗人策兰（Paul Celan），被认为是二战之后欧洲最伟大的诗人之一。在他的《死亡赋格》里，策兰以音乐形式为核心意象，书写了纳粹集中营的恐怖，控诉德国行刑者如何将精心谋划的杀戮，伴随音乐节奏强加在犹太囚徒身上：

……

他喊叫：把死亡曲奏得更好听些！死神是来自德国的大师。

他喊叫：把提琴拉得更低沉些！这样你们就化作烟升天。

这样你们就有座坟墓在云中，睡在那里不拥挤。

……

这些诗行，展现了这位犹太诗人刻骨铭心的痛楚，以及对第二次世界大战中纳粹德国暴行的控诉。犹太人集中营里的死亡经验，让人毛骨悚然。

我们知道，这样的情感和理念以及呈现方式，其实并不只限于诗。在通常被视作大众娱乐的歌曲里，浸淫愤怒与谴责、哀伤与反思的歌词，与相应的曲调一起演唱，也能成就相似的表达。轰动一时的英国乐队 Pink Floyd 在他们的专辑《迷墙》中，就用了许多歌词段落来描述战争给人带来的痛楚。在沃特斯（Roger Waters），吉尔莫（David Gilmour），梅森（Nick Mason）和赖特（Richard Wright）一同创作的这个专辑里，有一首叫《再见蓝天》的歌：

你有没有看见那些受惊吓的人？

你有没有听见炮弹的轰鸣？

你有没有想过当一个崭新的世界在碧蓝的天空下诞生

我们却要找地方躲藏？

战火已熄灭但痛苦长存

再见，蓝天

再见，蓝天。

策兰的诗写于 1945 年，Pink Floyd 的专辑首发于 1979 年，并在后来被拍成一部影响巨大的电影。中间虽然隔了三十多年，第二次世界大战的伤痛记忆仍然在这首歌、这部专辑里盘旋萦绕。专辑歌词中那些愤怒与对抗，毁灭与死亡的意象，音乐和演唱中的挣扎与呐喊，以及那些对生命、战争、人性、社会体制的抗议与拷问，几乎就是对《死亡赋格》的音乐性回应。

由此，如果再联想到20世纪70年代美国诸多流行歌手参与的民权和政治运动，联想到迪伦等人用歌曲和音乐会演唱反对美国卷入越战的事实；联想到1985年，杰克逊（Michael Jackson）和里奇（Lionel Richie）创作并演唱《天下一家》为非洲饥民募捐，我们可以说，从历史和智识的角度看，流行歌曲与诗，《迷墙》与《死亡赋格》，已经没有明确高下之分。

如果硬要找出它们之间的不同，我们有两条主要路径可走。

要么，是在美学、也就是语言修辞和意象构成技巧等等方面去进行研究，这也许可以找到诗和歌的某些差异，却不容易得到清晰的界线。要么，是从听众接受的角度去观察。《迷墙》拥有的听众数量，如果一定要进行统计的话，相信一定会远远超出《死亡赋格》读者的数量。庞大的受众群体，虽然不能保证《迷墙》在美学成就上超越《死亡赋格》，却可以向我们证明，所谓通俗娱乐，其实也能够像高雅艺术一样，承担起曾经被认为专属诗或文学的社会和历史责任，而且影响范围更大。

正如我在前面曾经说过的那样，进入20世纪后，通俗与高雅之间已经没有不可逾越的鸿沟。欣赏《死亡赋格》的小众，完全也可能喜欢大众追捧的《迷墙》；反过来，在演唱会现场，跟着歌手哼唱《再见蓝天》的大众，也不一定就排斥《死亡赋格》里的小众意象和句子构筑方式。在这一点上，我们还真要感谢诗的中文命名方式："诗歌"不同于英语和其他欧洲语言中的"诗"，它自身就包含了"歌"的成分；欧洲语境里的"诗"，不仅将"歌"剥离了出去，还在很长的一段历史中，成为文学的代名词。自从新文化运动之后，中国知识界几乎全盘接纳了欧洲的这种分类学框架,也在美学范畴内逐渐让诗成了文学的代名词,诗歌这个词汇,却奇迹般地存活下来,倒是一个十分有趣的现象。

无论是《死亡赋格》还是《迷墙》,或者雅玛拉的《1944》,都是文化的表情。把流行歌曲作为文化的符号,就像把古典歌剧、把诗作为文化符号一样,都能够让我们找到解剖欧洲历史和现实的切入点。

7
遥远的回响

2010年,我在金融危机余波未了时,去了希腊。

雅典卫城山脚下的一家希腊菜餐馆,午饭时分,居然没有一个食客。询问老板,被告知因为经济困难,这里已经很少有游客来吃东西。2008年以前,他的餐馆生意火爆,需提前订餐才能找到一个位子。当得知我来自中国,老板热情地表示,中国是他喜欢的国家,因为金融危机后,中国人还投资了雅典的港口,不像那些势利的德国人,不仅不来玩耍,还在借钱给希腊的同时,强迫希腊人接受经济紧缩政策。

餐馆老板的这种情绪,我在新闻中感受过。一些希腊政治家曾经发表谈话,抨击德国政府在参与援助希腊的金融行动时,提出一些附加条件,要求希腊政府紧缩开支削减福利。甚至有政治家说,希腊在第二次世界大战时被德国占领,饱受摧残,德国欠希腊人民一大笔债。如果把德国投入援助基金的钱全都算上,都不够偿清这笔数额上千亿欧元的账。这种民粹说法,是否真的代表了希腊老百姓的普遍民意,我不知道。但这个餐馆老板的抱怨,却在一定程度上呼应了政治家的发言。

在欧盟刚刚诞生的时代,希腊曾经是如此热切地投入欧洲大家庭怀抱。1991年,一项涉及欧洲主要国家的民意调查显示,在回答"你是否在认为自己是(本国人)的同时,也认为自己是欧洲人?"的问题时,希腊人中20%的人选择了"经常这样认为",41%的人选择了"偶尔这样认为",远超"不这样认为"的35%。也就是说,那时的希腊人很愿意将自己视为欧洲大家庭的成员,在被调查的欧洲国家民众中,排名靠前。

欧盟官方的欧盟民意调查(Eurobarometer)在2008年经济危机后,没有做过类似的民意测验。但是,该机构2010年底的一次调查显示,希腊民众对危机的反应最为负面。比如,在回答关于危机与工作机会的问题时,希腊人对"最坏时刻还没有到来"这一预测,赞同比达到75%,是所有欧盟成员国中最高的。这足以说明,那时希腊人的确感受到了危机带来的巨大生活压力。也足以说明,希腊政治家疏导民众怒火的方式,比如把失败的沮丧怪罪到欧盟身上,将压抑的怒火投射到欧盟最强经济体德国身上,有一定民意基础。

经济寒冬临头,加入欧盟的红利瞬间转换成负债,希腊人的情感起伏也许无可厚非。但这种局面,对欧洲一体化、欧洲认同的损伤不言而喻。在利益婚姻中,利益赢输,才是维系婚约的关键一环。如果希腊人觉得自己利益被出卖,他们不抱怨这场与欧洲的联姻,不抱怨这个欧洲大家庭对自己国家的非公正待遇,才是咄咄怪事。当这个被誉为欧洲文明老祖宗的国度感觉被欧洲挤压,发现"我们不是一家人",要它的民众去认同一种欧洲的共同身份和感情团结,的确是一件不可能的任务。

在希腊时,当地朋友提议驾车带我去一趟彭迪利库斯山(Pentelicus),说从那里可以观看雅典全景。

我们早上从城内出发,迎着刺眼的地中海阳光,一路上行,来到海拔1000米左右的山顶。蓝天下,雅典城的无数房屋和街区,铺陈出巨大一片白色,一直延伸到远方爱琴海岸。站在一个闲人免进的雷达站旁举目四望,在我们北边,是阿提卡(Attica),再往东北方向,是更著名的马拉松(Marathon)。这些地名,在我读过的古希腊神话和戏剧里,在历史叙事中,都是再熟悉不过的名字,是传说中半人半神英雄的流连之地。雅典城内,目光所及之处,还可以隐约看见雅典卫城上的帕特农遗迹，耸立于街区之上。

我注意到自己脚下，满地都是大小不一的白色大理石块。捡起两块在手里把玩，洁白细腻的岩体在阳光照耀下呈半透明状，略微泛黄，相当好看。朋友提醒说，千万不要产生将这些石块当纪念品带走的邪念，因为一旦在雅典机场安检时被查出来，轻则罚款，重则入狱。听见此说，我立即将石块放回地面。

的确，这座山上的大理石，对希腊人来说意义非同一般。根据一位希腊学者的研究，在古代，正是从彭迪利库斯开采的白色大理石，被人工搬到山下，运入雅典，才修建起了卫城的宏伟庙宇。两千多年过去，帕特农神庙的巨大石柱，跟这座山上还没有被开采完的大理石岩体一样，已经成为古希腊文化物质肌体的一部分。石头不会说话，但石头能够见证，从公元前5世纪的雅典，到公元21世纪的雅典，中间都弹指掠过了什么样的时间，经历了什么样沧海桑田。

1453年，君士坦丁堡成为奥斯曼帝国的首都。7年之后，希腊全境也落入土耳其苏丹治下的版图。从那以后一直到19世纪初，希腊都

古希腊波塞冬神庙遗址，拜伦曾在此地一块大理石上刻下自己名字，作者摄

是属于改名后的伊斯坦布尔主宰的疆域，不再属于欧洲的文化领土。所以，当英格兰诗人拜伦从热那亚来到希腊，参加反抗力量，为志在争取国家独立的希腊叛军筹款时，他有一万个正当理由，来说明自己参战的热情。从文艺复兴时期开始，西欧各地的知识分子和文艺人士受意大利风尚影响，已经逐渐将古希腊内化为自身文化传统的源头。到了启蒙主义和浪漫主义时代，希腊更被塑造成欧洲政治精神、知识体系和文艺样式的圣地。

和希腊的民族主义者一样，拜伦毫不含糊地认为，把希腊从非我族类的东方暴君铁蹄下解放出来，是他必须参与的伟大事业。可惜的是，1824年，在准备率领炮舰攻击柯林斯湾的土耳其堡垒前，诗人患病不治，死于雅典以西的一个小城市米索朗基（Missolonghi）。这个柯林斯湾，就是公元前431年在雅典上演的悲剧《美狄亚》所描写的地方；在舞台演绎的神话里，阿尔戈英雄伊阿宋为了保障自己家庭的前途，决定迎娶的女子，就是柯林斯国王的女儿。

拜伦去世，已经写下一万多行的叙事诗《唐璜》没能最终完成。《唐璜》中的一些抒情篇章，明确表达了他对希腊的热爱，表达了因为这片土地被"陌生人"统治，在他心里所引发的哀怨。其中，最为中国读者熟知的，是一首《哀希腊》。

清末民初的新文学发轫时代，参与或经历了文化转型和辛亥革命的中国前卫诗人，特别青睐拜伦这些诗行里饱满的爱国主义情绪，以及对外来统治者的反抗诉求。所以，从梁启超到马君武，从苏曼殊到胡适，再到闻一多，都将原本属于《唐璜》第三章中的一段，从原文里分离出来，单独翻译成中文。这些译作，在中国的知识界和读书群体中引发了巨大反响。

有的中国学者还以此为依据，做出过"一首小诗撼动了一座大厦"的判断。"小诗"是指《哀希腊》，"一座大厦"则是指摇摇欲坠的清王朝。

在《唐璜》的叙事情节里，这段诗章本是一个行吟诗人在主人公和他女朋友海蒂面前的表演，叫《希腊的岛屿》(The Isles of Greece)。结果，这个歌名被梁启超等人有意无意地转换成了《哀希腊》。当时的很多读者可能都不知道，《哀希腊》出自《唐璜》，而不是拜伦单独创作的一首诗；也可能不知道，在拜伦的描述中，这首诗，更像是一首在观众和听者面前演唱的歌曲。

下面引用的几个诗节，选自卞之琳的翻译：

……
开俄斯、岱奥斯两路诗才，
英雄的竖琴，情人的琵琶，
埋名在近处却名扬四海：
只有他们的出身地不回答，
让名声远播，在西方响遍，
远过了你们祖宗的"极乐天"。

……
他们呢？你呢，祖国的灵魂？
如今啊，在你无声的国土上，
英雄的歌曲唱不出调门——
英雄的胸脯停止了跳荡！
难道你一向非凡的诗琴
非落到我这种手里不行？

……
白费，白费；把调门换一换；
倒满一大杯萨摩斯美酒！
战争让土耳其蛮子去管，
热血让开俄斯葡萄去流！
听啊，一听到下流的号召，

每一个勇敢的醉鬼都叫好!
……

　　古希腊诗人和歌者的光荣虽然仍在"西方"回响,在希腊"无声的国土上",却因为"土耳其蛮子"的统治,已经被遗忘,"英雄的歌曲唱不出调门——/ 英雄的胸脯停止了跳荡"。因此,在后面的诗行里,拜伦才会写下:

让我登苏纽姆大理石悬崖,
那里就只有海浪与我
听得见我们展开了对白;
让我们去歌唱而死亡,像天鹅:
奴隶国不能是我的家乡——
……

　　在洁白大理石和蔚蓝海洋之间,让我们像天鹅一样,去歌唱直到死亡,因为"奴隶国不能是我的家乡"。拜伦的这些句子,加上他最终死于希腊独立战争的史实,让中国新诗的推动者们,体会到英雄主义灵感和爱国主义激情,把这个英国诗人,看做了自由、独立的代言人,民族救亡和文明复兴的践行者。
　　拜伦去世 6 年之后,也就是比利时爆发独立革命的 1830 年,在欧洲各大强国的军事和政治协助下,希腊人终于通过军事革命,推翻奥斯曼帝国的统治。在土耳其人管辖和控制差不多 500 年之后,希腊获得了独立的国家主权与身份。希腊,这个创造了欧罗巴(Europe)神话的地方,终于重回"欧洲"的怀抱;这片"无声的国土",终于重新发出了声音,并在"西方"激发更加洪亮的回响。
　　欣赏完雅典全景,我和朋友沿着公路下山,在一个僻静简陋的咖啡馆休息。

咖啡馆老板是个中年男人,不懂英语,面目长相完全与我印象中的欧洲"白人"没有什么关系。虽然朋友警告在先,我还是被他家的咖啡喝法震惊了:咖啡末和开水混合成糊状,没有过滤,得一起喝下喉咙。虽然非常不习惯,但既然出了钱,又出于礼貌,我还是坚持将杯子里的咖啡喝光。后来我才知道,这种饮用法,叫"土耳其咖啡"。

看见老板身边有一把吉他,我就通过朋友问他是否会唱当地歌曲。热情的老板毫不犹豫,答应为我们演唱雅典民谣。吉他拨响之后,男人用嘶哑嗓音,一连唱了两首歌。

我听不懂歌词,但大致能体会出一些曲调的感觉。

这些歌,一点儿也不像我听惯了的欧洲和美国民谣,倒跟记忆中阿拉伯或者中东地区的调性,有些接近。

主要参考书目

中文部分

【意】翁贝托·艾柯:《丑的历史》,彭淮栋译,中央编译出版社,2010 年。

【德】诺贝特·艾利亚斯:《文明的进程》,王佩莉、袁志英译,上海译文出版社,2013 年。

【丹】勃兰兑斯:《十九世纪文学主流》,徐式谷、江枫、张自谋译,人民文学出版社,1984 年。

【德】本雅明:《发达资本主义时代的抒情诗人》,张旭东、魏文生译,生活·读书·新知三联书店,1989 年。

【英】彼得·伯克:《欧洲近代早期的大众文化》,杨豫、王海良等译,上海人民出版社,2005 年。

【英】杰里·布罗顿:《十二幅地图中的世界史》,林盛译,浙江人民出版社,2016 年。

【德】约阿希姆·布姆克:《宫廷文化:中世纪盛期的文学与社会》,何珊、刘华新译,生活·读书·新知三联书店,2006 年。

【法】费尔南·布罗代尔:《十五至十八世纪的物质文明、经济和资本主义》,顾良、施康强译,生活·读书·新知三联书店,1992 年。

【瑞士】雅克布·布克哈特:《意大利文艺复兴时期的文化》,何新译,马香雪校,商务印书馆 1983 年。

【美】罗伯特·达恩顿:《启蒙运动的生意》,叶桐、顾杭译,生活·读书·新知三联书店,2005 年。

【美】威尔·杜兰特:《世界文明史:伏尔泰时代》,台湾幼狮文化译,华夏出版社,2010年。

【美】乔纳森·德瓦尔德:《欧洲贵族:1400—1800》,姜德福译,商务印书馆,2008年。

段炼编著:《艺术学经典文献导读书系:视觉文化卷》,北京师范大学出版社,2012年。

【英】乔安妮·恩特维斯特尔:《时髦的身体:时尚、衣着和现代社会理论》,郜元宝等译,广西师范大学出版社,2005年。

【英】彼得·弗兰科潘:《丝绸之路:一部全新的世界史》,邵旭东、孙芳译,徐文堪审校,浙江大学出版社,2016年。

【美】弗朗西斯·福山:《政治秩序的起源:从前人类时代到法国大革命》,毛俊杰译,广西师范大学出版社,2012年。

【英】詹姆士·弗雷泽:《金枝》,徐育新、汪培基、张泽石译,汪培基校,中国民间文艺出版社,1987年。

【德】贡德·弗兰克:《白银资本:重视经济全球化中的东方》,刘北成译,中央编译出版社,2001年。

【英】尼尔·弗格森:《文明》,曾贤明、唐颖华译,中信出版社,2012年。

【英】爱德华·吉本:《罗马帝国衰亡史》,席代岳译,浙江大学出版社,2018年。

【美】卡斯滕·哈里斯:《建筑的伦理功能》,申嘉、陈朝晖译,华夏出版社,2001年。

【英】艾瑞克·霍布斯邦:《十九世纪三部曲》,王章辉、张晓华、贾世蘅译,国际文化出版公司,2006年。

【英】汤姆·霍兰:《波斯战火:第一个世界帝国及其西征》,于润生译,新星出版社,2009年。

【以】尤瓦尔·赫拉利:《人类简史:从动物到上帝》,林俊宏译,中信出版社,2014年。

【德】恩斯特·卡西尔:《语言与神话》,于晓等译,生活·读书·新知三联书店,1988年。

【英】斯蒂文·郎西曼:《1453:君士坦丁堡的陷落》,马千译,时代出版传媒有限公司,2014年。

【荷】彼得·李伯庚:《欧洲文化史》,赵复三译,上海社会科学院出版社,

2004 年。

【美】刘禾主编：《世界秩序与文明等级》，生活·读书·新知三联书店，2016 年。

罗念生：《罗念生全集》（第三卷），上海人民出版社，2007 年。

【英】本特兰·罗素：《西方哲学史》，何兆武、李约瑟译，商务印书馆，1982 年。

【美】安内特·鲁宾斯坦：《从莎士比亚到奥斯丁》，陈安全、高逾、曾丽明译，陈安全校，上海译文出版社，1987 年。

【英】朱利亚·玛利：《波提切利画传》，张春颖译，北京大学出版社，2011 年。

【加】马歇尔·麦克卢汉：《人的延伸——媒介通论》，何道宽译，四川人民出版社，1992 年。

【法】埃德加·莫兰：《反思欧洲》，康征、齐小曼译，生活·读书·新知三联书店，2005 年。

【美】查尔斯·曼恩：《1491：前哥伦布时代美洲启示录》，胡亦南译，中信出版社，2014 年。

【意】马可·波罗：《马可·波罗游记》，徐海燕编译，大众文艺出版社，2005 年。

【英】吉尔伯特·默雷：《古希腊文学史》，孙席珍、蒋炳贤、郭智石译，上海译文出版社，1988 年。

【德】尼采：《悲剧的诞生》，周国平译，生活·读书·新知三联书店，1986 年。

【美】萨义德：《东方学》，王宇根译，生活·读书·新知三联书店，1999 年。

【英】玛丽·雪莱：《弗兰肯斯坦》，孙法理译，译林出版社，2016 年。

石坚、易丹（主编）：《寻找欧洲：欧洲一体化之魂》，四川大学出版社，2008 年。

【美】史景迁：《大汗之国》，阮叔梅译，广西师范大学出版社，2013 年。

【日】杉山正明：《蒙古颠覆世界史》，周俊宇译，生活·读书·新知三联书店，2016 年。

【美】马文·特拉亨伯格、伊莎贝尔·海曼：《西方建筑史：从远古到后现代》，王贵祥译，机械工业出版社，2011 年。

【意】乔尔乔·瓦萨里：《意大利艺苑名人传》，徐波、刘君、毕玉译，湖北美术出版社，2003 年。

【美】威利斯顿·沃尔克：《基督教会史》，孙善玲、段琦、朱代强译，中国社会科学出版社，1991 年。

熊月之：《西学东渐与晚清社会》，上海人民出版社，1994 年。

朱生豪：《莎士比亚戏剧全集》，作家出版社，2016 年。

英文部分

Bakker, Gerben. "The Decline and Fall of the European Film Industry: Sunk Costs, Market Size and Market Structure, 1890-1927." *The Economic History Review*, 2003.

Bernal, Martin. *Black Athena: The Afroasiatic Roots of Classical Civilization*, Rutgers University Press, 1987.

Camp, John M. *The Archaeology of Athens*, Yale University Press, 2001.

Castiglione, Baldassare. *The Book of the Courtier*, translated by Thomas Hoby, transcribed by Risa S. Bear, University of Oregon, 1997.

Coleridge, Samuel T. *The Ancient Mariner and Selected Poems*, Gutenberg Project, 2004. http://www.gutenberg.org/cache/epub/11101/pg11101-images.html

De Quincey, Thomas. *Confessions of An English Opium-Eater*, Dave Grove, 1995.

Dinan, Desmond. *Ever Closer Union: An Introduction to European Integration*, Lynne Rienner Publishers Inc., 1999.

Foucault, Michel. *Security, Territory, Population: Lectures at the Collège de France, 1977–1978*, translated by Graham Burchell, edited by Michel Senellart, Palgrave Macmillan, 2009.

Goldsmith, Oliver. *The Vicar of Wakefield*, Gutenberg Project, 2016. http://www.gutenberg.org/files/2667/2667-h/2667-h.htm

Hanspeter Kriesi, Klaus Armingeon, Hannes Siegrist, and Andreas Wimmer, eds. *Nation and National Identity: The European Experience in Perspective*, Verlag Ruegger, 1999.

Hedetoft, Ulf. *Signs of Nations: Studies in the Political Semiotics of Self and Other in Contemporary European Nationalism*, Dartmouth Publishing Company Limited, 1995.

Jenkins, Brian, and Spyros A. Sofos eds. *Nation* and *Identity in Contemporary Europe*, Routledge, 1996.

Kissinger, Henry. *World Order: Reflections on the Character of Nations and the Course of History,* Penguin Books, 2014.

Kracauer, Siegfried. *The Mass Ornament: Weimar Essays*, translated and edited by Thomas Y. Levin, Harvard University Press, 1995.

Laqueur, Walter. *After the Fall: The End of the European Dream and the Decline of A Continent,* St. Martin's Press, 2011.

Lewis, Bernard. *Islam and the West*, Oxford University Press, 1994.

Lind, L.R. *Ten Greek Plays in Contemporary Translations*, Houghton Mifflin Company, 1957.

Macintosh, Fiona, Kenward, Claire and Wrobel, Tom. *Medea, A Performance History,* The APGRD, 2016.

Manguel, Alberto. *A History of Reading*, Alfred A. Knopf Canada, 1996.

Martin, Thomas R. *Ancient Greece: From Prehistoric to Hellenistic Times*, Yale University Press, 1996.

Morkot, Robert. *Historical Atlas of Ancient Greece*, Penguin Books, 1996.

Shakespeare, William. *Hamlet*, New American Library Inc., 1963.

Stokstad, Marilyn. *Art History*, Prentice Hall Inc., 2002.

Stok, Danusia ed. *Kieslowsky on Kieslowsky*, Faber and Faber, 1993.

Storry, Mike and Peter Childs, eds. British Cultural Identities, Routledge, 1997.

Voltaire. *The Works of Voltaire, Vol. XII (Age of Louis XIV)*, Online Library of Liberty. www.oll.libertyfund.org

Warrick, Joby. *Black Flags: The Rise of ISIS*, Corgi Books, 2016.

Yates, Frances A. ed. *Ideas and Ideals in the North European Renaissance, Collected Essays* Volume 3, Routledge & Kegan Paul, 1984.

后　记

　　我对欧洲的深度迷恋，起源于20世纪70年代的一本残缺小说。同班的初中同学不知从哪儿搞到一本《海底两万里》，借给了我。那是一本在"文化大革命"中有幸残留下来的中文译本，前后许多书页已经丢失，还有的剩下一半或一溜。这部没有开头也没有结尾的小说，点亮了我对遥远欧洲的想象。我真诚地相信，既然那些名字奇怪的人们可以造出一艘潜艇周游世界，他们生活的地方一定也非凡无比。

　　这种迷恋，可以说是这本书最久远的动机。

　　后来的学习与研究，居然和欧洲有了脱不开的干系，教书、写作、论文、论著，都关涉欧洲。2000年，我曾经写过一本小书，叫《触摸欧洲》，将我在丹麦做研究的经历记述下来，大致算从那个北欧小国透视一个叫欧洲的庞然大物。但是，正如我听到的一个玩笑所说的那样，在一个地方待得越久，研究越多，就越不敢随意动笔讲述：到法国去的"老外"在那儿旅行一个月，回来可以写一本书；待上一年，可以写一篇文章；住过几年，则连文章都写不出来了。自从那次盲人摸象式的写作之后，在接近20年的时间里，我又多次去到欧洲做研究，心里想着什么时候还应该再写本书出来，也一直做着资料准备，却始终没能在电脑里新建这样一个文件夹。

　　睿智的读者一定已经注意到，我这本书的结构有一条时间之线，从古代希腊一直延伸到当下。但这绝不是一本讲述欧洲文化或文化史的书，因为，用键盘敲下第一个字之前，我从来就没敢有过这样的企图。我知道，欧洲的文化历史和文化现象如此悠久多彩，以我的研究能力，是无法胜任那样一种工作的。我只是沿着时间线，选取了九个文化样本，通过对样本的分析，来呈现自己对欧洲的一些浮光掠影的理解。而且，九个讨论主题的前后顺序，多有重叠，并没有严格按照时间轴线来安排。

自从利玛窦深入中国，直到19世纪40年代，中国人对欧洲的了解零星断片，就像我读过的那本小说残章一样。鸦片战争的炮火，清王朝的式微，极大冲击了国人的世界观，这才带来洋务运动之后中国知识界对欧洲的全面探究。虽说中国的精英分子还在坚持"西为中用"的姿态，但这样一种不失体面的说法，已经抵挡不住一个强势文明对一个衰朽帝国的巨大文化压力。从"新文化运动"开始，欧洲作为先进榜样，始终是急于现代化的中国追赶和学习的对象。

直到今天，欧洲和它的文化，仍然是中国学习的对象，尽管欧美学者在几十年前就已经开始重新审视和解构各种神话与迷思。所以从某种程度上讲，这本书是我试图介绍这些杰出学术成果的一种尝试。这些学者的批判姿态、他们的深刻自省、对自身历史的客观而负责态度，恰好是中国学者在面对自己的文化与历史时，有所欠缺的。在一种民族情绪推动下，我们的"弘扬传统文化"，时时变成一边倒的赞颂，而失去了知识份子应有的公正与清醒。更不用说那些不分青红皂白的民族主义喧哗，硬要在中华文化与欧洲文化中分出个高低来，无视欧洲从文艺复兴以来崛起的事实，混淆了自豪与自负，就只是一堆廉价话语而已。

文化现象的丰厚与广博，是以欧洲这片地方的国家和民族演进历史为基础的。在两千多年的时间内，我们今天言及的许多国家，其边界在很多时候都处于变动之中，你中有我，我中有你。这一事实，有时候会给书中关于国家的表述带来困难。因此，我并没有严格按时间顺序来使用国名。比如意大利，它曾经是罗马帝国的所在，但罗马帝国既包括了今天的罗马，也包括了今天的埃及和土耳其。中世纪之后，意大利境内的诸多城邦都自称共和国，佛罗伦萨、锡耶纳、威尼斯、比萨……这些城邦都可以被看作国家，其中，还有的属于神圣罗马帝国，有的属于西班牙。直到19世纪60年代，才诞生了我们今天称为意大利的统一民族国家。因此，我在书中对意大利这个称谓的使用，只能采取宽松方式。对于法国、德国等等欧洲国家，也一律如此对待。

因为不想把这本书写成一般性的研究论著，我没有采用通常的文体，也省去了脚注或尾注的"麻烦"。我以为，过多的注释虽然严谨，却会影响读者的阅读体验。所以，我只在书尾列出了自己写作时参考的主要书目。至于参考的相关论文，出处也一并省略掉。引用的文献，如果没有中文译本，或翻译过于差劲的，我自己重新译出；若已有好的中文译文，不管是出现在参考书目中，还是出现在别处，都尽量采用。因此，我觉得必须要对那些写作和翻译了相关文献的同仁们致敬，没有他们的卓越成果，就没有这本书出现的可能。

完稿之际，还有许多的感谢需要在这里表达。

首先要感谢四川大学文学与新闻学院的领导，我从比较文学与世界文学转岗至影视艺术学之后，他们依然一如既往地支持我在欧洲研究领域的努力，总是毫不犹豫地批准我前往欧洲进行学术研究和访问的申请。其次，要感谢四川大学欧洲研究中心的同事，感谢他们在各种学术研究活动中对我的帮助，他们在不同领域内的研究和观点，总是不断启发和引导我的思考。在这些年里，我跟他们一起去欧洲的各个大学和机构参与学术会议，举行讲座，与欧洲同行交流，每一次旅行都获得有价值的成果，留下愉快的回忆。

还要感谢欧洲各地大学的同仁，他们来自丹麦奥尔堡大学、德国波恩大学、比利时根特大学、鲁汶大学（荷语）、布鲁塞尔自由大学（荷语）、意大利欧洲大学研究院、帕维亚大学、荷兰阿姆斯特丹自由大学、莱顿大学、西班牙格拉纳达大学、波兰华沙大学……他们或者邀请我前去进行研究访问，或者与我在欧洲和中国的不同场合深入交流。在与他们的交往中，我获益匪浅。很多时候，往往是与他们那些随意谈话中的灵光一闪，给我的研究和写作带来意想不到的启迪。

与我在四川大学文新学院和欧洲研究中心的同事一样，这个名单太长，恕我不一一列出。

感谢商务印书馆的丛晓眉女士，没有她的青睐有加，这本书无法与读者见面。感谢本书责任编辑杨蓓蓓的辛勤付出。

感谢我的父母，他们在这二十年里，总是不断地提醒我，应该再写一本关于欧洲的书。

最后，感谢我的妻子和儿子。我在这些年的研究和写作，总会从他们那儿得到最直接的精神和情感支持，这本书也不例外。

2019年1月于成都